你的少年事

金呆了 著

U0721893

图书在版编目（CIP）数据

你的少年事 / 金呆了著. —— 深圳：深圳出版社，
2023.7

ISBN 978-7-5507-3803-4

Ⅰ.①你… Ⅱ.①金… Ⅲ.①长篇小说－中国－当代
Ⅳ.①I247.5

中国国家版本馆CIP数据核字(2023)第059074号

你的少年事
NI DE SHAONIAN SHI

出 品 人	聂雄前
责任编辑	简　洁
责任校对	万妮霞
责任技编	郑　欢

选题策划	千十文化
装帧设计	他系力二工作室

出版发行	深圳出版社
地　　址	深圳市彩田南路海天综合大厦 (518033)
网　　址	www.htph.com.cn
订购电话	0755-83460239 (邮购、团购)
印　　刷	湖南天闻新华印务有限公司
开　　本	880mm×1230mm　1/32
印　　张	11
字　　数	369 千
版　　次	2023 年 7 月第 1 版
印　　次	2023 年 7 月第 1 次
定　　价	45.00 元

目录

第
一
章

此处禁烟

S市是座神奇的城市。

它白日熙熙攘攘，夜里冷冷清清，小巷纵横，大厦如林，十里长街，川流不息。除几处著名景点和地标建筑外，它和众多繁华都市一个样，是典型的中国城市。

在当地人骨节猛蹿个头拔高的成长抑或是弓背佝偻身体老化的过程中，城市也同样经历着新陈代谢。

景行区原名开发区，危楼寒舍、条条里弄在时代洪流中摇身一变，成了当地首屈一指的闹市。这里承载了太多老人孩童的回忆，政府秉承保留当地文化的宗旨留了一片街巷。

周沫和余味，就生在这里，长在这里。

2018年5月1日，月升起，云疏散。

第一人民医院的新高楼与老矮楼在S市黄金地段商行区，盘成一个缺了角的圆。

该医院是市民看病的第一选择，每年门诊就诊人数逾600万，年手术量近8万台，位列全国百强医院前五十。二十四小时灯火通明，医护人员永远在岗，随叫随到，专业水平和职业素养让人信赖。

总之一句话，大医院靠得住。

周沫步伐轻快，用力推开安全门，开始了漫长的下楼。十二楼，她每天上班攒足了劲走一遍，下班腿软，下盘不稳，还得再走一遍。

S市第一人民医院护士入职后三年内需要轮转科室，随机分配，说是争取内科、外科都能转到，学习经验。可到了好的科室谁愿意离开？大家都可着劲儿留下，于是落到别人头上的烧饼便少了。

没张口喊苦的孩子便在最苦累的一线悬崖挣扎。

周沫目前轮转到了血液科，几乎没有准点下班的时候。她爹周群不忍女儿每天这般日夜颠倒外加起早贪黑，活活从"红苹果"熬成了"黄苹果"，一直想用自己的人脉为女儿争取个舒服地儿。

周沫一开始是拒绝的，她讨厌关系户，虽然她自己就是。老周是S市第一人民医院财务处副处长，要给女儿换个岗位可能需要费点劲，可换科室这事可以说是轻而易举。但周沫硬是犟着，坚持在一线最苦的地儿蛮干。

周沫当时气盛，耗了两年青春，现在照下镜子，可爱圆脸脱相成了一颗瓜子。为了美丽，她松了口，老周下午就把事儿办成，利索地给她发了一个："OK"。

关于下一个科室，周沫就一个要求，楼层得低，不然爬不动。

刚下完一层，她觉得有处痒，不耐烦地伸手飞速揉了揉，想到这动作不雅，趁着四下无人借着楼梯的拐角尖用力蹭了蹭。

"吧嗒吧嗒"，清脆响声在大理石台阶上响起。

穿高跟鞋累，但是美。

胡瑾知道女孩儿爱美，周沫又正值花开年纪，自然是不能剥夺她穿高跟鞋的自由，可又心疼她每日爬楼的辛苦，便偷偷塞了双酒店拖鞋在她包里。轻薄便携，团成一团也不碍事。周沫总想不起来穿，下班只管自己拾掇好，经常下楼下到半途才想起来。这不，才下到九楼中间，她的小腿肚就开始抽筋了。

她动作熟练地掏出拖鞋，弯腰换鞋时，飘来一股烟味。

周沫向下瞭去，一个身穿白大褂的人正背朝她，倚着楼梯扶手吞云吐雾。她看着那后脑勺开口制止，说出的话颇有居委会大妈的味道："这位同事，新大楼禁烟你不知道吗？"

檀卿弹了弹烟灰，交叉的双腿缓缓直立，不紧不慢地转身，星眼微抬。挺好看一姑娘，就是有点管闲事。算了，她说得也没错，只是他没想到躲到安全通道也能碰到"道德执法"的人，S市第一人民医院果然是名不虚传。

檀卿掏出烟盒，把烟摁在烟盒里拧了拧，猩红的烟头熄了，一缕烟在空气中挣扎了两秒，被楼道的风吹散。

"不好意思。"他垂眼，掩饰了眼里的倨傲，礼貌在嘴上，可心下还是有被打扰的不快。

周沫看他态度还不错，快速把鞋换好，拎起高跟鞋快步下了十几级台阶走到他跟前，继续苦口婆心道："你要抽烟的话可以去楼下的湖心亭，那是吸烟区。"

她模样标致，身形也不错，还有一股清新的水果味。但美中不足，太爱管闲事。

檀卿轻"嗯"一声，推开安全门，进了九楼。

同楼道里昏暗的灯光截然相反，妇产科走廊亮如白昼。护士、护工、家属、患者熙熙攘攘，走廊里的加床也是人满为患。

檀卿拐进医生办，坐在刚腾出的新办公桌前继续整理东西。今天是他就职该院的第一天，为了抽根烟从办公室躲到厕所，被清洁阿姨支出来，又去了安全通道。最后，一支烟都没能抽完，现下胸口憋得慌。

檀卿停下手里的动作，走到窗前寻找湖心亭的位置。

护士从病房出来，正好看到檀卿立在窗前的背影，肩颈比例甚佳。她快步走向护士站，拉着另一位值班的同事说："新来的医生也太帅了吧，听说是特聘的美国博士。"

同事停下记录的动作："来之前说是很牛的博士，我以为是大叔，结果是个偶像剧男主角！"

待产孕妇闻言凑过来热切交流："你们中班吧，没看到白天他出现的时候穿的便服，朱医生拿了一件自己的新白大褂给他，他就站在医生办公室门口披上，那动作潇洒的哟，要是我没结婚我肯定追。"

今日是假期，仅值班人员在位，檀卿特意选在节假日报到也是存了低调的心思，可他低估了八卦的传播速度。

他的名字和履历在各种官方科室群和私人八卦群不断被提起、热议。

病房里热闹非凡，喊喊喳喳，安全通道内鸦雀无声，冷冷清清。

周沫立在原地微皱眉头，方才没见到他胸前的名牌，难道不是同事？

医院每位正式职工都有名牌，工工整整宋体四号，写着姓名、科室及工号，研究生、博士生、进修生都有，可那位仁兄胸口空空，口袋连支笔都没有。奇怪。

出了一楼安全口，热风涌上来，她经过湖心亭又穿过9号楼，七拐八拐地钻进一条缝挤了出去。

这条缝只能容下一人，且要体形匀称，她刚好通过。

这是老南门，只有老员工才知道这扇门，推门而出是院外的百家小区，老周在这儿租了个车位。

市区中心地段，寸土寸金。第一医院，更是一位难求。

幸好她有小叮当一样的老爹，眼睛滴溜儿一转，想偷什么懒，老周都能搞定。

她掏出钥匙开锁，钥匙扣是斑驳的球状金属制品，同她时髦的打扮格格不入。

小车尾部双闪灯亮起，她以迅雷不及掩耳之速钻进车里，将空调调至 16 摄氏度，脸凑在出风口偷凉。待到皮肤的汗意被爽滑代替，她才不紧不慢地开车回家。

余味曾说："你这么怕热，S 市不适合你。"

这里属亚热带季风气候，沿海，气温高，夏季长。

他还说："这里与港城相近，嗲嗲柔柔的姑娘比较吃得开，你的性格就适合去北京，直来直去，保准人见人爱。"

她去了，可北京不适合她。

她依然爱 S 市，即便这里有她最不喜的炎热，即便这里没有她最心爱的少年。

19 点 48 分，S 市华灯初上，车辆川流不息，长长的汽车尾灯灯光流向城市四面蜿蜒。

周沫的 smart 缩成一个白点，静止在城市的繁忙轨道上。手机振了两次，都是老周，她懒得接起，不用想也知道他是问她什么时候到家。

堵得比石头还死的人民路渐渐松动，周沫的肚子也开始震动。

今天是五一小长假，大家大概都出了门。不然也不至于到这个点还这般拥堵，跟石头封山似的一动不动。

周沫闷坐在车上，她后悔帮陆羽接了最后一个病人，不然便可提前三十分钟下班，这样就能避开那位吸烟的先生，节省三分钟，加起来三十三分钟。她开始幻想，那就避开了堵车，现在应该已经吃完饭了。

她饿得心浮气躁，十指焦急地在方向盘上不停点动，开始想些不可能回头的事情。

终于"山石"松动，前方车辆开始活动起来。她忍着饥饿扶着方向盘，凭着小车优势蛮横地插了个队，汇入移动车流。

万家灯火，影影绰绰。

驶入陆地花园，周沫停好车，刚按了下锁一楼的门便开了，灯光泻出楼道，探出个熟悉的身影。

周沫家住一楼。科室同事都打趣道："你这么爱爬楼，家里也住得很高吧？"

其实，她不爱爬楼，是不得不爬。

老周兜着围裙迎上来："这么晚？又加班了？"

她点头，还没迈进屋子，左腿便被一只白乎乎的萨摩耶抱住，它尾巴欢快地摆动，脑袋拱来拱去。

"津津乖。"她应付似的拍拍它的脑袋。

老周说："津津不肯出去，非要等你回来，我跟它说你姐很辛苦，上班走了一天路，回来就想躺着，你玩儿了一天怎么就不能自己出去撒泡尿呢？可它就是不肯，唉……都是你惯的。"

胡瑾已经吃完饭坐在电视机前看连续剧了。电视声音很大，她的耳朵有些不好，总觉得这是正常音量，此刻同她讲话都得靠吼。周沫放弃了跟她妈对话，坐在红木餐桌前埋头扒饭。

老周一边说"慢点"一边给她夹菜，嘴上絮叨换科的事："所以说，我和刘主任安排你去手术室。"

手术室？

周沫接过老周递过来的番茄蛋汤灌了几口，胃部烧灼感消减，大脑恢复运转。

她抿唇做思考状，好像没有同学在手术室，心下遗憾，转念一想，道："手术室好像在四楼……行，那我啥时候去啊？"

"6月1日，正好有一拨人转科，还赶巧你……"老周止了话头。

6月1日，好日子。是儿童节，也是她生日。

月日如同滚轮，年年归零，打破重置。

年份却是残忍单行线，某一年开始，她就不爱过生日了。

不是老了，只是伴她过了二十一年生日的人不在了。

5月初，S市已是酷暑般的闷热滚烫，炽热的阳光炙烤着万物。

柏油马路能煎荷包蛋，五阳湖里的湖水掬起一捧往身上浇就是热水澡。

旺达路的迎门宾馆十年如一日，老旧的玻璃门上贴着福字，柜台上一只猫晃着手，漫不经心地招财。

三层楼铺陈的红地毯均已被踩踏起球，客房门锁时常失灵，间或有客人被锁在门内出不来或是堵在门外进不去。就这样的配置搁其他地方早倒闭了，可偏偏这里常年人满为患。

胡倾城昨晚 9 点到达 S 市，入住这家宾馆。

她在旺达卫校待了五年却从未进来过，无数次经过，心中都无限好奇，她此次入住并非心血来潮。

但，一夜无眠后她痛定思痛，以后这样的情怀不来怀念也罢。隔壁房间时不时传来靡靡之音。

胡倾城躺在硌人的床上，无数次想开电脑配合现成的靡靡之音写点什么，那定然笔力惊人，直戳读者内心。

日头盛，日照足。

照理说，这天气像周沫这样的"怕热星人"是不会出门的，可也不看看是谁邀请的——大名鼎鼎的胡倾城！

胡倾城是谁？

她是周沫在卫校期间的死党，是除了由于体形不能共享衣物、缘于道德不能共享男友外，什么都能分享的超级"铁瓷"。

又是"狐朋"又是"狗友"，又能做"狼"又能做"狈"。

周沫在旺达卫校对面的奶茶店点了两杯珍珠奶茶，半糖，一杯少珍珠一杯多珍珠，她们俩的习惯标配。

付完钱，她窝在逼仄的奶茶店，透过门店玻璃打量对面的旺达卫校。

学校没变，还是那样，不高大不富丽，四个金属大字悬在半空，怪模怪样。锈迹斑驳的铁门倒是更换成了电动门，小黑屏上滚动播放着："旺达卫校欢迎您！"

远远望去，还能隐约瞧见门卫叔叔在保安室里端着杯茶，双腿交叠搁在桌上优哉游哉的模样。

这幅情景她以往倒是没仔细瞧过，上学期间她行来走去，从来都是火急火燎，半点等不得人，沿街风景她没欣赏过。

"想什么呢？"胡倾城来了，周沫都没注意到她。

周沫回头，奶茶已经摆在吧台上，她把珍珠多的那杯递给胡倾城，没承想却遭到了她的拒绝。"我在减肥！"虽没成效，但该有的口号还是要喊喊，这事儿就在于气势，万一脂肪被吓跑了呢？

周沫无语，胡倾城都要减肥了，当年还称自己的手感比她这干柴好，誓要留着造福未来男友，可能这么多年也真没个男友，所以"曲线救国"，决定从视觉开始，再考虑触觉。

　　周沫扫了眼外头的热流道："你的晋江写手梦做得如何了？"

　　胡倾城嗜好小说，在校期间读过无数本非主流、主流、超主流小说，不眠不休读万卷书，实体、电子、线上、线下她本本不落，如数家珍。本科毕业后她为逃避临床工作又去读了三年研究生，现在论文写完又尚未工作，她要抓紧人生最后的假期写一本小说，纪念自己的热爱。

　　"之前写了两个短篇，总共十万字，点击率累计只有几百，还没我字数多。唉……小透明没人看。不过我不放弃，这么多年小说不是白看的，我一定要写一本证明我自己！"

　　"好啊，你不是说你来Ｓ市住一个月写小说吗，写什么？"周沫倚着窗喝奶茶。

　　外面是旺达路，正值上课点，路上只有零星车辆驶过，行人稀少。

　　胡倾城立刻忘了减肥，用力吸了一口奶茶，眼冒精光地扶住周沫的肩将她用力扳向自己："我想好了，我要写一本书，就叫《旺达卫校》。"

　　"啊？"周沫皱着眉头睁大了眼睛，惊讶过后很想劝胡倾城。不要吧……

　　就算她这不看小说的都知道，大家都追求"美丽高级精英风"，向往"霸总娇美金丝雀"，卫校有什么好写的？听着又无趣又穷酸。

　　论蓝领技术工人是如何长成的？

　　谈带发修行的尼姑们如何排解日常寂寞？

　　周沫见胡倾城一脸坚定，劝阻的话又咽了下去："好吧，那你想怎么写？写我们的日常？"

　　胡倾城得到周沫的回应，屁股挪上高脚凳，脸颊抖动，激情演讲："我想好了，言情小说要有主线，我要写一对情侣，从他们的视角展开和旺达卫校相关的故事。卫校的故事是辅助线，主要讲男女主角的爱情故事，女的是卫校学生，男的是一高的尖子生，青梅竹马。这年头不写爱情没人看的。"

　　写爱情也没人看，她在她的短篇里写了生离死别，爱恨情仇，浓缩大喜大悲，聚满文字精华，却未得赏识。胡倾城反复思考，发现自己的故事太大，架构大便容易空，而故事里的事情离她生活太远，缺乏细节填充。所以，她决定另辟蹊径，选真实发生在身边的一段爱情故事，以卫校故事做辅线，日常又吸睛。虽然选题很土，可于她、于周沫、于她们卫校所有同学，都意义非凡。

胡倾城一脸期冀，"沫沫……"她轻唤。

要写男女主角的故事，自然要征得现实里的人同意。

毕竟这些年周沫的故事她也只是管中窥豹，真正要写，也要本人的回忆和详述。

周沫愣住："你说的男女主角是我和余味？"

胡倾城点头："我觉得你们这个素材挺好的。"

她心中打鼓。余味曾经是周沫最大的骄傲，周沫昂着脑袋甩着马尾逢人就夸，在宿舍哭得半死也不说他一句不好，可现下两人分道扬镳，分手原因她怎么也没肯说。

说实话，这一定是个好故事，但能不能写这个故事全靠周沫点头。

下一秒，周沫摇了摇头："我不想再提他了。"

就像见证过周沫因余味而生的快乐一样，周沫为余味流的泪她也亲手擦过不少。胡倾城点点头："嗯，那行，我再想想其他的。"

周沫还不好意思了，给胡倾城出主意："要么写兰兰和飞哥？"

应兰兰和陆飞在一起五年，爱得死去活来，甚至到医院人流窗口走了一遭，爱恨痴缠得惊天动地，最后不能免俗地鸡飞蛋打。够虐恋情深，够青春疼痛，可言情小说里，堕胎并不是个很好的情节。

胡倾城摇头："算了，我可以杜撰一对，我再想想。"

周沫无法支持胡倾城故事的主线，心怀愧疚，主动帮她想情节，可绕来绕去，不是八点档的狗血文便是平淡如水的种田文。

胡倾城提议去学校看看场景回忆一下。

周沫说："你待了五年不腻？我闭上眼睛角角落落都在我脑海里，活地图。"实际她想溜，室外好热。

胡倾城太了解她了，拉着她就往学校里走。

天使怀抱新生儿的喷泉映入眼帘，水均匀散开，看得人一阵清凉，2008 年她们入校那会儿，这儿还是个小鱼塘。

胡倾城见周沫踌脚，知道她热病犯了，拽着她往实验楼走。

每所医学类院校都有一幢这样的小楼，冬冷夏凉。

周沫感受到空调般的过道风，不得不服气："这么多年了，这只寒冰兽还在镇楼呢。"

传说有位学姐热爱仙侠文，随口起了个名字胡诌了个典故，没想竟在学生中传开，年复一年，届又一届，这实验楼里有一只制冷神兽的故事一直流传。

夏日它是小可爱，冬日它是小王八。

"它已经融入这幢楼的钢筋水泥中，这儿的心肝脾肺肾还有那些死去的胚胎就是它的五脏六腑……"胡倾城眼睛瞪得像铜铃，目露凶光想吓她。

不承想周沫一脸嫌弃地白了她一眼："多大了，我连真死人都遇到过，还怕这些在福尔马林里泡着的玩意儿？"

岁月不仅让周沫长了年岁，胆量也水涨船高，那个超级迷信胆小的少女经过解剖室门口再也不会跑了。

胡倾城撇嘴，周沫变得不好玩了，以前她多可爱啊。周沫很美，只是太过可爱，大家以前总忽略她的外貌。现在站出来倒是个标标致致的美人，再没人敢忽略她的颜值，可又缺少了原先的那份生机。

实验楼还是原先的样子，一楼是几个模仿病房的房间，一张张病床铺叠整齐，假人们躺得不偏不倚。

这楼的白炽灯好像二十四小时都亮着，可即便如此仍是可怖。不怪周沫之前胆小，这布局就是怪异。

两人歇了会儿，转至灼日下的操场，陆陆续续有学妹从食堂经过操场，往教学区走。

看着她们稚嫩的脸庞，周沫羡慕不已，双手托上已然浮妆的脸颊，遗憾道："我也有过这么年轻的时候呢。"

那时候她就想快快长大，变成大人，余味床头那些熟女海报可把她给嫉妒死了。

眼下，她不仅长大，还在变老。

而那"馒头包"，始终没能如愿鼓起。

"所以，这个紫藤花架我一定要写进去。"胡倾城走到一处便构思一处剧情，操场要写热吻，花架要写热吻，教室要写热吻。

"你这写的是正经小说吗？怎么一直在接吻……"周沫掏出纸巾轻点脸颊拭汗，嘴里还不忘吐槽胡倾城。

"要想红就要另辟蹊径！我决定写卫校男生和女生的爱情！"

"可我们班没有男生啊。"确切地说，整个年级也只有两个男生，样貌十分抱歉，穿着难以形容，气质谈吐……不提了。周沫想想又摇了摇头。

"我造一个！"Plan B（B计划）已经整装待发，胡倾城已将新晋男神的面貌、躯壳在脑海中扫描完成，就差打包装进小说了。

两人继续走，篮球场空空如也，一个孤独的篮筐高高悬着。胡倾城微张着嘴愣了会儿，半晌后眼内精光一闪，双手合掌，激动地蹦了起来："我的男女主角，初吻要在这里！"

周沫仰起脸，望向那个篮筐。

一瞬间，场景斗转星移，她像是回到了多年前那个清凉夏夜——

少年蹦蹦跳跳地围着这方小小的篮球场跑动，不停地练习三步上篮，他说："流川枫说身体能够感觉到，这是练了数百万次的投篮。"

他迷篮球，迷《灌篮高手》，而周沫迷这样的他。

就是那晚，热风涌动，星光熠熠，在最不起眼的篮球场，那个篮筐、那盏路灯、那夜晚风和隐没在云朵里的漫天繁星，见证了他们的初吻。

周沫转身向篮球场外走去，呼吸和脚步开始凌乱。

这两年她特别努力地忘记余味，可偏偏S市每处角落都有他们的回忆。

胡倾城还在手舞足蹈地描述场景，声音在空旷处来回震荡，不知是不是多年的默契，她的描述和那晚很像，连他们青涩得不懂伸舌头，都说中了。

胡倾城追上周沫，气喘吁吁问："怎么走了呢，不精彩吗？我想想心里都小鹿乱撞，我要好好设计一下我的小说。"

约莫是日头或是兴奋，她脸红扑扑，汗滴落下来都没察觉。

周沫立住，掏出纸巾递给她。胡倾城说得兴起，没注意到眼前的纸巾，周沫便伸手给她擦汗。触上她肥嘟嘟的脸颊，周沫微不可察地叹了口气："倾城，你现在和以前给我们'安利'小说时的样子一模一样。"

胡倾城疯狂迷恋小说，全宿舍、全班、全年级都知道，学校外所有租书屋的老板都认识她，每次遇到好看的小说她就想同全世界分享，宿舍自然是被影响最多之处。她每次提起心爱的小说都像演讲一样，口才一流，一堆姑娘围着她撑着脑袋像在听说书。

胡倾城沉迷小说时，经常能忘记时间和生活。周沫不爱小说，自己天天演偶像剧，无心关心别人的故事。这种时候她都会替胡倾城打水或是收衣服被子，像个贤妻。

"你还记得啊。"胡倾城毫无形象地大笑起来。每次提到小说，她都能甩掉所有不愉快，分裂成另一个灵魂。她总说，二次元和三次元是不一样的，所有三次元的遗憾和痛苦都可以在二次元的热血和美好里得到治愈。

那不是假的，那是她们的信仰。

周沫微不可察地叹息一声，时间带走了好多，比如余味。

也如大浪淘沙，留下了很多挚友，想来也没什么遗憾。

"那你就写我和余味吧。"

余味，也曾是她的信仰。

周沫改了主意。可能是那个篮球场，可能是胡倾城沉迷小说时她无数次照顾的场景重现，也可能是旺达卫校这座神奇学校的影响。

她突然有点期待。

有什么好矫情的，不如让胡倾城试试用键盘将它书写吧。

至少，美好存在过。

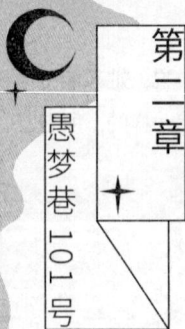

2008 年 8 月 24 日，在全球观众亿万次的热泪盈眶中，奥运会落下帷幕。

暑假也随之进入尾声。旺达路在歇了近两个月后再次迎来孩子们的踩踏。

那条路窄窄长长，向东蔓延至丁香路，中间被百花巷隔成一个小十字路口，向西是无人不知无人不晓的人民路。旺达路是远近闻名的老牌学府路，这条路上有三所知名学校——旺达卫校、S 市一高和 S 市第一幼儿园。每到放学时分，这条路的拥堵场面堪称 S 市盛况。

S 市一高今年入学的 2008 级学生于 8 月 10 日便开启残酷军训模式，厚实的军训服像是一个不透风的蒸笼，在烈阳炙烤下，濒临自燃。

终于，哨声响起。

一个个整齐的方阵在 800 米塑胶跑道上有序排开。

又一声长长的哨声，同学们迅速作鸟兽散。

余味就着袖子抹了把额头的汗，拎着矿泉水走到树荫处，靠到树上那一刻他长长舒了口气，硬挺了一下午的背终于找到了支撑。

丁柳柳撑着铁栏杆悄悄观察余味，余光见他一口气把手上剩下的半瓶矿泉水全喝光了，她不自觉捏紧了手上全新的那瓶水，吸了口气刚抬脚，就被身后的林李抢先，一步便晃到了余味跟前。

林李纤瘦的背脊挺得笔直，一看就是练习舞蹈的姑娘。

树影映在两人脸上，模糊了表情，余味没接，摇摇头不知说了句什么，林李露出笑意说："没事，我……"她话还没说完，余味便转身向教学区走去。

丁柳柳瞧见林李僵立在原地，偷偷笑了。她一开学就很幸运，军训时需要跳舞的学生，她举手快一步，教官便选了她。而这次她递水慢了一步，免去那份被冷遇的尴尬。时机似乎总在眷顾她。

余味走到逸夫楼三楼，进了左边第二间教室，门边金属标牌上写着高一（十）班。

他脱了衣服掏出纸巾细细擦拭脸上的汗，纸巾是周沫硬塞的，他不肯要，没想到她偷偷放了，他中午吃饭掏钱包时才发现。

余味拿出手机，周沫发来三条短信：

"——猴哥，今天姥姥做的饭特别咸。"

"——我喝了好多水。"

"——我跑了五趟厕所。"

余味手指刚点击回复，耳边传来陆赟在楼梯口喊他的声音，他放下手机跑了出去。

"余味，你要的《重金属摇滚双面人》。"陆赟目光丈量距离，手臂一扬，一道弧线画出，书页穿风翻页，略偏离轨迹。

余味长臂一伸稳稳接住。他抚了抚封面，冲陆赟扬扬书："谢了。"

同学们买了各种饮料陆续回教室，明日是军训会演，同班级荣誉挂钩，老班格外重视，解散后还要专门开一次班会"打鸡血"。

余味坐在倒数第一排，他这几年个子飞蹿——小学一直不如周沫高，六年级两人齐平，到了初中便呈火箭速度上升，以前院子的廊檐像天一样高，现在他伸手便能触及那燕子窝。

他低头看了几页漫画再抬眼，桌上已放了一瓶可乐和一瓶矿泉水。

同桌说："矿泉水是丁柳柳给的。"他抬手指了指，"第二排第三个马尾辫女生。可乐是隔壁班一个挺好看的女生递来的，我不知道叫啥。"

余味同桌是个戴眼镜的小胖子，名叫古默，第一天随机坐座位时他就想挑一个后排位置方便打瞌睡，不想数分钟后，一个精神小伙在他右侧落座，他仿佛听见自己平静的高中生涯破碎的声音。

余味微蹙眉头："你要喝吗？"

"要。"古默毫不犹豫地选择了可乐。这么看来，帅同桌也没什么不好。

日薄西隅，余味将矿泉水瓶抛进垃圾桶，钥匙刚伸至锁眼，门便霍地从里面打开。

周沫头顶扎了个奇怪的花苞，笑嘻嘻冲他晃脑袋："好看吗？"

"丑死了。"像坨屎。

周沫骂他不懂审美。

西屋的电扇立在厅中央，正呼啦啦地摇头晃脑，余老太算准孙子回来的点，冰西瓜已置于餐桌。

余味嗅到空气中那股熟悉的烟味，眉头紧拧。

奶奶在，他便没作声，伸手拿起勺儿往中间的大红瓤一插，转一圈送入口中。沁凉的香甜掩住那股让他生厌的烟味，顿时舒爽。

周沫看他吃瓜时额角还在渗汗，抄起红木座上的大蒲扇给他扇风，指着扶手上的军训服，好奇地问："今天累吗？"

"等9月你去军训就知道怎么回事了。"

周沫从没军训过，初中那次军训她刚巧得了空调病，发了一周烧，逃过惨无人道的酷日军训，一开学她就像是小白鹅错入了黑鸭群。同学们都羡慕她逃过一劫，可她很难过，满心期盼军训，这不，终于在三年后给她等着了。

余奶奶抱了另外半个没有冰的西瓜放到周沫腿上，递了把勺："沫沫吃吧。"

周沫嘴甜地说了声"谢谢"，葡萄般圆溜溜的眼睛弯成对小月亮。

没吃两口，李阿香的大嗓门便传来声儿："沫沫，没醋了，铁罐里拿几块钱去买瓶醋来。"

周沫飞速刨了几口，快速吞咽，撒腿就跑，耳后传来余奶奶的声音："沫沫，我煮了冬瓜汤，晚上来喝一碗。"

"知道了！"一溜烟人没了影，西屋安静下来，只有余味刨瓜和电扇的声音在堂厅响动。

晚间，周沫在外婆家吃完饭又留了一半肚子跑到西屋，自觉地拿碗盛冬瓜汤，边盛边说："明天我能去看吗？"她说的是军训会演。

余味筷子顿住，像模像样地思考了两秒："不行。"

"好吧。"她鼓起嘴，将最后一口汤在嘴里漱了漱，咕嘟咽下。

余味仰头喝汤时扫到她的表情，心中觉得好笑。

景行区老街有一条巷子，巷口一棵歪脖子树活了百年，从这往里，住着S市最老的那批城镇居民。这里叫愚梦巷，石板路由东向西铺开。每天太阳升起，从东巷将阳光洒落，傍晚太阳落下，将西巷的天铺满晚霞。

青瓦白墙，凹凸石板，谈笑嬉戏，最是巷里。

朝阳升起，泼洒在愚梦巷。

小巷的一天从早餐铺的蒸汽开始。悠闲的周沫身着卡通睡衣，揉着眼睛，排在烧饼前队伍里。邻居打招呼，她便跟着聊天，买完烧饼她察觉不好，飞奔回家，刚好遇到了一脸不耐烦的余味。

"怎么这么久，要迟到了！"

余味的起床气还没消，周沫赶紧把塑料袋递他手上。

"快走快走，我等会儿和羊仔去看你会演！"她轻推他的背，把他往朝阳方向的巷口推，出了巷口便是公交站台。

周沫赶紧进东屋吃早饭，李阿香不停叮嘱她慢点儿，可她心里惦记着事儿，草草吃完饭换了衣服，杀到杨博书家。

四楼，爬死周沫了。

她按响门铃，是杨叔叔开的门，说杨博书还在睡觉，他西装革履正准备上班，打了声招呼。见长辈走了，周沫毫无顾忌地闯了进去："羊仔，起床，带我去你学校看军训会演！"

杨博书明天就开学，这是他最后一个懒觉，居然被周沫这只鸡崽子给打扰了。他恼火地拥着薄被坐起，一把扣住周沫的脖颈："周沫，我是不是跟你有仇？你敢这么对余味吗？"

周沫大叫着挣扎，整齐的长发乱成鸡窝。最终两人眼神交战，杨博书先天不足，没有周沫有大眼优势，没瞪一会儿就落败了，骂骂咧咧地洗漱出门。

再次撞进室外的空气中，太阳已经隐身。乌云悬在空中，给室外的市民报信。

周沫和杨博书乘上了101路公交车，找了个位坐下来，杨博书插上耳机分了周沫一个右耳耳机，耐心叮嘱："半小时，我再眯会儿。"他昨晚打游戏打到凌晨3点，睡前才看到余味的消息，都没有机会拒绝。

几首歌的光景，公交车喇叭响起："旺达路到了，请从后门依次下车，下车请走人行道……"

周沫耳朵时刻竖起，听到到站，立刻推了推杨博书。

杨博书从不舒适的睡姿中醒来，扭扭僵住的颈脖叹气，揉揉眼无奈地领着周沫向 S 市一高走去。

站台就在旺达卫校门口，他们需要过一条马路。

周沫拽了下杨博书的衣摆，回头指了指卫校说："羊仔，这是我学校。"那得意扬扬的表情，就跟指着清华似的。

"知道知道。"他都不用出入校门，下课倚在走廊，就能望见卫校操场，看了一年也没啥稀奇的。

"哎呀我还有六天才开学，我都忍不了了。"周沫闲了一个暑假，学习热情空前高涨，满心期盼上学。

杨博书毫无情绪地往前迈步，心里却把周沫捶成肉酱，想到中考前没给她好好复习就后悔，应该拉着她好好学习，让她去上个高中，满足她的学习欲望，让她学到吐。

S 市一高的白底黑字招牌近在眼前，同旺达卫校的金光闪闪不一样，这就是最低调的高调。刚走到校门口，便听见鼓乐声，节奏很强，让人脚趾不觉跟着跳舞，周沫本是老实走着，听到音乐便开始兴奋地蹦跶。

适逢暑假期间又是军训会演，门卫叔叔管得不严，两张学生脸畅通无阻。周沫一路脑袋就没摆正过，全程瞎晃，马尾辫飞来飞去，杨博书不着痕迹地错开她两步。

她看看这楼，指指那树，惊奇道："哇，好漂亮啊，感觉特别有文化，我也想来这儿上学。"

杨博书好笑道："那你再回去复读一年？"

周沫拨浪鼓似的摇了摇头："还是算了吧，太辛苦了。"她实在不爱学习，看书半小时保准打瞌睡。

他们穿过逸夫楼找了处操场高台，躲起来欣赏，周沫不停地询问军训事宜，杨博书哪记得这么多，他只记得痛苦和暴躁，炎热和美女。

"这个你得问余味，他对军训记忆还新鲜。"他们哥俩一个德行，没一个有耐心应付周沫。

同学们坐在划定的各自的班级区域等待上场，广播里慷慨激昂地介绍道："高一（六）班同学用坚强的意志和过硬的作风交了一份出色的答卷。训练中那力可拔山的臂膀是我们风雨中的避风港；烈日下的那一片橄榄绿，是我们心海永不漂移的阴凉；坚定脸庞上的微笑，是鼓励我们坚持的力量！在这里，让我们用最热烈的掌声……"

周沫耳朵顺便听着,脑袋晃悠找了一圈,侧头问杨博书:"余味几班的啊?"

"十班。"杨博书没看会演情况,正拿着手机发消息,他对这事儿完全没兴趣。

周沫数着座位区,大致判断出十班的位置,仔细搜索余味的身影,没一会儿便发现了他。

余味生得白净,即便被军训茶毒加重了两个色号,依旧比周围一圈男生白一个度。

周沫脸上刚绽出傻笑就见一个未穿军训服的女生凑近他,同他说话。周沫收起笑容,目光直直锁着那处。

余味不是那么有耐心的人,可他们说了好久的话都没停。

周沫胸腔里的小火苗不断燃烧,起伏的胸膛影响到身旁的杨博书,他问道:"很热吗?"

喇叭里的鼓乐有力奏响,同学们的口号响彻操场,周沫的心在声声柴火的撺掇下着火了!她置身在烈火中,眼中燃起火苗:"不看了!"

她起身就走,留杨博书愣在原地,大老远跑来这就走了?广播里不是才报到高一(六)班吗?还没到余味呢。

他快步跟上,周沫像踩了风火轮似的,一溜烟已经跑过了逸夫楼。

杨博书经过逸夫楼冲她影背喊了一句:"喏,这栋楼就是余味他们班。"

周沫闻言停住脚,往他说的那楼看了一眼,下一秒继续往前走,谁要看他的楼。

出了校门,周沫这急性子像是火箭发射般,一秒都没法在这里待下去,她伸手要拦车,杨博书跟在后面无声叹息,这只急猴子,这个败家子。想是这么想,还是伸手帮她拦车,不让她顺意的话,接下来他也别想好过。

出租车由西城向东城驶去,周沫被空调吹得热气散了,怒意消去些许。她又有点后悔,还没看到余味军训呢。周沫越想越可惜,拧着T恤下摆纠结:"羊仔……"

车窗外街景急速倒退,杨博书应了一声。

"我们回去看会演吧。"周沫无理取闹地乞求。

杨博书脑海里想了无数个动作,比如拧着周沫的耳朵把她扔出去,比如踩烟头一样对着她的鸡头踩两脚……想是这么想,下一秒他还是强扯出一丝抱歉的微笑对司机说:"师傅麻烦掉个头,回S市一高。"

周沫知道自己无理取闹,可方才就是很生气,一秒都看不下去,气得她想冲过去把余味揍一顿，现在冷静下来，想想人家不过就是说几句话嘛。

天还是阴沉沉，比方才更甚，杨博书付了打车钱心里默念，这笔账回去找余味算。

他们还是回了一高的操场，路上周沫再经过逸夫楼的时候看得格外仔细，白瓷砖红屋顶，白墙壁红漆门，一共六层，余味在三楼。

两人重新回到了方才那处观看台，坐在原来的座位，就好像没离开过一样。

余味在高一（十）班的位置，看到两人来了走，走了来，内心发笑，搞什么呢。

临时体育委员喊着，九班在准备了，大家也收拾收拾准备起来。余味将外套穿上腰带扣好，林李问他："余味，等会儿你有事吗？我们几个约了一起去吃串。"

余味看了眼看台，两只黑脑袋耸来动去，在空看台上显得格外引人注目，他摇摇头说没空，单手扣上了帽子，遮住眼里的笑意。

周沫听到广播里喊到"高一（十）班"时，注意力便从同杨博书的唠嗑中抽了出来，急速扫向操场会演区。高一（十）班方阵上场，动作整齐划一，嘴里口号响亮，做完规定动作后他们围成一个圈，一位花衣姑娘在中央起舞，周沫眯起眼确认，是方才同余味搭话的人。

跳得真难看！一点儿都不严肃！她愤愤地想。

偏偏身边的杨博书在她耳边唱起反调："这姑娘腰力不错，下这么久腰还这么能扭。"

周沫的心中又被点了一把火，她手轻轻捏起，刚要作势动手，便见那方阵整齐退场，她决定先看看他们。

队伍退到角落，可还在周沫视野范围内，余味被那个花衣姑娘拉住，老师走过去，她便直起身正经起来。周沫心里偷偷对她下定义：两面派。

这一刻，方才的那把火随着她的注意力转移悄悄灭了，杨博书丝毫不知自己因周沫可怜的脑容量逃过一劫。

会演结束，余味被林李拉住商量谁当班委的事，他不知为何找自己，林李表示因为他入学成绩是全班第二，就在她下面。她不着痕迹地强调这一点，想扬扬自己的位置，杀杀他那股子不怎么理人的高傲气。

余味双手插兜事不关己地"哦"了一声。林李不由焦急道："是李老师让我找你商量的。"

"竞选吧，谁愿意当谁当，自由民主。"他手机振动，但班主任在不远处，他不便掏出，手在兜里来回地把玩手机，班主任一转身，他便掏出看了一眼，周沫问他什么时候结束。

他回复：大概中午。

众人回了班级，林李把竞选班委的想法告诉李老师，他点点头当即召开了班会。

周沫看了眼短信，拉着杨博书出去吃冷饮："哎，要等好久噢，我们先吃东西吧。"

走到校外一家冷饮店，掀开冰柜盖，她要了"绿舌头"。在外面她不喜欢吃滴滴答答的东西，容易弄脏衣服，"绿舌头"是款果冻式冷饮，色绿味酸。由于色素原因，吃完后人的舌头会变绿。

以前她吃完了爱冲余味吐舌头，有回她吐的时候旁边正好有面镜子照着，她吓了一跳，这也太恐怖了吧，难怪余味总是一副嫌弃样。

班会漫长而严肃，等到中午11点40分，整栋楼几乎走空了，高一（十）班的班会才结束。余味自是没竞选，可成绩摆在那里，他被李老师安排做数学课代表。

他单手将书包甩向身后同古默一起下楼，林李追上问道："余味，你等会儿回家吗？"

他点头。

林李见他没什么搭话的兴致，退到同桌那里说起话，余光锁着余味走出逸夫楼和一男一女会合。他约了朋友？

林李好奇，再看了一眼，那个女孩好漂亮，居然穿这么短的裤子，真大胆。众人拐向校外，她收回目光，一道走了出去。

周沫看余味出来立刻笑盈盈，余味胡乱揉揉她的脑袋："上午消失了会儿去哪里了？"

杨博书冷哼："你家大小姐的病你不知道吗？"说完摊开手，"打车费50块。"其实也就一起步价，可他好歹伺候了周沫一上午，辛苦费和精神损失费必须得要回来。

余味还真掏出钱包取了张绿票子要给杨博书。周沫伸手拦住："哪有50！"

杨博书赶快接过塞进兜里，反驳道："时间就是金钱！"

滚滚阴云罩在头顶，雨欲落未落，热气将人撩得发躁。

S市一高散场的同学迫不及待往空调处赶，他们三人打打闹闹走出校门，步子不徐不疾。

天气什么的从来不会影响他们的心情，影响人心情的从来都是周沫的心情。

2008年9月1日，普天同庆，旺达卫校开学了！

碧空如洗，红日高悬，周沫坚持住校，周群和胡瑾只得像外市父母一样大包小包，把衣服、被子都扛去宿舍。

学校正门里是一处鱼塘，碧水中红锦鲤嬉戏追逐。左边是教学楼，右边是实验楼，他们穿过两楼相连的长走廊，映入眼帘的是四面威风、矗立于学校东南角的最高楼——图书馆大楼。

蓝绿镜面玻璃折射出刺眼的阳光，不时晃人眼。

学姐们躲在各类"动感地带""中国电信""中国移动"的遮阳棚下避日头，见着像新生模样的学妹便上前询问，再领她们去宿舍。

卫校女生高达百分之九十以上。周沫暑假来过一次卫校，收到通知书后吵着要来，余味给了句点评："居然像模像样，看着像是个学习的地儿。"

可就算是在清华，周沫也是那个样。

上回来还空空荡荡，这次人头攒动，她的兴奋指数持续升高，将爹妈甩在身后，东探头看看，西人堆凑凑，从校门去宿舍的十分钟路给她走了足足半小时。

到了宿舍楼底下，胡瑾站在树阴遮蔽处，取下帽子扇风，娇白的皮肤被晒得泛红。

周群去买了两瓶冰水，一瓶给女儿，一瓶给老婆，自己将行李拎了上去。

10栋302，楼层很好，不高，周沫爬得动。他又看了眼床铺，周沫住上铺不知安不安全。他用手摇了摇床，胡倾城这时拖着行李箱进来，见到周群，局促地说了声叔叔好。

周沫喝完水，胡瑾已经热得坐进了车里吹空调。女儿遗传母亲娇弱体质，洁癖热病都是，可今日周沫兴奋，忽略了身体的不良反应。

胡倾城正在挂蚊帐，看见美女入内，眼睛一亮。

真实版小说女主角入场画面，金光从背后笼罩，她背光走入，白T恤大热裤，修长美腿，惊世容颜。胡倾城手一松挂了一半的蚊帐耷拉下来，不过她没心思管，自我介绍道："你好，我叫胡倾城。"

"周沫。"周沫冲她摆摆手，见周群在上铺挂蚊帐，苦脸道："啊……我住上铺啊！"

胡倾城一听便说："你要是不喜欢我跟你换，我住上铺。"她身材微胖住下铺更合适，可她喜欢一个人偷摸看小说的感觉，若是周沫愿意她倒是很乐意换。

周群停住手上的打结动作，看着胖嘟嘟的胡倾城，不好意思道："可以吗？"

胡倾城毫不犹豫地点头，一副为美女服务，她愿意"就义"的表情。

周沫心中为胡倾城竖起大拇指，要不是暑气挡住她的热情，她恨不能拥抱她。

三人忙碌了会儿，周群问："胡同学，你一个人来的吗？"

"嗯。"胡倾城面上淡定，"我自己能行。"

302室是六人房，三张上下铺床位，一个不大却要装六人行李的橱柜，周群将周沫的东西放置好，拉她过来指这指那，交代完问她："记住了吗？"

周沫的耳朵早就启动了屏蔽功能。周群长叹一口气心想，算了，她找不到东西自然会打电话来。他惦记着老婆，撇下周沫便要走。周沫见爸爸走了，立刻拉着胡倾城要出去。

周群刚跨出门想到周沫第一次过集体生活，心生不舍，一转身想再啰唆交代几句，便和正要出门的两个姑娘撞了个正着。他心里翻了个白眼，周沫就是个待不住的主儿。

他掏出钱包抯了几张红票子递到周沫面前："这周的零用钱。"

周沫没仔细看便塞进窄窄的热裤兜："谢谢爸爸！"

官方假笑，周群知道，那是周沫在催他消失。

周沫没一会儿便失去闲逛的耐心，跑去宿舍楼下的超市吹空调，她们一人拿了根"绿舌头"不紧不慢地啃着。店里不断有同学来购置生活用品，陌生的脸蛋，朴素的穿着不断在眼前穿梭。

胡倾城冲周沫扬扬下巴，说："你知道吗，以后她们都会变成大美女。"

"啊？"周沫将冰棒棍扔进垃圾桶。

胡倾城叼着棍，眼睛一眯："卫校养人，尤其是美女。"

旺达卫校开学气势盛大，每年这时 S 市一高放学四散的同学，眼神或明目张胆或遮遮掩掩，总之注意力都会投射在那些轻灵的美女身上。

S 市一高的美女很多，但多是学霸型或清高型的高岭之花，娇俏柔软的嗲妹还是卫校比较多。

周沫请胡倾城在校外吃了顿晚饭，拿手机发消息给余味，可他没回。

夜幕降临，宿舍内亮如白昼，302 的姑娘们已经聚齐。应兰兰端着脸盆见她俩进来笑了笑便去阳台晒衣服。

张敏见来人挑了挑眉道："你们是我们宿舍的吗？"用的词是"我们"，可眼睛直盯着周沫打转。她人高马大，长发及腰，目测身高一米七五以上，身材壮硕，问话不怒自威，颇有港派大姐大的架势。

胡倾城点点头，走向自己的床铺，手一抬将手机放上床铺，端起脸盆准备去洗澡，周沫则被张敏拉住问道："你是本地人啊？"

周沫点头，她又问胡倾城："你呢？"

胡倾城心里翻白眼，刚怎么不见你拉我，一看就是外貌协会，于是没好气地说："我是 S 市 A 县的，不算本市。"说完她嘴角下撇甩甩头发去洗澡了。

周沫拿出手机，0 条未读消息，她漂亮的眉毛拧了起来。

应兰兰晒完衣服回来也同周沫搭起话来："你之前是 S 市初中的？那你成绩应该不错。"S 市初中是 S 市最好的公立初中。

周沫人生最大的弱点便是学习，完成九年制义务教育已是不做文盲的最终志向，此刻有人说她学习好，她心虚到了极点。她赶紧摆手："不不不，我在那儿很一般。"没有吊车尾，但也属于排名中后。

卫校分数不低，和市级重点高中的择校分数差不多，很多学生甚至高出 S 市高中的择校分数，各种原因最终选择来这儿当鸡头。周沫自知在这里她连鸡头都不是。

今天下午，她和胡倾城在教学楼底下看分班排名，她被前排流落该校的学霸吓到，分数这么高来读职校干吗？不过当她踮起脚看清胡倾城的名字在第一个时赶忙闭了嘴，将吐槽之言咽了下去。余味告诉她："出门少说话，否则容易暴露你的智商。"

张敏啃了口苹果，嘴里嘎嘣响动，蔡珊珊住在张敏上铺，她说自己是第六名，本想读普高可想来自己的智商实在有限，读了高中可能也就二本三本的样子，不如读个以找工作为目的职校。

柏一丁正坐在靠近衣橱那张床的上铺，安静地绣十字绣。她聚精会神穿针引线，十足小家碧玉模样。她没参与大家的话题，脸上始终挂着淡笑。

胡倾城洗完出来，周沫赶紧溜了进去，一瞬把自己浇湿透才发觉水是冷的，可衣服已经脱了，身上还沾了水不好出去，便在浴室里喊："胡倾城我不懂调这个，你帮帮我。"

胡倾城停下洗衣动作，打开浴室门，见周沫裸身站在龙头下，羞涩地半挡着胸，胡倾城用手左右调了下开关，温热的水倾洒下来。她关门前留了一句："别遮了，什么都没有。"

周沫站在水下反应两秒后，气鼓鼓的。

又偏偏是这句隐晦的人身攻击，拉近了周沫和胡倾城的距离。

周沫洗完澡出来头发还湿着，一阵号子声吹响，她站在门口吓得抖了一下："这什么啊？"

应兰兰告诉她："这是熄灯铃。"话音刚落，灯啪地熄了。

灯一熄，方才还略有局促的姑娘们慢慢打开话匣子，聊起今日见闻。应兰兰下午去市区逛了逛，手舞足蹈地说市区有多好玩。

周沫眨巴眨巴眼，她们说的是同一个地方吗？她见上铺胡倾城的手机灯持续亮着，问她在干吗。

胡倾城回答："看小说。"

周沫不知道胡倾城的小说具体指什么，但她爱看漫画，心里认定她们是有共同爱好的。

蔡珊珊、张敏和应兰兰三人均是外市人，对S市狂热好奇，不停讨论哪里好玩，并约好周末休息一起去。当她们兴奋地要拉周沫这个本市市区人做导游时，发现那个小美人很安静。

张敏透过蚊帐看了眼，周沫双眼合着，呼吸均匀，长睫毛在月光下如一双翅膀。

张敏轻轻发出一声感慨："周沫真好看。"

胡倾城在上铺又翻了个白眼，这个张敏可真是个颜控，不分男女。很快她目光又回到手机上的世界。

周沫一向睡眠好，换床或是吵闹都不能阻止她同周公相会，许是同姓缘故，她有上天恩赐的上佳睡眠质量。

可这一晚她睡得很不踏实，宿舍很好，同学友善，什么都好，可……

该死的余味为什么没有回她消息！

周沫在开学后迎来了她日思夜想多年的军训，她身着军训服，在舍友们集体不理解的眼神中，蹦蹦跳跳地奔向集合点。

那会儿差不多 7 点半。毋庸置疑，蔫蔫巴巴的清晨，周沫是整个操场最兴奋的那个。

等到 8 点半太阳完全升起，周沫人在太阳下燃烧，心里想的是：什么军训，这么晒，都不能去阴凉处，净往太阳底下拉。

余味课间站在逸夫楼走廊上，感受今日这大太阳，望着卫校操场上队队方阵，想到周沫那热病，估摸她要发狂了。果不其然，中午放学的下课铃一响，周沫的电话便来了。

余味的下课点在 11 点 40 分，比卫校晚十分钟，他下课了回电话过去。

一接通周沫病恹恹的声音便传了出来："猴哥，军训就不是人干的事儿。"她晒得头昏脑涨，胡倾城给她冷敷，可效果不佳，毛巾敷热了就不舒服，她准备打完电话去冲个冷水澡。

"你老让我发表感言，我的感言就是你现在的感言。"同学们都走了，方才吵吵嚷嚷，这会儿安静下来。余味独自留在教室和周沫通电话，四周鸦雀无声，估计都去避暑了。

蝉鸣间歇时分，只一个大吊扇不懈转动。

周沫欲哭无泪，买了一瓶冷饮，吃完睡了个午觉。应兰兰叫醒她时，她委屈巴巴："能不去吗？就说我不舒服。"

下一秒，胡倾城无情地拉起她，柏一丁给她扇风，小声安慰道："就一下午，你坚持坚持。"这是她同周沫讲的第一句话，周沫揉着眼睛心中暗赞：她真是好温柔啊！

最终，温香软玉的鼓励没派上用场。

下午，周沫作为对军训最兴奋的人，沦落成最虚弱的人。

大家都知道她不是装的，因为她倒下前留下了恶心的呕吐物。她被临时班长余嫣和胡倾城架着往校医务室挂生理盐水。

当晚，周群接到周沫班主任的通知，开车将她载了回去。周沫的军训生涯不到 5 小时。她苦着脸问周群："那我明年是不是还要跟着学妹军训？"

周群将西瓜切成小块，拿餐叉叉了一块送到她嘴边，没好气地说："你想去就去。"

周群暗叹周沫真是不争气，别家孩子也没这么娇气。他一接到电话便心中有数，这丫头从小就娇气。

得到周群的准信，周沫立刻活了过来。她拿出手机给猴哥、羊仔都发了消息，告诉他们，自己的军训结束了。

杨博书正在晚自习，兜里手机一振，一看是周沫的消息。见她还发来这种拉仇恨的短信，他正准备骂她一顿，班主任的脑袋从后窗飘过，气吞山河地喊出了他的名字："杨博书！"

脊背一凉，手机被收。周沫当晚被杨博书在心里扎了小人。

余味没回消息，他翘了晚自习在宿舍打了一晚《梦幻西游》。杨博书跟着他的室友一道冲进来，吼道："那只臭鸡仔溜了军训就算了，她害得我被没收了手机！"

余味这才想起来忘回短信了。

军训结束，周沫才回到宿舍，她只有胡倾城的手机号，时不时会同她聊天，再等她回宿舍，其他五个人混得熟稔，但大家对她讲话还是客客气气的，颇为生疏。

周沫心中哀叹，又因为错过军训而错过了友谊提升的机会。

一熄灯，五人热烈讨论教官的颜值和声音，话题一小时都未结束，周沫努力回忆才勉强描绘出那教官的轮廓。

"那你们还愿意再军训一次吗？"周沫问。

众人顿时给出嫌弃的答案。

"怎么可能？"

"谁吃饱了撑的？"

"就是，我可羡慕死你了！"

周沫舒了口气，5 小时的体验足够，她再也不想军训了。

周沫本就是个憨美人，走到哪处皆有很高的回头率，即便在美女如云的卫校都不例外。年级里都道，2008 级 05 班有两个姑娘长得夺目，一个叫余嫣一个叫周沫，都是本地人。余嫣不住宿，大家同她并不熟；周沫住宿，每日在宿舍喊喊喳喳讨得众人一番欢喜，都爱和她做伴。

女生都爱结伴而行，宿舍两两成对很正常，胡倾城由于第一日的缘分和周沫默契地凑了搭子，即便在周沫消失的一周时间里，她也没忘记自己的伙伴。

可周沫从来都是个小没良心的。她今日和这姑娘说漫画说到一块儿，就赖着和人家吃饭；明日和那姑娘讲明星八卦唾沫横飞，就非要跟人家一起午睡。宿舍里走门串床最厉害的便是这位，胡倾城最常做的一件事便是到处抓周沫。

"周沫，打水了！"

"周沫快走，食堂要没菜了！"

"周沫，再不洗澡就要熄灯了！"

周沫和胡倾城完全没有共同话题，她爱动漫、漫画，胡倾城爱看小说，虽说都是二次元，但彼此看不上对方的爱好。周沫强烈"安利"，拿着新出的漫本，眼睛瞪成星星眼："太好看了！你一定要看！"

胡倾城发给周沫她最爱的虐恋小说，可周沫看到字就困了，成功抱着手机睡着。她们在经历了一人花心一人追逐的"虐恋"后，又进入爱好不同的磨合期，最后她们都放弃了，就一起凑搭子吃饭同行。

应兰兰看她们又勉强又相亲相爱的样子，哭笑不得："要不我跟周沫一起，倾城你和珊珊一起，你们也都看小说。"

周沫非常贴心，抢在胡倾城前头拒绝："不行，我洗澡倾城要帮我拿毛巾的，我早起要给她买早饭的，我们有默契！"

她们属性分明，一个"夜猫子"一个"早起鸡"，互补得很。

宿舍另一对搭子是柏一丁和张敏，娇小和高大。

胡倾城第一日见面对张敏印象不好，总觉得她是"外貌协会"，军训结束后才发现她是个比周沫还纯粹的傻大个儿，比周沫大个儿，也比周沫傻。

柏一丁在入学第一周做了助学贷款并申请勤工俭学，正式上课后，她周三周六下午需要去机房打扫卫生。张敏有时落单便跟周沫她们一起三人行。

旺达卫校不大，总共就四幢教学楼和一幢实验楼，外加一座装门面的图书馆，宿舍倒是有十幢矮楼，最高六层，最矮四层。由于建筑时期不同，风格也各不相同，没有巴洛克式、中式、欧式这类说法，总而言之，概括为一个字——土。

新生起初总有无限热情，小卖部上了新品零食能欢腾半天，楼下花坛有彼岸花也可以聚集拍照，可再热情也有终点。

校园这么小，那点少女热血总有耗完的时候，学姐们无情的揭穿和冷淡便是这能量条的燃料，迅速燃完，啪的一声，问号变成句号。新生随即开始跷起二郎腿，老腔老调起来。

周沫宿舍的热情未减，许是有周沫和张敏这两个捧场王，她们奋力抢夺国庆晚会的门票，在一众少女的汗水和泪水中抢到了六张门票，五班全班五十人，统共就十张票，愣是被她们勇猛地夺下六张。

国庆晚会，劣质灯光和地毯包裹的舞台上，少女们载歌载舞，散发青春活力，周沫这个对晚会最激动的人，却在晚会现场和初中同学发起短信来。

另一个始终在状况外的人是胡倾城，任周围女生尖叫喧闹，起立旋转，她安然不动，始终沉浸在小说中。

回去的路上，周沫被人踩了一脚。宿舍众人上前抚慰，张敏还夸张地说："我来扶你。"

胡倾城看周沫雷声大雨点无，没加入安慰队伍，继续看手机。

到了宿舍，周沫跷起腿，查看完红肿的脚趾，赶紧掏出手机拨了余味的电话。

第一个电话对方没接。周沫的心情一下坐上冷冻机。

没几秒余味回了过来。她惊喜接起，耳朵贴着听筒没说话，想等余味先开口，可电话里一阵嘈杂，男声此起彼伏，交错响起，桌椅声"嘎吱嘎吱"尖厉地透过听筒刺向周沫的耳膜。

她蹙着眉将手机挪远了几厘米，看着屏幕上正在通话的字样，不死心又听了起来。

这下和方才不一样了，一个女声传出，可声音模糊完全听不清，余味的说话声也响起，略清晰："那就周六吧。"

周沫冲着话筒叫了声："余味！"

没反应，想到他可能是不小心碰到，她便喊了起来："余味！"

周沫宿舍忙碌洗漱的人被这一声给镇住，皆愣了一秒，看她拿着手机便又继续做自己的事情。

柏一丁拿了支药膏递给她。

周沫稍挪开手机，接过药膏说了声谢谢，再贴近听筒，余味的声音清晰传来："……我也不知道怎么拨出去了。"

余味此刻正站在教室，准备回宿舍，室友罗钊正催促他。方才屁股兜里传来周沫的声音，他以为周沫溜出来找他了。

逸夫楼外，月光融融，树影重重，周沫叽里咕噜诉苦说今天被踩了一脚多疼多疼，嘴里还嚼着苹果。

她精怪的模样立刻浮现在余味脑海。踩一脚再疼能疼多久，周沫一向就爱小题大做。

　　他早已在不理她到安慰她之间尝试过无数方法，最后找了一个捷径："明天一起回家，我这周末休息。"

　　果不其然，方才阴云密布的声音乍时放晴："好呀，那我明天在你校门口等你。"周沫的脚突然就不痛了。

　　余味又交代了几句，告知周沫被踩了就踩了，别和人家闹别扭。

　　周沫紧皱眉头道："我才没有，我知道集体生活要忍耐、忍让的，你不要把我想得这么任性。"

　　余味听她说出这种话，竟有种女儿养大了的感觉，难以置信地挑起眼尾，颇为欣慰。再抬眼，宿舍楼近在眼前。他等屏幕黑了才揣进兜里，一步步踩上台阶，心里想着回去再玩几盘游戏，明天上午两节数学课可以补觉。

　　宿舍里，蔡珊珊在讲她崇拜的男生今天在校内网被挂了，她嘟着脸表示自己很伤心。

　　应兰兰自手机里抽出一丝精力安慰她："这也就是你的三号崇拜对象而已，不是还有一、二、四、五号吗？"

　　周沫扒着上铺的边沿，认真地安慰道："我觉得一号比较好。"一号是 S 市一高的学霸。因为余味也在一高，她对 S 市一高的人格外有好感。

　　应兰兰拽了拽周沫："最近你老打电话的人是谁啊？"她好奇很久了，问了同周沫最亲近的胡倾城，胡倾城也直摇头说不知道，下一秒就继续看小说去了。

　　周沫清清嗓子："我发小！"每次提起余味她都喜滋滋的。

　　胡倾城对那个周沫总打电话的人也极为好奇。蔡珊珊问道："男的吗？"

　　周沫点头。

　　下一秒宿舍爆发出一阵惊呼。

　　"天哪！"

　　"青梅竹马！"

　　……

　　柏一丁也从英语书上抬起头来。

　　胡倾城起身坐直，两眼放着光，明明下午还说着今晚谁都不许打扰她看书的。这可是 21 世纪现实版青梅竹马小说，谁能拒绝得了！

　　"他几岁？"张敏咬了口苹果。

周沫坐在床上涂药膏："和我一样大。"第二声号声响起，周沫赶紧将药膏盖子拧上，搁进床头的置物篮。

室内陷入一片漆黑，月光映亮过道。宿舍五人围着周沫你一言我一语，问个没完，周沫都来不及回答，她们就自己为内部问题的重要性和逻辑性争了起来。

"他帅吗？"

"他高吗？"

"你们几岁认识的？"

"你们有彼此专属的绰号吗？"

……

周沫回答道："又高又帅又聪明。"这一刻想想，他可真是个完美的人。不像周围人提起她，都说的是："女孩子好看就行了。不用太聪明，沫沫别难过。"

"他在哪里上学？很聪明的话，他也在 S 市一高咯？"

"你们爸妈都认识吗？"

周沫轻咳一声打断她们："听我慢慢道来……"

姑娘们凝神屏气，双眼放光。

那夜故事从她口中叙述，在她眼中回放。

风扇在头顶转头摆动，室外蝉鸣间歇作响，夏夜晚风吹过，哗啦啦地带来一阵清凉。

那夜特别长，长得像十六年那般久。

第三章

不许吸烟

2018 年 5 月 30 日。闪电劈开昏沉的早晨，划破浓厚绵软的云团。

随之，周沫的手机屏也暗了下去。

她掀开纯白空调毯，双脚挨到木地板上，感受到凉气，胸中稍稍舒爽。余味真的是大变态。

手机再次亮起，锁屏界面跳出微信简要提示——羊仔：也不能怪余味，学医压力太大，抽烟……

周沫扫了一眼，没点开，站起身往院子走去，津津正趴着休息，耳朵贴在地面探得她的脚步声，霍地跳起，摇着尾巴吐着舌头一脸兴奋。

她告诉自己不要想，可拿起狗绳往它脖子上拴时，嘴巴里还是嘀咕起来："津津，你爹可真是个王八蛋。"

余味说过，他最讨厌抽烟的人。

可不嘛，你是挺讨厌的。

清晨 8 点，陆地花园的大草坪挤满了来往遛狗的阿姨，周沫深吸一口清新空气，幻想自己是日剧女主角，即便是雷暴来临前夕也要朝气蓬勃。

可刚一吸气就闻着一股子臭味，她忙屏住呼吸，心想今天遛狗的人一定很多，狗屎味都覆盖了青草泥土味，低头一瞧，这家伙当街拉了一坨。周沫膝盖微抬，恶狠狠做了个假踢动作，津津一避，不小心踩到了……

眼下，它小蹄子上还有一缕拉丝。

周沫清汤挂面的脸立刻揪了起来，这家伙真是跟它爸一样欠扁……

"哟，今天这动作这么快。"周群正在煎蛋，见周沫出门没几分钟就回来了，有些不可思议，津津一般不玩个半小时哪肯罢休。

周群一回头，瞧见"姐妹俩"的脸都很臭，耷着头没精打采。

津津自觉地没进院子，站门口发出呜呜的委屈叫声，双眼皮间距拉开，心情不好。

周沫抽出水管，摁住它把它的蹄子冲了一下，想想又不放心，把脚趾缝也冲了，收管子的时候还是不放心，想到它会扒床头舔她，她又一把将它抱起，开着水龙头拿鞋刷子细细刷蹄子。

周群从厨房探头出来："踩到屎了？"

周沫没好气地说："才出门就拉了，可真快，替我省力气。"

周群看她洗得那么干净，心想津津经常踩到，很正常，还不是她遛得少。

周沫和津津刚从北京回来那会儿，有回津津遛丢了，她愣是跑到派出所去报警，给民警增加工作负担，后来发了悬赏启事贴满小区可算找回来了，她一把抱住津津，号了一顿。

周群当时要假模假样骂津津吓吓它，没料周沫使劲地瞪他，死活不让说一句。真当个孩子养了。

从那以后，家里人遛狗必拴狗绳。

从那以后，津津的"二小姐"地位也就此奠定。

今天是在血液科上班的最后一天，周沫化个精致的妆。刚走出房门，周群打眼一瞧："哟，哭了？"心想莫不是为津津好几岁了屎屎还弄在身上而自责落泪？

周沫心梗，男人不懂！这是日式腮红。算了，她懒得说。

今天的班是血液科人人闻风丧胆的十二小时制，之前周沫老是调休出去玩，导致欠债太多，前阵子突然说要走，护士长算了算账让她整个 5 月接连上了十几天这种班。

今天是还债的最后一天，她爬楼的劲比还债第一天足多了。

等结束了，她一定要拉胡倾城她们出来撸个串，热烈庆祝"农奴翻身"。然而，想象真的是无比美好，她上楼的时候根本不会想到，今天血液科乱成了一锅粥。

周沫 10 点上班，9 点 50 分到科里，所有护士都在护士站挨训，她还没去换衣服就被护士长拦住："周沫，昨天谁给 24 床病人吃东西的？"

周沫脑子飞速翻至昨日页面，用力回忆：对了，她昨天被拉去加化疗药中午没送餐。于是摇摇头。

挨了护士长一个白眼后，她皱着眉头进去换衣服，心想：怎么了？

周沫穿戴好工作服出来时，训话已散场，病房气氛仍然凝重。抢救已经结束，现在 24 床病床旁放置了一堆机器，仪器报警声不时响起。

她透过净化仓小窗口看了眼那个年轻苍白的男人，侧头问同在观望里头的陆羽："怎么了？"

陆羽没说话，说了句去忙了，便行尸走肉般地挪走了。

周沫不解，可血液科的忙碌根本容不得她细思。她很快进入工作的飞奔状态，因 24 床病危再加上今日有移植手术，整个科室忙碌得像人间炼狱。

得下班特赦，已经离原本下班的 10 点过了三个小时。

夜宵泡汤，还好中午周沫就料到，于是发消息取消了。她精心化的妆早已斑驳，全身累得要散架。

陆羽也加班到这个点，可她是早上 7 点半上班的人，周沫推推她："护士长不是让你 6 点多就下班的吗？"

陆羽摇摇头没说话，今天她一整天都不对劲。

周沫捏捏她的脸："我要走啦。"

陆羽木着脸点头。

周沫鼓起脸郑重提醒："我明天就不来了！"

陆羽这才恍然："哎……你记得回来看我。"她用力扯了一个疲惫的笑。

再拉开安全门，还是熟悉的楼道。

隔绝了病房窒息的忙碌和阴冷的寒气，楼道的冷气和室外的热气结合得刚好。耳边是又密又有力的暴雨声，似千军踏马来，看架势似要吞噬这里。

上班太忙，根本无心关注室外天气。这会儿透过窗户看向外面，那雨下得声若轰鸣形如奔腾，她感觉自己走到室外会被雨打死。

她低头看了眼自己手上的遮阳伞，用力捶了一下早上"提前进水"的脑子。谁暴雨会带随时就会骨折的遮阳伞？

下楼梯的脚步也不若上班时想象自己即将解放的那般有劲，许是知道自己终于可以离开那炼狱，身上所有坚持扛着的包袱和咬牙忍的苦楚一下扔在了地上。

周沫的第一反应竟是怅然若失。

像是一腔孤勇突然被抽走，人有点虚软。

走近九楼，熟悉又陌生的味道涌入鼻腔。

周沫大眼一眯，黑瞳在昏暗中骤然一亮。

有人在抽烟！

又有人在抽烟！

又有人在禁烟大楼抽烟！

她心里发出冷笑，瞬间注入无穷力量。她一定要抓住这个没有道德的渣滓，狠狠训一番。

她脚踩筋斗云，飘到那抹猩红前，伸手指着那人："这里禁烟！"

可能是情绪太激动，她的语气非常不好，一开口立马从上次的居委会大妈失控成了泼妇骂街。

尖厉的声音在楼道漾开，发出的回声把她自己都吓了一跳，说是厉鬼都不为过。

檀卿本侧对着墙，脚步声靠近时他忙面对墙，掩耳盗铃，想着遮住火星就行。可如何挡得住浓郁气味和存心下来抓他的"禁烟大使"？

周沫借着楼道昏暗的灯光凝神细辨，看清隐在暗处的那人和上次抽烟的居然是同一位。

这次他没穿白大褂，但她一下就认了出来。周沫内心的火苗蹿得飞快。

他吸烟！

又是他吸烟！

又是他在禁烟大楼吸烟！

他上次还说了不好意思，他骗人！

"这里禁烟。"见他没说话，周沫缓了口气又强调了一遍，不过没了方才的激动。

"不好意思。"檀卿认出了周沫。他将事先准备的纸巾掏出，将烟头包在里面，团起来对她扬了扬。

"你上次也是这么说的。"周沫不满道，"万一有对尼古丁过敏的人呢？万一有肺病的人呢？万一有咽炎的人呢？这里可是医院！"

周沫说着说着都要给自己鼓掌了，现场即兴发挥禁烟演讲，表现甚佳。

檀卿点点头，说"好的"。

他转身要走，手刚扶上门把手，周沫手从身后抓住他的手臂，她心底闪过一秒意外，居然还挺健壮。她正色道："你知道今天是什么日子吗？"

檀卿不知道，也不想知道，可那只手抓着他，他又理亏，只得停住脚等她道来。

周沫就等着他说不知道。可单就借着她一只纤纤玉臂做桥梁，完全没能将脑电波输送过去。

对方与她同步呼吸，一呼一吸间，她手覆着的那处皮肤和着她的体温渐渐烫了起来。她感觉到那处皮肤热意下的腱子肉鼓了鼓。

周沫内心波动，闪过一丝犹疑，这是肌肉耸动还是动脉搏动？

如此想着，她手心紧了紧，确认是肌肉。下一瞬反应过来，她感到太唐突又慌乱松手。

死一样的沉默，外面雨声哗哗，楼道风声阵阵。他们却静得一呼一吸都能听到。

檀卿从心里冷笑到嘴角溢笑，这女的怎么这么好笑。

周沫心想，他到底问不问啊？

最终没有耐心的周沫主动打破僵局："现在是 5 月 31 日凌晨 1 点，是世界无烟日！"她骄傲道。

檀卿长叹一口气。这个女的真的很好笑。

他似笑非笑地转头瞧她，试图分析出她的脑回路，却撞进了她一双剪水瞳，心跳偷跑了一拍，语气不觉放柔："谢谢你提醒。"

周沫又被他伪善的笑容蛊惑，心想这人态度还行，于是缓和道："你是医生吗？"

"嗯。"檀卿手搭在门把手上，"下次不会再来楼道抽了，今天雨大不方便去湖心亭。"以后狂风暴雨他都一定会去外面。

周沫笑笑："下次我也不会来九楼了。"她以后都在四楼。你在楼上冒烟我还懒得管呢。

她又问："上次没看到你胸牌哎。"

檀卿一愣，没想到上次她注意到了，便说："上次我没领到。"

"刚入职？"

"嗯。"檀卿欲走，他一位妊高症患者刚用了药，他要回去评价用药效果，怕烟味熏着孕妇故而脱了白大褂。

周沫没眼色道："你们学医压力这么大，都抽烟减压？"

她心里还惦记着余味抽烟的事，试图为他开脱。听说美国的医学学位很难读，压力过大违背意志抽烟，也是可能的。

"我保证在世界无烟日不抽烟。"檀卿当她还在说禁烟的事。

周沫讪讪，人家不想聊抽烟的事就算了，可别因为她以后抽起烟来都有心理阴影。

两人各怀"鬼胎"又毫不诚恳地道了个别，走入两道光线。

周沫看了眼毫无支撑力的伞，下一秒毫不犹豫地冲入雨中。雨滴像密密的巴掌打在她脸上，卷着旋风将她淋了个湿透。她伸出手臂将糊眼的雨水拭开，飞奔向老南门。

S市今天的雨就像天堂打开的闸门，周沫被雨和风裹挟着前进。她心里还在念叨，余爷爷余奶奶，告诉余味一声，别抽烟了呗。

那晚周沫到家已是蓬头垢面的落汤鸡。

她飞速洗了个热水澡，点开胡倾城发来的文档。

《旺达卫校》第一章跳入眼帘……

半小时后，她打了个电话给胡倾城："我后悔了！"

"后悔什么？"凌晨3点，都说作家的灵感在深夜。那可不，《旺达卫校》前三章胡倾城从10点开始写，写了三个多小时，键盘敲得飞起，写完就发给周沫过目。

周沫后悔什么？胡倾城觉得自己写得还不错。

"你把我写得跟个神经病似的！"周沫其实就是嘴上说说，若说在奶茶店时第一反应是拒绝，那方才看到胡倾城的前三章，她那颗心便尘埃落定了。

毕竟，"余味"两个字曾经那么美好过。

"你可不就是神经病吗？"原来是为自己的人设担心，她还以为周沫真的反悔了。

周沫反驳："我哪有！"

胡倾城叹气，脸皱成了苦瓜："你去了手术室是不是就空闲一些啊，你还没把你和余味小时候的事告诉我呢。"

她想写周沫他们青梅竹马的成长史，要采访一番，偏偏周沫5月忙得很，搞得她好不容易得到下笔恩准，最终仍是信息空空。

今天她写文的激情疯狂涌动，最终熬不住喷薄而出来，先写了一段自己知道的事情过过瘾，准备再倒叙回去。

周沫嘴唇无意识地乱蠕动一番，算了算自己的休息日："我生日那天？"

"行！"她眼皮打架想要挂电话，耳边却响起了周沫嗲嗲的哼唧。

她佯装不耐烦地问："怎么了？"

周沫没说话，还是在哼唧。

胡倾城无语，跟她发什么嗲，她又不是张敏，不吃她那套："想余味了？"

果然哼唧声立即止住。

电话那头，周沫皱起的脸和骚动的手立刻转化成愤怒状："呸！"

"那？"胡倾城困了，想道晚安睡觉。

"倾城，我下面痒……"周沫紧锁眉头，不好意思说出口。她憋了一个多月，每天都处于忍耐中，今天沾了雨水，这会儿痒得不行，她挠破过几回，又不好意思去看病，这……太难启齿。

2018年6月1日，胡倾城押着周沫站在人山人海的医院门诊大厅："我跟你说，这病不治死得快。"

"会死？"周沫攥着门诊病历本难以置信地看着她。

"不治会死。"胡倾城面不改色骗她。好像余味离开后，她就担下了原先余味的责任，逗弄周沫，照顾周沫。可她揽了活儿却没能得到余味的待遇，比如周沫的听话——费了半天劲，好说歹说才将她拉了出来。

"你少骗我，我在百度查过！"周沫查过很多次，妇科症状相似，她反复比对，没能找出自己是什么毛病，但不至于会死。

最近夜深人静，她时常对着手机屏幕纠结地咬手指。

胡倾城翻白眼："有百度就行？那你干吗还来医院呢？"

"那你读了研究生不也不知道我是什么病吗？"周沫手指戳胡倾城的手臂肉肉。

"是的，根据你匮乏的词汇量，说来说去只一个'痒'字，去了医生面前人家也无可奈何，你的病只能让检验医学告诉你答案。"胡倾城看了眼取号队伍，下一个轮到她了，她将自己事先约的普通号取出。

周沫死活不肯挂专家号，说都是她爸的同事，说不定认识她呢。

胡倾城没想到周沫从事医疗行业这么久，还这般害羞，便道："你以前看个假人的裸体都捂眼睛，现在看过几百个真人也面不改色，我相信这次经历之后你也会长大，至少以后敢一个人看妇科。"她没问周沫以前那毛病是不是余味治好的，但大概率是这样的。

周沫没理她，戴着口罩扫视周围，躲躲闪闪。

胡倾城再次无奈："你又不是明星！"

周沫一把将口罩拉下，狡辩道："我是怕病菌，才不是怕被人认出来。"她已经侦察过，没有熟人。

取了号坐到妇科门诊等候区的角落，周沫又取出个鸭舌帽扣在了头上。胡倾城哭笑不得："不怕病菌了？"

"怕光。"周沫索性放弃了逻辑。

"101号胡倾城请至8号诊室就诊。"

"101号胡倾城请至8号诊室就诊。"

广播重复了两遍。

周沫拿着病历本起身，胡倾城问："要陪同吗？"

她摇摇头，脑海里总想着可能要做成年人的检查，胡倾城在旁边她也不好意思。

她脚若千斤重，几米距离走出百米爬坡般的艰难。她看了眼门上就诊医生的名字——檀卿，这个女医生名字真好听，就是笔画比较多，小时候考试肯定比别人慢做几道题。

她鼓起勇气，看向电脑前的白大褂。

檀卿面前有位女孩即将中考，来开延缓经期的药，他在电脑输入后打印用药单，正递到女孩手里，目光同周沫碰了个正巧。

周沫第一反应不是落落大方打招呼，也不是装不认识淡淡笑，而是转身撒腿就跑。

不认识她的人一定觉得莫名其妙，比如檀卿。

认识她的人十分了然，毫不意外，比如胡倾城。

她就站在门口，见周沫转身，一把揪住她的衬衫衣领，凭着体重优势压住了她："小样，不许跑。"

周沫委屈巴巴求饶道："不行不行，里面的人我认识！"

不不不，不认识。

不不不，算认识。

她内心一片慌乱，叫这个名怎么会是男的？男的怎么可以做那种检查！

胡倾城无奈，拉着她到门诊护士台，说要换一位女医生。

人家护士有点儿嫌弃她们，碎碎念解释："人家檀医生是大牛，过几年你们想挂他的号都挂不到。顶级的妇科医生都是男的……"

周沫无比羞耻，她真的没有性别歧视，真是对不起檀医生了。

十分钟后，一位女医生给她开了个白带检查。

她拿着小容器磨磨叽叽走到厕所门口，胡倾城看她那不爽快的模样，拍拍她屁股加码道："要我帮你吗？"

果不其然，周沫飞快地闪进了厕所隔间。

等结果等了一小时，周围患者来往，嘈杂喧闹不绝于耳。周沫站在打印报告的机器旁边不停地查询，第一时间刷到了自己的报告。

胡倾城说没事，用点药就行了。

即将步入诊室前，8号诊室一角白大褂飘出，周沫心里咯噔一下，飞速蹿进6号诊室。

女医生开了药，周围又涌来一堆人，她眉头轻蹙，不着痕迹地躲闪周围横飞的唾沫。

周沫捏着药单，杵在诊室里纠结了会儿，转身向外走，心想着要不回去上百度查吧，这会儿什么病也知道了，上百度查起来应该很容易。她不好意思在人家这么忙的时候问东问西。

取药的时候，周沫坐在等候区，跷起二郎腿优哉游哉，想想自己战战兢兢一个多月，真正搞定也就花了一个上午。她舒了口气，人神清气爽起来。

胡倾城见她从妇科门诊拿着药单出来便放下心来，去她本科同学的科室玩了。

药房等候区前，几排椅子上坐满了患者，提示器上红色号码滚动。

周沫仰着脖子瞄了半天，终于领到药，边走边看使用方法。

许是低头看得太认真，不巧撞到一个人，她忙低头道歉，想绕路，可那人又挡在了她面前。

她眉头拧起，完了完了，肯定是个熟人。她赶紧将药往后一藏，弯起笑眼抬头装乖。

看清来人她一愣，是那个檀卿。

他第一次露出笑意，只是笑得明显别有深意。此刻的桃花眼弯得好看，又好坏。

"檀医生。"周沫扯大笑容，试图让对方失忆。他应该没看到自己的药吧。

"除了用药，个人卫生也要做好，贴身衣物要暴晒，还有，如果家里有小苏打也可以洗洗。"他说完转身离开，留周沫在人挤人的候药区一阵凌乱。

她目光呆滞眼神恍惚，周身世界电闪雷鸣。

从门诊空调区走到室外，毫不意外被火团包围，但檀卿心情倒是舒爽。来S市第一人民医院第一次遇到点高兴的事，或者说第二次，反正都是因为那个好笑的姑娘。

方才见她拿药，他老远就看出是制霉菌素栓剂的包装，她还欲盖弥彰，装模作样。

总在医院大楼出现应该是工作人员，怎么这么不专业，看这么小的病还挑医生。方才护士台把一个病人的名字拉去张颖诊室，他猜是她。

叫什么来着？胡倾城，名字怪好听的。

要不是有点傻，是挺倾城。

周沫到家后把药收好，胡瑾在客厅拿着鸡毛掸子掸灰。

"妈。"

胡瑾停下动作，等周沫说话。

周沫两只小拳头捏了起来，内心咬牙切齿。

可那人据说将来可能是大牛……她轻咳了声："妈，家里有小苏打吗？"

陆地花园一楼，周沫正在铺满暗白防滑瓷砖的院子里做瑜伽。

周群一向心灵手巧，偏偏胡瑾比较笨手笨脚，所以家务活和养花草的事皆由他承包。

他将院子捣鼓成一个小花园，除中心腾出来一块正方空地，四周围满了盆栽鲜花。

周沫先前没仔细观察过，现在正趴在瑜伽垫上做平板支撑，为了分散注意力便赏脸给花草们点注视。

她发现竟有一盆小橘子盆栽，许是莺莺燕燕的花儿和羞羞藏藏的绿叶数量太多，橘色倒是抢眼。

午后阳光落下，小灯笼们参差错落,墨绿叶子密密交叠拥簇,调皮地闪着金光。

周沫看呆了，这小橘子树长得真像愚梦巷的那棵。

她直起腰，揉了揉酸胀的肱三头肌，坐在垫子上摘了颗小橘子。约莫两个手指大小，同市面上的小柑橘差不多，只是皮肉贴得更紧实。

她剥开，一股芸香科植物的清香，扬起扇形的细密。

将橘子塞进嘴里，周沫酸得整个脸都揪了起来，咽下的那一秒，两行泪唰地流了下来。

又苦又酸，跟回忆似的。

每次生日都流泪，真烦人。

　

夜的帷幔拉开，霓虹映亮夜空。

周沫盛装打扮，纯白无袖背心配高腰粉色蓬蓬短裙，一双修长笔直的大长腿踩着白板鞋，青春热辣，用胡倾城的话说，就是贼得劲儿。打车到墨白酒吧时，应兰兰正在门口抽烟。

酒吧喧闹的背景同她落寞的神情分外不搭，周沫即刻眯起眼上前夺过烟，扔在地上踩了踩："不是在备孕吗？"

应兰兰一口火提上来，见是周沫，收起来撸起袖子吵一架的冲动，讪讪又没好气地说："婚结不结都不知道，还备个什么玩意儿。"说完又想到今天是周沫生日，便没往下说了，拉着周沫往里走。

墨白酒吧是应兰兰男朋友开的。

周沫边走边问："怎么不结了？"

应兰兰想让这茬赶紧过去，不然周沫非得刨根问底。

"没没没，随口说的。"她走到吧台前端起一杯蓝色妖姬鸡尾酒，递到周沫嘴边，想赶紧堵住她的嘴。

周沫撇开头："空腹不喝酒，我得垫垫肚子。"

应兰兰叹了口气，有周沫当年在酒吧非吵着喝牛奶的先例，她来酒吧吃晚饭也并不奇怪。寿星最大。她转身给周沫买吃的去了。

刚走到门口撞见胡倾城，一身学生打扮，短袖背带裤。这么多年一点儿没变的也就胡倾城了。她就是有这种勇气，不管去的场合是什么样，穿衣永远雷打不动学生风。

"怎么出去了？"

应兰兰拍拍她的肩："大小姐饿了。"她以为会获得胡倾城同情的目光，不承想下一秒对方说："那给我也买点，我也没吃。"

这两人形影不离，也不是没道理。

应兰兰在"全家"正思索是点鸡排饭还是猪排饭，突然听到熟悉的声音，她吃惊地飞快闪至入口的视野死角处，僵住没动。

"全家"收银台前，那男人搂着一个笑吟吟的姑娘正在说话。应兰兰的手指抠着肉，一下一下，不知所措。

酒吧嘈杂的人声被轰响的音乐掩盖，空气中弥漫着刺鼻的烟酒味道。

俊男靓女们扭动自己的腰肢和臀部，释放暧昧的信号。

昏暗和明亮的交替间，是灯红酒绿，是寂与寞的川流。

周沫端着杯鸡尾酒装腔作势地附在嘴边，一口都没喝。

胡倾城看不下去接过杯子搁在桌上："今天看来又是无法码字的一天。"本来她还想在周沫生日这天说说余味呢。

周沫心不在焉："等会儿去吃夜宵说。"

来酒吧只是应兰兰提议，再加上大家想看看她未来老公才应下的邀约，她本意更想跟几位老友在烧烤店撸串。

之前说盛大的生日宴不过只是喊喊，她上班那样累死累活，哪有那体力。还是三五老友凑头聚堆，随便聊聊，最是实在。

没一会儿，应兰兰见人高马大的张敏正四处张望似的在找座。她招手，结果这个瞪眼瞎直接视而不见，眼神锁定了离她不到一米的周沫，一脸惊喜地走过去，用超大音量送出祝福："沫沫，生日快乐！"

吼毕，一只"红玫瑰狗"送到了周沫面前。

"谢谢老张！"周沫接过，透明塑料盒里是"永生花狗"。耳边张敏还在强调："这'狗'可以给津津玩，让它抱着睡。"张敏这时终于看到翻白眼的应兰兰，越过正在喝果汁的胡倾城一把揽住她，笑眯眯地说，"靓仔呢？"说完象征性地转转头。

应兰兰已经习惯张敏的眼睛第一秒只能搜索到人群里最漂亮的人的特性，没把方才当回事，只对她摇摇头。

虽然今晚一半是为周沫庆生，一半是介绍自己的未来夫婿，可到这一刻若是两件事同时进行，她很怕自己的暴脾气把持不住，不小心将两件事都毁了。她沉沉呼了口气："他忙，今晚周沫是主角。"

胡倾城正拿着手机打大纲，泰然自若，好似周围不是群魔乱舞的人和光怪陆离的灯，只是悠远宁静的世外。

周沫捋了捋自己的蓬蓬裙，她准备下舞池去扭一番，张敏兴冲冲要当护花使者。酒保将应兰兰交代的两份饭热好送了过来，胡倾城见只剩她和应兰兰坐在这里，吃了口饭，推了推发呆的应兰兰，八卦道："说吧，和你那富二代男朋友怎么了？"

胡倾城一向能敏锐地捕捉到人物的异常和伪装。应兰兰今晚确实不对劲。

"可能又要掰了。"又要，一次又一次，她苦笑，这情路真坎坷。

胡倾城放下筷子："一个人也挺好的，你看周沫，要死要活非余味不可，真以为离了他得去半条命，现在不也能吃能喝嘛。感情这种事有就有，没就没，别太当真。"

应兰兰叹气："真没意思，当年和陆飞分的时候想着再也不信爱情了，一转头见周沫、余味蜜里调油，我就想我只是没遇到爱情。现在看，爱情就是假货，时光一戳就破，没劲。"

她现在看到热搜说哪对明星离婚出轨，底下粉丝留言"再也不信爱情了"，她不觉得幼稚并且十分能理解。周沫行尸走肉般从北京落荒而归时，她也觉得自己再也不相信爱情了。

舞池中央，激光灯转动。

周沫正在僵硬地扭动着，脚下地板摇摆，耳边音乐轰鸣。她身体和灵魂完全沉浸其中，全程双手做喇叭状冲张敏喊："我觉得我跳得不错！"

张敏心想，幸亏这儿没人注意你，不然你那僵尸动作要么笑死一群人，要么吓死一群人。

周沫虽舞姿奇特，但热情不减。她们忘情地沉醉在节奏里，明明没喝酒偏兴奋成两个醉鬼样。半小时后，周沫饿了溜回位置吃东西，发现只有胡倾城："怎么这个点丁丁还没来？"

胡倾城将手机扔在她面前，赫然是柏一丁的微信聊天界面。她说下午做 B 超结果是怀孕，可有点见红，要卧床养胎。

周沫一脸兴奋："我要当干妈了！"小手都激动地搓了起来，胡倾城将温热的饭推到她跟前："赶紧吃吧，还是手指大的受精卵，你可真能想。"

周沫斜她一眼："胡倾城，我觉得你真的对世界太冷漠了，小说看多了的人都这样吗？"

"这和看小说没关系，我只是对不能讲话，没有思想的东西没有幻想。"

"那津津呢？"

胡倾城肉嘟嘟的脸即刻溢出少女表情："那不一样，我跟它前世有缘。"

周沫吃完饭将那杯蓝色妖姬给喝了，应兰兰回来也问了句柏一丁还来不来，胡倾城像先前那样将手机朝她一递。

应兰兰将蛋糕放在卡座桌上，正想要拆包装，插蜡烛。

周沫按住她的动作，冲她摇摇头："这儿不合适，我们去撸串吧。"

一出来四个人就站在夜幕下傻笑。

张敏叽里咕噜地嚷嚷："不是说看兰兰未来老公吗？"她没忘今天的主要任务，忙什么忙，再忙不也是在酒吧忙，露个脸都不行吗？

应兰兰面露难色，刚想找个借口搪塞，眼尖地瞧见那人搂着方才那姑娘。

她整个人僵住，呼吸粗重起来。她难以置信，他明目张胆到如此不尊重她的地步。

周沫顺着那方向看去，猜到了什么，轻轻问："是他？"

窄窄的马路，车来车往，他们站在路边等这批车辆走完，正互相搂着交头接耳。

周沫凝神细辨那对男女，确实有点像应兰兰上回朋友圈合照里的人。

"他……怎么？"

应兰兰苦笑："老戏码重新上演了呗。"

没等周沫反应过来，胡倾城迅速冲了过去。

"啪——"一个巴掌扇在了男人脸上。男的没反应过来，旁边那女的倒是先发出尖叫。

胡倾城打完，撒腿就溜。周沫心脏狂跳，又紧张又激动又气愤，几股情绪一交织，脚步也禁不住内心的鼓动，飞快冲了过去。

她胆子厾，不敢让他看见自己的脸，趁着他无头苍蝇乱找人的时候一个巴掌扇了上去。

那男人差点拽住她手指，她吓得半死，拿出吃奶的劲狂奔。

路上人来人往，有人侧目停下，有人扫了眼好笑地走开，街道窄但人很多，扰乱了他寻找的视线。

追了几十米他又腰停下，怒气冲天。

张敏和应兰兰蒙了。

"那是你对象？"张敏慌张地出声。

胡东阳往酒吧方向走来，大步流星，脚步间毫不停留。

应兰兰瞧着他走来的狼狈样，突然笑出声来："瘪三！"

气愤少了，释然涌上，应兰兰看到他那副慌乱的样子可真解气。

以为闹剧结束了，可没承想，张敏又冲了上去。

胡倾城和周沫莫名其妙地会合，弯身藏在车与车的缝隙间观察动向，胡倾城看向张敏，心道：糟糕！

一个男人能在毫无准备下挨一个巴掌，在慌乱下会挨第二个巴掌，大概率不会蠢到在原处挨第三个。

果然，张敏刚一出手就被胡东阳抓住了。

"你谁啊你？"他顺着张敏出现的方向，扫见了应兰兰。

也不知是路人还是主角，发出了声叹息。

檀卿见马路中围了圈人，自人缝中望去，见胡东阳抓着个同他差不多高的姑娘，站在路中央，旁边还站着个黄毛矮姑娘。

他不想凑热闹，可谁让那人是他朋友呢，只能叹口气，向那圈人走去。

胡倾城和周沫见张敏有难，也清清嗓鼓起勇气从车后走了过去。

两人边走边在内心做电视剧干架专用的捋袖子动作，豪情万丈。

周沫看那个渣男旁边出现了个修长的男人，特别眼熟。

她不信似的眨眨眼，可不眼熟吗？早上才见过……

这里是 S 市著名的"堕落街"，小打小闹散场后，应兰兰和胡东阳到僻静的巷弄解决个人恩怨情仇。

檀卿为好友架出空间，拦住蠢蠢欲动的那三个女生。哦，其中还有一个很眼熟——想来，这个"胡倾城"跟他缘分可真不浅。

檀卿原地转了两圈，又兜回了那姑娘面前，开口道："胡小姐，你在医院什么岗位？"新大楼非行政大楼，基本都是临床一线科室。

胡小姐？周沫和胡倾城对视了一眼。

周沫没打算解释："不关你的事儿。"她对胡东阳不爽，便让檀卿连坐。

檀卿听出周沫语气不好，没再继续。

张敏看檀卿挺帅，又看了眼胡倾城和周沫一副对帅哥没兴趣的样子，自觉失态，赶紧正色，假装自己也是帅哥免疫大军的一员。

那晚，四个人最终没有去撸串。

她们去应兰兰的公寓住了一夜，大家都喝多了，只得拍了个对着空气无实物吹蜡烛的视频发给蔡珊珊和柏一丁。

她们几个叽里呱啦将今天这事儿在"六人成虎"的群里，用语音疯狂"倒豆子"。

周沫抱着酒瓶拉了拉应兰兰的裙摆，对方微倾向她："怎么？"

胡倾城一杯倒早就睡了，张敏也脑袋一点一点地即将入梦。

周沫小声地用气音说："你想飞哥吗？"以前宿舍里人都睡了，她们交头八卦的音量也这般高低。

"不想了。"都什么陈年旧人了。应兰兰说完借着酒意问了一句："你呢？"

周沫仰头将剩余的甜酒饮尽，咽下思念和忧愁："想的。"

第四章

青梅竹马

1992 年 11 月 30 日余味出生，"带把儿"，属猴，射手座。

那日，余一书亦悲亦喜。

喜的自然是儿子顺利出生，八斤六两，悲的是自己那点花头精被妻子秦善龄抓个正着。她没在商场发火，他以为就这么过去了，没想几日后她把离婚协议扔到他面前，还声称要去引产。

他好说歹说甚至下了跪，终于换得儿子的出生。

他以为日子缓缓，她能消火，可她偏是个烈主，一生下孩子便铁了心要离婚，月子都没出，便将儿子抱至临城，放言让他们永远见不着面。余有才、余红夫妻俩没想到金孙出生，面都没见着便被媳妇抱走，更没想到才结婚没两年的儿子媳妇已到这般水火不容的田地。

余一书好话说尽最后申请了法律程序，在余味半岁时将他接了回来。

那日车子开走后，秦善龄被倾盆大雨浇得醍醐灌顶。她痛定思痛，咬落牙齿和血吞，誓要站起来做个独立的人。至少将来，儿子周围的人提起他妈妈，不会用惋惜的语气，说她是个可怜人。

余一书只是想接回儿子。他派车去接秦善龄，也亲自去道歉给她送钱。

秦善龄拒绝，并且开始做新的工作，这期间她顺带将离婚手续办了。余一书给的车子、房子她都没要。余有才和余红不舍，到临城看过她一回。

秦善龄问："宝宝还好吗？"

三人瞬间红了眼睛，老夫妻哭着说阿书对不起她，都是他们余家的不对。

秦善龄苦笑，闹成现在这样满城风雨对孩子也不好，她不愿多折腾，就这样吧，只求二老能善待余味。以后若余一书再娶，生了小的，请他们务必一碗水端平。

余一书工作繁忙，无法周全照料儿子，便托付给父母。

胡瑾彼时正怀孕九个月，住在母亲李阿香这里养胎，正是母爱泛滥的高峰期。她经常跑去西房婴儿摇篮旁逗粉嘟嘟的余味。

小余味特别爱笑，一逗就乐，大人只说一句咯吱咯吱，他便咯咯笑开了花。整个愚梦巷的邻里都爱看他、逗他。胡瑾时常感叹，失去这么可爱的孩子母亲得多伤心。她不认识秦善龄，同余一书也不熟，愚梦巷好几户人家皆是余家村拆迁搬来的，余味他们家就是。

从愚梦巷 001 至愚梦巷 400 号，整个开发区的老住户一半都在这里。

余家分到愚梦巷西 101 号房时，李阿香还同儿子胡童生讨论，不知来的何人，只知道余余，可一直没搬来。后来听说余家的儿子是个做生意的，还离婚了，大呼不好。

90 年代初，个体户不是好工作，离婚也不是好事。

1993 年 6 月 1 日周沫出生，"没把儿"，属鸡，双子座。

那日，胡瑾阵痛二十个小时，折腾得她哭天抢地，披头散发，号得整个走廊皆是惨叫声。周群在待产室等啊等啊，宫口始终没开，最后周群实在不忍心妻子这般受罪，决定剖一刀。

一个多小时后，清脆的号啼声惊动了手术室整条走廊，惊得手术室中的器械都抖了几番。等在外头的同事家人都道："哎哟，声音这么响亮，真好。"

真好？

之后，周群胡瑾对于这两个字产生了深深的恐惧，小娃娃从落地到胡瑾出月子每天都号满六小时，其余时间看心情增加。

听说过孩子难带，但没听说过这么难带的，动不动就哭，前一秒还风平浪静，下一秒就山崩海啸。

号得快要窒息还坚持哭，那架势根本不是新生天使，就是个小恶魔。

胡瑾产后瘦了一大圈，被孩子闹得无宁日，单位分配的房子小，一室加上公用的小厅，小娃娃哭的声音太过洪亮，最后被送去了李阿香的愚梦巷。

庭院深深，巷陌楚楚，白墙黛瓦，雕花券门。

周沫、余味的出生和成长是愚梦巷众多孩童的缩影。

20 世纪 90 年代初，愚梦巷是生机勃勃的街巷，多是老中青三代同住，一到下班的点儿，自行车、行人穿过巷弄，迎着斜阳，"丁零零""嗒嗒嗒"地走过。夜幕降临，各家各户在自家吃饭，吃完了走街串巷唠嗑打牌，惬意悠然。

这里孩童遍地跑，除了余味像是画报里的孩子，因模样出众受了几月宠爱，其余的娃娃们都没那待遇。再好看的小孩不是自己的，也不会日日来看，邻里新鲜劲儿过了，踩破门槛就为抱余味的景象也渐渐消失了。

周沫属于无人问津型，即便李阿香时常出去炫耀自己的外孙女，说那双眼睛溜溜圆，好看的呢！周沫出生后黄疸消得慢，再加上闹腾，邻里看那黄娃娃都觉得病恹恹的。

因着在同一院落，小余味和小周沫相处的时间多了起来。"小人儿国"成员气味相熟后开始相爱相杀，好的时候一起搂着睡，不好的时候四只小爪子互相挠。周沫倒也是奇了怪，被余味欺负了一点儿不哭，会很有攻击性地打回去。

周群拉着胡瑾表示，这丫头可能好斗。瞧那精明的眼神，利落的动作，人家余味只是用手指点点她，她就一通肉拳打上去，把余味都打蒙了。

周沫小时候蔫坏，就会欺负人。在余味的机灵大脑还没开发时，都是她占上风。

余味说的第一个字是"妈"，因为胡瑾每日不停地传授周沫，周沫没听进去倒被余味给听了去。

余味发出这个音时，余一书正抱着他。他想到，孩子大了，将来邻里说起他是个没妈的孩子，莫要挨了欺负，不由得陷入沉思。

两岁时余味会走了，他会推着周沫的小车玩，周沫在东房哭闹，余味在西房嬉笑。

他的天使本性在三岁时彻底被剥去，露出小撒旦的外衣。每天西屋的桌椅板凳都无法完好。这小子见不得有东西稳稳杵着，看到就得推了。

余一书怕他磕碰，试图将他的注意力转移，于是买了很多积木。他智力开发早，越发捣蛋，好奇心极强，有回把积木往嘴里塞想要尝尝味道，吓得余红当时就把积木收到橱顶。余一书回来一听也吓得半死，抱着余味好教歹教，不能往嘴里塞。

第二日，周沫家地上出现了一块方积木，胡瑾扫地时见到便拿去西屋，问："是不是余味玩到我家来了，小孩子哟，就是乱丢东西，下回拼的时候少了一个又要急了。"她捏捏余味的笑脸，笑盈盈地回了屋。

剩下余红和余味大眼瞪小眼。

当晚余味被余一书骂了一顿："你是不是给周沫吃了那个积木？"

余一书见他闷葫芦不说，便去东屋，把小周沫抱出来，悄悄问她："这个积木哪儿来的？"

周沫拧起几不可见的淡眉："不好吃……余……味……说好吃的。"

真相大白。

余味那晚是被余一书训睡着的。

余一书深深意识到自己对孩子的管教不足，加上两位老人的溺爱，有些事情似乎迫在眉睫。

从余味开始会调皮捣蛋，周沫除了哭的时候嗓门大，其余时候都在挨欺负，活脱脱一个小尿包。

周沫五岁那年，周群和胡瑾搬出医院的职工宿舍，买了一套商品小房。本来哄得好好的，说跟爸爸妈妈一起住，周沫扎着冲天辫，边吃西瓜边点头，辫尾一跳一跳，看起来没有任何意见。

可那日早晨，她蹲在草丛中同余味捉蚂蚱，两人嬉闹得正愉快，得知要被带走，周沫死活不愿意，哭天抢地，这边东西都收拾好了，余一书的司机也在门口等着。

周群不好意思，心里又着急，象征性地对着周沫的屁股抬手打了下，其实力道跟拍灰差不多。偏偏周沫这人就爱夸张，表演欲极强，哭得更加厉害，一张嘴张得老大，拉着口水丝，不停喊着："爸爸打我，爸爸打我！"

她趁着周群纠结继续"打"还是哄时，挣扎着跑开，噔噔跑去东屋找外婆诉苦。

周群站在外头，听见里头周沫告状的声音响彻院落。

余味目睹了周叔叔冲周沫"家暴"的场景，哇地哭出来，冲上去捏起小拳头打周叔叔。

周沫一边号着一边被外婆领着出房，李阿香给外孙女擦着眼泪嘴里安慰："你爸就是吓你，怎么会打你呢，他哪儿舍得。"

周沫看到余味哭了，眼泪即刻止住，脸上还挂着两行面条泪。此刻，余味正哭着给周群"拍灰"，手上的蚂蚱早拍没了。他哭嚷着："沫沫，他打你……"

周群无奈，赶忙蹲下安抚余味。没想到余味这小子哭起来一点儿都不比周沫小声。

周沫松开外婆的手，赶紧上前安慰余味。在周沫的记忆里，余味没哭过，摔跤流血都不哭，酷毙了，可今天他哭了，她感到稀奇，学大人模样拍拍他，嘴里念叨着："不哭不哭，余味不哭。"

余味哭累了便睡了，醒来周沫已经被带走了。他听不明白余奶奶的说法，跑到东房一看，李奶奶和胡童生在吃饭，他问沫沫呢。胡童生一把抱他到膝上说："沫沫回家了。"

"这里不是她的家吗？"

胡童生小声逗他："这里是她外婆家，她回她爸爸妈妈家去了。"

余味不说话了，他知道自己没有妈妈，所以不问。他知道自己只有一个家，可沫沫……他吸吸鼻子："那沫沫明天回来吗？"他仍是不明白周沫去了哪儿。

那晚月亮缺了一块。

他平时忙着和周沫疯玩，哪有空赏月，周沫走了他倏然安静下来。

他此刻站在院子里疑惑，怎么回事，月亮怎么不圆了？

次日一大早，余味又跑去东房，周沫的床铺仍是空空荡荡、平平整整。

余一书难得得空要送他去幼儿园，却听见儿子在院里哭，他跑过去蹲下问怎么了。

"沫沫回家了……"余味哽咽道。

那日余味没去自己的私立幼儿园，去了周沫的职工幼儿园。

周沫忘性大，一个晚上睡过去就完全忘了白日的不愉快，再加上新家特别好看，还有公主房间，她激动得差点忘了自己叫什么。

此刻周沫正开心地和同学玩闹，坐在滑梯上见着余味便愣了，一屁股滑下来，轻轻顺顺裙摆，拍拍屁股，小跑到他跟前，先是叫了声"余叔叔"，下一秒就被余味拉住手问："沫沫，你还回不回家了？"

余一书无奈地笑，可别真要定个娃娃亲什么的。他一贯觉得这套俗气，可看儿子连学都不肯上，这种玩笑话忍不住就在嘴边滚动。

周沫摇头说不回去了，余味哇地又哭了。最后周沫觉得自己很重要，非常仗义地说，自己周末就去找他玩。

一个周末又一个周末，当周群终于得空带她去外婆家时，余味见到她，表现出了一脸的陌生。

他有了新玩伴，巷弄东头的杨博书，比他大一岁，有超级多玩具和漫画，巨牛气。他们天天厮混，男生之间的默契和话题一下占了优势，玩泥巴、抓蚂蚱、采蝴蝶这种小女生游乐项目立马被淘汰，甩至九霄云外。

周沫一直惦记余味的哭，嚷着要爸爸带她去看他，兴高采烈地终于来了，却被冷落在一旁。

她看两个小男生热烈聊天，无助得就像被抛弃了。她想插话也插不上，犹犹豫豫，余味连个招呼都没同她打，两人生疏了不少。

周群一下就明白周沫的处境和内心戏，怕她哭闹。女孩男孩本就越长大越玩不到一块儿，兴趣爱好早晚会走分岔路。

不过出乎意料的是，周沫没哭，只是噘着嘴进了东屋。下午周群正在午睡，周沫爬到他身上，抓着他的衣角奶声奶气道："爸爸，我也要买小火车。"乌溜溜的眼睛赌气般耷拉着。

那日下午，顶着烈日头，周群带着周沫去了小学门口。他们将小男生爱玩的几款热门玩具都买回了家，果然开了院子门，余味就被周沫手上的家伙吸引了注意力。

周沫脸都没绷一下，立刻笑成傻瓜，两人又玩了起来。

周群情不自禁跟着笑，心道，小孩真好玩儿。

那几年，周沫、余味的友情全靠金钱维持，周群每月四分之一的工资都要花在周沫情比纸薄的友情上。偏偏余味要什么有什么，余一书都给买，他只是缺新奇玩意儿，周群每日到处打听谁家孩子买了个厉害玩意儿。

周沫像个盯梢的，放学走出校门第一件事情就是抓着周群问："爸爸，今天有找到什么好玩的吗？"

那会儿，只要周沫没有新玩具，余味立刻就不理她了。

周沫回外婆家若不见余味，定要跑过长长的青石板路，冲到东巷头的杨博书家逮余味。她在幼儿园有很多玩伴，可他们都不如余味有趣和干净，主要是干净。

那帮孩子总流鼻涕和口水，吃个饭都要弄在身上，脏兮兮的。周沫不喜欢脏，每回坐小椅子都要认真擦两遍，玩完玩具都要仔细洗手，老师都说，周沫在卫生方面最让人省心。

友情的小船飘摇，周沫不解这其中的变化源头，时常揪着小裙摆纠结苦恼，撑着脑袋锁着眉头，怀了很重的心事。

次年发生了一件大事，胡童生在高速路上出了交通事故，司机和副驾上的人被钢筋刺穿，场面骇人，上了新闻。李阿香哀恸，哭得晕了过去，周群、胡瑾忙着办丧事理赔，自己又有工作，孩子被交到周群妹妹周玲那里。偏周玲刚生了孩子，周沫又难带，叽叽歪歪一堆事。

余家二老便提议将沫沫放西屋，他们回来看也方便。

周沫被带去灵堂看到舅舅照片时，还不理解发生了什么，愣愣地被按到地上磕了头，按照爸爸的指令往火盆里扔了堆纸。

她的额头上被戴了一朵小白花，袖子上别了一块黑布。她感受到大人之间凝重的气氛，懂事地没有哭闹。

晚间，她回到余味的房间。余味抓住她脑袋上的白花问："这是什么？"

周沫摸摸，摇摇头："不知道。"

东屋丧乐不断地循环，将生死传达至不谙世事的孩童耳中。

他们不懂什么是生命逝去，却能感受到那股压抑。

"小人儿国"的"小人儿"今日没有闹腾，难得安静。

周沫躺在床上，脚丫蹭蹭又想到白日她问过胡瑾，于是凑到玩火车的余味耳边，小声说："妈妈说这是想念。"

余味没有妈妈，东巷的邻居都知道。

余一书为此都打过招呼，每年都会给邻里送礼，极为客气。大家也都明白，在余味面前要避讳"妈妈"这个词。

可当他走出东巷，小步子迈向西巷后，故事的缺口打开，向他挤了点闲言碎语。他从杨博书家回家，能听到那位冲他假笑的阿姨冲对门的阿姨压低声音——

"就是这个小孩……"

"是他呀，看着怪可怜的……"声音却听不出疼惜，满是看热闹的好奇。

余味短短的腿前后交错，快步向前。

青石板缝隙间还嵌着昨晚的雨水，遇到缝隙大的，泥水会溅起飞到他腿上。

往常他会掏出爸爸给的手帕擦一擦，他不喜欢身上有污渍，可这会儿他心中闷了口气，他开始跑，飞快地跑。

他觉得自己像是漫画里那个动态的人，跑得看不见腿了……

他的别扭行为被爷爷捕捉到，转达给了余一书。余一书知道孩子上学后接触的同学都有妈妈，心中难免有疑惑和落寞，余一书认为自己需要和他交流。

他抱起坐在地上玩奥特曼的余味，指着房间里的几样东西凑到他耳边告诉他："这是妈妈给你的。"

妈妈？

余味睁大了眼睛，小手抓着余一书的衣领，乌黑的大瞳仁闪出泪光，急急开口询问道："那妈妈去哪里了？"

余一书摸摸他的头："妈妈去美国了。"

秦善龄去美国前来看过一次余味，听余有才形容，她哭得几乎晕厥。可那日的秦善龄在小小的余味眼中，只是个爱哭的奇怪阿姨。

在余味奶声奶气叫她"阿姨"的时候，她立刻崩溃了。这些年她闭门读书，发愤图强，却换得儿子的一声"阿姨"，她的世界都崩塌了。

余有才安慰她说："孩子还小，只认识最熟的，你多来几次他就认识了。"

但……

小余味搂着爸爸："美国是什么地方，近吗？"

余一书想了想："你想去的话，长大了就可以去。"

每个孩童心中都有一个可以念得出名字的好朋友。周沫有，是余味。

在她转速不快的脑瓜里，五岁就开始思考，是男孩之间的感情稳固，还是近邻之间的感情稳固。

周沫不服输，同杨博书展开了友谊争夺战。

1998 年，周沫在电视上认识了王菲和那英，她们手拉手唱响《相约一九九八》。这首歌于街头巷尾循环播放。除了老师教的儿歌，周沫开始会哼流行歌。而余味在杨博书引导下开始看黑白漫画，随着电视机的普及，他们追着《数码宝贝》《奥特曼》等一系列动画片看，周沫痴迷看《百变小樱》《美少女战士》，品味截然不同。

余味被周沫拉着看过几次，看不下去，他趁着周沫入神悄悄溜走。

待周沫发现冲到杨博书家，那两人正脑袋挨着脑袋，一脸激动地欣赏奥特曼打小怪兽，两个瘦削的家伙在关键时刻不约而同站立，手跟着电视中的奥特曼一起做了个变身动作。

周沫抓着门框，心里暗骂：余味就是个王八蛋。

周沫自然不会善罢甘休，使劲闹腾，最后三人折中看了《名侦探柯南》。李阿香打牌回来，经过杨家往里探了探头。窗户缝里，三个脑袋一字排开，目光齐刷刷地看向一方小屏幕，三个后脑勺可爱极了。

"沫沫。"李阿香轻唤。周沫听见外婆的声音，心知要回家了，可破案情节紧张，她攥紧拳头，嘴里轻应了一声，人却没动，像被点了穴道。

李阿香便晒着夕阳，等她和余味。

西巷的王珍同她是牌友，拉着她八卦："余家新媳妇去过没？"

李阿香往里扫了眼，使了个眼神，对方立马噤声。再往里面看，三个"小人儿国"的子民仍聚精会神盯着电视，毫无察觉。

任大人世界云谲波诡，他们自天真无邪，不须操劳什子心。

愚梦巷有点神奇，一人跑，巷子就好长好长，要走好久好久，可若是两人结伴，没几步便到了。

1998年上半年，三人皆在东巷、西巷间奔波，像是三角虐恋，你追我赶，几百米长巷，六条小短腿跑得疲累。

周沫融入他们的喜好，硬挤了个友情位置。可以说，为了友情，牺牲了喜好。

有付出，就有回报，谁说的来着？

不知道。总之，下半年周沫大翻身。

余味、杨博书两人家中只能收到中央六套节目，她的电视机不知怎么的收得到中央八套。周沫在这个频道发现了一部神奇的电视剧。

周群指着三个大字告诉她，这是《西游记》，中国四大名著。

周沫哪里有心情识字，看了两集激动得跳脚，虽然她不喜丑陋的妖怪，可这剧情实在比奥特曼打怪兽有趣多了。

次日，她开启小喇叭模式，在巷弄里传达。两个男孩本不屑于周沫的推荐，她一向爱夸张，《美少女战士》一点儿都不好看，她非吹得天上有地下无，还强迫他们看她拿着筷子变身。

所以当他们冷着脸被热情的周沫拎到电视机前，表情那叫一个精彩，两个男孩目瞪口呆，嘴巴咧半天，干到裂开都没想起来咽口水。

于是，三人凑在东房沉迷《西游记》，每日看妖魔鬼怪打打杀杀。

余味入戏颇深，脖子上正好一直挂着秦善龄给他戴的一只玉猴子。他单脚踩着红木椅，反手搭眉，横掩眉峰，做了个孙悟空探头嗅妖气的动作，大声喊道："从今天起，我就是孙悟空，你们都叫我猴哥！"

"为什么？"

"凭什么！"

"因为我属猴，"余味轻轻撇嘴，睨向他俩，"你们有谁属猴？"

小孩的逻辑非常容易被带跑，没有谁发问"谁说属猴就是猴哥"，两人只是扼腕叹息，自己为何不属猴。

周沫撇着嘴："你叫猴哥，那我是什么？"猪八戒？不，太丑。沙和尚？不，太笨。唐僧？不，太啰唆。

杨博书虽说长余味一岁、长周沫两岁，却完全没有大哥的样子，经常被两个机灵鬼牵着走，尤其是余味贼能唬人，他也可怜巴巴："那我要做师父。"虽说师父很无能，一天到晚被妖怪抓走，可好歹身份上压猴哥一头，关键时刻还可以念紧箍咒杀杀他的威风。

他要念死余味。

余味被认可了猴哥身份，一下便得了道，猴尾巴翘起，手指在两人间晃晃："你们还不够格做我兄弟，你，叫羊仔，你，叫鸡仔，跟着哥好好混，待我西天取经之时，少不了封你们个什么官。"

啊……虾兵蟹将请官失败，顿时泄了气。

当日夜里，大人还在嗑瓜子唠嗑儿，余味就早早入梦，这晚他睡得极香。雾蒙蒙的梦里，他真成了美猴王，享受了一夜猴子猴孙的伺候。

周沫白天被封了鸡仔，在家闹了一晚上，情绪太过激动，晚上梦里尿了床，她感觉湿答答的不舒服，哭着摇摆手臂醒来。李阿香一边帮她换裤子一边哄她。

许是嗷嗷哭得太大声，又正值清静的早晨，惊动了西屋的猴哥。他衣服穿到一半，听到新晋小弟似乎有难，小跑着到周沫房间，透过半开的门缝，他见到了鸡仔光秃秃的鸡屁股，而鸡仔正双手捂着眼睛擦眼泪。她没看到门后的人，也不知道自己被看光光了。

余味觉得怪怪的，周沫怎么没穿衣服，不好吧，老师说小朋友不能耍流氓的。他悄悄退出去，决定给小弟留点面子。

李阿香实在没办法，哄也哄不好，去西屋找余味问："能不能把什么猴哥借给周沫玩玩啊？"李阿香只听周沫念叨，猴哥不是她的了，猴哥不是她的了，以为是个物件，想着借回去把小祖宗哄好。

"不行！"怎么能借呢。余味小手往胸前一抄，做出保卫状，死活不肯。

李阿香看这姿势以为他生气了，想着现在小孩真难带，气性真大。

一转身，就见周沫稍歇了哭站在了门口，大眼里悬着两颗水珍珠，欲落未落。下一秒，眼泪像两条爬虫，从粉嘟嘟的脸上蜿蜒而下。

山洪倾泻，惊涛拍浪。

那日谁都没能劝住，李阿香甚至打电话给了胡瑾和周群。

夫妻俩接到电话吓坏了，周沫虽爱哭淘气，但基本都在正常范围，就算哭个把小时，累了也会自动断电，睡醒也就忘了哭的事。哭闹不止这情况，这两年极少出现。

夫妻俩赶到愚梦巷，果不其然，周沫还在哭，周群抱着她哄道："沫沫，怎么了？是要什么玩具吗？"

周沫一听玩具，哭得更撕心裂肺，又苦又咸的眼泪吃进嘴巴，又"呸呸呸"吐了出来。

哭声震天，"少泪纵横"。

晚上7点半，本是三人聚着看《西游记》的点儿，余味怄气没去，躲在家里看动画片，杨博书不知情，跑到周沫家，见一家人都在里屋哄周沫，便自己打开电视看《西游记》。

由于哭声太大，他将音量调高，看得津津有味。两集连播结束，周群大汗淋漓地走了出来，杨博书打了个招呼便回去了，对于周沫为什么哭，他一点儿都不感兴趣。《西游记》看完就行，谁知道那个作鸡在哭什么？

作鸡？作鸡是什么……他脑子里突然冒出了这个词。反正他不在乎周沫，他只想跟余味玩，鞍前马后"猴哥猴哥"叫得贼欢。

而自猴哥事件后，周沫、余味谁也没理谁。余味不知缘故，日子久了更加觉得莫名其妙，可周沫没来找他，他便不去找她。

明明抬头不见低头见，两个小朋友愣是将院落走出一条三八线。

那日阴云密布，空气里湿热的分子不断削弱着人的耐心。周沫被姑姑带去刚开的商场买衣服。

胡瑾单位近日正在整编，没空出来，想到周沫一直嚷嚷要买小裙子，便让周玲带她去买一条，趁着盛暑尾巴赶紧穿，不然又要大冬天吵着穿裙子了。

周玲推着婴儿车，牵着周沫站在电梯口等电梯。

1998年双开门、直上直下的电梯很少见，商场多是扶梯。周沫第一次看见银色大门自动开合，就像看到了《西游记》里妖怪住的洞穴口。

周沫心想，一定要好好记下回去跟余味炫耀。想到这儿，她小脸便轻抽了一下，一想起余味，她气得眼睛都能小一半。

　　电梯让周沫感受到了奇妙的失重，买衣服时一直惦记着。她拉着周玲的手兴奋摇摆："姑姑，坐那个电梯要不要钱啊？"

　　周玲看她小脑袋不停回头，脖子都要扭断了，又把她领到电梯口，嘱咐她先别进去，等她一会儿，她去结个账就带她再坐一遍。

　　周沫乖顺点头。

　　周玲到收银台结账，总共不到两分钟，再去电梯口周沫已经消失了。

　　周玲慌张寻找，脚步乱得差点绊了自己。这几年孩童拐卖事件层出不穷，S市沿海，城市里人员格外复杂，她登时心惊肉跳，扶婴儿车的手不禁颤抖。

　　"丁零零——"响声刺耳漫长。

　　周玲正喊着周沫的名字，隐隐听旁边有人说——

　　"别坐电梯了，坏了，走楼梯。"

　　"就说这东西不行。"

　　……

　　周玲立刻跑至电梯门口，扒着缝口喊："沫沫！"

　　"哇——"下一秒，周沫号啕大哭，声音震响。

　　周沫站在"洞穴"口，见它开了，便走了进去。门合上后下沉，不知怎么剧烈抖动后陷入一片漆黑，她失重摔倒在地上，都没反应过来。电梯平稳后她在漆黑中凝神听外面的声音，身边有位阿姨抱着她说："没事没事，电梯已经有百年历史，上海和平饭店八十多年前就在用直梯，乖，没事的。"她轻声细语地哄着周沫。

　　周沫也不觉有什么事，这可是"洞穴"，就算有事也会有孙悟空来打妖怪，就算孙悟空打不过也有如来佛祖、观世音菩萨。可电梯里有个男人很暴躁，他拼命捶电梯，震得电梯强烈晃动，年轻阿姨让他别捶了，他急道，单位有急事，不去这单子就跑了。他急得都带了哭腔，黑暗中谁都看不清谁，三人就这么干等着，静谧加速了他的焦虑，也放大周沫的恐惧，她害怕得脚趾绷紧。

　　当周沫听到姑姑的叫声时，她已经在黑暗里待了十分钟。虽被温柔的阿姨搂在怀里，可那男人不绝于耳的咒骂和粗重的呼吸让她胆战心惊，比电视里咋咋呼呼的妖精可怕百倍。

"嬢嬢！妈妈！爸爸！爷爷、奶奶、外婆、舅舅……"她想叫余味但忍住了，把气儿给憋了回去。

周玲等了十分钟，不停安慰周沫，嗓子都号哑了。周围人群来来去去，偏就是没有维修人员，她拉着工作人员大声质问："修电梯的呢？"

那经理支支吾吾，也没想到刚投入使用一月余就出了故障，这电梯太高级，等维修人员到需要很久。

周群赶来，也趴在地缝上哄周沫，知道里面不是一个人，还有一个阿姨抱着她，稍稍放下心来，他拉着工作人员问："这电梯里氧气够吗？"周沫说她喘不上气。

工作人员不知道，被这提问吓了一跳，周群看他这表情恨不得踹上一脚，平了平心气儿吼道："快去打电话问！"

他没敢打电话给胡瑾，可天都黑了，他拿起电话打给李阿香，老人家耳朵不好，电话声偏沉闷不够清脆，经常都是周沫接的，除非李阿香就在附近，不然她根本听不见。

就在他想放下电话时，电话被接起。是余味的声音。

"喂？"余味来找周沫和好，今天老师教了他，孔融都会让梨，他也要学习。

周群问："李奶奶呢？"

余味说她在做饭。

"胡阿姨呢？"

"在旁边。"余味将电话递给胡瑾。

胡瑾听完赶忙挂了电话，拿起自行车钥匙就要出门。

余味问她怎么了。

胡瑾边掉泪边走路，说："沫沫被困在电梯里了……"

电梯？是上礼拜他坐的那个闷箱似的东西吗？他拼命要跟着去，胡瑾不肯，将他带去西屋交给余奶奶。

可她刚骑上自行，后座传来番小动静，余味皱着脸可怜巴巴地望着她："胡阿姨，我要去找沫沫。"

胡瑾心急如焚，没了同小孩斗智斗勇的耐心，往脚踏板上一蹬，焦人的热风不停呼呼吹过他们耳畔。

胡瑾在捷达商场楼下锁车时心里一阵气愤，不过是个六楼装什么直梯。

乌黑，漆黑，乌漆墨黑。

闷箱电梯不通风，那位暴躁的叔叔也歇了话头，蹲在电梯角落，他呼出的热气不断喷击周沫的脖子。她有些难受，不断缩着，可不敢吱声。

头顶地缝间不时传来周群的声音，他在给她读故事。

周沫一向没有耐心，从小不爱听故事，睡前故事听到"很久很久以前"她就能立马睡着。幼儿园的小朋友都听过的《白雪公主》或是《美人鱼》，她都没听过完整的。这会儿实在没什么事做，只能干听。

起初那位叔叔还不耐烦嫌周群读故事吵，后来等得久了，也平心静气开始认真听故事。

周沫热得脱水，半长的小揪揪湿到滴水，换平时这难受劲儿她早哭了，可这会儿她只嘴上哼哼。哭到底是个体力活。

周群再叫她，里面已经没了声儿，再问大人，那位阿姨也就"嗯"了一声，实在是没劲了。

这轻轻一声没能传达到地面，周群心急如焚，怒不可遏，粗哑着声音骂着这辈子没说出过口的脏话。

周玲自责地劝着他，骂自己，说都怪她没看好沫沫。

胡瑾冲到三楼时，听到平日温文儒雅的周群正急红了眼骂人，以为周沫出了什么事，哇地哭了出来。

胡瑾飞快趴到电梯口叫周沫。

周沫小声地说了声"妈妈难受"，胡瑾隐约听到声音，嘴里反复念了一会儿才辨出具体字句，瞬间泣不成声。

周沫何时这般没有精神过，余味小拳头紧紧捏着，小步挪到电梯口，身边的大人各忙各的，无人搭理他，他呜呜咽咽地哭了起来。

周沫半耷眷眼睛平躺在黑暗的电梯中，有气无力地呼吸着。打盹间，地缝处传来余味的声音，不停地发抖地唤着："沫沫，沫沫……"

周沫半坐起来："是余味吗？"这是这半个多小时里，她说得最大声的一句话。

胡瑾听到周沫的声音还算响亮，放下一半的心，只是眼泪流得更加汹涌。她毫无形象地扒着地缝，急切问："宝宝，你怎么样？"

"余味来了吗？"周沫喊着问。

余味循着声音同胡瑾一起趴下："沫沫！"

胡瑾流着泪翻白眼，这个死小孩，爹妈都急疯了却只记得余味，不过她还是凑在余味耳边说："沫沫害怕，你安慰安慰她。"

余味抽抽噎噎，点头的动作伴着哭泣的抽吸，身子大幅地抖动："沫沫——你——别——怕——"

余味四周一片嘈杂，他边哭边说话，传到周沫这儿只有断断续续的发音，根本听不清，她大声问："你在说什么？"

可电梯里的人已然适应了黑暗、安静和闷热，周沫突然的大声让里面的两位大人不禁皱了眉头，那位暴躁的叔叔提起气来骂了她一句："闭嘴。"

声音带着热气直冲向她背部。

她有些害怕不敢说话，余味缓了口气，大声了些："沫沫，猴哥给你当，我不当了。你要是出来了，我就做你的二弟或者三弟，都行……"

众人都竖着耳朵在等下文，可又没了回音，周群再次焦急起来，胡瑾亦是，怎么就突然听不见声音了？几分钟前还洪亮了几声。

"沫沫——"余味喊。

"沫沫——"胡瑾喊。

周沫听到外面在叫自己，又听到余味说把猴哥给她当，她有好多话想说，又不能说，小脚在电梯里跺了跺，急死了。

身后那个叔叔耐心早已告罄，捏起拳头站了起来："你烦不烦！"

那年轻阿姨伸手拽过周沫，将她往自己身边拉了拉。周沫胆战心惊，她虽没怎么挨过打，可见过杨博书被杨叔叔揍，也见过邻居小孩被揍。

脑海里瞬间涌起那些恐怖的旁观记忆，周沫惊恐万分，提起一口气忘记呼出，喉头一哽，憋过气去。

"求求你们快点，小姑娘晕倒了！"

周群急得像一锅烧沸的水，冲无能的工作人员大骂脏话。他情绪一上来，冲到电梯前将所有的怒火和焦急喷薄于指尖，猛一扒门，就一鼓作气地这么一下，银色金属门竟开了一个一厘米不到的小口。

在场的人皆是一愣，嘈杂静止了两秒，转而沸腾欢呼。

黑暗闷箱中，一道光忽然照射下来，像天堂的门打开了。

周沫在那道光下，安静合目。她本就是闭气，这会儿空气稍稍清新，无意识地抽了一下，缓缓睁开眼睛。长睫毛颤动，黑亮迷茫的瞳仁现出。

年轻阿姨松了口气："你的眼睛真漂亮。"

乌溜溜圆滚滚，毫无杂质，如天使一样。

周沫小脑仁一片空白，反应不过来："我在哪儿？"刚醒来奶声奶气，不似先前喊叫得尖厉恼人。

"沫沫——"余味借着那一条缝喊。

周群一看可以拉开，激动得手抖，可缝太小，实在看不清。

电梯口，几个大男人帮忙扒门，有站着、蹲着的，还有趴着的，电梯窄小，两扇门估摸也就一米多宽，角度艰难，人多劲大并不代表好发力。他们叫着号子，电梯门艰难地开大了一点点。

众人以为很好开，毕竟周群一人之力便开了缝，可那一下是父爱的力量，几个蛮力男人都比不上。

在一番劳动人民的号子声和节奏声里，伴着周围人的"加油"鼓劲，电梯好半天开了二十厘米左右宽的缝。

机械故障卡于半空的电梯在三楼和二楼之间，周沫被阿姨举在肩上，送了出去。

她踩在阿姨肩膀上，眼里已经酝酿了一场海啸，一出来目光立刻锁定余味，大喊了一声："猴哥……"

当晚，周沫高热惊厥，好在第三天便恢复元气。所有亲戚朋友、她爸爸妈妈的同事都来医院探望她，病房里堆满了水果、牛奶、玩具，她一边挂水一边玩，到处溜达找人唠嗑。

余味每天放学都被司机送到医院陪她，到了晚上再被余一书接回家。这种众星捧月的幸福日子惯坏了周沫，她不舍得走了，出院那天抱着病房的门，说要一直住在这里，让周群把这里买下来。

周群骗她说："这里很贵，爸爸没有能力。"周沫哼了一声，说："家里比这里大好多，你别骗人。"

平日周沫嘴甜，长得又可爱，老在病房里拿着水果、玩具到处分，大方得很，病房里的人也舍不得她走，凑在边上挽留她。

周沫见有人撑腰，更为得意，奶声奶气问护士："那我买不起怎么办？"

护士哄她说，不要钱。

周沫当了真，小大人模样对周群说："你看，不要钱，我给你挣了个房子。"

周群强行把她抱走，她倒开始作，哭着说手上的针眼疼，像模像样地指着一处瘀青："我疼，不能走。"

无奈，只得多住了一天院。

1999 年 6 月 1 日，余一书说要带着余味去过儿童节。他拉着余味走到门口，见周沫拎着小蛋糕一蹦一跳，说："沫沫生日快乐！六周岁了，是个大小孩了。"

周沫见余味身着白衬衫背带裤，还戴了一个小领结，特别柯南。她问："你要出门？"

余一书半蹲下，说："沫沫，我们要去游乐园，你要去吗？"

"五阳湖旁边的吗？"那个她幼儿园春游去过，不好玩。

"不是，新开的侏罗纪主题公园。"想到她可能不明白侏罗纪是什么，余一书又说，"是恐龙主题，有很多小动物。"

周沫心动了，仰头看向周群，后者接过她手里的蛋糕，无奈叹气："去吧，玩得开心，不要哭不要闹，不要累着余叔叔。"

周沫兴高采烈拉着余味，想着今天定会是晴朗的一天，脑海里冒出无数个游乐项目。可刚坐上车，气氛就有些不对味。

车上有一位漂亮的阿姨冲他们打招呼。

余味礼貌地点点头，接着脸便是一沉。周沫则热情地说了声"阿姨好"。

余一书领着两个不足一米二的半票儿童进入高大上的恐龙园。

周沫为了看霸王龙，脸和天都平行了。它有两个头，高耸入云，看起来好凶，周沫紧握着余味的手，有些害怕。

余味胸中烦闷，生了排斥感，想甩脱，一下失了力道，将周沫甩了个跟跄。她勉强稳住，心中不解，走上前撒娇道："猴哥……"

知子莫若父。

余一书抱起周沫："沫沫，余味嫌热，我抱着你好不好？"

周沫不是很情愿被抱着，可余叔叔这么热情，她只能乖顺地点点头。饶是如此，小嘴仍是噘得高高的。

那位刘小萍阿姨站在余味旁边，不停讨好："这个喜欢吗？那个怎么样？"她整张脸持续微笑，保持亲切。

恐龙园刚开没多久，票价不便宜，项目众多，游人稀少。刘小萍试图拉余味的手，却被甩开了，她从未遭遇过这样的尴尬，脸上多少挂不住。

余一书单手抱着周沫，另一只牵着她，凑到她耳边安抚："这小子今天闹情绪，平时不这样的。"说完他向周沫求助，"是吧，沫沫？"

周沫如此迟钝的神经都感觉到那个阿姨无比想同余味亲近，可余味完全没有一贯的小绅士气度，一直臭脸，僵硬得像戴了假面舞会的面具一样。

余一书抱着周沫的手也不再那般自然，他冷哼一声，倒要看看余味闹什么。

四人玩了几个孩童项目，就连孩童自己都觉得无趣，最后，他们选择去冷饮店避暑。

刘小萍追着余味问他喜欢吃什么口味的冷饮。

余味一声不吭，脾气上来，礼貌彻底丢了。刘小萍面上讪讪，初出社会有点面皮薄，即便面对的是个孩童，依旧慌了神，无措地红了脸。

周沫用手臂环着余一书的脖子，悄悄说："余味今天怎么了？"

若不是周沫在，余一书应该已经训余味了，可看到两个小小的人儿，他又没狠下心。他知道余味在别扭什么，可他不能接受他这样没有礼貌。

他耐下心来，哄道："余味，你能不能礼貌一些，人家阿姨问你想吃什么，你告诉人家就行。"

余味抿抿薄唇，挤出一个奇怪的笑容："你好，我要吃巧克力味的甜筒。"他说完双手撑在桌上，两眼盯着桌面，虽说才七岁，已经把余一书的行事作风学了个八成。

刘小萍得到回应，笑眯眯说"好"，刚一转身，余味用她能听见的音量吐字清晰地说："这是服务员做的。"语气冷淡到完全听不出他的年龄。

周沫也知道这话很不对劲，不该对刘阿姨说。果不其然，余一书的脖子顷刻僵硬。周沫感觉到了一股寒气，与空调无关。

余一书左手飞快抬起，周沫想抱住他的手，却到底不利索，没能如愿。

余味挨了一巴掌。

"啪"的一声，清脆响亮。

周沫立刻推开余一书，边哭边试着拉余味的衣角。

余味没哭，紧咬牙关，半张脸在周沫愈演愈烈的哭声里越肿越高。

余一书心中涌动着气愤和懊悔，盯着余味等他的反应。刘小萍站在原地紧咬着唇，拉了拉他的手，劝他别这样，另一只手抚着周沫的背哄她。

那天是儿童节，是周沫的生日，本来是高高兴兴的一天，最后却演变成了家庭伦理电视剧专场。

刘小萍打着圆场，余味和余一书冷着脸，谁也没看谁。周沫在一旁像个录音机循环播放各种哭声，一下午没断电。余一书无奈，最终取消晚餐计划打道回府。

天上的太阳不再那般热烈，地上的小人儿也失去了玩闹的劲头。

周沫在余一书的怀抱中哭着哭着，自动断了电，醒来天已乌黑。

月亮姐姐今天不圆，是不是也因为余味而伤心？

她的记性变好了，以前睡一觉什么都忘了。

周沫冲到西屋，打开余味的房门她本能感受到一股湿气，室内未开灯，半轮明月映亮窗前。

"猴哥……"

余味埋在被窝里，没理周沫。她坐到床上没有说话，过了会儿脱了鞋子躺下来，隔着被子揽住他："猴哥抱抱……"

《红楼梦》热播，一周岁的周沫被李阿香抱在怀里，称是"凤凰衔来的宝贝"，她哇哇大哭，李阿香又哄她："宝贝的眼泪可是金豆子，怎么能随便掉呢？"

次年，李阿香抱着痛哭的两周岁的周沫嘀咕："这么能哭，可别是个命苦……"她迷信不敢说出那些苦命的名字，忙住了口。

说来也巧，后来周沫的生日常在眼泪中度过。她出生以来多数生日皆是这般，大人精心准备，最后吃力不讨好换得公主一场落泪。

可这次她的眼泪有了不一样的含义。

电视里无所不能、电视外万般皆行的猴哥挨了打！

蚂蚱捉得最多、偷袭准度最高、小霸王游戏机耍得最好、看《名侦探柯南》总第一个猜出凶手的猴哥挨了打！

"小人儿国"的子民瞬间流泪，怎么可以这样！余味可是大英雄！

余味在挨了重重一巴掌后，憋了一股子气，次日余一书过来叫他，他都没好气，小俊脸见到余一书就臭了起来。

余红抱着他问："不喜欢那个阿姨吗？"

余味沉默。不喜欢吗？都没怎么说过话，谈何不喜欢。但应该不是喜欢。

余一书后悔动了手，他也能感受到儿子的伤心，决定找他聊聊。

他轻声细语描述刘小萍的好，向他道歉，保证今后不会再打他。

余味对于疼痛的记忆很浅，但那一刻的爸爸，让他害怕。

他僵硬的背脊在爸爸怀中变得柔软，次日被带去对刘阿姨说了一声"对不起"。

刘小萍欣慰，摸摸他的头说"没事"。

那天，余一书说上次吃冷饮闹得不开心，那补吃一回开心的，把不开心忘了。

余味问："那沫沫怎么办？"

余一书说回去买一根给她。

骄阳融化冷饮，余味人小吃得慢，不小心将冷饮弄倒，滴得身上到处都是。他想到沫沫经常这样，弄到身上还冲身边人发脾气，不由得笑了出来。

他扬起笑脸拉了拉刘小萍，想说给她听，却见着她嫌弃地想撇开他沾满奶油的手，他讪讪缩回手，想到这样确实很不干净。他用力地往身上蹭，想把黏黏的奶油擦掉，可手上越滴越多，越来越黏，他有点着急。

刘小萍今日穿了件用半月工资买的裙子，昂贵美丽，余味拉她手时她唯恐弄脏自己的裙子，下意识地甩开。

余一书买完水走来，余味刚想叫爸爸帮他擦，刘小萍见状飞快掏出纸巾，蹲下热情地帮他擦嘴："哎哟，小余味怎么吃成这样，这么不小心。"

面对成人的变脸，孩子的本能是害怕。

当晚，余一书说，他和刘小萍有意结婚，问余味愿意有个新妈妈吗。

余味不理解："我的妈妈不是在美国吗？"每回有同学问他妈妈时，他都骄傲地说她在美国。无数次面对胡瑾宠爱周沫的画面时，他都安慰自己，妈妈在美国，他有妈妈的。

"她不会回来了，爸爸希望有个人来照顾你。"余一书拉拉他的小手哄他。

妈妈不会回来了？为什么？

那她知道我吗？他捏着脖子疑惑着。

那日之后，单纯的"小人儿国"子民心中种下疑惑的种子，它开始发芽生长。流言蜚语施肥，唾沫星子灌溉，那棵关于爸爸妈妈的小树渐渐歪斜。

还是 1999 年，余一书搞了个小学名额给余味。他说，男孩子早读书早进社会早闯荡，比较好。

猴哥即将成为小学生，戴红领巾，这和幼儿园有本质区别，是地位的上升。杨博书上小学后态度就差了好多，变本加厉地看不起周沫。周沫开始焦虑，完了完了，这下自己彻底在食物链的底端了。

周沫急坏了，像只斗鸡一样原地团团转。最终，小脑壳转出结果，原地立定，跑进屋里拿起电话，非要让周群去给她报名，周群无奈："余味从小就聪明，你就再等一年，等脑子长好再去。"

等到周群回来，周沫又使了那招无敌撒手锏，当她嘴巴抿起，鼻子开始哼哼时，周群抄起手，没好气地说："你哭，你有本事哭出来！"

周沫没哭得出来，干号了好久，只打雷没下雨，胡瑾边吃西瓜边看热闹，心想怎么就养了个傻子。

她这一号把余一书号来了。他抱着小公主一问，原来是想上学了。

"不就一句话的事儿嘛，我来给你搞定。"余一书冲周沫扬扬眉，语气坚定，听起来特别了不起，和周群那副不爱搭理她的样子截然不同。

周沫冲着周群翻白眼，额前碎发长了，眼皮翻起时将发尾折进了双眼皮里，像是长了把小草："我爸爸不好，我叫你爸爸好不好？"

她双手圈住余一书，用脑袋蹭他，这一道柔软袭来，余一书的心都化了，余味越长大越不会撒娇。他慈爱地刮刮周沫的鼻子："以后说不定你还真叫我爸爸呢。"

周沫和余味于 1999 年 9 月 1 日进入小学，本想坐在一起成为同桌，可周沫随胡瑾手长脚长，座位靠后排。余味没有她高，坐在第二排，为此他极为苦恼。

余味噘嘴向爷爷抱怨，于是家里订了牛奶。他本意是自己喝牛奶长高追上周沫，可订牛奶时周群见着也订了一份，周沫也升级喝了牛奶，两人同步进行，导致最后在小学毕业前，余味的身高都没能赶上周沫。

"猴哥，你别气奶（馁）。"天知道，周沫多高兴自己能有一件胜过余味的事。

一年级时，周沫数学成绩特别差，差到什么程度？1 加 1 知道等于 2，但是 11 加 11 不知道等于多少。胡瑾教得眼泪都要掉下来了，但她仍是不懂，还理直气壮，说都是题目的错："这么多 1 我怎么知道啊？"

二年级上半学期，周沫数学仍是不及格。那个时候哪个小学生数学会不及格？愚梦巷刚巧也聚了些学霸，孩子考了 99 家长都要摆摆手，表示没有满分，不好意思提。

好在一年级时，全国取消了留级制度，周沫躲过一劫，不然以她寒窗苦读伊始便开了天窗的成绩，如何能拿到小学毕业证。

胡瑾和周群半夜躺在床上都会感慨，幸好国家取消了留级，不然周沫这成绩估计这辈子小学都毕不了业了。

反观余昧，功课门门满分。当然，这在愚梦巷的这帮学霸里不稀奇。只是余一书涉猎广，又有钱，早早地给他报了兴趣爱好班，彼时德智体美劳全面发展的新型教育口号刚喊响，他已经学会了很多小学生完全没听过的东西。

周沫二年级下半学期终于明白加法的奥义，甚至被点通了减法的"任督二脉"，三位数减三位数都会了。当然，这大部分是余昧的功劳，他可是花了很大的工夫才教会她的。

可神奇的事情发生了，周沫是明白了加减法的奥义，可做出来的答案总是错，且错得就偏离正确答案一点点，要不是她憨憨的，大家都以为她在故意使坏。

例题：201-100=？正确答案是101，在周沫的答案里等于110。周群轻轻拎着她的耳朵让她再看一遍，她才后知后觉吐吐舌头："哎，看错了。"

一开始大人、老师还安慰她让她下次细心点。可这种错误太过频繁，叫人不得不拉起警报。

那会儿街头巷尾贴着治小儿多动症的治疗传单，症状大写加粗：粗心！

周群带周沫去看一位儿科专家。约莫是之前对医院好感太甚，一周的住院太过舒服，即便消毒水味浓郁，周沫也丝毫不厌。她乖乖坐在诊室，两条辫子勒得紧紧的，眼睛都吊了起来。

她自然是没有多动症。虽然她好动，但让她别动也能听从指挥，安安静静地假装淑女。

王医生见周沫身子一动不动，眼睛倒是骨碌碌转个不停，一看就是没耐心、思维跳跃的表现。他问周群："她是不是爱看动画片？"

周群点头。

医生笑："少看点，动画片的逻辑、动作、画面是不符合生活常理的，小朋友的思维模式没有形成，她的粗心很可能是这样造成的。"

顺着这思路一想，动画片上确实总有东西忽然飞出、人物突然蹦高或违反重力原理上上下下。难怪周沫总一惊一乍。

从医院回来，周沫被明令禁止看动画片。

太惨了，那可是她的童年第一爱好！

烈日灼灼下，周沫蹲在草丛里可怜巴巴地捉蚂蚱，脑袋垂得低低的。余昧和杨博书正在看最新一期的《名侦探柯南》，她却干巴巴地枯坐一下午，生不如死。

不想上小学了，压力太大了。她告诉自己，我实在是太无聊了，我只是去找猴哥、羊仔玩，我绝对没有要看柯南。

周沫迈着"小人儿国"修长的腿儿，从东巷向西巷怀着不轨之意、打着正义旗号出发了。

猴哥和羊仔一人坐在床上，一人坐在沙发上，紧张得头发都竖了起来。周沫一进来便是关键时刻，她告诉自己不能看电视不能看电视，于是她转身背对电视机。

可喇叭中的音效好立体，就像柯南在她耳边说话一样。人物对话和剧情实在太诱人，怎么办？怎么办！

最后，她真的没转头，绝对遵从了医嘱。她只是面对着杨博书家的镜子看了一整集。

回去的路上，背朝着夕阳，余味一路蹦跶一路嘲笑她："你这样有什么意思？医生都说了让你别看动画片！"他最近开始学会蹦跳，因为听说这样可以长高。

那时候医生的话是圣旨。周沫噘嘴，心中悄悄狡辩，试图哄骗自己脑海里那个粗心小人儿：我没看电视，我只看了镜子……

周沫生了蛀牙，乳牙摇晃了好几颗，黑乎乎穿了几个洞，继儿科医生禁止她看动画片后，口腔医生也发了话，禁止她吃糖。

周沫抓着李阿香的手，亲眼看着周群和胡瑾将她囤的所有漂亮糖果没收。

她再次发动了哭功，只是经历过她小时候丧心病狂般的哭泣后，现在所有那些装模作样、带着目的性的假哭都不被大人放在眼中。她眼见计划没得逞，紧紧抱着外婆撒娇，又是行动攻势又是语言攻势，李阿香耳根子软，哪经得住小祖宗这样乞求，于是买了一包奶糖数了数，告诉她："时间就像糖果，一天吃一颗，吃完了，日子就过完了。你想，别的小朋友一年都有三百六十五天，你飞快吃完，就比他们少好多天，没法一起玩了。"

周沫乖乖点头，每天站在椅子上从大糖罐里抓一颗糖。

半罐糖果吃完便到了千禧年。

全球迎来新的世纪，那年愚梦巷 101 号发生了两件大事，紧紧围绕余味，改变了他的一生。

第一桩是秦善龄拎着礼物来到了愚梦巷。余味和妈妈相处了一周。第一天母子俩极其生疏，场面的尴尬并不亚于他和刘小萍的相处。

可那天，当他转身取东西，反手不小心将可乐泼在身上，秦善龄毫不犹豫、毫不嫌弃地给他擦干净，并且要带他去买新衣服时，余味清晰地叫了声"妈妈"。

余味妈妈离开的那天，给了余味电话和地址，让他有空给她打电话。余味吸吸鼻子目送她消失在航站楼，他回家想问爸爸，可不可以跟妈妈一起走，还没开口，就听余一书说："我和你刘阿姨要结婚了。"

余味说："我想跟妈妈一起生活。"他想告诉爸爸，自己不喜欢刘小萍，他喜欢秦善龄，他喜欢自己的妈妈。

余一书直接甩脸："不可能。"他不可能让儿子离开自己，不可能因为秦善龄的一次出现便让她打破余味现有的生活。

余味没有说话。回房时，手握在门把上，鼻尖发出了他自学成才的第一声冷笑。

没人在乎他怎么想。

"小人儿国"的子民渐渐长大，个头蹿高，目光也变得遥远。余味见到妈妈，开始向往美国。

第二桩已经能直接推算了——余一书和刘小萍举行了盛大而低调的婚礼。

之所以说盛大，是因为这场婚礼无人不知，无人不晓，而余味的身世也因为这场沸沸扬扬的婚礼，在茶余饭后被连带着消遣起来。

那句关于妈妈在美国的真话被同学挖出调侃。周沫跑出来做证："他妈妈真的在美国！"

同学们笑："你成绩这么差就别掺和了，题目都做不对，谁知道你的话对不对。"

余味拉住想要继续解释的周沫离开了教室。他开始学会对家事沉默。

之所以说低调，是因为他们只请了家人和最亲近的朋友。

身着小公主裙的周沫和穿着小西装的余味作为花童一路撒花。她笑靥如花，他愁眉苦脸。

席间，周沫看着刘小萍的婚纱无比羡慕，拉着余味说："怎么办，我也好想结婚。"

余味已是小大人做派，冷冷地说："你冷静点，你眼光很差。"

周沫为了证明自己，找出家里最漂亮的白毛毯盖在身上，还让余味记得来参加婚礼扮新郎。

余味嘴上答应，下午跑去同杨博书"大杀四方"，还叫了瓜皮，游戏间隙瓜皮问："鸡仔呢？"余味这才想起来，鸡仔正等着他"结婚"。

等余味回到东屋，鸡仔早披着白毛毯会周公了。

他看着周沫，憨憨地合眼，嘴角微微翘起，倒像是个甜甜的新娘。鬼使神差，他戳戳她的脸想叫她，却见一条银丝从她嘴角流下。

他以后再也不信她说自己不流口水的话了。

晚间周沫冲去西屋质问余味："你怎么没来参加我的婚礼？"人家找这个毛毯找了很久呢。

余味笑，自己睡着了没等新郎也好意思怪别人。他胡扯道："下次下次，下次你结婚我保证来！"

他们都不知道结婚说下次是不好的意思，只是纯粹字面上的表达。

周沫闻言，满心欢喜还想着再筹办一次婚礼，结果过了两天关于婚礼的新鲜劲儿过去了，就彻底忘了自己要办婚礼的事了。

2001 年，余味、周沫读三年级。

和周沫不同，余味能游刃有余地应付功课，除了作文，门门满分，他能在小提琴和奥数上获得老师称赞，还能和周沫、杨博书厮混玩游戏。

余一书常常鼓励儿子，让他别这么累，不想学可以不学，余味摇头。那会儿他们还能交流，还是一对合格的父子。只是余一书婚后搬去和刘小萍同住，父子间的见面越来越少，关系慢慢发生了转变。

他邀请过余味，可余味拒绝了，说爷爷奶奶年纪大了，留下来好有个照应。

余味会给秦善龄打电话，不会说心事，只是说说学习和生活，提得最多的是伙伴，从来不提的是爸爸。

他将心门关上，不容任何人窥探。有次他问："妈妈，为什么你以前不来看我？"

秦善龄说："怕你不认我。"

他问她，为什么离开爸爸和他。

秦善龄冷笑："问你爸去。"

不用他问，时间自动把答案带到了余味的面前。

某一个周五放学后，石板路的青苔冒了个尖儿，余味脚尖踢了踢，想着要挖一下，不然爷爷奶奶经过会滑倒。

他毫不在意自己昂贵的新鞋，随意在石灰门槛上蹭了蹭，又往前走两步手刚挨到门，周沫从身后拍了他一下，愤愤道："又不等我！"她脸上冒着亮晶晶的汗，明显是跑来的。

隔着门板，院里传来余一书的声音："妈，才第二次试管，没事的，就算有了，也不可能亏待余味啊。"

"她一心想要孩子，生不出来四处求医也要，你想不出来她要干什么吗？"余红并不喜欢这个媳妇，无奈儿子喜欢，她只能抱紧孙子不让他受伤害。

"女人没有孩子就没有安全感，你只有我一个儿子，不是也没有安全感？"余一书语气无奈。

究竟是余红只有一个儿子没有安全感，还是余一书只有一个儿子没有安全感，这无从得知。可门外的人却冷着脸曲解意会了。

余味双手捏紧，指尖充血发白。他一言未发向东巷走去。

夕阳在他头顶绚烂成画。周沫不知所措，在出言安慰和沉默不语间纠结，看着他越走越远。

眼前的背影像是漫画里落寞的少年，一步一步，背向人群，走向孤独。她努力迈动脚步，却总是隔着段儿距离，如何也靠不近。

余味没有再主动联系过余一书，后来过了很久，余一书试图跟他沟通学习、放学去接他或是买玩具哄他，他都一律拒绝，再也没给过余一书好脸色。

有回周沫捧着刚买的黄瓤西瓜去同余味分享。刚走到院子中间，就见一个礼盒装的大物件从窗口飞了出去。她低头，刚好字都认识——变形金刚。

余一书站在门口，从兜里掏出一包烟来，熟练地吞云吐雾，他眼神深邃，指尖微抖，喉结上下滚动后，长长叹了口气。

那表情太复杂太深重，周沫读不懂，只是，那是她第一次见到余一书抽烟。

当刘小萍在半年后大着肚子出现时，周沫读懂了余味抖动的唇和喷涌的怒气。她拉着余味离开西屋，也是第一次明白羊仔的家是一个避风港。而愚梦巷 101 号越来越像是非之地。

余味任她抓着手，脚步懒懒地跟着，漫不经心地冲周沫狂奔的后脑勺说："小鸡仔，你跑这么急有人要宰你？"

周沫知道他是故作无所谓。

电影里的大哥就算是难过也不会对马仔表现出来。强颜欢笑是他们的本能。漫画主角在配角面前一通自在表现后，总有一个漫格是一抹落寞背影或是一句自我剖白。

余味的人生不是漫画，周沫读不到，但她会尽她所能去保护他。

到了杨博书家，余味率先推门而入。周沫由于方才走得急，蹲在地上系鞋带，刚站起，就听不远处杨博书的声音传来："哟，就你一人？那只作鸡呢？"

作鸡是什么？

余味感受到耳后一阵怒火燃起，赶紧避开。下一秒，杨博书就被周沫手长脚长的灵活四肢压在了地上。

2005年，周沫、余味一同去了S市第一中学，除了杨博书在周沫考前拼命给她复习外，余一书疏通的那份关系是周沫入学的最大保障。

周沫从小学到中学一直是余一书在帮忙，周群心下感激。周沫那成绩，他真是担心她只能读完九年制义务教育，能进S市第一中学真是谢天谢地。所以他决定办桌酒，请余一书一家正式吃顿感谢饭。

那天，年近三岁的余竟也在，他冷白皮，单眼皮，唇红齿白，见人爱笑，像极了童年的余味。他脆生生地叫了声"哥哥姐姐"，瞧他们交头接耳的好关系模样，心生羡慕，也想一同玩。

周沫在愚梦巷见过他几回，余一书偶尔也会牵着他来看爷爷奶奶，可余味正眼都没瞧过他。

余竟冲余味嫩生生叫了声"哥哥"，余味眼睛都没抬。余竟拉着余一书的袖子奶声奶气道："爸爸爸爸，哥哥不理我……"小眼睛闪着委屈的泪花。

余味听见"爸爸"这个词整个人都木了，尤其是当余一书弯腰温柔哄余竟时，若不是余味在旁，周沫都会以为是时光穿越。余一书曾经也是这般对待余味的。

她心疼得都想捂住余味的耳朵。

周群、胡瑾曾开玩笑说周沫太难带，要再生一个。瓜皮就有弟弟，一家人乐融融，可自从见过余竟后，周沫深深感受到余味的别扭和伤心，过去独一无二的关心如今复制在另一个人身上，关系还颇为复杂，换胡瑾生出来她都不乐意，何况是换了个"妈"。

周群起身给老人、孩童倒了甜味饮料，给余一书斟了酒，两人举杯，无须多言，一切都在酒里。大人们掌控吃饭节奏，孩子的心情完全不被重视。一桌人在成年人的控场下其乐融融，敬完第一轮无言酒，周群第二次举杯，感谢余一书帮周沫这么多。

余一书开玩笑说："都是为了儿子。"说完递给周群一个会心的笑。

一桌人皆笑，调侃周沫、余味以后说不定真能成。类似话语听得极多，两个主角都不当回事儿，毕竟尚是孩童心性。即便余味稍稍成熟，在感情之事上仍是迟钝，不然也不会小学毕业才明白女生为何要给他递字条。

刘小萍说："现在的小孩，特别早熟。"她只是搭话，并无恶意。

可在余味耳里听来讽刺意味极浓，他又冒了声冷笑，刚巧插在了谈笑的空隙间，清脆刺耳。

余一书皱起了眉头。其乐融融的气氛在这一声冷哼里降至冰点。

周群作为请客方赶紧转移话题，说起 S 市城建拆迁一事，大家很配合地讨论此事。包间气氛回落，余一书面色稍缓。

周沫拉着余味，对他摇头。她害怕这样的场面，内心极度不愿余味挨打，或是冲撞余一书导致关系更僵。

她希望余味开心，希望余一书可以继续爱他，希望所有的一切都能像小时候一样单纯。

酒足饭饱，余一书压着脾气将余味拉到饭店外，破开那道维系的僵持线，问他怎么了，为什么对刘阿姨这么不友好。

余味盯着街对面的灯火，目光遥远冰冷："你要养我的时候没有问过我愿不愿意，你要娶她的时候没有问过我愿不愿意，你要和她生孩子的时候没有问过我愿不愿意，何必现在来问我喜不喜欢她呢？"

余一书也许问过，但在余味眼里等于通知。他的意见或是答案根本不重要。

余味想对今日难得敏感的鸡仔说一句话，有些事，有些人回不去了。就像小朋友长大变高，再也不是"小人儿国"的子民一样，大人也不愿意再低头配合他们半高不高的身高。

余味知道，自己变成了尴尬的存在。

从那天起，余味的亲人只有爷爷奶奶和远方的妈妈，他的爸爸已经是别人的爸爸。

他喜欢看周沫同周群相处，没有小心翼翼的讨好也没有紧张兮兮的回避，是最纯粹的亲情。关心你又嫌弃你。

周沫做不出题目捶脑袋，周群赶紧拉开她的手嘲笑："别捶了，本来就笨，再捶捶扁了丑得都嫁不出去了。"

周沫撇嘴，转头问正在思考亲情的余味："余味你说我会嫁不出去吗？"她在班里可是超多人喜欢的！

余味弯起嘴角："嗯，陆赟上学期大概还愿意娶你，这学期你摔了一跤之后，他改口说自己喜欢走路稳的女生。"

陆赟和余味同班，臭味相投都爱漫画，处得极好，关系甚至一度超过羊仔鸡仔。初二陆赟由于和班主任不合，换去了七班，同周沫做了同桌。

刚去第一天，陆赟下课冲到原来班级拉出余味，大赞同桌："天哪，我同桌是个大美女，怎么办，我都没法好好学习了。"到学期末，他改了口，冲余味说，"啧啧，看着是个美女怎么傻乎乎的……"

余味这才意识到陆赟说的美女是周沫。他知道周沫在七班，可从来不知道周沫算美女，他看习惯了，都辨不出美丑了。

那天他难得等了等磨磨蹭蹭收拾书包的周沫。她受宠若惊，一路一惊一乍地问："今天怎么愿意等我？初中上学都一年多了，你从来没主动等过我放学！"

主要是她慢。周沫收拾东西磨磨蹭蹭，总要把书角抹平，书摞得整整齐齐，再塞进书包，整个工序就像修理文物一样，所以她也不强求余味等她。

余味伸手拎拎她的书包，感觉不沉，没接过，让她自己背。侧头时，余味发现自己比周沫高了半个头，一把按住她的肩想炫耀一番。

落日抚上周沫的右脸颊，将少女脸颊的绒毛照得清晰可见，婴儿肥上两颗水葡萄眨巴眨巴，特别卡通。这么看好像是挺好看的。

周沫见他目不转睛盯着自己，用一副看贼的眼神打量他："我脸上有东西？是不是我刚吃巧克力冷饮没擦干净……"说着便作势要从书包里掏镜子。

手刚碰到镜子，头上就挨了个栗暴："一点儿都不好看。"

S市一中名声在外，升学率极高，普高达80%，重点高中达35%。余味自然是35%中的一员，周沫非常不幸，也完全没有出乎任何人意料，是那80%外剩下的20%中的一员。

"猴哥，你说我要报哪个学校啊？"中考结束，周沫看着志愿表纠结，她的分数好尴尬。

余味只填了 S 市一高便完事，可周沫的学校着实让人焦灼，抓耳挠腮想不出头绪。毕竟她填学校和别人填高考志愿差不多，基本就是定下专业。

周沫咬着笔头问："你去 S 市一高，那我们岂不是要分开了？"

什么分开不分开的。余味目光仍停留在志愿表上，心里却悄然飘来朵彩色的云。

1998 年的《西游记》热潮对于孩童来说，去得很快。那般多新鲜事物，哪有空落在《西游记》身上。于孩子来说，他们身上最大的变化便是绰号，余味猴哥的身份在第一时间得到杨博书的认可，电梯事件后也获得鸡仔承认，两人唯他"猴首是瞻"。

猴子当了大王，自然是要关照小弟们。玩个弹珠、比捉西瓜虫、比干脆面卡片……只要跟哪家小孩斗输了，他都能给你找回面子，除了周沫的牛皮筋他没能帮上忙，游戏及其他事都有猴哥撑场。

每次鸡仔假装叫声"猴哥"，愚梦巷的小孩们都要抖一抖。

只是这么多年羊仔还是羊仔，可鸡仔不知从哪一日起变成了周沫，连名带姓，生疏极了。

马仔最怕什么？最怕被大佬除名。

宿舍门窗前的月光渐渐被天边微光取代。

宿舍六人几乎彻夜未眠，天空翻起鱼肚白，几人还缠着周沫喊喊喳喳问个不停，一会儿少女心甜爆棚，一会儿疼惜少年郎，被鸡仔打了鸡血，一夜处于亢奋状态。

余味自然不知自己被女生宿舍热议了一晚。他这一夜也没闲着，套上装备，投入战斗，游戏打到凌晨 3 点，白日困乏，趴了两节数学课缓过来精神。

他打了个哈欠，揉着眼睛下楼买了瓶可乐，转身便看到丁柳柳，她不知何时来到他身后。

他灌了口冰可乐，她则一直站在他的余光里，一副欲言又止的模样。他没说话，等她开口。

"怎么又发消息说周六不去了？"丁柳柳昨晚熄灯前收到了消息。

"回去想了想，烧烤没意思。"余味语气很敷衍，说完眼都没向她瞥，又一口气灌了半瓶可乐。

"那我们可以做些别的。"

"算了吧，我这周六有事。"余味抬腿要走，丁柳柳一把拽住他。

榕树叶沙沙作响，蝉叫嗡鸣阵阵。

杨博书从求知楼出来，正巧碰上了一大美女和余味拉扯的漫画场景。他坏心地掏出手机，打开拍照功能，咔嚓一声，手机上画面定住，他将照片存储后发给了周沫。

这只作鸡肯定要跳脚了。

卫校属于卫生类院校，拥有护理系、药学系、医技系等。周沫属于护理系，所在年级共八个班，每个班平均五十人。

要说办学规范、教学严谨、学风优良那自然是肯定的，但是学生没有升学压力，精神从中考后便松懈下来。也有苦学型，老师说的话字字刻脑、句句下笔，书上密密麻麻，目光炯炯有神，坐姿端端正正。

周沫定然不属于那部分人。她自从发现上课不听讲老师也不会扔粉笔头、不会叫醒她，索性变本加厉懒散起来，今天她伏在桌上睡了一上午。

教室里风扇在转悠，她整个人也悬在半空没消停。许是讲了一夜余味，整个不舒适的睡梦里都是他，他笑他哭、他哄她又嘲讽她……记忆碎片疯狂拼凑，醒来时她累极了。

旁边的胡倾城早已恢复元气又开始看小说，周沫怀疑她都不需要吃饭，吃字就能饱肚。

周沫拿起手机看时间。

奇怪，哪来的彩信？

点开，缓冲……周沫沉默了。身着校服的两人，暧昧都能传出画面了。

她刚看到 S 市一高的校服时，曾拉着余味说："我现在努力还来得及吗？一高的校服好漂亮。"余味弹了她一个栗暴："放过人家老师吧。"

周沫心头酸溜溜的，说不清为什么，只有一句话在脑海转悠——难怪他不叫我鸡仔了，原来他有别的"鸡朋好友"了……

周五旺达卫校放学早，下午 3 点不到大部队便撤退，彼时太阳还烈着。周沫没按照约定等余味，头也不回地上了 101 路公交车。她坐在座位上愤愤地想，偏不等你。

日光将整座城市镀上金，热烈也灿烂，城市的玻璃反射着刺眼的五彩光。她戴上耳机，调了一首歌："天空是绵绵的糖，就算塌下来又怎样……"

周沫踩着节奏哼着歌，旁人看，这姑娘看起来很开心，可心率只有消沉的每分钟六十次。一个听诊器就能戳穿她的伪装，揭露她的低落。

她走到愚梦巷路口，立住没动。

坑洼的石板路一直向西，是一眼看不到头的巷弄。

周群在饭桌上讲过，S市正在开发，开疆扩土，愚梦巷被划分至重点开发的景行区，不知会不会拆迁。

大人们的第一反应是拆迁可以分很多钱。可周沫很忧伤，这里是她长大的地方。

第一期拆迁名单下来，愚梦巷300号至388号推平动工，起了高楼，杨博书搬了进去。没多久他说："没劲，还是院子好玩。白墙壁水晶灯木板地，全国楼房装修都这么弄，还是平房院落有味道。"

三室两厅精致冰冷，没有推窗而得的清净空地和迈步而出便可吃到的弄里小吃。周沫想，愚梦巷，你可千万不能拆啊，这里是我和余味的回忆。

不对，这里是我的回忆。周沫赶紧收回忧伤，往101号走去。

余味下课给周沫发消息，没收到回信，走到校门口张望半天没人影，杨博书揽住他，问："兄弟，'鸡精'没等你？"

余味没理他，继续寻找。杨博书刚想损他几句，余味蹙眉道："别起这些奇奇怪怪的外号。"

杨博书以鸡为名，给周沫起了一堆外号，先是说她娇气玩个游戏耍赖、看个电视不老实老偷藏遥控器，取名"作鸡"。后来她爱打扮了，有回穿着花裙子转圈圈显摆，他偷唤她"鸡精"。初中听她八卦明星取名"鸡婆"。她看漫画热血沸腾，他说她"打鸡血"。她淋了雨，他笑称"落汤鸡"……诸如此类。他甚至以给周沫取外号为乐，好在这些绰号只有"作鸡"被周沫撞破过，不然他早已小命不保了。

余味一脚迈上花坛边沿，继续寻找周沫。

杨博书将他一把拉下："别找了，我们可爱的周沫同学肯定回去了。"那只作鸡怎么可能不作一下。

杨博书打开照片递到他眼前，余味看了眼问："什么时候拍的？"

"当然是发生这一刻的时候，说实话挺般配的，"他似笑非笑，"虽然没有作……沫沫好看，但是气质很不错——"

余味打断："这照片周沫看了？"

"不然你为什么找不到人？"杨博书得意扬扬，像干了什么了不得的事，可还没得意完，便挨了余味钉鞋一脚，小腿一阵剧痛。他低骂了句脏话。

余味无视他的疼痛，挤了句："没事找事。"

两人迅速打车回了愚梦巷。倒不是公交车挤满了人，纯粹是余味想坑杨博书一次。

他拽着杨博书回愚梦巷 101 号，问李阿香："沫沫人呢？"

李阿香指指屋子："回来一直睡到现在，晚饭都没吃。"

杨博书暗道：不好，这么大气性？余味有魅力也不是一两天了，初中她没在意过，怎么高中一点就通，难不成脑子发育好了？

两人往窗里探了探头，没看清，两人索性进了周沫的房间。

屋里半黑，月光透入，周沫仍在熟睡。杨博书用口型说："还真在睡啊！"

余味摇摇周沫，她悠悠醒来，借月光看清来人后先是惊喜，下一秒睡前的酸涩钝痛涌上脑海，脸拉了下来："干吗？"

"沫沫吃饭了，李奶奶等你呢。"根本没有，李阿香一向知道周沫吃饭没个点，西瓜喂饱便不肯吃饭，只有周群和胡瑾才会管她吃饭这事儿。

周沫没理他，赤脚下地开了灯。

灯光刺眼，余味微眯了眯眼。杨博书上前抓住周沫的细胳膊，讨好说："沫沫，那照片我瞎拍的，凑巧而已，我逗你的。"他心中补充：就两人大庭广众之下拽着胳膊停留了十来秒，眼睛和眼睛之间闪着男女暧昧的小火花而已，没什么实质性的内容。

周沫哽住，臭羊仔怎么胡说八道呢，谁在意这个了……

余味看她面色缓和，将她往房外推："走吧走吧，李奶奶说菜都凉了，你去我家吃。"

周沫就这么被余味以僵尸姿势推着走，心里还惦记着方才杨博书的不合时宜、多此一举却无比戳中她心窝的解释。

到了西屋，灯光通亮。周沫嗅了嗅，空气中有香辣螺蛳的味道。余有才应是在同余竟讲电话，声音一听便是哄小孩，余味搭在周沫肩上的手紧了紧，周沫感觉到耳后有一道异样的呼吸飞速闪过又平稳下来。

余味家的西屋堂厅正对院子，饭桌置于客厅正中间，当年余一书找了风水师，人家说这样摆堂堂正正。三人坐在堂厅大餐桌旁，对着一桌丰盛佳肴搓手流涎：糖醋排骨、卤猪蹄、五香云丝、香辣螺蛳、清炒青菜、排骨汤……

余红给周沫舀了碗汤："沫沫，学校学打针了吗？"

"还没。"周沫咕嘟咕嘟喝下，嘴边染了一圈油花，光线反射下像是腊肠嘴。

杨博书刚想笑，余味就抽出一张纸盖了上去。

两位老人进房间看电视，三个小孩在客厅嗍螺蛳、喝可乐。风扇吹起周沫的长发，害她不停地搔脸。她左手束发右手拿螺蛳，又不得要领，嗍不出来，索性将螺蛳放在桌上，拿牙签挑。螺面不稳，不为牙签所定，她紧着眉头聚精会神同它战斗。

余味接过她单手束着的长发："你吃吧，我吃完了。"

杨博书翻白眼，搞了半天原来是郎有情妾有意，没想到余味还是没能逃出周沫的毒鸡爪。

周沫头发被控制住吃得更欢，一时快乐忘形，脱了拖鞋直接踩了凳子上，白嫩的膝盖骨就这么张扬于桌子水平线以上。

这本是一个自在的动作，可她穿的是睡裙……

"周沫把脚放下去！"这一声出现得突然，语气严厉。

"为什么？"周沫心想，干吗这么凶？人家在外面不会这样的，我是把你家当成我家一样自在才这么做的。

杨博书看一眼余味："沫沫腿长难受呗。"

周沫没放下去，斜眼瞪余味。余味啪地打了一下她膝盖，力道不重，皮肤未红，可态度很明显，嫌弃她的不雅。

周沫气坏了，鼻孔使劲出气，他为什么叫我周沫！羊仔都叫我沫沫！

杨博书漫不经心打圆场："余味就是为你好，怕你出去也这样。"

周沫皱眉，什么呀，谁在意这个了。她边想着边将脚放下，又瞪了眼余味。

余味觉得好笑，她眼珠都要掉下来了，可还是一点凶的样子都没有。

吃完饭，余味、杨博书和拐角的初三弟弟瓜皮一起打篮球，周沫虽不会打篮球，可向来会参与大部队活动。

但是，她今天不想去，只因余味的原话："羊仔，叫瓜皮一起，对了，周沫你去不？"

周沫！又是周沫！她摇头，非常用力，看得余味以为她脑袋要掉下来了。

猴哥、羊仔走后，过气鸡仔陷入了绰号迷茫，是她不配做鸡仔了吗？她很喜欢吃鸡的。

周沫坐在藤椅上惆怅，抱着个西瓜有一口没一口地吃着。

月朗星稀，院落清静，微风阵阵，扬起乌丝。

惆怅的周沫进去冲了个凉，再坐下抱起西瓜，余味便一身臭汗得意归来。他借着她的勺刨了两口，嫌弃道："周沫，你这瓜不甜啊！"他故意离她半米距离，心知她嫌弃别人的汗液。

哼，又是周沫。她眼都没抬，语气冷淡："你为啥不叫我鸡仔了？"她此刻完全不在意余味毁了她的瓜。

余味又吃了一口，反正他吃过她也不会吃了。

"为什么啊？"周沫眨巴眨巴眼，咬定问题不松口，非要打破砂锅问到底。

余味含着瓜，停止咀嚼，抬眼瞧她，才意识到她是认真问的。

"你是不是……"后半句卡在了喉咙口，一颗少女心扑通扑通，患得患失地荡着秋千。

余味咽下瓜，翻了个白眼："多大了，女孩儿叫鸡多难听啊！"自从他知道这个昵称的社会含义后，一直在努力靠自己单薄的力量让大家忘了这个绰号。

谁能想到，周沫自己还惦记着。真是皇帝不急，急死太监，猴孙不急，急死猴王。

太阳初升，愚梦巷东巷尽头升起一颗硕大的"鸭蛋黄"，于石板路上洒下一片金鳞。

周沫一声惊叫，唤醒了东巷101号的睡客。她哭丧着脸，背脊弓起，全身僵硬，整个人团在床上。李阿香推门而入，问道："沫沫怎么了？"

"有老鼠！"她欲哭无泪，方寸大乱。

余味被那一声惊叫吓醒，可耐不住困意，又睡了过去。迷迷糊糊间，他想，周沫又怎么了？还没想到下文，就睡了过去。

周沫哪能放过余味。

10月的微凉清晨，她身着乳白吊带睡裙，趿拉着拖鞋逃到客厅，想想又不放心，穿过院子跑到西屋，溜进余味房间闹他。

余味凌晨3点多才完成升级任务，此刻眼皮都掀不开，反射性地推了她一把。

"猴哥你干吗！"周沫被推得趔趄，整整吊带，疑惑地瞧着他。

余味拉过被子，盖在身上："你早上鬼叫什么？"

"有老鼠！"她倾诉欲强烈，上前一步坐在床上，叽里呱啦描述了一遍那股被老鼠爬过的酥痒感和吱吱的恐怖声音。

余味没见过老鼠，他家每年都会除虫、除蚁，一楼为了防潮、防虫会做极多措施，所以心中不以为意："多大事，叫成这样，不知道的以为是蛇呢！"

周沫吓得一激灵，鸡最怕蛇，她想到便鸡皮疙瘩冒起，双脚在床下也放不住了，抱紧小腿整个人坐在了床上。她踢踢眼睛又开始打架的余味："喂，你下午是不是要出去？"那天她都听到了，可别是去约会。

余味想到昨晚打球打到一半，瓜皮被叫走，他们约好今日下午再战，遂点了点头。这落在周沫眼里就是约会的铁证，她一把揪起他的被子，叉腰道："我告诉你，不许去！"

为什么不许，她不知道，为什么不高兴，她不知道，可她就是不想让他去。

余味打了个哈欠："你也一起啊，瓜皮不是还欠你一顿串儿吗？"

他们几人斗地主，周沫向来是地主婆，金库充裕，打起牌来又好运十足，于是富人更富，穷人更穷。瓜皮输得分文不剩还残存着赌徒心理，最后不仅钱没了，还因强行再来，赔了一顿串儿。周沫记性不好，这种事儿都是余味替她记着。

"哦……"原来是跟瓜皮啊。她撇撇嘴，是她多想了。

再出西屋，暑气上来，热辣辣的阳光刺在身上。进屋后，周沫拿了瓶杀虫剂，对着房间四个角落喷了几下，正准备放下，就听见地板上有很轻微的跑动声，她瞬间汗毛竖起："啊——"

周沫是跟他有仇吗？余味再次被惊醒。他一把掀开被子，冲到东屋，周沫露着雪白的小腿噔噔冲出来，见到余味直接抱住。

余味光着膀子，下半身套了条纹中裤，见周沫扑上来条件反射地张开手拥紧，却被冲力撞击，向后跟跄了两步方才站稳。他拍拍她的背："又有老鼠？"

周沫毛茸茸的柔软头发擦着他的颈部，弄得他痒。他推开她，真想教育她男女授受不亲，可看她吓得直抖，当下只能作罢。

他向东屋走去，周沫拉着他的手："别进去，等我外婆回来吧，她去买菜了。"老人爱赶早集，总想着买第一批最新鲜的蔬菜和肉类。

余味冷嘲："多大点事儿。"说着大步流星向她的房间走去。

周沫不敢进去，扒着门框探头："猴哥你行吗？"余味回头刚想吹两句牛，便见她半张脸隐在门后，腮微红，大大的杏眼紧张地瞧着他……

余味假装寻找，暗骂自己真是着了杨博书的魔。他定定神，在周沫的房间细细搜索起来。周沫的房间不大，一张一米五的公主床，一张一米五的书桌，物件整整齐齐罗列开来，书架上漫画书纤尘不染，地板也干净得像舔过一样。他皱眉，周沫没事在家是天天打扫卫生吗？

周沫这头开始思考，老鼠在哪里？它们需要洞，哪里有洞？她忽然想到自己的房间是被改造过的，原先有个小水道口被堵住，别是被鼠崽子打通了。

余味从笔筒中抽出一支笔，躬身至书桌下，试着捅那个洞。

周沫看他因匍匐而弯起的嶙峋背部，嘀咕了句："猴哥，你怎么这么瘦啊。"余味食量惊人，可为什么还是这么瘦？

余味边找洞口，边回她："自己瘦得跟没发育似的，也好意思说我。"

周沫第一秒没反应过来，下一瞬气得脸色发青。她刚要发作，余味突然钻出书桌，低骂了一声，赶忙说："快跑，老鼠洞真在那里！"他还和一只半大的湿漉漉的老鼠对视了。

周沫又是一声尖叫，直接趴到了余味背上："怎么办怎么办怎么办？"

余味也很怕，可无奈身上这只鸡仔扒住了他，大哥的威风不能灭，他深呼吸假装淡定，来了个缓兵之计："我们先出去，把它关在里面，等你外婆来。"

周沫附在他耳边问："那我们现在出去吗？"余味耳边被热气呵着，不自觉向另一侧撇头。

周沫不依不饶："怎么办？"

他扫了眼暂无动静的洞口，将周沫背了出去，到了外面他赶忙关上了门，拍了下周沫的大腿："还不下来！"

周沫一跃而下，松了口气，像是做了件了不起的大事。余味抬脚就回西屋，周沫一步一趋。

"干吗？"余味问。

"我怕！"周沫趾高气扬地回答。

李阿香唠嗑唠过了点，到中午才回来，还给周沫带了碗面条。周沫吃着结成团的烂面，告诉外婆自己房间里有老鼠。李阿香赶紧拨通周群的电话，让他买点老鼠药来。

周沫惦记着下午要去打篮球，虽然她就是属于加油不到位的业余水准啦啦队，但基本回回到场，给同样打得稀烂的队员们递水扇风。

余味长得帅，弹跳力好，玩各种游戏天赋过人，但篮球是他的软肋。周沫多少是存了点看热闹的心思。

烈日暴晒，余味几人在一所即将拆迁的旧小学里打篮球，他跑动运球，酝酿角度，抬手一抛，汗水随着动作滴落，姿势极帅。

周沫刚想鼓掌，就见那球碰到篮筐弹落在地，一弹一弹，弧度越来越小，溜到周沫脚边。

周沫单脚踩住，心想，哎，猴哥的球技真不行。她觉得那个球自己都能投进。

一场球，大太阳，打了三个小时。

周沫躲在小凉棚处又是冷饮又是雪糕，丝毫没被室外高温影响，其余众人皆是面若火炉，身体被沸水浇过似的，结束后马不停蹄要赶回去冲凉。

周沫离大汗淋漓的余味两步远。余味逗她，不时靠近，假装要用汗液碰她，她使劲躲，喊道："你别过来！"

"你早上又是抱我又是趴在我背上，我有让你别过来吗？"说完他将手背半风干的微汗往她白皙的手臂一揩。

周沫嫌弃瞪眼，一弹三米远，警惕地盯着他，食指一伸，严肃道："我警告你，不要碰我。"

"好好好，我不碰你，那你下次也不要不管是谁，就爬人家背上，多大了，女孩要和男的保持点距离！"

"你不是普通男的。"周沫小碎步倒退地挪着，生怕他违反和平条约，弄脏自己。虽然她性格男孩气十足，大大咧咧不拘小节，可肢体语言以及生活习性女气得很，这也是越长大杨博书越嫌弃她的原因，再也不能爽快地勾肩搭背，还要保持男女距离，出个门一堆破事儿，太麻烦了。

余味笑："我怎么不普通了？"他手上不动她，身体依旧不停地靠近她，逗她玩儿。

周沫索性自己先跑，远离危险液体，边跑边喘大气回复他，声音轻灵，荡在巷弄间："因为，你是齐天大圣孙悟空！"

到家时，周群已经将老鼠药置于书桌底下的洞口，周沫洗了个澡，神清气爽，想着老鼠的问题解决了真开心。

　　可被吱吱声支配的恐惧于凌晨2点再次升起，周沫惊醒，搂紧被子，神经绷紧，走到窗边想找那个洞。爸爸明明说老鼠会死的，怎么还有动静呢？她这么想着，小碎步在房内摸瞎寻找，却忽然在某一个地方，像是踩到了什么小只、毛茸茸、带一个细长尾巴的东西……

　　东屋的门飞快被打开，一道黑影蹿出。周沫见余味房间的灯亮着，来不及细想，喘着气敲窗，双脚恨不得悬空飞起，地上太恐怖了，她要上天。

　　饶是余味胆大，也禁不住一身白衣、披头散发、瞪着圆眼、一动不动的周沫于凌晨立在窗口，他跑出卧室给她开门。

　　门一开，她像八爪鱼一样盘到他身上，整张脸埋进他的颈窝："猴哥，我踩到老鼠了！"

　　"你这么爱看《猫和老鼠》，你就当它是杰瑞呗。"他完全忘了自己白日也怕，眼下只惦记着游戏，想把这只八爪鱼赶跑。

　　周沫闻言感到恶心，生出那只老鼠仍在脚下的错觉，将脚丫往他睡裤上蹭蹭，没好气地说："可是杰瑞死了！"动画片里杰瑞才不会死呢。

　　那夜，余味没玩成游戏，没完成任务，凌晨3点领取的奖励也忘了。

　　两人在西屋蹑手蹑脚地溜到浴室，洗了个脚，周沫非要拉着他陪同，洗完余味以为她会回去，结果她说怕。

　　于是乎，他打开电脑，陪周沫看了两集《猫和老鼠》。直到她睡着，才又从柜子里搬了床被子铺到地板上。睡前迷糊地懊恼，今天的任务奖励没领到，太亏了，说不定会出神兽呢。

　　凌晨4点，S市景行区局部淅淅沥沥地下了雨，绵密地洒在窗户上。

　　余红经过余味卧室窗户时，扫见床上躺着一个女人。她心惊肉跳，手忙脚乱地冲进余味房间，看清是周沫才松了口气。另一边的余味躺地板上睡得正香沉。

　　还好还好。不过少男少女还这般亲近，总归不像话。她心里没数，拎起电话给余一书打了过去。

　　周沫伴着生物钟醒来第一件事情是给爸爸打电话，小声跟他说昨晚踩到死老鼠的事，周群问："那你外婆岂不是被你闹得没睡好？"

　　周沫否认："我没吵到外婆，我睡在余味这里了。"她不是没敢叫，是直接吓得失声，不过此刻要换一种话术，表示自己的懂事。

周群严肃："怎么睡的？"

周沫瞄了眼地上的余味，他这次没裸睡，衣服裤子整整齐齐。

周沫说："不是一张床！都多大了！我知道！我睡床他睡地上。"

周群翻白眼，心想，你害怕却让别人睡地上，还理直气壮，哪来的不懂事的野丫头。他心中盘算，周沫的男女观念得好好教育，多大了还跑到男孩屋里去睡。唉，男孩堆里长大的姑娘性别观念到底是弱，不像单位里那些同事的女儿，早早就知道男女授受不亲，哪用得着教。

周沫打完电话看了眼窗外灰蒙蒙的天，又睡了过去。醒来时，胡瑾正在床边给她拉被子，见她睁眼，没好气地责怪道："多大了，还睡在男孩家里，这说出去……"

周沫赶忙低头看床下，余味已不在房中，外面有闹腾的声音，像是余竟在笑。

一出房间，果然见到了余竟，他走到周沫面前乖顺地叫了声"姐姐"，周沫摸摸他的头，蹲下问他："你哥哥呢？"

余竟嘴巴一嘟，一脸委屈："他出去了。"他不明白为什么哥哥总是不理他，他问妈妈，妈妈说"不理你就别贴了"。他问爸爸，爸爸说"哥哥学业繁重没空跟你玩"。他一直是人见人爱，只除了余味。这让他对余味更加好奇，老追着他。

胡瑾站在身后，面露不善地提醒道："余味直接去学校了，人家是高中生，别老是打扰别人。"

西屋堂厅坐满了人，刘小萍正眉开眼笑地布菜，生育后她略显发福，衣着风格也较前不同，走起性感成熟风。周沫对她打了个招呼，她一脸惊讶："哎哟，你睡在余味房间？我说怎么余味不让我进去收拾呢。"说完她捂嘴笑，"现在的小孩真是早熟。"

周沫和胡瑾面色发青，灰头土脸地尴尬而归。

还没走进东屋，胡瑾便说："知道了吗？如果你再这样，以后到处都是这种声音，甚至比这个更恶毒！你是女孩子……"

周沫不耐烦地点头。睡意未消，脸还肿着，就见了这么多人，还莫名其妙挨了训，她还委屈呢，都是死杰瑞惹的祸！

周沫回房发短信问余味：怎么自己先回学校了？

余味回了电话过来："我在商行区，这里有上次你说的那个牌子，要来吗？"

余味面前这家店之前捷达商场有，后来由于经营不善被关了，周沫感到可惜提了几回，说自己特别喜欢那家店的衣服。

"怎么去那儿了？"

"我配眼镜。"

余味大清早被厅里的动静闹醒，他推门见刘小萍他们来了，点点头。

刚要进屋，刘小萍便叫住他客套："我们余味真是越长越像他爸了，余竟倒都没那么像。"这马屁根本没拍到位，反而惹得余味反感皱眉，许是只要说话的人不对，说的内容就永远都对不了。

他走到院子里透气，正碰上余一书叼着根烟打电话。还真像。

余一书刚想跟他说周沫的事，便见他进了屋，再转一圈，余红说他已经背着书包走了。他无奈，胸口发堵，又跑出去抽了根烟。

商行区是S市的另一个重点开发区域。和景行区不同的是，它原本就是市中心，人口密集，商业发达，楼价更高。最近这儿开了新的大型商贸中心，应兰兰几人上周来夸得天上有地下无，不知道的以为她们去巴黎转了一圈儿。周沫这个本地人不屑一顾，毫无热情，只道她们是夸张。

她打车到商行区，站在巨型矩形的银色建筑下，心里暗暗道：好像是没夸张。

斜面低调奢华地悬着"圆融广场"四个大字，商铺招牌依次于另一斜面整齐排开，五彩缤纷，高端大气。她边走边想，明明是方的怎么还取名叫圆，真奇怪。

穿过华丽亮堂的一楼大厅，大型商铺左右排开，美丽衣裳飘扬在橱窗冲她招手，她的身体像是被粘住，走不动道儿，转念立马收住心猿意马的脚，直奔三楼去到余味说的眼镜店。

余味今日穿的黑T白裤，身上背了个大书包，一看就是学生。验光结束，他正在工作人员的不停推销下挑镜框。

见周沫来了，余味拿起一副黑框晃晃说："这行吗？"

标标准准，毫无特色，周沫看不出来。她后退一步打量，下一秒戏瘾发作："猴哥你好帅啊！"

余味绷着脸等她评价，看她这夸张模样，扑哧笑了出来："有那么夸张吗？"

工作人员给周沫也推销起眼镜来。

周沫燃起兴趣，对自己戴眼镜的模样也好奇，说不定会颜值会提升一个档次。

她刚拿起一副平光镜架想戴着试试，就被余味一把夺下递给了工作人员："不用了，她不近视。"

周沫不解："你近视吗？"中考体检，明明大家都是5.2，怎么才过了半年多就近视了？

余味点头，骄傲地说："左眼50度，右眼100度。"他终于找到一样东西可以显得外表和余一书不同了，不然"越长越像"这个词让他硌硬得慌。

周沫不知道这代表什么，便问："那万一我近视呢？"

余味鄙视："不会的，学渣不需要看黑板，等你发现眼睛有问题，估计是老花的时候。"

最终，余味买了周沫说的那副黑框，取眼镜需要两小时，周沫拉他下楼，说要买衣服。余味年少天真，缺乏同母亲逛街的惨痛经验，欣然同意。

一个小时内，余味陪周沫逛了无数家店铺，有几家他甚至觉得才去过，周沫非说没，有几件衣服他也觉得和前面的差不多，周沫翻白眼，偏说他瞎。

最后，他拎着大包小包的购物袋精疲力竭，失了耐心急道："周沫，你爸妈挣钱也辛苦，别这么糟践。"

周沫没好气道："你这副眼镜1000多，我买了9样东西才1000多，谁浪费？"只是鞋盒大了点而已，其实没几样东西。她心中悄悄狡辩。

余味没吃午饭，拉着她去肯德基。正值周末，圆融广场人山人海，肯德基这种平价消费之处最是拥挤，周沫站在门口不肯进去："人太多了！"容易把她新买的小白鞋踩脏。

余味饿得脾气急了，拉着她直接去了顶层的牛排店，幸好还剩一桌空位。悠扬小提琴乐飘荡着，衬得此处颇为高档。

周沫拉拉他衣服下摆，凑近他说："688一个人。"这种消费，她跟着姑父才能吃上。

余味从兜里掏出卡："哥请你。"

余一书对他极其大方，打钱没个数。其实方才他就想给周沫付钱，但他看她掏钱速度快，对她的财务状况也了然，便没装这个大佬，显得生分。

余一书的经济实力她是知道的，别墅买了好几套。周群好歹是财会圈的人，这种消息灵通得很。周沫也不客气了，点了牛排标餐，余味则说："做得最快的给我来一份。"

他饥肠辘辘，饿得前胸贴后背，方才还陪女人逛街，这种消磨体力第一名的事情，他再也不干了。此刻他只想吃饭，馒头都行。

"你这么能吃，怎么不长肉？"

"你也很能吃，为什么肉没长到对的地方？"他挑眉，喝了口白水。

"余味！"周沫拿起餐叉冲他虚晃，"我妈说了，男女授受不亲，你不可以这么说我！"

这会儿自我防卫起来倒是明白男女授受不亲，之前攻击他的时候怎么那般毫无顾忌？

"周沫，你要记住男女授受不亲，别老对我又是抱又是扑的，小心嫁不出去！"

周沫蓦然被人揭了短，半天没想出怼回去的话，绞尽脑汁最后说了句废话："反正不嫁你！"

余味的牛排上来，他拉起餐巾竖在眼前，挡住周沫的灼人目光。他完全不知如何接这话。大人们常说他们以后是一对，他们彼此都没当真也没否认，此刻她提出来真让他不知如何是好。

周沫想来想去憋得慌，觉得自己没怼好，待她的餐包上来，又补了一句："你自己也注意男女授受不亲，你和人家女孩在校园拉手小心老师找你。"卫校老师是不严格，但高中一定是严格的。

余味额角冒汗，心跳加速，不知所措，想将这个话题赶紧结束："你放心。"

放心什么？他们到底在说什么……周沫手足无措，想也没想直接用手抓起餐包，却蹭了一手黄油，黏糊糊，她又手忙脚乱地找纸巾，一头热汗。

余味亦不明白，无意间刀叉拿反，左刀右叉，就说怎么这么不顺手呢。

2018 年 6 月 4 日，S 市，陆地花园有一户人家养了一只公鸡，日日清晨打鸣。周群躺床上听着，仿佛回到少时，很是怀念享受这种回归田园的难得时光。

周沫却暴跳。6 月 1 日由于是周五，手术室护士长给她 1、2、3 号都排了休息。

由于周六清晨她是在应兰兰家里醒来，完美地躲避了那几声鸣叫。可到了周日早上她吓坏了，以为在放映电影。

周沫自小在城里长大，哪里真的听过打鸣。她揉着头发，光着脚丫，问老周几小时前是不是哪家老头老太在放广播还是电影，音量没控制好。

住一楼就是这样，噪声大，总有奇奇怪怪的动静，一楼的住户也是腿脚不便的居多，没太当回事儿。

周群得意扬扬，一看女儿就没听过打鸣，给她一番解释，用洋洋洒洒十五分钟回忆了当年村里的少年生活。

周沫不是很明白，也没什么兴趣，半迷糊地将粥喝完。

但当周一早晨那鸣叫响起时，她炸了！

今天 7 点半上班，那只鸡练嗓子 4 点半就把她闹醒了，她借着怒气一把掀开被子走了出去。

天泛着鱼肚白，鸡叫已然歇口，鸟儿接棒叽叽喳喳叫起来。四下除了天然的虫鸣鸟叫没有任何人声。

院中的那棵橘子盆栽满载着露水，滴溜溜滑至叶片边缘，欲坠未坠。

这么美好的清晨，就如以前在愚梦巷里一样。那时每一个琐碎的早晨都是这般。

微光晨露透着朝气，一阵风呼地拂起她凌乱的卷发。方才梦中她鼓起的那股子怒气，忽地一下，随着呼吸吐了出来。

她瞬间忘了为什么起床，起床要去干吗，脚步慢慢退回了房间。

在应兰兰家夜宿后的清晨，周沫给胡倾城讲了愚梦巷 101 号的事。许是回忆太过美好，她心血来潮下载微博，想将恋爱那会儿写的东西给胡倾城做素材。

微博打开，画面加载，私信有一堆红点。多年未登录，多是广告。

但有一个头像是微博最原始的灰色小人，昵称是微博最原始的一串数字，关注人只她一个，粉丝是微博新手指南。

若没有这两条私信，她定以为是个僵尸号。

去年 6 月 1 日，他发来：鸡仔生日快乐。

今年 6 月 1 日，也就是大前天他发来：沫沫生日快乐。

周沫看清字的那一刻，两行泪就下来了。她泪眼模糊紧捏着手机想，为什么不打电话给我？为什么不联系我？为什么不来找我？美国有这么远吗，你发这话还让我怎么快乐？

周沫闲置的微博叫"暴走的鸡仔"，头像是她的金属钥匙扣，那时还崭新着。

微博数量有 2000 多条，几乎没有转发，全是心情。

关于他的心情。

周沫当时愤愤抹了眼泪，心中无限委屈再次涌动，气呼呼地将账号给了胡倾城，还嘱咐说，一定要改密码，这个账号她不要。胡倾城答应说"好"。

可这会儿四下安静，想到这茬周沫就后悔了。这是他三年多来唯一同她说的两句话，她不舍得了。

冲动就是这样的，那朋友是干吗的——坑的。她拨通了胡倾城的电话。

一日之计在于晨，减肥的人是不应该拥有懒觉的。

胡倾城此刻正大梦周公，电话铃响起她一阵焦躁，看到来电人是周沫就直觉不好。

一闪一闪的屏幕上周沫翻白眼的照片在跳动，她也跟着翻了个白眼："干吗！"

余光看了眼窗帘外，现在天还没亮。

"微博密码多少……"

周沫在清晨 4 点多惊扰了好友的梦，并且做了一件非常傻的事情。

她打开电脑将 2000 多条微博全部设为仅自己可见。

工程浩大，这数量光想想，手都要残。可她边咬着牙边点着鼠标，心里特别解气。我不让你看，我不让你有任何渠道可以思念我。

因为你，也什么渠道都没留给我。

没有空间，没有朋友圈，因为不再是好友。

没有电话，因为注销了号码。

就连这么个破小号，一条微博都没有。

余味你去死吧。

想着想着，她从伤心地设置到愤恨地设置，随着可见微博越来越少，她甚至露出得意的笑容。

你看，我们平等了。

爱情真叫人失心疯。

许是清晨的时候跟余味隔着重洋和时差借着这微博撒了把火，周沫一下开心起来。完全忘了鸡的事情，愉快地吃了早餐开始新科室第一天愉快的旅程。

由于是第一天，她跟着老师熟悉手术室、器材室、污物走廊、供应室等一系列位置和流程，中间来了急诊，总带教老师便留周沫一个人看，她上手术台去了。

有人带的时候手术室是手术室，没人带的时候手术室就是迷宫。

纵横交错的长廊，蓝绿地皮铺陈开来。顶上密密一排排亮到刺眼的灯将手术室二十四小时照个通亮。一间间手术室上都有房间号，除了4、14、24等序号带4的没有外，其他按照顺序沿着走廊依次排开。

监护仪的嘟嘟声间歇响起，忙碌取器材和包裹的绿衣工作人员穿梭在走廊上。

周沫今日熟悉环境，就这么晃晃悠悠走到9号手术室门前，从小窗口探头往里看。

里面的人正在照光，护士和医生都躲到防辐射的隔间，留一个医生披着铅衣正看护手术病人。

她眼神定定地看着那位医生的背影，思绪慢慢飞走。回神的时候，有个绿衣人已出现在她面前，定睛一看是护士长，她瞬间冷汗直冒，站得笔直。

徐护士长和周群算S市第一医院的老员工，那时医院员工都住职工宿舍，大家算邻里，时常串门，有故交情谊在。

周沫刚到医院时，坚持遵循医院随机分配科室的规矩，声称先攒经验为主，没有去轻松的科室。徐护士长还一阵惋惜，职工子女在这么苦的科室还是少见的。

徐护士长上次见到周沫还是十几年前，看到轮转名单她便发消息问了老周：

你女儿怎么肯从血液科出来了？

周群客气道：麻烦徐老师多照顾照顾。

毕竟是大医院，徐护士长人前依旧要和周沫保持距离，可这会儿就她和周沫两个人，便拉着她走向办公室，问了些情况。当问到有没有男朋友时，周沫摇头。

徐护士长笑："我们手术室帅哥医生最多，看中哪个跟我说，我给你牵线。哎哟，沫沫这么好看哪用得着我牵线，一个眼神递过去人家就明白了。"

周沫讪笑。

6月的天，娃娃的脸，可娃娃的脸变换得如何厉害，在手术室也是毫无察觉的。室外波诡云谲，行人神色匆忙。

这里隔绝了外界的声音和空气。若是不看时间，时常有种身在太空舱，远离了地球的错觉。

周沫整个6月皆在适应手术室的工作，由于每个护士基本都有固定的手术房间，她刚来还没固定，被丢在门诊和急诊的应急手术室熟悉手术流程。

这儿的王老师也是个搞笑的人，上班时常摸鱼，得空就同她打趣，分析哪个医生好相处，八卦谁十分难走近。

周沫撑着脑袋，遵着惯来的准则，只听不说，即便没有回应，老师也说得特别带劲。周沫默默了解了很多信息。

医院人多嘴杂，这一点，她在北京便了解了。

八卦聚集地，基本是手术室没跑了。这里会集了全院所有外科医生和一部分内科医生，再加上麻醉师和护士，真真是一台手术两小时，七八张嘴巴说不停。

要说八卦旋涡中心的医生，那十个手指是数不过来的。但最近风头正劲的她刚好认识。不对，也不算认识，只是打过照面。不过，那几次照面了解的信息还不如王老师一张小嘴五分钟的信息量大。

檀卿，S市本地人，高中毕业出国，三个月前才回国，中间回国次数不详，才来S市第一医院工作两个月，关于他的传闻早已满天飞。

这期间周沫碰见过檀卿几回，他没认出她来。一是因为手术室里大家都戴口罩、帽子遮得严严实实，只有熟悉的人才能认出来。大家经过走廊皆是来去匆匆，来不及细细打量。二是因为周沫见着他就躲，他身形高大，气质拔群，老远就能认出来。有过三次在黑暗里辨身形的经验，周沫对他的轮廓比起辨认相貌还有把握，加上应急手术室离8号妇产科手术室很远，存心想躲还是躲得掉的。

周沫也不知为何，见着檀卿，没了之前在楼道里的交流欲望，大概是因为他同那胡东阳是朋友，于是连带对他产生了排斥心理。她心下否定另一种排斥的可能，比较不专业，但是心里还是很硌硬——他知道自己有妇科问题。

周沫无数次点拨自己，同事而已，大家都是专业的，知道又如何，她现在都好了。可她越是这样安慰自己，就越是容易碰到那个知道自己隐私的男人。

天下之大，为什么没有她隐身的地方？S市第一医院为什么这么小！

7月1日建党节，宜出生。

产科是个很有趣的科室，除了顺产没法挑日子，碰上良辰吉日，简直是一幅剖腹产的待产妇排队"卸货"的壮观景象。

妇产科8号手术室排了12台，一看就是要拼到凌晨的节奏，于是护士长将应急手术室同时开放给妇产科。

檀卿接到通知便飞速赶往手术室，洗手时见着一位体形非常眼熟好似见过的护士，心下略过熟悉感没深究，脑海里只在想病人的事。

进去的时候麻醉师已经做完腰麻，产妇躺在手术床上冲他笑。

檀卿戴好口罩，半套好手术衣伸出双手，身后的护士小心翼翼避开他的脖颈，拎起系带，熟练地打了个外科结。系到腰部时便没那般避讳，动作稍比颈部时用力了些。

他总觉得怪怪的，气味？动作？态度？说不来。

戴手套时，他撇头看向那护士。

正巧，那护士也正贼眉鼠眼地看向他，两人眼神一对，他扑哧一声笑了出来。

周沫听到笑声，背脊便僵直，搁在操作台上的手隔着手套攥紧拳头。

周沫早上一来，王老师便唉声叹气，说今儿要忙碌了，妇产科的医生出动大半，排了十来个大肚子，一年遇一回。

周沫倒是无所谓，两台剖腹产后，交接的医生对助手说："下一台换我们的留美大牛医生，你第一天来等会儿看看他的操作。"

周沫心里咯噔一下，不是吧……

S市第一医院虽说很牛，但是愿意从美国到这里来被唾沫星子喷，还惨无人道二十四小时随叫随到的医生寥寥无几。

还是妇产科，那只能是……周沫急得像只小斗鸡。

王老师问她："不准备包裹？"

"哦哦。"她说着急匆匆冲出去，准备去取手术包，却见檀卿从门口和人结伴走来。

周沫转过身去，飞快戴好口罩，心里还暗喜，医护人员就是好，随时可以蒙面。

可杀千刀的，他认出她了。

古装片果然是骗人的，谁说蒙个眼睛就能做飞贼，换个男装就能进妓院的？她再也不信古装片了！

缘分真奇怪，你想遇到谁，三年了一面都没见到。

可你不想遇到谁，两个月偏就反复遇着。

周沫小嘴躲在口罩里愤愤嚅动，她以为檀卿看不见。可整个脸部肌肉是相连的，她乌溜溜的眼珠下方，皮肤在横向颤抖。谁都能看到，也就她自己看不到。

檀卿不瞎，淡淡瞥她一眼。手术室人太多，八卦传播地，他不便同一姑娘多说话。心下想着，这姑娘有意思，怎么之前没在手术室遇到过。

不过手术室护士上百人，他来也不久，本来认识的人也不多，可她为什么从九楼的上面下楼？手术室在三楼四楼。

助手已消好毒，他站到手术台前，别的心思慢慢消散。

无影灯亮起，手术开始。

层流净化罩下方，绿布遮挡外露出的一块手术区肚皮露在外头，消毒液的深黄已将原先的白皙覆盖。

檀卿向右一伸手："尖刀。"

周沫心里的电闪雷鸣歇了风暴，迅速专业，刀柄刀片已插好，递到了他手上。

交接那一刻，两人嘴唇均抿了抿，不是不熟，也不是熟，怪怪的。

一刀划下，血漫出皮肤，一层层地剖开，鲜血流出又止住，直到探入子宫。

女人被剖开一道口，小生命取出，下一秒哇哇啼哭声响起。

新生儿室的护士接过孩子，清理鼻口腔、称重、剪脐带一套动作行云流水一气呵成，半点没耽搁便将小婴儿送进暖箱推走了。产妇进入了全麻状态，沉沉睡去。呼吸机的声音加入了监护仪，一道工作起来。

檀卿在产妇全麻后便半放手给研究生，眼睛一直盯着，手上替他拉着拉钳。

周沫鲜少见到这般耐心的医生，肯这样带研究生。一般自己来会比研究生快，研究生基本只负责打下手和收尾缝针，术中参与的极少。

许是周沫递器材的手停住，檀卿又重复了一遍："6号三角针，不要可吸收缝线，就普通5号缝线。"

周沫抬眼，操作台前巡回的王老师已经将线丢给她了。她加快动作，穿针引线，用持针器夹好递向他。可他手悬在半空，没接。

她疑惑抬眼。口罩遮了他大半张脸，一双眼睛映着无影灯的光，格外耀眼。

下一秒他接下，动作间轻轻向她倾斜，小声道："别走神。"

声音低沉，带着颗粒感的震动。

周沫呼吸一顿，愣了一秒，再看向手术台，他已在指导研究生针法，亲手示范了一遍。

无影灯下，他修长的手指如蝴蝶翩翩舞动，小小的幅度，密密的针脚，飞速将那道生命的口子缝合。针线在他手中起舞，每一针、每一结都完美极了，伤口缝到一半，周沫都看出了技术含量。同她之前看到的外科急诊的大老粗完全不是一个量级。他的缝合像艺术品。

两个助手也看呆了，不敢接手缝合工作，直呼"下次吧"。

线没了，她将穿好的针线飞快递上。交接的那一刻，她听到了一声微微的笑，似是鼻腔出的一口气。

手上一空，她的心忽然悬起。周沫耳边响起了王老师说的关于他的一则八卦——

檀卿是爷爷奶奶养大的，他从小没妈，老爸另娶，关系好像挺僵的，后来爷爷奶奶去世便去美国待了十几年，这次回来是因为他爸肺癌。没办法，不愿意又如何，中国人就是讲孝道。他爸前阵就住在胸外科，开刀轰动了医院，好多领导都去探病了……

中午的饭点，檀卿的第一台手术结束。周沫拿着手术单给主刀医生签名，她大拇指盖在自己的名字上。

欲盖弥彰。小家子气。明明以后抬头不见低头见，偏偏就不想让他知道她的真名。她掩耳盗铃，想把自己的妇科病一辈子烙在胡倾城的名字上。

可檀卿一眼就看到了护士名字的第一个字，一个"丿"露在了外头，"胡"的左半边怎么也没有这一撇。

他手指碰碰她的大拇指，她压得更紧了，他轻笑："干吗不给看？"

她没好气："字丑。"

又是一阵笑。

几个医生笑得欢畅，周沫脊背挺直，愣是没把签名给露出来。

檀卿没在意，周沫在他签完名那刻火速合上病历本，抱在怀里。

经历过学校生活的人知道有伙伴的重要性。她和另一个同期进手术室的小刘结伴去手术室食堂吃饭。

手术室有一个专用食堂，以备给过了饭点的医护人员及时提供饭菜。S市第一医院的手术量是周围一圈城市医院中的佼佼者，年年第一，为了有良好的后勤保障，这里的伙食好到过分。

比大学食堂干净卫生，又品类繁多，无须刷卡，每个窗口直接排队点菜，点完就走，酸奶和别的饮料也是饭点可取，其他时间和工作人员熟一点儿的也可以悄悄要一瓶，简直是天堂。

周沫来的第一个礼拜，中午午休的时候都难以置信，下午经过食堂还溜达进去瞧了一眼，确定下午2点还有人在吃饭。

今日周沫点了个小火锅，站在窗口等，和师傅有一搭没一搭地说着猪肉涨价的事儿。她也不去菜场，可周群清楚，每日餐桌上，一道一道菜均要汇报价格变动，再不想听，听多了也能说上几句。

手术室资深人士王老师说，和食堂的工作人员混好，想喝啥卖个乖就行。

周沫身体力行地努力融入师傅阿姨的群体。毕竟这也是她擅长的。

檀卿和科里的张莹一道上楼，周沫眼尖扫见来人，再次背过身去。

那个张莹是上回给她看病的女医生，不过应该不认识她。

如果没有两回在楼道里的相遇经历，也不至于看个妇科病，医生病人都能认识。这么想想，一切都是命中注定。是她自己多管闲事，没事扮演禁烟大使，老老实实下楼不行吗？最后把自己赔了进去。这下好了，自己的别扭把自己吓成过街老鼠。

身后越发靠近的气息实在不容忽视。周沫面对墙，不知为何，凭着这气息的高度，她一下便判断出是谁了。

正纠结要不要回头打招呼，就听檀卿低沉的声音凑近耳畔："这东西好吃吗？"

周沫镇定一下回头，刚想故作大方回复他："还……"

刚一张口，却和张莹同步出声，张莹声音亮，盖住了她后面的话："我觉得素菜锅很好吃，是手术室食堂一绝。"

张莹说完看向周沫，以为她是误解檀卿的询问对象了，对她笑笑。

檀卿点点头，向周沫这处侧头："你吃的什么锅？"

"铁锅。"

……

周沫递过餐盘接过小火锅便同小刘会合。小刘吃的炒饭，周沫也想吃，于是起身去拿碗。

吃着锅里的看着碗里的不过是人生常态。

又非常巧地碰见檀卿，他在冷柜前拿酸奶，张莹端了托盘点点他的背，指了指西北的角落："坐那里吧。"

周沫拿起碗和勺便要走，却被檀卿拉住："你还没说你什么锅呢，我看着还不错。"

周沫面无表情地看了眼小刘的方向："素菜锅。"哼，荤菜锅。

"是吗？我看到红肉了。"

"那是火腿肠，我们这儿叫素三鲜。"才不是，那是牛肉。

也不知道抱的什么心思，周沫对他就是没好气。她坐回座位，吃了两口，目光不自觉地看向檀卿的角落，想知道他吃的什么，却见他揉着腹部，和张莹在聊天。

面色不似痛苦，可看着揉腹部的动作像是不适，而他面前，没有食物，只有一瓶小酸奶。

是不是哪里不舒服？周沫摇摇头，火速让自己回神。

他，是一个知道你有妇科问题的人！

周群今年五十岁，身体素质向来好，家里三个女人都是糊涂蛋，全靠他聪明的脑瓜、能干的双手和善社交的嘴把持着里里外外。

可青松也有倒下时，他先是在年初检查出高血压，开始规律服药，周沫还给他买了家庭血压仪，每天给他量。

以为高血压不算什么大毛病，谁料盛暑竟晕在户外，被好心人叫了救护车，急诊送到医院。

周沫急得掉泪，怎么去了抢救室呢。

徐护士长找人将她替换下来，她都来不及说感谢，火急火燎奔向急诊科。

到急诊科的时候，她脑海中排练了好多场景，比如心肺复苏，比如静脉输液输血皮条悬了好几根，比如兵荒马乱地进行气管插管……她眼里还噙着泪，心脏怦怦跳得失了序，可赶到急诊科，她一时以为看错了。

急诊室有个熟悉的"大爷"抱着西瓜在刨瓜。眨眨眼再一看，还真是。一股气涌上心口。

"爸，怎么了？"

周群见她来了，咽下口里的瓜，指了指忙碌的护士站："你来了，医生让我去做个磁共振，等会儿你刘叔叔下班了给我做，估计要八九点呢，你去交个费，这检查挺贵的，不好意思坑人家医技科室。"

"你还没说怎么了呢？"她看他这样不像是车祸。

周群一脸淡定："我也不知道啊，就晕倒了，也不是中暑，怀疑和高血压有关，又担心年纪大了脑血管有问题，做个检查看看。"

"怎么会晕倒呢？谁送你来的？"

"沫沫姐姐。"一道清亮的陌生声音熟悉地唤了声她。

余竟买了瓶水递到周沫手上。周沫看清来人，惊讶道："你怎么在这里？"

"我爸住院了，碰巧看见周叔叔躺着进来。"他长高了，两颗虎牙绽出少年气，"我打电话给你的，你没听出来吗？"

"啊？"周沫努力回想，在"你爸被人送到抢救室"后，她一句话也没听进去。这会儿想想，好像声音是有点像。

余竟过了变声期。上回见他，还是个哑着嗓子、没她高的小男孩，这会儿已经蹿过一米八，应是和余味差不多了。

她鼻尖一瞬酸涩，赶忙正色："余叔叔怎么了？"

余竟说："心脏积水，需要静养，这些年太累了。"

周群打断周沫继续问话的势头，慈祥地说："余竟被美国什么大学提前录取了，真厉害，不愧是奥数第一。"余竟才十六岁，真是少年天才。

"周叔，那都是小学的事儿了。"余竟讪笑，有些不好意思。

待余竟走了，周沫问："余叔叔病了怎么没告诉我？"

"我和你妈去看过了，怕你尴尬。"

"怎么可能，他看着我长大的，我不去他才比较难过吧。"

"哪有，他说让你别来了，好好上班，他也觉得对不起你。"若是没有周沫、余味这层关系卡着，周群和余一书真是极好的朋友。这些年也因着这份尴尬，接触少了，关系淡了。

周沫心里堆着事儿，想着余一书生病，不去不好，又想着去了确实尴尬。

这一刻，她有点明白那会儿余味说的要偷偷恋爱。

父母知道了，便不能用平和的眼光看待小辈，而小辈眼里，他们也不再是普通邻居，真是左右为难。

想是这么想，待胡瑾来了，她还是出去买了点水果，走到心内科病房。

她一点儿都没费劲，余一书有钱肯定住单间，手刚扶上扶把，门便从里面拉开。

"哎哟，吓我一跳，"刘小萍烫了个卷发，身着纱织贴身裙子，上面还有大红玫瑰图案，品味一如既往地高调俗气，"这是沫沫啊，都多少年不见了，"她回头对里面说，"阿书，沫沫来看你。"

周沫叫了声"阿姨"。这里空调开得比走廊还低几度，她哆嗦了一下："余叔叔，听说您病了，不好意思，这么久才来探望。"

"沫沫过来坐，讲话怎么这么生疏。"余一书的鬓角已经斑白，眉眼间的倦色明显，看见周沫手里拎了水果，"来就来，乱买什么东西。"

周沫自然地拿起茶几上的小碗，拿起剪刀剪葡萄："没乱买，这葡萄我前几天吃了觉得好吃，知道你什么都不缺，就买点我喜欢的。"她笑盈盈的，好像他们之间就是几十年的老邻居，没有余味这一茬。

刘小萍刚要说话，被余一书眼神制止。

"很甜。"他淡淡地笑了笑，吃了两颗。

周沫不知葡萄是否有禁忌，见刘小萍的表情，敏感了一下。

回抢救室，周群负手而立，正在看人家抢救。他虽每天在医院，可站在抢救室的机会几十年也没几次，居然觉得有点新鲜。

周沫嫌弃地拉他出来，嫌他碍手碍脚的。她抢救的时候，要是有这么个大爷在边上看热闹，她得恼死。

周群见她回来了，便问："看过了？说什么了？"

周沫淡淡道："没说什么。"

"没说余味回不回国看他？余竟也在美国，都赶回来了。"

"余味什么都没有，回来干吗。"她心里想着不维护他，可出口还是在帮着他。也是，二十多年的习惯刻在骨子里，融在血液中，怎么是三年就能戒得了的。

周群没查出什么大毛病，医生说可能就是脑供血不足，建议大热天别往外跑。

周沫当时就想把爱出去遛弯的周群像津津一样拴家里。

从急诊科出来，经过新大楼，周群说再去看眼余一书："唉，没想到年纪大了竟在医院反复碰面，真是岁月不知去。"

周沫这次没上去，在楼下等了会儿，被蚊子叮了几下，溜去大厅坐着了。

檀卿从电梯出来，一手拿着手机一手捂着腹部，她下意识地在他路过时，低头掩住了脸。

待他脚步在眼下消失，方才慢慢地抬起头来。

她心稍稍一惊，想，不会这么倒霉又发现她了吧？

一抬头，树影摇动，微光点点，而人早已走远。她看了眼时间，21点19分。

室外的月，若院内坚守的人。

医生真的很辛苦，不知道美国的医生下班了吗？

晨光熹微，新的一天由一声鸡鸣开启。

它赤红的鸡冠后仰，小尖嘴上下张合，向着旭日升起的方向憋足了劲叫。这是愚梦巷的新客人，叫鸡仔。它继承了周沫的衣钵，特别能嚎，不过也经过智商和体能的进化，将绝活选在最恼人的时间施展。

幸好愚梦巷里住的多是老人，他们对于这只打鸣的公鸡意见很小。

周沫整个六月七月的早晨皆在暴躁中度过，经过断断续续的排查，终于在8月上旬锁定嫌疑门户，火速带陆地花园管理处的工作人员找到这只鸡。

主人无奈，那行吧，晚上杀了。

那一刻，周沫本能地看向那只鸡。神奇的是，或者周沫觉得神奇的是，那只鸡也在看她。

她认为这是鸡发出的信号，她没有爱护禽类的心，可这只鸡向她求救了！她小手轻挥："不行！不能杀！"管理处的人愣了，主人也愣了。

最后，周沫莫名其妙牵了根红绳免费将它领回了家。周群开门的时候，都不敢相信，津津倒是兴奋极了，差点蹦到二楼。

公鸡见到津津吓坏了，一直在院里飞，边飞边打鸣，边飞边掉毛，差点吓秃。

鸡仔担惊受怕地待了一晚，次日下午，为了避免生灵涂炭，周沫将它带去了愚梦巷。

一起带去愚梦巷的另一位新客人是那盆酸橘子树，周沫不想看见它，颗颗饱满，看着美好，实则酸涩。

周沫把橘子树搁在西屋的墙角，看了眼已然积灰的大门，目光哀愁，曾经这扇门对于她来说，好像从来没有关起来过。

她晃晃头，告诉自己，赶紧忘了，都忘了。

傍晚时分，周沫出去溜达，这是她的习惯，吃完晚饭要么溜达，要么乘凉，反正屋里是待不住的。她穿着凉鞋，鞋底很薄，石板路坑坑洼洼，隔着那层保护她的鞋底能感受到它们的凸起和凹下。

小时候这条路走了上千回，却都没有这三年匆匆来去几回的感受深。

她好似漫不经心，实际直奔目的地，花坛的左上方处，那棵橘子树早死了。

也是，毕竟六年了，橘子树化为肥料的地方生长着一丛蔷薇。

她遗憾地蹲下，盯着不明成分的土壤，最后什么都没留下，一株橘子树都没了。

怔神间，隔着蔷薇花叶的缝隙，一双脚由小变大地出现在她眼前。

她没当回事，继续看着黑暗里辨不出花叶的凋零物发呆。

那双脚又向前迈了一步，定住。

这就诡异了，他都要踩到蔷薇的根了，不像是经过的路人。

周沫的目光循着运动鞋向上慢慢掠过长腿，心中荒谬地掠过一个念头，不会是熟人吧，不会是……

月儿高悬，灯辉黯淡。

檀卿饭后溜达，双手插兜漫无目的地乱走，少时宽大的巷弄，现在看来，窄小老旧。

今日外婆做的菜咸，他几次努力都没能咽下去，想要就着汤水吃下去，却发现汤亦是齁人。

他对这一带不算熟，正转悠着想找家小卖部。他记得以前东西巷子中间有户人家卖饮料的，不知道十几年过去了，还在没。

行至健身器材处，借着微弱的路灯扫见一道熟悉的身影。周沫身形高挑，气质出众，确实很容易认出。

这么巧？在这儿也能碰到？

他站在她五米远处，见她失了灵魂般，踱至一株花前，傻乎乎地蹲下，神思走远。

这姑娘在干吗？学黛玉？

他心念一动，走到她的视线下。没反应？

檀卿失笑，又往前挪了一步，蔷薇花外展的花枝撞到了膝盖，微刺，略痒。

几秒后，小脑袋终于僵硬地动了动。

路灯映在她充满光泽的发丝上，廓出一个光环。

檀卿垂眼等她抬头，却见她的脑袋跟起重机似的，龟爬一样沿着他的裤管往上仰。

不知过了多久，一双眼等着，一双眼半不情愿地抬起，终于两人对视。

没有意外，满是正中猜测的了然。

周沫心中叹气，还真是他，真是缘分妙不可言……这种反复遇见一个人的概率有多高？

她算不明白。

"你家在这儿？"檀卿同她大眼瞪小眼半天，还是耐不住先开了口。

"你家住这儿？"周沫头仰得累极，腿也蹲麻了，双手撑膝站了起来，同他学舌。

"我外婆家在愚梦巷。"檀卿说完，等她回答，却见"胡倾城"蹙起眉宇，诧异地看着他。

他开口问："怎么了？"

周沫心中一瞬转过几道弯，但都憋住了，决定验证一下真实性，万一自作多情呢："你外婆住东边西边？"

"西巷 218 号。"他挑眉，看来是邻居。

周沫恍然，原来他外婆就是小时候骗她吃糖葫芦的老奶奶。原来他就是杨博书崇拜的那位美国哥哥。

2006 年愚梦西巷几十户人家拆迁，杨叔叔摇身一变，成了大户，杨博书也跟着住进愚梦巷旁的华丽高楼。他走前倒是没多舍不得周沫和余味，只是嘴里嘀咕，美国哥哥回来肯定找不到他了。

她曾自告奋勇表示：他回来我告诉他你家地址。他家几号？好的，218 号我记下了。

原来是他。

"你还记得杨博书吗？"周沫认真地问。

现在218号的美国哥哥真的回来了，可杨博书却在北京。

檀卿愣住："谁？"杨什么树？

杨博书你醒醒吧，人家连你名字都不记得更遑论来找你。周沫在心底疯狂腹诽。

愚梦巷中陆续有老人到健身器材处锻炼，周沫摘了朵蔷薇转身向东巷走去，身后的人跟了过来："这儿有卖水的吗？"

周沫不知道他长这么大个儿干什么用的，指尖触在他的左肩，点着他转了个身，面前是一家古董小吃店，卤煮串正咕嘟咕嘟地冒着泡。

一个冰柜立在他面前，冰柜的门上附着一层水汽。他失笑，还真没看到。

"老板来瓶矿泉水。"他说着，从兜里掏出10块钱。

老王毫无反应，仍费劲地透过老花镜看报纸，黑眼珠使劲上翻，川字眉紧紧锁着。

周沫看了眼，打开冰柜："农夫山泉？"

他点头。

她取出一瓶，走到老王头跟前，双手圈成一个小喇叭，附在他耳边超级大声地说："老王头，要一瓶农夫山泉——"

老王听清是周沫，松了狰狞的表情，笑笑，比了两个手指："两块。"

瓶盖拧开，檀卿迫不及待地补水。喉结上下快速活动，瓶口没离开嘴，一口气没换，快速灌了大半瓶。

周沫瞧着，心道：装什么帅啊！

檀卿仰着头喝水，半片天都收入了眼中。青瓦白墙局限了天空，巷中看月似是更圆、更大一些。

周沫见他拧上瓶盖，便道："我要回家了。"

檀卿灌了水一下有了劲，笑说："黑灯瞎火，窄弄深巷，不看社会新闻的吗？"

"你是不是在美国待久了？我们国内治安很好的，尤其是愚梦巷，不会有坏人的。"巷里长大的孩子不会觉得这里危险，他一定是个假巷中人。

檀卿说："行，是我心理问题，容我绅士一下送你到家门口。"他距她两步，不紧不慢地跟着，幼稚地踩着她的影子。

脚步声轻漾在巷弄的空气里，夏夜的晚风拂动她的卷发和裙摆，荡起又垂下，看得身后人心痒。

周沫哪知后面人在想什么，她兀自纠结了会儿。最终决定，趁这会儿解释一下自己的名字不叫胡倾城，虽然是挺别扭的，但好歹比在大庭广众之下被他拆穿谎报名字来得好受些。

周沫停住脚步，回头告诉檀卿说那天酒吧门口，站在她身边的才是胡倾城。

檀卿眉宇紧蹙，陷入回忆。

周沫抄起手无奈望天，这人对人可能没什么记忆力。

"那你叫什么？"

"周沫。"

"周末？"

"泡沫的沫。"

"为什么用别人的名字？"檀卿不解。

"行走江湖，要用艺名。"

周沫不想多说，抬脚向前，卷发大幅度地在半空转了半圈，发尾打到他的鼻尖，一缕水果味飘至鼻下，又很快消散。

两人走在石板巷弄中，微黄的灯光跟着脚步蔓延。

一阵气息拥在身后，她竟生了余味在后头的错觉。

行至东头的金属门，她停下脚步。对联晒得淡红斑驳，可余一书苍劲的字体还清晰可辨。每年周群都会拿回来一副他写的对联贴在门边。

余一书说，希望父母若是回来，可以找到家。

想到同样是爷爷奶奶带大的檀卿，周沫内心柔软下来，转身说："谢谢。"

这人还不错，虽然交的朋友不怎么样。

"晚安。"檀卿抬眼瞧了门牌号，101号。他唇角弧度扯大，步子向西迈去。

"嘟嘟——"

麻醉师熟练地拆开针筒抽吸麻药，监护仪上血压心率波形规则，骨科手术井然有序地进行着。

周沫开始学习专科手术，到各个手术室轮转。

今日，她在向往的9号骨科手术室。她穿针引线完，又将大榔头小锤子按照体形整齐摆好。她最喜欢每台手术开始前属于自己的这方整齐小天地。

张显华见今日跟台的姑娘，虽遮着半张脸，可灵气掩也掩不住，那双美目见他一直盯着，竟含羞垂下，搞得他更想表现自己，消毒动作都潇洒起来。他大手一挥，卵圆钳夹着碘伏纱布，像是在舞文弄墨。可惜周沫才没看，她还在整理自己的一亩三分地。

无影灯亮，刀起，皮破开，骨外露，血溢出，纱布沾湿，焦味四窜。术者两手飞快地动着，负压抽吸声不断响起，虽手上动作紧迫，嘴上话题却很轻松。

刘主任边做边同张显华聊天，周沫有意无意地听着，耳边突然冒出一个熟悉的名字，不禁竖起耳朵。

"听说妇产科重金邀请的檀卿是你高中同学？"刘主任右手一伸，周沫赶紧将小锤递上。

对面的张显华吸掉血水，回道："是啊，人家多厉害，回来就是特聘，我这还刚过主治，留过学就是不一样。"

刘主任说："我上回多学科会诊遇到他，长得还挺不错。"

张显华毫不意外："他一年谈的恋爱比我这辈子谈的都多，长得帅的好处。"

"哟，这么厉害啊，有什么八卦说说呢！"巡回老师激动。听到帅哥有八卦，最是熬不住，立马要一探深浅。

"风云人物的八卦说来那可就多了。不过我知道的不多，我们班女生说起他比较激动。我只知道他有个女朋友，结果高考完人就飞速出了国，女朋友根本联系不到他，后来女孩找到同去美国的人传话，问他怎么不说一声就走了，他居然说忘了。就问你，牛不牛！"

周沫瞳孔骤缩，咬了咬牙。

一旁的老师八卦得春心荡漾，就跟追剧似的不停地问。

张显华知道得不多，半开玩笑地说着，夸檀卿成绩好，学习不费劲，分分钟换女朋友，每天都有姑娘为他哭。主任都听得饶有兴致。

张显华倒是难得这般受关注，越说越欢腾，越说越歪斜。不是他编的，都是听来的，虚不虚他不懂，说出来也就图个乐。

周沫撇唇，这个花心大萝卜，世纪大混蛋。

渣男果然都是扎堆的。难怪能和胡东阳是好友，一路货色。

巡回老师喋喋地问个不停，刘主任笑着插了句阴阳怪气的"年少有为"。

周沫提醒道："老师，我们要点纱布了。"

如果对象不是檀卿，她可能也会无比兴奋，可这会儿她挺生气的，心想，这个男的怎么这样，一点儿都不像他们愚梦巷的人，果然是个假巷中人。

就这么生出的一点点些微的好感，又因着绯闻八卦而破败了。

她这辈子最恨一句话不说，把女朋友甩了去美国的人！

周沫8月开始值班。她年资尚浅并无控场能力，得跟着老师。

这个老师姓张，特别漂亮，白皮杏眼，娇小玲珑，叫张软，名字也好听。手术室里的人都叫她"手术室一枝花"。

之所以知道这个称号，是因为前几日有个爱开玩笑的医生见着她说："以后手术室一枝花的名号要易主了。"

周沫对这句话有阴影，面无表情地没有回应。

关于这个张软，周沫觉得她应该喜欢檀卿。

她问："你有妇产科认识的人吗？"

周沫摇头。

她问："你知道檀卿吗？"

周沫点头。长耳朵的都知道。

她又问："那你知道他什么事儿吗？"

周沫摇头，用力抿住唇，控制住吐槽的欲望。他坏死了，你清醒点！

周沫对于这个檀卿的印象，在面对面的"还不错"和背对背的"怎么这样啊"之间徘徊。总体印象不佳，尤其是胡东阳和妇科病那茬，若不是因为两人是同事，她肯定武断到再不理这人。

可耐不住医院就这么小，手术室更是小，没事就能碰到。值个班也能碰上生孩子。

周沫的第一个手术室夜班闲得不可思议，择期早早结束，前半夜没有急诊手术，张软笑称天赐福星。

一同值班的几人窝到休息大厅看电视。周沫坐在沙发上想，这也太不真实了，哪有值夜班这么舒服的，自己之前听到"夜班"两个字都要抖一抖。她打开手机同应兰兰聊天。

应兰兰此时刚和胡东阳吃完饭，因保单问题他们又凑到了一起，热烈了一晚，关系又莫名其妙起来。只是，她不想同朋友说了。当年她和陆飞也是这般，闹天闹地，最后还是会和好，大概是她逃不掉吃回头草再反复被伤害的命运。

毫不知情的周沫问：倾城把小说给你看了吗？

应兰兰：给了，不过我还没看，今晚看。

周沫磨磨蹭蹭瞧了眼钟还是没打开，怕一打开便是一晚。

23点几人去值班房睡觉。睡前，从护士到麻醉师都将周沫夸了一通，说小妹妹镇得住场。

医院有一个说法，闲的时候不能太飘，一飘就来活儿。

周沫的祥瑞之气没能维持太久。产房一孕妇难产，二十多小时没能生出来，最后实在疼痛难耐大汗淋漓，被推入手术室。

凌晨3点周沫接了电话，爬起来开台。她边揉眼睛，边拿手术包。

檀卿穿着绿大褂，潇洒地从长廊暗处走来。看到她，桃花眼一弯，还真挺好看。

他手一伸，感应水龙头的水自动流下。

周沫拿好东西也跑去洗手，同他在一个长水池前。

他看她眼睛有点肿，不如平时大，想着是不是刚起来，于是问："没睡醒？"

周沫想"嗯"一声的，可使了半天劲都没能出声，吸了吸鼻子心下奇怪，应是睡起来七窍没通。

檀卿见她沉着脸没反应，没继续搭话。

张软还在熟睡，周沫由另一个老师带着铺台子。张软明天若是知道自己错过和檀卿搭台的机会，不知是什么反应。

檀卿轻咳一声。

周沫看向他，发现那老师不知哪儿去了，只有她一个护士，他双手前伸，手术衣半搭在他身上。这次穿得很松垮，袖子只挂到肘部。

她踮脚环住他的两侧外臂，拉住平直的衣领向上一抖，用力系住带子。

瞬间，檀卿整个肩被术衣勒住，上臂都活动不开。

刚想开口提醒，周沫又无意般，给他松了松。

他回头看她，心下疑惑不知哪里惹到了她，那后脑勺戴着手术帽都能瞧出傲娇劲儿。

周沫也不知怎么了，就觉得檀卿差劲，他的形象一下落了千丈。再帅的萝卜还是萝卜。

手术开始，张软竟过来了，揣手靠墙，同医生聊天，见说了半天，都是另一个医生同她搭话，话题找到手术中来："周沫，檀医生不喜欢可吸收缝线的。"

周沫停住，暗叫"糟糕"，方才那位老师消失，她就按照一般剖宫产的手术用品拿了一套，拿完还沾沾自喜，感叹自己记性可真好，都没翻记录手术用物的小本本。

空气中飘过一丝紧张，不仅是周沫，还有旁边的助手。

"我让拆的。"檀卿开口，眉眼未动，仍紧紧盯着打开的产妇腹部。

张软听他说话，心下雀跃，继续说："听说你不喜欢可吸收的线。"

"换换口味。"声音听不出情绪，不知是在开玩笑还是真的。

周沫手搭在操作台上，目光垂着在绿色无菌布上游弋，他在帮我？

有问有答，张软兴致高涨，眉眼都笑开："檀医生你多大啊？在美国读完博士还工作过，应该不小了吧。"

檀卿说了个年份。他的话音和孩子的啼声一道出来，哭声扬开。

手术室中，一男一女简短问答戛然而止。生命在清冷的凌晨手术室破开昏昏欲睡和心不在焉。

周沫没听清，心中烦躁，几几年啊，就不能大声点吗？

紧锣密鼓的高强度、高欣赏度的缝合表演后，一台手术接近尾声。医院内惨白的灯光照亮着角角落落，将漆黑无边掩盖。

周沫收拾用物，准备歇台。

檀卿接了个电话，一转头见她收拾好，稍挪开手机，抬手按住她："加台急诊。"温热的触感下，是形状姣好的锁骨。

这个点即将下班，加了手术就意味着要加班，周沫还来不及说什么，张软自告奋勇上台。

周沫毫不意外，很迅速地退后。

半小时等待病人就位，一系列琐碎准备，污物走廊的灯自动关上，窗外的蟹壳青翻起鱼肚白。

周沫第一次单独做巡回护士，无话可说也无事可做，揣着手晃悠。可能睡眠不足脚下发飘，有些站不住，索性坐下玩手机。

这时她才看见应兰兰发来的一条消息——

"这事儿压根儿没发生过，胡倾城在胡诌，余味有这么惨？他不是天之骄子吗？"

应兰兰熬了一夜，本只想打开看看，毕竟卫校的事历历在目，并不觉得有什么好看的。没想到打开了一个她完全不知道的世界。

她第一反应是，胡倾城为了火在卖惨，女主角太幸福，所以把男主角写得需要女主角治愈。

周沫心下疑惑，胡倾城不是说写实的吗？

她熬不住好奇点开文档，借着手术当口很不专业地看起小说来。

她看书很慢，认真地读着，胡倾城的描述很真实。真实到字句间像是画面正在重映，对话就在耳畔。

周沫看得太入神，抽了个工夫核对完病人后，屁股坐定便挪不动了。

手术进行至一半，檀卿临时需要一件工具，他说了一声。

一片安静，台上人停下动作，目光投向巡回护士。

张软看周沫背朝着他们，一动不动，像是打盹。

张软提高了几分音量："周沫！"

周沫突然回神，猛地转头看向手术台。

张软这才看到她眼圈红了："怎么了？累了？"不至于啊，这才上了一两台手术。

周沫本能地摇了摇头，却将眼泪甩了下来，她忙抬手拭。心想，可真是丢人。

檀卿看着她慌忙的样儿："把那个活瓣给我就行，点东西我和张软点就行了，你早点回去吧。"

气氛凝滞几秒。他们应该都觉得这一刻很诡异，上着手术怎么还哭了。

周沫开玩笑："不好意思，小说太感人了。"

张软松了口气："什么小说呀，推荐给我看看，我最喜欢虐文了。"

"嗯。"周沫随口说了一本，这本之前胡倾城无数次哀号太虐了受不了，由于喊得太大声，在她的脑海里留下了回音。

周沫看了眼手术计时钟，显示已是08：19，就快下班了。

她做完手头的事，又无所事事，看着檀卿认真的模样愣愣出神，目光慢慢涣散失焦，脑海里出现了小时候的余味。

门外传来手术室复苏的脚步声、说话声和金属器械的碰撞声。回忆和现实在她睡眠不足的当下模糊了边界。

不知走神多久，当目光聚焦，回过神来时，檀卿正气定神闲地看她。

他六齿微露，狭长的桃花眼尾部微挑，口罩已被他扯下扔进了垃圾桶。

周沫吓了一跳，忙站起来，心里扑通扑通的，像是被他发现了什么。

檀卿将手术帽丢进垃圾桶，转身走出手术室，却没立刻离开。他两手抄在口袋，站在门外瞧她。

两人平静地对视。

他的眼里像是有海，表面风平浪静，深处却波涛汹涌，两颗黑瞳如急湍的漩涡冲击着她。

莫名其妙。

自动门合上的瞬间，周沫皱起了脸，这眼神太难受了，看得她心慌。

门合上那刻，檀卿的脸瞬间沉了下来。不知道是他心态调整得好，还是周沫有镇定人心的魔力，两台手术好歹撑了下来。

檀卿拿起手机，界面干净。很好，没有消息，算是好消息。

檀墨前半夜插了胸管，放了胸水。作为医生，他知道这意味着什么。

如果说母亲怀孕、孩子成长是生命的正向计时，那么宣判癌症晚期则是生命的倒计时。三期、四期，正常细胞节节败退失控地将自主权交由癌细胞，直至扩散全身，任由活力被吞噬干净，颤颤巍巍失去站立能力，退回至最原始的状态。

离开那个昼夜分不清的手术室，撞入清晨高升烈阳的炽热中，檀卿舒了口气。

第一口烟驱散了疲惫和恐惧，他长长呼出浊气。

点烟灰的间歇他眼前又晃过檀墨费劲呼吸的脸，他飞快地吸了第二口。

烟是精神麻药。它的癌性效应是远期的，但治愈效果立竿见影。

许一莫曾说，戒了吧，抽得太凶了，可他戒不掉，不抽会死。

周沫心烦意乱，身体里有一股奇怪的气流乱涌。这导致她手脚颇不利索，脱手术服时还把脑袋卡在了衣领上，气得扯掉了几根头发。

她以为是胡倾城的小说搅的，可实际上她纠结的却不是小说，是檀卿那一眼。

她别别扭扭，总忍不住想，什么意思啊，这眼神……

她走到楼梯口跺跺脚，蹦了两下。每次心情不好她就跳，一般都能好一点儿。果然就这么蹦着跳着，她面上渐渐浮起笑。你看快乐多容易。

原先从十二楼下来就像走无底洞，一圈又一圈，现在的四楼就快多了，嗖一下就到了。

茵茵绿地，清晨工作人员皆在忙碌，外面暑气盛，一便服男子在湖心亭吞云吐雾。远远看去，人模狗样。他的鼻子和嘴巴就像大烟囱，冒出长长的灰白之气。

周沫想到那让她难受的眼神，经过时用力地瞪他一眼。

檀卿还没来得及说话，她便飞快地跑走，一双修长的腿因为速度飞快，形状都模糊了。

夜班后，人昏昏沉沉。

周沫到家时，津津正恹恹地趴在院子里，难得她回来也没出来迎接。

"津津怎么啦？"她蹲下揉揉它的脑袋，小家伙双眼皮间距慢慢缩小，目光同她对上又避开，欲言又止。

胡瑾探头看向院子，那团白乎乎似乎是不对劲。她皱眉："昨晚是不是吃多了？你爸给它吃了肉，我不知道就又喂了它粮。"

周沫捏了捏它的耳朵，又探了探它的鼻头，温度和湿度都正常。

胡瑾按住她拿钥匙的动作，说："你睡觉吧，我带它去看医生。"说完她摸摸津津的头，接过周沫手上的车钥匙。

胡瑾这阵子办了内退，最近总是闲得慌，从来不喂狗的她心血来潮喂了狗，导致津津受宠若惊，吃重复了。医生给它揉了一会儿肚子，抽了个血，说是有点肠胃炎，要挂几天水。

胡瑾毫不犹豫付了钱，揣起手，目送津津去打针的房间。

津津看得懂眼色，知道身边没有周沫、周群，胡瑾也不是会心疼它的人，委屈巴巴地认了命。

躺到床上的周沫没有睡意，拿起手机又看起了《旺达卫校》，哦不对，胡倾城说，它改名为《愚梦巷 101 号》了。作者真是想一出是一出。

熟悉的名字和街巷，桩桩件件的逗趣事，让最头痛的那些字都亲切起来。

余味，那会儿，一切真的都特别美好。

S 市第一医院，八楼呼吸科。

檀卿没休息，在病房待了一天。他给檀墨削了苹果，帮他看着盐水，给他递尿壶、倒尿，喂他吃饭，给他擦嘴。这是他回国后第一次做这样的事。或者说，是他第一次为父亲做这样的事。

檀墨吸了会儿氧，看了眼正在看电脑的檀卿，叹气说："老刘的闺女不喜欢？"

檀卿头也没抬："我都不认识她。"

"其实，再冉……"

"你再说这个我走了。"说完这话，檀卿多少有些懊恼，怎么又没了耐心呢。

"好好好，不说不说。"檀墨闭眼休息。

檀卿看着他枯槁的面容，挣扎了会儿，半晌后低低说了一句："爸，试试化疗吧。"

"不试。"檀墨没睁眼，只是反手覆住檀卿的手，安慰地拍了拍。

答案并不意外。4月底，檀墨手术，打开胸腔发现癌细胞已扩散，无法切除病灶，最后关闭胸腔时，檀卿仿佛亲眼看到上帝将生命沙漏倒转。

国内会有一部分家属选择瞒着患者，告诉他们手术很成功，翟蓝也是这么建议的，认为檀墨要强，估计受不了。可檀卿在国外待久了，医疗思维西化，不想这样瞒着亲人。

檀墨知道后，沉默许久，只说了一句："不知道熬不熬得到你结婚。"

从那之后他拒绝化疗。他认为前后活的时间差不了多少，不想受那罪，经过消极的癌症接受过程后，积极张罗起檀卿的婚事。

儿子在外十三年，回国次数寥寥，若不是他重病，大概永远不会回来。有那么几个醒来的瞬间，看到他在旁边，檀墨甚至感激过这病。檀卿可从没陪过他。

周沫不算是个好学生，上学得过且过，没有大志向，不然也不会在一帮学霸环境里还昂着头颅，不觉得自己哪里比别人差。

只是第一次实习和工作的经历颇为不顺，即便后期努力扭转，前期的不愉快也带给她极大的阴影。

于是乎，她每到一个新科室，都用了双倍的努力。

这让周围人都咋舌，老周家娇滴滴的大闺女居然能吃得起护士这个苦。

周沫昂起骄傲的脑袋，哼，小瞧我。

可惯来争做工作标兵的周沫同学今日竟迟到了。这是她工作四年多以来的第一次！太可耻了，她还想着保持这个纪录到退休呢。

下午2点，周沫拿着手机和胡倾城聊天，刚开始在说津津吃多了住院，两人哈哈乱笑，后来胡倾城又说起最近忙着去卫校应聘，自嘲回了原点。

待周沫眼睛扫到时钟，吓了一跳，以为将时针分针位置看反，花眼了。再定睛一看，差点魂飞魄散。

她想同一起值班的张软招呼一声，打电话到科室，结果没人接。科室电话没人接，这很罕见。

她最怕给同事留下不好的印象。一是因为内心阴影，二是要顾及老周。二十年来老周兢兢业业，不能弄个败名声的女儿，晚节不保。

周沫停好车一路狂奔，安全通道一楼有很大的蚊子声，她没在意，只想点个火箭炮冲上去，待靠近三楼时，"蚊子声"骤然变大，清晰化为哭泣。

推门而出，一中年女人捂着脸，声嘶力竭地在哭。

周沫心里一紧。在医院见到这情景，就知道里面发生了不好的事。

她转身上楼，冲进四楼更衣室，换上手术服。她来不及为自己的迟到紧张，现下的气氛太过窒息。

她站在长长的走廊尽头，看到另一端，也就是8号妇产科手术室门前，挤挤攘攘，后排的还踮着脚，扒着前排的肩，以求看个清楚。

也就愣了几秒的工夫，身后电动门又开了，妇产科大主任王一涛穿着便服，匆忙套了件隔离衣往尽头那端的房间快步走去。

周沫看着这架势，心下焦急，甚至手足无措。虽然和她并无切身关系，可在医院就是这样，随时都能感受到窒息。即便她已面对过无数病痛和死亡，还是会在某一个突然的时刻，感觉吞咽和呼吸都困难。

她一颗心脏怦怦跳，心中飘过无数意外可能。

护士长和新生儿室的护士一同推着新生儿出来。人堆快速让出一条道又迅速会合，继续将8号手术室的门堵住。

几秒后，檀卿挤出人群。周沫察觉到檀卿的异常。他目光未在周围做停留，甚至可能都没看见她。

周沫看他失魂落魄，转头走到8号诊室前。

张软拉着她，像终于看到了一个八卦垃圾桶，迫不及待地小声说："那个产妇咳嗽抽搐的时候我刚好交接班，我估计你晚到了就想先接班，结果发生了这事。我看檀卿也不像传说中那么牛，他一动不动，反应了一会儿才开始抢救，手和声音一直在抖，把主任叫来也来不及了……不过也不能怪檀卿，产妇出现这种情况，死亡率百分之八九十，就一会儿的事儿。"

方才檀卿离了魂的模样再次浮上周沫的脑海，那一刻的檀卿太异常了。

不知为何，她本能地不信这是抢救失败的表现。她经历过多次抢救，成功失败概率各占一半，没有遇见过这样情绪失了控的医生。他更像是失去了自己的亲人？

周沫被这想法吓了一跳。外国回来的医生如此重视医患感同身受？

周沫匆匆交代了一句便走出手术室。外头挤满了人，乱哄哄毫无秩序，除了那家的家属在哭，其他人一半唏嘘，一半看戏。

沉重的安全门被推开，嘎吱一声，一股熟悉的烟味飘来。周沫松了口气。

檀卿看清周沫，条件反射地熄了烟："对不起。"黑瞳镀了层阴郁，掩去平日自信的光。

他想推安全门回去，手刚碰上扶把，被周沫一手抓住。

周沫行至二层三层的平台处，推开窗户，对面是一阵烦人的热意。她面无表情说："抽吧。"

在撞进烟味的那一瞬间，她原谅了抽烟的余味和抽烟的檀卿。

易位而处，她也承受不了那样的高压。

第一次抢救，兵荒马乱后，那位患者走了。

本就是临终患者，抢救只是对于家属的安慰仪式，可她还是难过地哭了一通。

听别人三两句的叙述，她都痛苦，何况是亲历死亡线，拥有决策权的他们。

檀卿没有动作，不明白她的意思，是让他抽烟吗？

他手上的烟被团在了手心，想来见她很慌，将烟熄灭在手心。不知是怕她，还是方才的事扰了正常的思维。

周沫看清他口袋里的烟盒形状，掏出一根，递到他嘴边，打火机抬高至他眼前。

檀卿迟疑地靠近，含住了烟嘴。

四目相对，吧嗒一声，金属盖打开。

周沫生疏地滚了下打火轮，火苗蹿出。烟头送至火苗顶，他的目光没离开她。白日火光映在她的鼻尖，随着热风的拂动微微跳跃。

她乌眸中的两簇橙光毫无波澜地扫向他，摄人心魄，镇人心魂。

周沫沉了口气："其实一台手术失败，没什么的。没有哪个医生一生全是成功的手术。"

她试图给他鼓励，话挺简单无力的，可这会儿她也只能想出这个。虽然之前对檀卿印象不好，可落寞的檀卿好像有击打人心脏的能力。

她那颗多管闲事的心，忍不住就想来宽慰。

檀卿苦笑地出了口浊气："你以为我是怕丢面子，或者因为挫败？"他又吸了口烟。

周沫不解，不是吗？

余烟又飘了回来，萦在鼻尖。

"我妈就是这么走的。"他目光微垂，敛去深重的情绪。明明是个素未谋面的人，却和他缠着千丝万缕的剪不断。"以前也遇见过一次，那会儿我还在上学，算是助手，明明是个白种人，却像见着了二十多年前的我妈。"

"那次也没救回来，有点阴影。"

檀卿的鼻尖很好看，一道灰白的烟呼出，像是蒙上了浓雾的峻峰。

周沫捡到了一个站在平地的檀卿，不是别人口中无所不能的留美大牛，就是一个拥有软肋的凡人。

几口烟似是熏哑了他的嗓音，一瞬低沉到地底下，低音炮般地敲击着她的听小骨。

医院的各个角落皆在忙碌，他们像是与世隔绝，同时间老人偷了五分钟的闲。

孕妇家属自然是闹了，医院息事宁人赔了钱将事情了了。

院内也就此事展开讨论，认为妊高症本就是肺栓高危人群，再加上剖腹产比顺产发生的概率高出几倍，不能说是一个人的责任。

院内基本都知此事与檀卿无关，可流言这东西不管真相，只管吸睛。手术室本是八卦聚集处，到处是嘴，满是流言。

明知医生的责任微乎其微，偏偏传出一堆奇怪的版本。

"听说是他破了血管，跟台医生说的。"

"当时病人开始咳嗽心率加快的时候，他吓得脸都白了。"

"说是美国来的，怎么这么没有经验，抢救都不会吗？不会是个赤脚医生吧？"

周沫机械地接递用物，脸木着，眼无神，没人注意到她口罩下咬牙切齿的无声口型："你才是个赤脚医生，缝合技术烂死了，跟狗啃的似的，病人摊上你这技术才倒了霉，一辈子都带着这么丑的疤。"

这些人明明不在场，说得就跟真的一样。

檀卿的名字环绕了一整台手术，以为结束了耳根会清净些，没想到这拨医生走了，下一拨来的仍在围绕这话题，好像医院没别的新闻似的。

周沫望着日光灯无奈，这个世界不管男人还是女人，八卦起来都一个样儿。

"我说呢，那么帅怎么可能没女朋友。"主任边说边笑。

"就是，那天还来给他送饭，他对女朋友态度可差了！"麻醉师大概是碰见过，那眉头皱得生龙活虎，仿佛女友是她似的。

周沫递物的动作慢了一拍。

麻醉师继续说："嘿，我可听张显华说了，他以前女朋友可多了！当时周沫你也在，是吧？"她还找周沫求证，增加可信度。

周沫话在嘴边滚了滚，忍住，又滚了滚，憋住。可现在人家将话题抛给她了，她犹豫着说："我觉得，谈几个女朋友是他的自由，手术意外也不是他的错，换主任做也可能是这个结局。"她只能十分婉转地表达立场，试图用自己螳臂当车的微弱力量将话题终止。

室内顿时安静，落针可闻。

八卦的主旨是附和，而非说教，或是解释。她这行为就是扫兴。

周沫说完，心脏咚咚跳起尴尬舞。

主刀的主任瞧了她一眼，缓和道："哎哟，小姑娘不高兴了。"

今日的巡回老师也说："我倒是没看出来，周沫你要是有兴趣，我给你去说说，都是我们不好了呢。"

一下焦点转移，她的打抱不平被四两拨千斤，变成了爱慕者的维护，到底是道行浅。

一群人继续打哈哈，调侃起她来。檀卿的名字由方才"医疗行业的垃圾股"话锋一转，变成了"女性市场的绩优股"。

"年轻帅气，还是留美博士。"

"听说家里很不错，濮院长都去探望过他爸。"

"周沫眼光不错啊！"

周沫放弃挣扎，开始憨笑，做个傻子吧。你是斗不过想象力丰富的人的。

胡倾城说过，有些人就不适合说话，比如周沫。终于挨到最后一台手术结束，巡回老师还是没停止调侃。

周沫赶紧按照老路线飞速赶回家。

津津输完最后一天的液，拔了留置针，小蹄子上被刮了层毛，露出肉粉色。

自从周沫去了手术室，遛津津的活儿都给了她。

老周得以解放，开始张罗起别的事情，这事周沫不知，今日遛狗时才探得一二。

　　津津的狗友妙妙的主人刘阿姨，拉着周沫，一脸八卦："沫沫要找对象了？怎么说啊？一米七六的都不行？"她这表情，跟下午瞎掰她和檀卿有故事的巡回老师表情极为相似。

　　二十五岁的女人，跑得了和尚跑不了庙。逃得出单位同事，逃不出小区阿姨。

　　津津的狗绳已经被拉成一条紧绷的直线，周沫赶紧拉住，撇着头问刘阿姨："什么意思啊？"什么一米七六？

　　待刘阿姨给她一通竹筒倒豆子，她才知道老周偷偷在给她找对象，要求还特别高，当人家说"一个护士而已，这么挑"时，他马上就怒了。

　　周沫叹气，她说呢，怎么老周突然就不和老李头下象棋了，原来是有情绪了。

　　"那我爸的要求是什么？"

　　刘阿姨抱起狗想了想："好像也没什么特殊要求，就说有合适的告诉他，可大家给张罗了一圈，他都不满意，一会儿说不高，一会儿说不帅，一会儿又说没钱，要不就是工作不行之类的。那我们就问，你是不是要找高富帅？他又说不是，人好就行，大家都蒙了。沫沫，你爸老糊涂，说不清楚，你自己想找什么样的呀？"

　　周沫站在茵茵草地上，被这问题搅得凌乱。她长这么大，从没想过，自己想要找什么样的男人。

　　周沫到家时，胡瑾正在扫地，她笑着从周沫头顶拈出根绿色的东西，冲她眼前晃晃："怎么回事，头上还长草了。"

　　周沫弯腰准备给津津松颈圈的动作停住，垂眸淡淡道："网络上'头上长草'不是好话。"

　　她问老周："你是不是在给我找对象啊？"

　　说话间，她没抬眼。她知道周群一定心虚了，这种心虚让她难受，父母又何必为她的感情担惊受怕呢。

　　"谁说的！"周群飞快反驳。

　　"哦，没啊？"周沫端起第二碗汤，"本来我还想说说我的要求呢。"

　　话音一落，胡瑾筷子停住，她和周群飞快对视一眼，期待地看着周沫："那你说说看。"

　　周沫咕嘟一声，干完第二碗，汤汁儿咽下，一声气势如虹的回答炸裂在空气里——

　　"我要高！富！帅！"

都知道医院的八卦旋涡中心必然是人多嘴杂的手术室，周沫惯来扮演安静的听众，内心时常默默分析，偶遇风暴中心的红人，还偷摸送两个小眼神。

可轮到自己，她只想叉腰去吵架。

当然也就是想想，她哪儿敢。

手术时，门急诊手术室的王老师来串门，之前两人说了一个月的小话，关系颇为亲近。

她笑得不怀好意，压低了嗓子可声音十分清晰："听说，你在追檀卿？"

周沫当时正在台上，她那一刻只有一个想法，就是把这车东西给掀了，或是将手上的持针器用力地穿透手术车。

可想象是想象，日漫的暴力画面多是违反常理的。

这是医生说的，也是理智说的。

周沫感受到身后投来数道兴致勃勃的目光，她硬着头皮，面无表情地回答："我连他电话微信都没有。"言外之意，两人不熟，联络方式都没，追什么追啊。

她说是无心，听者却上了心。

下班更衣，微信号、手机号抄得整整齐齐，贴在了她的橱柜上。尾端还煞有介事地用红色水笔画了个爱心。

周沫愤愤地团起这张纸，扔进了垃圾桶。她捏紧包带，往肩上送了送，走向安全通道。

她这几年淡定不少，脾气性格都比原先沉静，可能是北京的荼毒，也可能是职场的淬炼。

可这个檀卿，不管直接间接，几次三番都让她伪装的淡定破功。

真是八字不合。

她因着这绯闻略懊悔那日为檀卿出头。

可走到一楼，站在热风里头，他呼出又扑向她的烟味似乎又隐在了鼻尖，落寞失神的眼神和记忆里某一画面重叠。

她心一揪，唉，算了，说出的那些话，不过是在众人面前难得做了回自己罢了。

没说错，嗯。

给自己打完气，周沫又蹦了蹦，心情好多了。暖风再次拂来，扬起卷发，在半空打了个可爱的旋儿。

是夜。城市的灯光将夜幕点亮，热辣的空气将姑娘的裙摆缩短。

檀卿泊车后便在地下车库撞见了同事兼同学张显华。

今天是他们高中同学聚会。檀卿从未参加过，他高中毕业后便出了国，日子久了和大部分人都失联。张显华接到聚会通知，跑去妇产科手术室问檀卿去吗。

檀卿当时第一反应是拒绝，却听张显华不停地说老同学们多想他，当年一起打游戏包的夜，怎么就忘了呢。

他失笑，回国后确实不顺，社交一下换换心情也好。

S市第一酒店，凌云间。

他们班今晚聚了二十六人，听张显华说，是史上最多的一次。

一推门便是一番商业互吹，什么小官都能叫出社交吹捧味：胡市长、李总、佟导、檀院长、张书记……在场的人多数早早步入婚姻殿堂，好几个人都生了二胎。单身贵族只有张显华和檀卿。

张显华惊讶："你没女朋友啊？"

檀卿吃了几口凉菜垫了垫肚子："没啊。"

"不是你的风格啊！"张显华心想，他怎么会转性呢，而且前几日还听说有女朋友去给他送饭，据说做得很精致，因为他直接分给了同事。作为檀卿高中三年的同学，张显华虽和他不算熟稔，可对于他的传奇经历还是有所耳闻的。

檀卿开玩笑："刚回国，没来得及。"

"我说呢，可别吓我，以为浪子回头了呢。"他举杯，和檀卿碰了下，转念想到下午手术室的闲聊，"周沫认识不？手术室新护士。"

檀卿微不可察地挑了下眉："嗯。"

"她好像对你有意思。"

哦？很巧。

"怎么说？"檀卿酒杯空了，自觉地在撺掇声里拿起酒瓶倒酒。

"人泌外医生跟我说的，那天他们讨论了下你那个手术……她立刻跳出来帮你说话。"张显华有点吃味，想探探檀卿的态度。

檀卿嘴边浮起一抹玩味的笑："这样啊。"她一直挺多管闲事的，他倒是没那么意外。

"怎么？有兴趣不？"张显华刚说完，还没等到答案，一个杯子就举到了面前，差点贴到鼻尖。

当年众星捧月的班花现已发福，她痴恋的天之骄子檀卿却仍帅得人神共愤，意气风发得让人直想搓腿。

她不好意思直接敬檀卿，毕竟当年的感情纠葛让她现在仍是意难平，所以绕了个弯子敬张显华，好在檀卿面前晃晃。

"哎哟，这不是班花吗？"张显华假笑奉承，俯身问檀卿，"还有印象不？"

包间两桌人坐得略分散，觥筹交错间，怀旧话题不绝于耳。

"有。"檀卿耳朵微动，轻轻开口。

他没抬头，眼眸微垂，意味不明。

当晚，周沫窝在床上正在回胡倾城消息，这丫写小说要求太多，有时候一台手术结束能收到她十几条消息，且都是问句。

她从问十万个为什么的人，化身答十万个为什么的人。虽嘴上说你问题怎么这么多呀，可回复的时候事无巨细，桩桩件件都说得到位。

周沫回复完，切回微信主界面。第二栏通信录亮起了一个加好友提示的红点。

最近轮转，许多同事加她微信，可这一刻，她莫名涌上了一个猜测。

她吸了口气，点进去，是一个昵称为"TQ"的人，验证信息是"我是群聊'手术室工作人员点菜群'的檀卿"。

旺达卫校是一所平凡而又神奇的学校。

它除了拥有教学区、宿舍区等学校必备建筑外，还拥有一片小竹林。这个地方被胡倾城盯上，她认定会撞上爱情故事。

但最终，探险变成了觅食。也是，这"尼姑庵"能有什么爱情故事，不如烧烤来得实际。

宿舍姑娘购买烧烤用具，又是炉子又是火架，还去超市大肆挥霍，等周沫反应过来，摸摸口袋，发现花得太猛了些。

她打电话给周群："爸爸，我没有钱了。"理直气壮得就差叉叉腰了。

周群正在下班途中，被她这么一说第一反应就是给她送钱过去，没一会儿想起来，开始同她算账："开学你姑父给了你5000，你外婆给了你2000，家里每月给你1500做生活费，上回我送你去学校给了800，你一个学生怎么就花完了？"败家子。

周沫没算过自己有多少钱，见周群同她算账，没好气道："我不是有很多压岁钱吗？"她看了眼书桌上的钱，不到200，也就够她跑两趟小卖部，活个一两天。

周群说："存定期，给你理财了。"

周沫难以置信，天下的爸妈都是一样的，什么自由、民主、和谐，在金钱方面一以贯之地克扣压榨，她清晰记得她有六位数的小金库。

应兰兰见大户也没钱了，想到学姐月底没钱都是批泡面的，于是大伙儿兴高采烈，新鲜极了，冲到小卖部扛了一堆泡面回来。

学生就是要体验人生，享受完顿顿肉，也要吃吃苦。

周沫睡前给余味发消息：猴哥，我觉得天下的爸妈都一样坏。

余味腾出没握鼠标的左手打了一个：？

周沫：我没钱了，我爸居然跟我算账，还让我好好反省自己。

余味：缺多少？

周沫：你要给我吗？不用不用，我吃泡面就行了。

余味：说。

周沫：1000？

余味：明天放学取给你。

周沫：那就 2000，我上回看到的裙子没舍得买。

余味：哦。

周沫：要还不？

余味：要！我又不是你爸！

喧闹的放学时分，脚步声不断动荡，斜阳洒在学子身上，柔意满满。

教学楼某办公室内，气氛却冷冰冰。

余味站在班主任办公室，红木书桌上漫画铺陈，他的笔记本电脑压于漫画上，银灰色金属面的戴尔，是个新货，三个无线网卡也被翻了出来，置于笔记本上，像罪证堆叠。

李老师抄手，一副恨铁不成钢的懊恼样儿，不停叹气。

余味腾出手，手指悄悄避开老师视线回了条消息。可班主任当了这么多年，你就算动根头发丝他都能瞧见，何况是玩手机这种大动静，两人距离这么近他就敢这么明目张胆，李老师拍拍胸脯顺气，现在的孩子真是越来越难带了。

他起身一把将余味的手机夺过扣在桌上："余味，我一直以为你是好学生，可你怎么能又是看漫画又是打游戏——行，你可以这两样都做，上帝要是真的给你天才的脑子就不会让你挂科。你入校的时候可是前十名啊……"

余一书接到电话，推了会议穿过半个 S 市赶来，他向李老师问了个好，然后问："余味怎么回事？"

余味当时说要买电脑，余一书毫不犹豫买了最好的，家里的台式也是最高配置。

"余味爸爸是吧，唉，本来我也没发觉什么不对，以为他上课老睡觉是因为课都听懂了，懒得听。我们学校也有这种同学，结果考试成绩出来挂了红灯，他入校成绩那么好……"绕来绕去又绕回了入校成绩。

余一书见他头歪着像个痞子，再加屡次沟通无效，一股冲动涌上，当场将笔记本砸了。

在场只有李老师对笔记本产生了疼惜。哎哟，两个多月工资。

余味挺直背，对余一书的气愤举动毫不在意，表情也是那种只要面对余一书，就会挂上的不屑一顾。

余一书看他这副无动于衷的模样就想动手，偏又不行，恨得牙痒："余味你怎么变成这样了！"

字字落地有声，打在了余味的心口。

余味冷笑："我就这样，反正你也不止我一个儿子。"

周沫到家，院子里所有灯都亮了。胡倾城跟在她后头，细细打量那夜她叙述的愚梦巷 101 号院落。

同她想象的北京四合院不同，这就是现代化院落，只是外头的白墙青瓦骗了人。跨过矮门槛，是东西两户人家，正门对开，灯火通明，中间隔了目测有五六米的空地，南边一圈种满各色植物，郁郁葱葱，争相蹿至无上限的空中。一株美人蕉已爬出矮墙，油绿的叶子伸到另一户人家去了。

院子正中央，周沫见周群正在用麻袋装垃圾，上前问："怎么了？"

众人神色凝重，没人招呼她。

胡倾城跟在后头向周群问好："叔叔好。"

周群淡笑着点头，让周沫先进屋。

周沫看了眼在门口抹眼泪的余红，想上前安慰和询问，却立马被胡瑾拉进了屋。

"怎么了这是？"一进屋她迫不及待地发问。

胡瑾冲胡倾城点点头，问她："你知道余味打游戏吗？"

周沫想了想，点点头。

"说是他这次成绩考得很不好，从年级头几名直接吊车尾了，你余叔叔把电脑都砸了，漫画全撕了。"说完叹了口气，没想到余味会这样。

几人围坐在餐桌前，即便胡倾城在，周沫也心不在焉，好在周群会说话，将焦点放在客人身上。

可一吃完，周沫便坐不住，要往西屋跑，周群拦住她："你余叔叔在里面。"

周沫眼骨碌碌一转，悄没声地摸到余味房间的窗口，却见窗帘拉得严严实实。

她轻轻敲了敲窗，没一会儿，一道灰黑的影子渐渐缩小聚成一个人形，窗销被拉起，余味清俊的脸出现在她面前。

周沫借着暗光细细打量，见他脸上光洁没有巴掌印，松了口气。她将头往里探探。

余味淡淡道："没人。"

周沫长腿一伸，也没管自己穿的是牛仔短裙，纤长白腿一跨爬上窗沿书桌，跳到了地板上，"猴哥怎么了？"孙悟空是斗不过如来佛的，毕竟他被压在五指山下。

"没事。"他掏出手机，继续回陆赟的消息，陆赟问他什么时候上线，他满脑子都是今日的任务。

静了会儿，他霍地起身，一条腿迈到窗边，回头对周沫说："我去羊仔那儿，你去吗？"

之前周沫只知道余味爱玩游戏、会玩游戏，时常呼朋引伴。那天，周沫第一次知道余味沉迷游戏是何等忘我。

杨博书在键盘声里写作业，余味噼里啪啦敲击键盘，周沫说话他也爱搭不理，问他饿不饿，吃没吃饭，他好半天才回一句。他回的时候周沫都忘了什么时候问的，两人身处同一空间，还像隔了时差似的。

杨博书房间空调打得低，只有 20 摄氏度，她生理期要到了，今日畏冷，便将空调调至 26 摄氏度。实在无聊得慌，便窝在小沙发上看漫画。

余味正玩得热火朝天，肾上腺素飙升，没一会儿便汗流浃背，他喝了口水，伸手拿过遥控器一看是 26 摄氏度："羊仔你省钱吗？"

杨博书合上物理作业，看了遥控器一眼，朝他努努嘴，小声说道："那只弱鸡。"说完挨了余味星眼的锐利一瞪，讪讪闭了嘴，他实在忍不住要给周沫取外号。

余味将空调调至 24 摄氏度，拿了一瓶冰可乐进来，周沫见了也吵着要喝，余味赶紧对嘴灌了口："我喝过了。"他知道周沫的洁癖。

周沫作势要自己去客厅拿，却听身后余味说："没了，最后一瓶。"

"杨博书你省钱吗？"她无语，可乐都不多备几瓶，客人来居然有人有得喝，有人没得喝。

杨博书一把甩了笔，气愤地薅头发，占领他空间还要怪他抠，人家去棋牌室打牌还要交个场地费呢。他在余味的眼神威逼下憋回了那句：冰箱里可乐是满的，放学刚采购完！这个余味也真是……

余味今日刷到他心仪已久的飞天神兽，他整个人像打了鸡血，好似真的坐在白色神兽身上腾云驾雾。

只是，在他戴着耳机兀自沉迷的时刻，余一书来了。

周沫睡到一半揉着眼睛去开门，见到余一书还没反应过来，直到杨博书房间传来物件摔地的响动，她才惊慌，推开门，见余味被推倒在地上，耳机被扯掉，线扔在床上。杨博书在劝："余叔叔，消消气。"

"还能找到这儿，你真厉害。"

"余味，你怎么会变成这样？"

周沫于凌晨1点被余一书领回家，路上他劝导余味，从好言到恶言，不停灌输道理，求他理解谅解，连周沫都被说动，可余味仍是无动于衷，冷言冷语。他从来没有这样欠扁过，周沫恨不得敲开他脑子看看，他到底怎么了。

余一书几乎绝望："算我求你，好好学习不行吗？你已经不去小提琴班，不去学奥数，这些都依你，难道你连高中都不想毕业了吗？"

"你又不止我一个儿子！"余竟四岁学小提琴，家里也请了家庭教师，全职妈妈还有父亲围着他转，万千宠爱，他拥有一切他没有的。

"余竟是余竟，你是你，你们都是我儿子。"

三个人僵持在路上，周沫同余一书一道恨他不成钢。

见余一书说到动情之处，周沫帮腔劝道："猴哥，余叔叔说得都对，你和余竟——"话还没说完，余味直接来一句："闭嘴。"

他双手插兜，飞快转身，背脊剧烈起伏，周沫这句话刺破他最后的伪装。

月光如潮，他头也不回地向愚梦巷走去，灯光打在他的T恤上，将白色印花大字镀了层金光。

这个单词周沫认识：Lonely。

这一夜，周沫睡得极不安稳，余味最后赐予她的那个白眼球冻得她直抖。醒来，她拿起手机给余味发短信：猴哥，钱……

她以为余味肯定在睡懒觉，没想到他秒回了：到窗口。

10月末的院落清清爽爽，没有恼人热意，绿色植物将南墙的白漆遮住，要不是昨天胡倾城说"你家好多植物"，十来年过去，她都没发现，或者说没仔细观察过它们，有些东西就像布景一样，长在记忆深处。可能只有少了才感觉怪异。

她今日穿的纯白圆领无印花短袖，下身着蓝色长纱裙，袅袅婷婷。

窗开了一条缝，一个"中国银行"的信封递了出来，周沫接过，倾身问："我和我同学要去吃烧烤，一起吗？"

"算了。"余味睡眼惺忪，一脚搭在床上，另一脚撑地，长臂前倾将钱送给了败家丫头。这钱还是上回杨博书帮他卖装备给他的，他也没数多少，摸摸厚度大概够周沫用。

周沫听他口气以为他还在为昨晚不愉快，借着窗缝将窗户拉开，拨开窗帘，将暖阳洒入他房中："猴哥，昨晚对不起。"

余味听她声音这么软，忽而慌乱，无措地咽了咽口水。"没事。"眨了几下眼睛，目光才聚焦，他看清周沫的穿着，"你要去吃烧烤？"

周沫双手搭于窗沿，一双大眼眨巴眨巴，像白日里亮起的星光："一起嘛一起嘛。"

余味一把将帘子拉上，将周沫的脸隔绝在外："你小心油溅到白衣服上又要喊脏。"

胡倾城连余味一眼都没见到，心中无限可惜："你的那个天上有地下无的青梅竹马，和我可真没缘分。"

"你们俩要有缘干吗，我和他有缘就行了。"

"行行行，你俩有缘，赶紧修成正果吧。"胡倾城是看小说的，哪有工夫等种田文发展，自然是要催促男女主角的进程。

周沫认为余味对她是不一样的。但没人告诉她，这种不一样不一定是男女之情，也可能是死党或者兄妹。

S市入秋，昼夜温差大。周沫作为"怕热星人"，早上穿了件薄针织外套，到了中午又给热脱了。宿舍中，怕热的就她和柏一丁，两人约好中午放学后甩了大部队去吃冷饮。

距目的地两米远处，碰到余味和一个姑娘站在冷饮店门口挑冰棍，余味还含笑问她要吃哪个。

柏一丁不认识余味，只觉得面前这对男女真般配，他们身穿S市一高的校服，就像漫画里的男女。

"余味！"周沫内心生出一团迷雾，他和这个女孩在干吗？

柏一丁闻言细细打量，少年身着S市一高校服，立领白衬衫衬得他英姿勃发，头发理得很整齐，没有当下非主流少年兜头茂密的颓废感，皮肤白皙，星眼含光，鼻梁峻挺。他的嘴巴很有意思，人中尾微微翘起，倒有点撒娇的意味，可下一秒那道弧度抿成了一条线："你来这儿吃冷饮？"

这是一家冷饮专营店，门面不大，种类繁多，进口的如哈根达斯都有小罐卖，虽然学生大多消费不起，可偶尔富一把也会来冲动消费一回，生意相当不错。此刻门店前围聚了一些挑选或是结账的顾客，不时还有女生偷偷飞一个好奇的眼神在余味身上。

周沫看清那女生不是照片里那个，内心五味杂陈，不知是该庆幸姑娘不是同一个还是该哀叹他怎么这么多姑娘。

林李好不容易央得余味请客。之前她借他数次作业抄，看他来不及，还帮他一块儿抄，嘴里别有用意地念一句："你要怎么报答我啊？"

换得的自然是一句："请你吃东西。"

林李想了好久，想着夏天快要结束了，她希望今年夏天最后一根冰棍儿是同他一道吃的。谁知，难得享受恩人待遇，却杀出了个程咬金。

周沫很快便认出，眼前的姑娘就是上回在楼下等余味的那个。她今天仍穿着超短裤。她心里嗤笑，这么冷的天，真够骚的。

两个姑娘的目光在半空交会，又赶忙撇开了。

"嗯，你来干吗？"你旁边的姑娘是谁？说好的男女授受不亲呢？

"还能干吗。"余味说完，转头问林李，"挑好了吗？"

林李拿了一罐最普通的巧克力冰激凌杯，他接过问周沫："你要吃什么？"

周沫一把拉过柏一丁，单手抬起，穿过拥挤的人群，拿了两罐原味哈根达斯放在他手上："我吃这个。"

余味皱眉，心里在算她每个月那几天的日子。

林李体贴地为他说话："我们都是学生，不必吃这么贵的吧。"她是看着余味说的，话却是说给周沫听的，劝她识趣，别看到人家请客就坑。

周沫冷哼一声，柏一丁有点尴尬又有点好奇，亦误读了余味纠结的表情，遂拉拉周沫："是挺贵的，都上百了。"

余味下一秒将一个放回冰柜："给你朋友买一个，你就别吃了。"

"凭什么？"

"凭你喊痛的时候咬的是我！"他附在她耳边，咬牙切齿。

周沫蓦地脸红，哦，是这样啊。

林李注意他们讲话的模样十分亲昵："你们是？"

周沫抬眼等余味反应，她也很好奇他跟别人怎么讲。

余味抬脚走到人群尾端排队，抛了一句话，直接点着了周沫心头的火苗——

"邻居。"

晴朗秋日，太阳敛了锋芒，她们穿过校门口的鱼塘，向宿舍区走去。

柏一丁拿着哈根达斯，看周沫眼巴巴的样儿，第一口挖给了她，安慰道："我觉得他那么说可能就是不想多说废话。"

"我觉得，他就当我是邻居。"她想起他那副避嫌的样子，内心破罐子破摔，妄自菲薄起来。

"哪有，谁记得邻居的生理期啊。"柏一丁挖了一大勺，冰凉沁甜，虽说是跟着周沫沾的光，但好歹是余味付的钱，得说两句好话才是。

周沫想不通，给余味发消息：那女孩谁啊？

余味中午没回学校。他在百花巷里觅得一家不起眼的网吧，一位膀大腰圆的啤酒肚男，颈脖上挂了根大金链，问余味："有身份证不？"

他点头，掏出来给他看，却换得对方一声嗤笑。那大肚男从桌上拎出一捆身份证，抽出一张于刷卡机上嗖地一刷，对余味说："行了，大厅一小时3元，包间一小时5元；包夜从后半夜开始，晚12点到早上6点，25块钱。"

余味接过卡，在烟雾弥漫的昏暗大厅找了个座位，全神贯注争分夺秒之时，手机振了，他看了一眼，手上太忙，没回。

周沫就这样对着手机，看到了下午3点，手机屏幕一黑她就给按亮，最后没电了自动关机，余味也没回消息。

她告诉自己，高中很忙的。

课后，她赶忙冲回宿舍充电，屏幕亮起，她满怀期待，依旧没回。

倒是瓜皮发来消息问她：初三的××习题册还有吗？

周沫无语，愚梦巷那么多学霸，他是怎么想的来问她借习题册，遂回复：你怎么不问别人借？

瓜皮回：就你的可能是新的。

周沫气得想摔手机，又很快收回手。万一余味回消息了呢。

没有万一，因为万分之一四舍五入约等于零。

周沫在心中默默同他断交百回又悄悄将断处接上，第一声熄灯号子响起时，她决定打个电话，实在是憋不住了。

电话通了。

"沫沫怎么了？"余味单手擦着湿发，一绺头发耷拉在额角，显得无辜。

周沫一时语塞。自导自演了一天的内心戏，终于到了揭晓时刻。

"嗯？"

"我中午给你发消息你没回。"周沫声音委屈。

"哦，忘了，我和她就是同学，她帮了我忙，所以就请她吃冷饮。"余味中午看到消息，结果一忙忘了回。

周沫舒了口气，可他不回复的态度实在气人，他说忘了回，想他高中课业繁重，不记得她这种芝麻绿豆的事也正常，一下气又消了："请几次啊？"

"就一次。"他将毛巾置于毛巾架，"还有什么要问的吗？"

"没了，你记得早点睡。"

"嗯。"他等了几秒，看屏幕上通话时间的秒数不再变动，才锁了屏。

罗钊见余味打完电话推推他，递了个粉色信封，冲他暧昧一笑。

余味蹙眉看了眼信封上工整的字迹，拉开抽屉，把信塞了进去，同之前几封堆在了一块儿。

次日周沫"姨妈"驾到，她庆幸余味昨天没给自己买冷饮，可到了下午痛得死去活来时又暗愤，吃或不吃都痛，还不如吃呢。她打电话给余味，怏怏地说自己肚子痛。

余味看着眼前的题目，转起笔来，蹙眉思索了半晌，回她："听女生说喝热水有用。"

"哪个女生说的？"周沫警觉。

"我们班班长。"他避重就轻，没说是上回遇到的买冷饮的那个。

"猴哥，你是不是挺受女生欢迎的？"

余味转笔的动作停住，轻笑一声："还行吧。"有点得意也有点玩味。

"嘟嘟嘟——"电话挂断。

周沫气得在被窝里直抖，这个死猴子。一气之下气血流顺畅，肚皮倒没那么疼了。

周沫一头扎进数学、外语的书本中，决定做个好学生。是的，卫校第一学期开了数学和外语两门课程，数学是周沫的死穴，学的时候她还将书给余味看，他说是他们学的，她喜滋滋想着到时候找他补课，现在看来只能自己啃书。

结果自然是毫无成效。最后还是上课、复习都不如她认真的胡倾城稍微看了两眼例题，将其他题目依次解出，顺带逻辑清晰地指导了她一番。

周沫感觉出人与人之间的差距，仔细端详胡倾城："你说，为什么你这么聪明，是不是因为你头大？"脑容量大。

胡倾城白了她一眼："是因为我看书认真，你看书的时候一直在翻手机，你只是坐得久，和书大眼瞪小眼，你没有认真看它。"

"那怎么训练专注力？"周沫问。

这问题一出胡倾城就来劲了，二次元的鄙视链出现，她表示："你看漫画，一格格的画面那都是一跳一跳的，人物情绪热血得突然，这导致你性格也有点像。"

话到此处，周沫忙点头，自己就是一阵火一阵水，再配合少时医生的诊断，她对胡倾城的话深信不疑。

胡倾城见周沫认可，扬扬眉继续道："我们小说界讲究逻辑，起承转合皆有因由，人物情绪、故事情节循序渐进，不似你这般突如其来地热血和莫名其妙地冷却，所以我建议你，看两本小说。这样你多看看文字，也没那么抵触，面对书本知识也自然静得下心来。"

周沫点头如捣蒜，两人开了蓝牙，传了两本小说。胡倾城怕周沫看文绉绉的古代文没耐心，特意挑了两本白话现代文。周沫当即打开手机看起来。

那个下午，周沫忘了余味，脑子里只有男主角，不停地拉着胡倾城问："他为什么这么多年都不去找她？"

"他的家人是因为女主的爸爸才死的。"

"可是，又不是女主弄的，怎么还论隔代仇呢！"周沫气愤，"女主独自在外生活如此多年，孤零零一人，多可怜啊。"

"但是你怎么会心无芥蒂地爱上一个父亲间接害了你全家的人呢？"胡倾城感觉同她说不清，便换了种解释，"你就想，假如余味的爸爸害了你家人，你没了爸爸妈妈，你还会原谅他吗？我说假如！假如！"她生怕周沫一根筋当了真。

周沫眨着大眼认真代入思考起来，半分钟后，她说："是挺难接受的，但是一想到他是一个人，我就会原谅他。"

周沫表情颇为动情，一双明眸含情脉脉，胡倾城轻叹了口气，被她说服："那可能你们是青梅竹马，他们只是大学相遇，没有一同经历成长，所以才有不同的选择吧。"

周沫直接把手机一甩："男主角就是不够爱女主角！"

第一剂"安利"失效，周沫转去看第二本，这本是个青梅竹马的故事。她许是代入了自己，看得很投入，宿舍熄灯后发现忘了大事，赶紧摸黑去洗澡。

张敏疑惑："今天周沫怎么一言不发的？还在和猴哥闹别扭？"

胡倾城得意地说："她看小说伤着了。"

虐恋情深，周沫偷偷在黑暗中的花洒下抹了两把眼泪，为什么男主角和女主角都那么无奈可怜，太难过了……她吸吸鼻子，洗完衣服，搞到 11 点。

胡倾城床头的蓄电小灯给周沫打着光，待周沫坐到下铺开始涂宝宝霜，胡倾城问："怎么样？"推荐小说的人最期待同对方交流读后感。

"呜呜呜呜呜呜……"胡倾城这么一问，周沫憋不住了，"怎么这么惨啊！"

惊天一声雷，把隔壁宿舍都闹醒了，302 宿舍的其他几人从手机光里探出头，异口同声问："怎么了？"

那一夜，周沫哭了两个小时，从周四半夜哭到了周五凌晨，上气不接下气。

应兰兰问："还没和猴哥和好？"

下一秒，周沫音量调大，眼泪双份流下，一嗓子号到了后半夜，待大家理清根由竟在小说上，纷纷指责胡倾城。

隔壁宿舍看热闹的姑娘和闻声而来的隔壁班班长也指责她。胡倾城爬下来给今日是真下"倾盆大雨"的周沫擦眼泪，最后张敏撺掇，几人打开周沫的手机给余味打了通电话。

周沫正在放情沉浸于男主女主无法在一起的悲伤和跟余味闹别扭的难过中，对于她们的一系列动作毫无察觉，待到带着冰凉触感的手机倏然附上她耳朵，余味没好气的声音传至她耳中时，她才擦了擦眼泪迷茫地看向黑暗中一双双期待的眼睛。

"怎么了？"余味刚才正香喷喷地会周沫的祖师爷周公。屏幕上，周沫的名字跳动得他头皮神经也跟着跳。他跑到走廊接听了电话。

"没……"她要学习女主角，强装坚强。

声音哑，鼻音重，说话喘着气儿。如此熟悉她的余味怎么可能不知道："到底怎么了？跟宿舍的人闹别扭了？"

应兰兰眉毛皱起，拼命摇头，让周沫对电话解释，周沫抽着气说："没……"

话音落了才想起来，为什么余味老觉得她和宿舍的人关系不好？

余味搞不清楚她，手撑着阳台冰凉的瓷砖，静静等她喘气。

周沫从二次元的忧伤中渐渐被拉回，慢慢平了气儿，宿舍姑娘们也回了自己的床位，胡倾城坐在床边给周沫继续抹眼泪。

周沫清清嗓："猴哥，给我唱首歌呗。"

余味轻笑，小时候他老嘲笑周沫唱歌难听，唱儿歌就跟鸭叫似的，周沫彼时不懂发音，都是捏着嗓子唱的，后来被音乐老师纠正，悦耳了许多。可余味老记得她那时的唱腔，后来常拿出来调侃。

周沫叉腰气道："有本事你唱啊！"她是想等他唱了嘲笑的，可他真的拉着她到房间，拿起吉他给她弹唱了一首歌，又好听得不得了，可惜她忘了问歌名。后来也一直没好意思问。因为那回，在他唱完之后，周沫扯着嗓子说："难听死了！公鸭似的！"

"不是说难听吗？"

"我就想听难听的，这样比较搞笑。"她嘴硬。

四下无人，余味仍是看了眼四周，黑乎乎一片，一盏孤灯立于花坛旁。

他想了会儿，清唱了一段："在很久很久以前，你拥有我，我拥有你。在很久很久以前，你离开我，去远空翱翔。外面的世界很精彩，外面的世界很无奈，当你觉得外面的世界很精彩，我会在这里衷心地祝福你。每当夕阳西沉的时候，我总是在这里盼望你。天空中虽然飘着雨，我依然等待你的归期……"

胡倾城刚开始觉得不适，听个小男生半夜唱歌，多别扭，可无奈余味声音温柔有磁性，在静谧的深夜，将人的心唱得静了下来。

周沫止了哭意，问道："猴哥，你恋爱了吗？"

问出这话，她和胡倾城对了一眼，彼此都吊起一口气。

"没啊，怎么这么问？"

她一板一眼地叮嘱："哦，那你记得好好学习，不要早恋。"

"扑哧。"

黑夜中，冷风吹着他单薄的身体，他抖了抖，看到手机屏退回到主界面，抚了抚鸡皮疙瘩冒起的手臂，回了宿舍。

黑暗中，周沫今天被虐恋文伤透的心被治愈了。

那天周沫在那夜里同余味"恢复邦交"，期中考试经胡倾城一番辅导竟考到全班前十，惊呆了周沫，原来鸡头凤尾之说是真的。

正是友情、学习两得意之时，又出了岔子。

周沫离校时，天已在飘雨，她每往校门口走几米，雨势便大几分。她一路跑一路喘，终于在半遮半掩淋成落汤鸡前，跑到了旺达路。低头瞧了瞧淋得无法直视的狼狈的自己，她心中懊恼，刚准备过马路，就看到了要见的人。

该死的旺达路真窄，不到十米，她5.2的视力清晰地看着余味撑了把黑伞给一个穿着S市一高校服的姑娘遮着，面无表情。

就在周沫舔舔唇边雨水，继续往前走之时，那女孩手抚上他撑伞的左手，他轻笑，似在听她说话。

周沫站在机动车道，旁边是成群结队的学生，周围聚满了乱散的人和等待的出租车。她停在那里几秒，无耐心的出租车按响恼人的喇叭。

余味听到声音，往这儿看来。

周沫就像被无数虫子啃噬，百蚁挠心却奈何它不得。她转身向后走，作势要拦车，可这时候司机心大，小单子不肯接，要拼车，一个人不载。

几个姑娘正在商量："我们四个人，一人20如何？25太贵了。"

周沫直接抢话："我给100，去愚梦巷。"

后面几个姑娘呆滞了，愣了一秒又七嘴八舌起来："你这人怎么这样啊？我们先来的，师傅，25一人，我们走！"

周沫失了理智，管不得这素质低下的夺人"捷径"之事，一把拉开车门，冲驾驶座说："200，走！"

余味冲过来时，司机还在犹豫。周沫见余味已经来了，内心焦急："你走不走啊！"

下一瞬，后座门被打开，余味沾着雨腥气坐了进来："怎么不说一句先走了？"幸好他眼尖瞧见，不然就被她跑了。

周沫憋着气，看向窗外。司机结束挣扎，对窗外骂骂咧咧的姑娘说了句"不好意思"，关上车窗，启动了车子。

"怎么了？"余味一手撩开她贴在额角的湿发，调动出疑惑的表情看她，"没吃饱？"

周沫唰地两行泪下来。

余味叹了口气，伸手揩泪，触上细腻的脸颊，作恶般将泪在她脸上胡乱抹开。

周沫瞪他，蓄满洪水的闸门闭了半道闸口，洪水缓缓倾泻。

余味无奈道："我就是看她没伞不好意思，我一个大男人举着伞，她一个姑娘在雨里淋着像话吗？路人都看不下去。"

周沫鼓鼓嘴没说话，眼泪仍在淌。

余味问："有纸巾吗？"

周沫从卫衣兜里掏出来递给他。他鼻里发出笑音，在接到周沫又一记瞪视时赶紧收起笑意，拿着纸巾，带了点力道擦拭她的脸。

周沫吃痛扭头，拍开他的手："你故意的。"

她机械地擦了擦眼泪，再抬眼，余味正侧头望向窗外的雨帘，俊挺的鼻梁下，嘴角堆满笑意。

下车时，已经走出半米远的周沫听到余味难以置信的声音："200？"吓得她赶紧快跑。

周沫回家的第一件事就是找周群要钱，她两手一摊，像个小地主婆。

周群正掌勺做可乐鸡翅，他将褐色鸡翅翻了面，火一熄，盖锅盖闷住，才慢悠悠转身："今天才 28 号，还有两天到 30 号，你走前给你。"

"啊……"周沫苦着脸，余味生日就在眼前了，她还等着"口粮"去买礼物呢。

"啊什么啊，这么大了花钱没个数，以后你挣的工资够你花？"

"以后我的工资只有 1500 一个月吗？"她挣扎。

"嗯。"周群避掉奖金这茬，唬她。

闻言，周沫脸立刻苦了起来。

席间，她将饭菜像吞蜡一样扒拉进嘴里，每下一筷子，就装模作样地从鼻腔出一下气。

胡瑾问："不好吃？"

"想到以后日子这么苦，我都吃不下。"她说完，朝周群投去两个小眼神。

李阿香起身给周沫盛汤，乌骨鸡汤，滴油未加熬出油花，点点葱花漂着，瞧着便鲜香大补："来，沫沫喝。"

周沫接过，吹了吹，一口气灌下去，果然大补，一喝完馊主意就冒了上来。她嗲着嗓子冲李阿香撒娇："外婆，我爸爸不给我钱。"

三个成人一愣，李阿香忙说："他不给我给，我有我有。"说着便往里屋走，作势要拿钱。

周群忙拦住："哎呀，妈，怎么能让你掏钱呢，我给我给。"

"太少了，1500 不够用，现在物价太高了，我爸还活在 90 年代。"

周沫音调变高，尾音拖长，一听便知她在故意卖惨，偏老太太吃她这套，合掌一拍，附和道："就是啊，沫沫学校里开支大，就涨个 500，凑个整。"

周沫一个小眼神使过去："500 不够的，学校小卖部老板黑心，一口价老高了！1000！涨 1000！"她说完心虚得直清嗓。内心忏悔，小卖部老板对不起，你卖的东西物美价廉！

最终，周沫得胜，当晚得到 2500 现金。

对于有心让你欺负的人，不管你的手段多幼稚，总能得逞。

周沫次日早晨就赶去买了个大蛋糕，把丁丁绣的篮球少年十字绣裱好，手忙脚乱，气喘如牛地扛回了家。

周六并无好天气，昨晚暴雨如注，将院子不平的地面落得坑坑洼洼，这会儿毛毛雨丝还凉飕飕地飘着。

余味衣冠整齐地出来，推推周沫的肩："我们出去吧。"

"不是说在家过生日吗？"由于明天 30 号下午余味要回学校，大家张罗着提前一天给他过生日。

"我爸他们要来，我不想待着。"

这话刚好让余红听见了。她手微微一滞："要出去啊？"

余有才皱眉："一家人怎么就不能在一起吃饭？"他越发无法理解余味，认为他是无理取闹，平日都被余红按着，不好直接发火。

"有事出去。"余味没多说，拉着周沫出了西屋。

余有才那句"像什么话"，充满怒气地在院里回荡。

淅淅沥沥的微凉雨丝中，周沫任余味拽着，疾步走出愚梦巷。

走到公交站口，他停住脚，没回头，僵挺着背问："你也觉得我错了吗？"

周沫用力地摇头，那震动通过余味抓着她的手臂传到了他的心房。他说："好，你觉得我没错就行。"

这时，一辆低调的四个圈挂了不低调的车牌驶向公交站台。余味背身，面向周沫。车子驰过水洼，溅起两道半米高的水花。余味的下半身被溅湿，沾满泥水。

半开的车窗里，余竟好奇的声音传出："那个好像是哥哥！"

刘小萍的声音已远，嗓音尖细，隐隐入耳："胡说什么，他在家里呢。"

周沫想说，其实他们没那么坏，余竟很可爱，余一书很爱你，可她知道他不想听，她也不能说。她看着车开远，心中叹了口气，伸手抱住他："猴哥，我一直都在。"

公交站台，余味拥住她。无关风月。

周沫那天下午同余味去了百花巷。

余一书给余味打了好几个电话，余味都没接。

晚上 10 点，周沫洗了澡便浑身香喷喷入睡，会了周公。

而周沫的梦外，展开了一场世纪大战。

余一书质问余味去了哪儿，余味说和沫沫出去了。

"你是听说我们要来才出去的？"

余味亦疲惫，想说不是，可少年骄傲的头颅不肯假装低下，脱口说了实话："是。"

雨下了一整晚。瓦片沥雨，蓄积后顺着檐弧坠落，啪嗒啪嗒拍打窗户。

周沫本就不爱睡懒觉，早早起了床。

周群见她醒了赶忙说："你给余味打个电话看看。"

周沫狐疑："怎么了？"

"他昨晚没回来。"

"啊？我们一起回来的啊。"

"后来又走了，好像和他爸吵了一架，还动了手。"周群面色凝重。

"他挨打了？"周沫一听动了手，边问边给余味打电话。余味的电话提示关机。

周沫跳着脚听周群说："本来是要挨打，也该打，结果老人家拦着的时候摔了，进了医院。他走的时候可能都不知道。"

周沫心惊肉跳，这一夜到底发生了什么？

"谁摔了？严重吗？"

"余爷爷，骨头脆，余一书脾气上来了力道大，推搡起来没收住，好像骨折了。"

周沫立马猜到余味在哪儿，可她不想让周群知道。周群知道就意味着余一书知道了。

"我想想啊。"她假模假样挠挠脑袋，往房间走。

周沫把生活费都拿了出来，塞进兜里。她怕自己花钱没个度，每周只带 500

在身上，想到余味在外头不知道有钱没，赶紧把家当都捎上，她背上包冲周群说："我去羊仔家找找。"

"别去了，博书这周没回来，他们高二这周没放假，要准备考试。"周群这一圈能打听的都打听了，余味不在愚梦巷这片。

"那我随便找找。"

她抬脚要出门，周群拿了车钥匙跟上："我开车带你，外面下雨呢。"

周沫停住脚："爸，你帮我去拿把伞吧。"

周群拎起门边的一把蓝纹格子伞，朝门外抖落抖落雨水："走吧。"

周沫僵住，无理取闹道："我要那把上回买的小黄伞，都没机会打。"

周群皱眉，闹什么呢，叹了口气还是转身去杂物间拿了。

周沫看他进了屋，拿起门边的蓝纹格子伞直直往外冲。奔跑溅起水花，她特意裹了厚袄子，穿了长靴，刚坐进出租车，周群电话便来了："怎么回事啊？"

"爸爸，我会带余味去医院的，在第一医院吗？"

"是啊，你知道他在哪儿？"周群站在院子口，拿着把黄伞叹气。

周沫打车到百花巷后，一家一家找，终于在一处不起眼的角落找到了店名——"琛怪网吧"，真奇怪的名字。

入内漆黑，8点出头，这个点是网吧最冷清的时间段，网管躲在吧台后打着瞌睡，周沫穿过大厅，大厅里横了七八个睡得四仰八叉的包夜的人，衣襟皱巴巴，头发凌乱，四周散发着积了一整个昼夜的烟味，看起来不干净。

周沫想，余味应该不至于也是这副模样吧？

她一路找寻，终于在包间尽头撞见了拎着两个包子的余味。

他消沉一笑，满面疲惫，哑声道："没别人吧。"

周沫点头，紧紧抱住他窄瘦的腰身，少年的躯干离精壮尚远，可早已非少时纤细柔软。周沫之前都是虚抱，这会儿紧紧搂住才想到，他大概真的不长肉，怎么这么瘦。

她心疼地仰起头，摸了摸他的左脸："疼吗？"

余味拉下她的手："你不挨这种疼就行。"

去医院的出租车上余味将她揽在怀中，她说："猴哥，爷爷骨折了，你记得要道歉。"千万不要嘴硬——周沫向来识时务，看到大人脸色不对立马服软，也知道谁吃她这套。但猴哥不是。

余味点头，鼻尖凑近细细嗅了嗅："沫沫用的什么洗发水？"

"好闻吗？"周沫仰起头，余味还在分辨味道，唇尖猝不及防，挨到了她的额角，蜻蜓点水，干涩的唇擦过。余味似是浑然未觉，稍向后靠了靠。

周沫悄悄抬眼，余味情绪低落，默然地看着窗外。

她额角蹭了蹭他嶙峋的锁骨，目光染上忧愁，惆怅地想，唉，为什么长大了变得这么复杂……

白色长廊消毒水味弥漫，走廊加出的床位围坐家属，生活用物乱置，拥挤凌乱，周沫、余味小心翼翼避开物事。

走到18号床位的房间前，还未进门就听刘小萍大嗓门喊："你再这样不听话，就要像哥哥一样挨打。"

余味僵住，周沫直接将门踢开："刘阿姨，你乱说什么呢。"

刘小萍只是想吓吓儿子，没想到被周沫、余味听了去。她尴尬地为自己圆场："我乱说的，余味不好意思，主要就是阿竟喜欢你，平日只要提起你他立马听话，你别当真。"她说着跑去小冰箱拿冰袋，递给他，"喏，你爸说你来了给你敷敷。"

其实这是她听说余一书打了余味，赶紧准备的，父子俩的关系越僵余一书在家里的情绪越差，都道她挑拨离间，其实她是最清楚处理好余味和他爸关系的好处的。

病房只余竟和刘小萍，余竟脆生生叫了声"哥哥、姐姐"，乖顺地坐在了小沙发上，红扑扑的脸蛋估摸是近期的冷风吹的，都皴了，两颊泛着樱桃红，像是年画上的福娃。

余味没接，周沫主动接过说了声"谢谢"，踮脚替他敷上："刘阿姨，余爷爷呢？"

"在手术，你们别去了，快出来了，腕骨骨折，固定一下，老爷子身子骨好，没事的。"她麻利地收拾仓皇丢下的行李，洗了两个苹果给周沫和余味。周沫赶紧接下，一个她送到嘴边，一个塞到他手上。

余竟欲言又止，见他们都不理他，小脚丫无聊地腾空晃悠。

周沫坐在他们中间，待她啃完半个苹果，见余味还没吃，便把那个完整的果子递给余竟："余竟吃不吃呀？"

余竟惊喜地睁开小眼，开心地接过苹果。

刘小萍尴尬一笑："沫沫，余竟牙咬不动，要切成丁。"

余竟将苹果护在怀里："我能吃。"

刘小萍拿出刀具，哄他："吃吃吃，就吃沫沫姐姐给的这个好不好，妈妈给你削。"

余竟乖乖将苹果送到妈妈手上。乖顺可爱，画面温馨。

可这一幕不是余味能看的，他能看着周沫被宠爱，却难以接受余竟有这样温和的幸福。并不是嫉妒，只是内心难以平衡。

那些漫长时光里殷切的渴望和稀碎的孤独，没有随着长大而消散，或是随着拥有而满足，他空洞的内心像是结痂的伤痕。余竟拥有的那份有父有母的纯粹的爱，是刺痛他的一柄利刃，剥开血痂，剜开旧伤，鲜血淋漓，来不及舐舐伤口，又是新的刀锋袭来。

他走至走廊尽头的小窗前，倚着冰凉的瓷砖，双手插兜，落寞垂头。

周沫跟过去，余味轻叹了口气："让我一个人待会儿吧。"

周沫轻"嗯"一声，转身要走，却在跨出两步后被身后一道温柔臂膀拥住："算了，让我抱抱吧。"

沉默如世纪般漫长。

余有才在一个多小时后被平车推回病房，周沫拉过余竟的小手，蹲下小声告诉他："这个不能碰，爷爷生病了，这能治病，你拉掉了爷爷的病就好不了了。"

这句话一说余竟便不再碰了，他是个很乖的小孩。后来余有才走后，他哭着问周沫："是不是因为我拉着爷爷的输液管，爷爷的病才没好？是不是我？"

周沫闻言哭坏了，轻抚他瘦弱的背，她好后悔那次是那样告诉他的。

余有才麻醉还没全醒，死死记着孙子，拉着余味的手说："别跟你爸闹，这些年他做生意不容易，烟瘾越来越大，脾气也是，你越犟他越……"他没说得下去。

余味低声应道："我知道了。"

周沫抓着余竟的小手，偷偷问他："你喜欢哥哥吗？"

余竟想了一秒，点点头。

"喜欢他什么？"

余竟也就六岁多，显然被这个深奥的问题问蒙了，大家都问他喜欢爸爸妈妈什么，没问过哥哥，或者都有意回避哥哥这个词。所以周沫这么一问，他不知所措，小眉毛拧起，认真思考了会儿，头凑到她耳边，小嘴巴吐出湿湿的热气："大家都喜欢他，所以我也喜欢他。"

余味，小孩都看得比你清白。

S市12月寒意甚重。行道树萧瑟地脱去绿意，剩零星枯叶摇摇欲坠，枯枝脆弱地于劲风中微摆，好似轻折便断，毫无生命力。

周沫于12月下旬进入紧张的复习阶段，余味亦是，只是相反的是，他的学习热情竟还不如周沫来得高。

周沫日日去图书馆，上课也认真地跟着老师画重点，当她知道有奖学金后算算自己的成绩，很有可能混个二等，于是从来没有好学生殊荣的周沫跟周群敲了通竹杠。周群点头："行，按照奖学金的五倍奖励你。"

周沫欣喜，在半独立生活后深切感受到钱的重要性，尤其在知道自己多年的压岁钱被拿去投资后更是无语，立志要把钱攥在自己手里。

S市一高学生紧锣密鼓准备考试，起得比鸡早，睡得比猫头鹰晚。余味努力看了几天书，可惜落下太多，爬行艰难。期末考试结束，他摇摇晃晃打车回家，倒头就睡。余红叫他吃饭时才发现他发了烧，赶忙带他去医院。

余味头昏脑涨但意识清晰，他不想去大医院为难奶奶，最后在区卫生所量了个体温，挂消炎水，他腾出未输液的手颤巍巍地发消息给周沫，让她考试加油。

罗钊问他说行李没整理，怎么人没了，余味说自己病了，改天来。结果这个大嘴巴在班级的QQ群里一张罗，大家纷纷表示要来探望他。

林李最是积极，花束、水果没一会儿便联系好购买地址，她的执行力真强，真不愧是班长。余味无奈，只得告诉他们明日挂水的时间和地址。

周沫考完试才知道余味病了，杀去西屋一阵絮叨："哎呀，你为什么不跟我说呢？"她掏出手机，放了宿舍五个人的鸽子，她们本要一道去逛街，可余味生病，她要陪他去医院挂水。

"你去玩吧，挂水很无聊的。"余味嗓子哑得像公鸭，发声费力。

"不行。"周沫想着自己不能这么没有良心，每次她生病，余味都陪着。她是个懂得感恩的人。

中午余味象征性地喝了口汤，坐着周群的车出发。周群看余味病恹恹也没多说话，只让周沫别闹余味。到了区卫生所门口，周群调侃女儿："上学不让我接送，送余味怎么就肯了？"

周沫背起小包，搀出余味："同学之间不能搞特殊，显得我太娇气，但这回是特殊情况，余味生病了。"

周沫去卫校发现大家生活都挺朴素，出门代步多是坐公交车，也学着收敛自己，不想差距太大，不然招人讨厌。比如班长余嫣，本地走读生，漂亮极了，平日里不时嫌弃同学的品位和吃穿，同学们都爱背地里嘲讽她。周沫同为本地人，听得尴尬，恨不得脱离户籍，赶紧挤进"穷苦小组织"，融入学生大集体。

余味颇为欣慰："到底长大了。"要知道，周沫小时候有多招周围孩子嫌弃。

两人走至区卫生所的输液厅，周沫从包里拿出毯子垫上，再一把将他拉坐下，麻利地将两人的座位布置好："我去把药给护士。"

待她回来，余味正在打电话，生病让他整个人显得毫无生气。

"好的，那我等你们。"

她将热水递到他手上："谁要来？"

"同学。"余味挂了电话手便没了力气，全身瘫软，"沫沫，奖学金有希望吗？"

周沫点头："还行吧，我也没想到我也有当'鸡头'的一天。"

余味笑，幸好杨博书不在。

当护士端着输液盘过来熟练地抓过余味的手扎止血带时，他靠近周沫，悄声说："沫沫，你以后是不是就能给我打针了？"

周沫眼睛紧紧盯着，充满好奇心。她极少生病，对护士这个职业的印象只存在于小时候，这会儿看人家打针，两只大眼聚了光，X光般细致，将护士所有的动作都刻在脑海。

听他这么说，她没好气道："你还想多生病啊。"

"你给我打的话，病不病的也无所谓。"

护士一针扎入，止血带一松，周沫问："疼吗？"

余味手伸进毛毯，摇摇头。

卫生所内安安静静，空调暖气热烘烘地流动，周沫昨晚熬夜复习，这会儿也昏昏欲睡，小脑袋一点一点，发尾搔挠着余味的手背。

他伸手将她的头揽靠在自己肩上，两人头靠头，依偎着打瞌睡。

一滴一滴，大半袋消炎水进入余味的身体里。

门外同学的喧闹声穿过卫生所玻璃。充满朝气的男女拎着果篮、鲜花推门而入，丁柳柳老远便透过玻璃看见余味怀里好像有个人。

卫生所的门老旧，滚轴生锈，一开一关会发出绵长的咯吱声，恼人得很。

周沫见黑压压一大拨人走过来，心想，不会是余味的同学吧。她以为只是一两个人来……

入内后，罗钊先开口："你就是余味经常打电话的姑娘吗？"余味经常会打电话，声音一听就是哄人。

罗钊这低沉沙嗓一说话，把余味给惊醒了。他惊讶开口："怎么来这么多人？"

"反正考完了也没事。"林李上前，朝周沫大方笑笑，"你和你邻居关系真好。"她按下心中波澜，面上维持着班长的风度。

周沫被盯得不适，局促乱瞄，恰好看到补液："哎呀，挂完了！"整个输液袋已经滴空，输液管内液面飞速下降，她慌乱大叫，"护士护士！"

几个站着的同学也急道："水没了！"

这声儿一出，动静不小。

余味扫了一眼，冷静道："急成这样，以后怎么做护士？"

丁柳柳想要找准机会嘘寒问暖，可没想到这半路杀出个程咬金，看起来罗钊和林李都见过，她心下焦急，这人谁啊？

护士急忙跑来，以为出了什么事，大呼小叫的，一看是药液没了，舒了口气："哎哟，小妹妹，你这样怎么做护士哟。"

周沫咬唇，臊得脸红，"关心则乱……"

林李微笑问："护士？你是对面卫校的吗？"

周沫点点头，紧盯着护士换水。说实话一下来这么多陌生人，她有些不知所措，手脚都不知道该怎么放。

一帮人七嘴八舌，周沫披上外套乖巧地说："我给大家去买饮料吧，你们要喝什么？"

她找到护士要了笔纸，一个个记下，拿钱包时，余味掏出来放在她手上。

男孩们开始说起游戏，几双眼睛绽了光，找椅子围着输液的余味坐下来。他们昨晚一放风打开电脑，看到好友余味等级这么高吓了一跳，纷纷讨要经验交流技能。

林李怕周沫一个人拿不下，便要跟去。周沫被林李挽着手臂，对方姿态亲昵，她心下怪异，这姑娘对自己这么好，太奇怪了。

果然醉翁之意不在酒，出门没几句林李便打听起了底细："你和余味什么时候认识的呀？"

周沫尽管学习不算好，但她好歹是院里人堆里混出来的，再加上娇生惯养，出门老被嫌弃，为了自保，早就练就了一番察言观色的能力，尤其是和余味有关的人。她回答："从有记忆以来，我们就认识了。"

"哦，青梅竹马啊。"林李又说了句，直击周沫今日的最后一道防线，"那你应该也挺聪明的吧，去卫校是不是中考没考好？"

周沫一时不知该怎么回答，急得唇肉都快咬破了。

可真气人，她中考是正常发挥来着。

诊所里，大家也就这对儿青梅竹马进行讨论，林李没听着，只在回去时看到大家笑成一团。回去的路上，她好奇地问丁柳柳："余味怎么说跟那女孩的关系？"

"就说别瞎猜。"

余味难得玩个游戏这样心神不宁，惦记着周沫的情绪，他隐隐感觉这丫头又要闹别扭了。

余味回院子便察觉不对。这么多年从来没有哪天东屋会在19点还不点灯。

一阵带着湿气的风吹来，飘了几滴雨星子。

"余味回来了。"余红见他回来赶紧将保温的饭菜端出，拉着他问，"怎么回来这么晚？"

"嗯。"余味看了眼余一书，无话可说，转头问奶奶，"东屋怎么没人啊？"

"热水器坏了，沫沫爱干净，回自己家去了，一年也回不了几趟，跟度假似的，大包小包的。"余红给他盛饭，"这会儿精神看起来比中午好些了，看来药起效了？"

余味心不在焉地应了声，心想回家了？

余一书默默喝汤，见他不说话，气不打一处来，想到他生病，又沉下气去。

他中午接到余红的电话说余味生病，他赶紧赶来，余红叮嘱了一句："别带余竟来。"可能自觉这话不好，补了一句，"余味生病传给小孩不好。"

全家人唯余味是尊，他却毫不领情。

余一书抛了饭局就想看看他身体如何，没想到他还是那副冷漠的模样，还不如来。他起身接过余红盛汤的勺，给余味盛了碗中草药熬的鸡汤："喝了吧。"

余味闻到油腥味一阵恶心，不适感再次涌上，咬了咬牙，单手抓起汤碗一饮而尽，抓起外套丢下一句："我有事出去一下。"

堂厅的门被合上，屋内三个等了他两小时不断往后推晚餐时间的人面面相觑。

室外，雨滴像箭头一样刺向余味的脸，他站在廊檐下扶着墙将补汤呕吐了出来。他就着袖子抹了嘴，方才在屋里差点吐了，险些又让奶奶担心，这阵子她忙着照顾爷爷已经忙坏了。

待恶心不适缓解，他才掏出手机给周沫打电话。

毫无意外，没人接。他叹息，周沫可真是会磨人。

雨势渐大，他没打伞径直闯入雨帘，任冰凉的雨滴打在逐渐发烫的脸上，拦了车到景行区。

出租车上，路边霓虹被雾气氤氲，化成彩色雾灯，他乏得昏昏欲睡，赶紧敲敲头。

这房子他只来过一次，是乔迁宴，那会儿周沫和他围着这套房子乱转圈，末了下定义说这里不好玩，没有燕子窝，也没有蚂蚁穴。

他在冷雨里摸了摸额头，药劲过了，无力感又浮上来，他站在雨丝切割的路灯下发短信：我在你家楼下。

周沫正在吹头发，收到消息她飞速走向窗口，余味站在楼下冲她招手。她一把将窗帘拉上。雨水沾湿衣服，将棉衣打得湿重。

余味开始施苦肉计：沫沫，我发烧了，好难过。

下一秒周沫短信过来：去死。

一看就是守着手机，非要装出凶悍模样。

余味收起手机，强撑着静立在雨中。他胸中笃定，周沫会来。她向来是人不狠，话又多。

半晌，楼道昏黄的灯光亮起。

说这么狠的话，还不是在五分钟后打着伞，瞪着眼走了过来。

他拉开拉链，将湿衣服脱下扔在地上，脚下发飘走过去，着一身干净的衣服拥住她："还真生气了啊。"

她刚想骂他男女授受不亲，却在开口瞬间察觉到冰凉雨水后的滚烫，惊讶地倒抽一口气："猴哥你真的发烧了！"

雨似一张密密的网，将他们匝在那把黄伞下。

余味嗅着她的发丝，"嗯"了一声。这回终于辨了出来："是柠檬味啊，我说呢。"怎么酸溜溜的。

S市的冬天透着一股彻骨的冷，室外每一道风都像剜骨一样让人刺痛不堪，像是一双粗粝的手不停扇人巴掌，打得你生疼还不能还手。

周沫赶紧拦车："猴哥，你再坚持坚持。"

"傻瓜，只是发烧而已，不会死的。"听她这声音，像是电视剧里男主角挨了枪子儿，女主角哭哭啼啼喊救命的剧情。

"那你别死。"周沫怀里的余味一呼一吸沉沉久久，很是费力，她心疼地怪他，"你干吗不在家待着，发烧为什么跑出来？"

余味好笑："大小姐，你讲讲理，我为什么不在家待着你不知道？"

"那能怪我吗？"周沫满腹委屈。

出租车停下，两人坐了进去。

"沫沫，你太小。别胡思乱想。"

"你和我差不多大好不好。"

"哈哈，嗯，那我们都太小。"

小到还在上学，命运尚被大人摆布，小到未来飘摇，抓不住脉络望不见边际。

霓虹雾花糊开窗面，温热气息附于玻璃，汇集成珠，徐徐滑落，像是一道泪。

她讽刺他："男女授受不亲。"为什么要拥抱，又不是偶像剧。

余味哧哧地笑，热气烫得她一缩。

"因为沫沫长得太好看了。"笑起来就像小仙女一样，想抱一抱，获得仙女的治愈。

"好吧。"算你会说话。

余味坐正身体，于微微颠簸的出租车内贴上她的额，用38.5摄氏度的体温附上她的37摄氏度："沫沫，我都生病了，你别生气了。"

雨滴落在车窗玻璃上，化成点点斑斓。

一个起步价的车程，很快到了目的地。

下车后周沫不停地嘀咕："怎么又发烧了呢，下午还好好的。"

余味开玩笑道："许是你的火气撒到我这儿了。"

灯花映在水洼中，又被雨水打散成无数簇小灯花，闪着细碎的光。路面不平，他们放慢脚步。

"你同学拐着弯儿说我不聪明……"

"你呀，你聪明又漂亮。"

周沫翻白眼，说她漂亮的人很多，但上小学后从没人夸过她聪明。

"我哪里聪……"话还在口中，他们的脚步不约而同地停住。

几步远的愚梦巷101号，传来凄惨的哭泣声，虚无缥缈又近在耳畔。那惨烈的哭声上一次听到，好像还是周沫的舅舅不好那次，李阿香发出的。

周沫收了伞，站在廊檐下。

进入院子后，余红的哭声越发清晰，余味突然紧张，他喘了口气，试图放松发紧的喉咙，却毫无成效。他站在窗光投射的院落，听奶奶边哭边喊："怎么会这样？"

开门，哭声瞬间收住，耳边的凄厉喊声也戛然而止。屋内三人红着眼睛看向余味。

"怎么了？"余味扫视屋内，整齐如常，除了凝重的气氛。

周沫跟在后头，瞧不出什么。

余一书看见周沫也在，招呼他们进来，换上轻松的语气："饭没吃完就跑了，原来是去找沫沫了，多大了，离开一会儿都不行。"他声音沙哑，鼻音浓重。

周沫想着他们有家事，脚步往外挪了挪。

"我先回屋。"她弯眼对他们微笑，转身要走，又赶忙补了一句，"余味发烧了，你们给他吃点药。"说完就冲进黑暗中的东屋，往第一个窗缝里摸钥匙。

余一书手抚上余味的额头，被烫到。

"怎么这么烫，发烧了还出去。"他说着便弯腰找红木茶几下的药箱。

余味站不住，坐了下来，问道："怎么了？"

余红听了吸吸鼻子抹了把眼泪，手也覆上他的额头："怎么又发烧了，要不要去医院？"她满眼血丝，声音哑得像多年没上松香的小提琴。

余味看他们都避重就轻，提高音量又问了一遍："到底怎么了？"

余有才慈祥地笑笑："没什么，就是爷爷病了。"

"不是都出院了吗？"余味烧得脑子转速都慢了，以为还是手腕问题，此刻在往后遗症方面想。

"肝癌。"余一书轻声说。晚期。

热。火烧一般，全身湿透，口干舌燥。退烧药的猛力作用下，余味于噩梦般的现实里沉沉睡去。

醒来时，室内漆黑，他叹了一口比测肺活量还长的气。

是真的啊。

手机屏幕亮起，周沫发来两条短信：

——猴哥，怎么了？

——还烧吗？

他此刻很想见她。

念头爬上，他一把掀开被子开了窗户浑身大汗冲进凌晨雨幕。汗湿的身躯忽遇凉爽，心头一口郁气卸了一半。他站在东屋廊檐下，抖抖身上的雨水，本只是想试试，却一把拉开了周沫房间的窗户。果然没锁，这丫头对愚梦巷从不设防。

周沫蓦然从梦中惊醒，感受到有人，吓坏了，直到下一秒熟悉的声音传来："知道怕了？以后还敢不敢不锁窗户？"

声音温柔充满磁性，是余味。她放松下来，瓮声瓮气说："你不是说不可以随便进别人房间的吗？"她牢牢记着呢，他都不让她进他房间。

"你背书记性怎么没这么好？"

"我就记得你的事。"周沫抱着被子坐了起来，"你怎么光脚啊，还发烧吗？你怎么穿的短袖！"

她从床尾拎了条毯子丢给他，关切道："还烧吗？"

余味摇头，全身轻松。

"那……刚刚……"她想问余奶奶哭什么。

院里廊檐下的小白灯荧荧发光，余味沉默了会儿，对她说："沫沫，你可以抱抱我吗？"

他背朝窗户，张开双臂，毯子像是袍子一样扬开下摆。稀薄光芒从他头侧、手侧、袍侧洒下，而他的正面隐在了黑暗中。

夜礼服假面。

你来了。

下一秒，毯子将他们裹住。

胸膛同时起伏，情绪得到落点，他艰难地开口："沫沫，我爷爷得了肝癌。"

他尚不懂死亡，但能触到生命消逝的忧伤。

"癌"这个字落下，就像天塌了。

周沫有心理准备，但在他说出口时，眼睛免不得还是蒙上了雾气。

"那就好好陪他，不要留遗憾。"她闻着他身上的汗味，竟一点儿都不嫌弃。

"如果我那天没闹脾气，是不……"他没继续说下去。

周沫摇头："你明知道不是的，不要往自己身上揽。"

黑夜将他们包裹，时间擦过耳畔，波澜推挤他们。

"沫沫。"

"我在。"

黑夜与寒冬我都不喜，可是微光中你在。

余爷爷余奶奶次日清晨就去了医院，余味和周沫一道相陪，一同问了点情况。晚上余味回到西屋，让他意外的是余一书没回他自己的别墅，此刻正坐在余味的书桌前看成绩单。

见余味进来，他亦一脸坦然："这么晚去哪儿了？"

余味抬眼看时钟，刚过零点。

"送沫沫回景行了。"他有些疲惫，将包丢在地上，准备洗澡。

桌前的护眼灯点亮暗室，余味和余一书一个坐着一个站着，虚影在墙上形成对峙的姿态。

余一书将成绩单丢向他，那页薄薄的纸哗地碰到他，又飘飘摇摇落到地上："这种成绩你好意思整天带着周沫瞎疯胡闹吗？"他扶住额头，垂目叹气。高一上半学期，重点班，全班四十五人，入学全班第二，学期末全班第三十名。这怎会是一声叹息的事，这气大概叹到明年，都难将遗憾和痛惜去除。

余味下颚关节微微活动，意味不明。

室外风扑打窗户，松动的窗扇摇曳发响。两人沉默。室内死寂。

水汽氤氲，喷头细密的热水将充满不安全感的他包围，他蹲在水下，圈住双膝，任小水滴击打背部。

待他出来，余一书已经回房。他把自己埋进被子里，朝着棉质织物呼了口气。

那个披白毛毯扮新娘的小女孩和忘了参加自己"婚礼"的小男孩长大了，可是为什么长大这么累？

老人们都说，一个旋儿横，两个旋儿愣，三个旋儿打架不要命。余味脑袋上恰好一个旋儿。

愚梦巷里，小男孩脑袋上多是两个旋儿，还没遇到三个旋儿的，那会儿周沫第一次听见这种说法天天在巷子里跑，就为了找谁的脑袋是三个旋儿的。

小她半岁的瓜皮蔫坏，怂恿她去剃个短头发，这样就能看到自己的旋儿："说不定啊你就是那个打架很厉害的人。"

周沫信以为真，幸好跑到理发店发现钱不够，回家要钱周群又问了一句，不然她大概得哭半年。那会儿她可是幼儿园的时尚领军人物，李阿香每天给她变着花样地编头发。幼儿园里，她摇摇摆摆的步伐后面，跟了一大票盯着她发型和发饰的"迷妹"。

这么多年过去，余味的横脾气丝毫未变，只是包裹了层礼貌包装纸。周沫的爱美本性亦是，甚至变本加厉。

周沫的压岁钱买了一堆有的没的衣服、饰品和包包，还没得意两天，又穷酸了回来。这回她不敢再到处诉苦。当时她可是当着余味和爸妈的面都吹了牛的。于是当又一次"经济危机"来袭时，她有了经验，开始在生活不必要的开支上动脑筋，节衣缩食起来。比如漫画，太贵了，一本十来块只能看一两个小时，这么多钱去网吧够玩四个小时。

多年爱好是无法舍弃的，只能多绕一个圈子费点劲，她开始和初中同学陆赟借漫画，两人交流密切。

周群见她拼命用手机聊天，饭都不好好吃，敲敲饭碗道："能不能好好吃个饭？

你再玩我把你手机收了。"

周沫赶忙将手机往裤兜一塞，再一次提出令自己气愤的事："你已经削减了我 500 的生活费了！"

周群一问同事，去外市上大学也没有给 2500 一个月的，最多 1800，想到周沫向来娇生惯养，于是变成给 2000。明明已经是天价生活费，可落在周沫这个贪心不足蛇吞象的丫头眼里倒成了剥削。

余味也察觉到了周沫的抠门，比如出门分文都不肯掏了，刚有钱那阵大摇大摆，每天挂嘴边："不行不行，怎么能老让你付钱呢，这个我来！"

最近的她再也不会抢着付账了，有回他往后退退，想逗逗她，结果她很自然地掏出他的钱包从里面的一堆票子里抽出一张递给了营业员。

他收起钱包，问："沫沫，你最近是不是手头紧？"

"没有啊！"她嘴硬，不能让他们知道自己已经把金库用空了。

胡倾城也发现了，原本周沫是个奢侈鬼，明明食量不大，吃饭一定要三荤两素。这学期开学一个月，她突然转性，一荤一素一两饭，少得她都想施舍她一点。

有回张敏同她们一道去食堂，见周沫就吃这么一点，苦口婆心地告诉："沫沫，我们高个儿需要的能量是巨大的，不然怎么能撑起头顶这片天呢，所以一定要多吃。"

"天需要我这个一米七的撑，那一米八的在干吗？"

张敏一时语塞，见她一提钱神经就绷紧，推推她问道："你最近是不是财务困难？怎么连小卖部都不去了？"

上学期早中晚每天三趟去小卖部报到的必然是她，全校上千学生，老板娘硬是在一众来去的消费者中认识了周沫，并不是她最美，是她最能买！

"哪有！"一提这个周沫就要炸毛，纠结一番后，撇撇嘴老老实实说，"我看中了条裙子 1800，我想省一个月的钱。"

宿舍每人都有交代生活费的大概数目，她的最多，可并不是有钱就能过好，钱若不称欲望，日子照样还是很惨。人家一个月 800 有滋有味，她一个月 2000 还过得紧巴巴。尤其是过年后，大家都富得流油，只有她赤贫。

"要不我们借你，你先买，每个月省 500 出来还，也不用一下子这么惨。"胡倾城提议。

张敏同意，摸摸周沫都瘦尖了的下巴："美女就是活得比较累。"

周沫一听很有道理，瞬间喜笑颜开，夹起张敏碗里一块红烧肉："这么一说，我都饿了，等会儿就去小卖部。"

周沫最近的胃全靠意志力收缩，这会儿心中一松，胃顷刻变大，咕咕作响。她一刻都等不了，当天放学就坐公交车摇去了圆融广场——这个总让她不断进贡的地方。

胡倾城去小书店淘了两本小说，两人坐上8路公交车回去，还碰上了林李和陆赟。他们手上提着礼盒，陆赟打招呼："周沫，这么巧。"

窗外春光灿烂，微风阵阵。

"你们是一个班的？"周沫问。

陆赟语气温和地回答："不是，我七班，她十班，我们语文老师喜得麟儿，作为班长我们一起来购置礼物。"说完还给她展示购买的婴儿衣服。

周沫看着蓝色小衣服爱不释手，如此袖珍可爱，想象小孩穿上的模样，她都的心要融化了，情不自禁开口说："真好看。"

林李见周沫和陆赟熟稔，面露好奇，开口问："没想到你跟陆赟也认识？"

陆赟讶异："我们是初中同桌，你们认识？"

林李一手抓着扶手，人随着行进的公交车轻轻摇动："上回余味生病我们见过。"

陆赟微怔，反应了会儿："你认识余味？"

周沫点头，她知道余味和陆赟在初中短暂地做过同学，但两人均未提及彼此，她以为他们不熟。

"你们是小学同学？"他理所当然地这么认为。

周沫想了一秒，又点了点头。他们确实是小学同学。

夕阳将她的长发染成金色，播撒了一串小星星。陆赟看得愣了神："上次那几本漫画你看完了吗？"

"嗯！超级好看，这周五你们放假，我给你送过去。"

"好啊。"他一手抄在兜里，趁周沫同胡倾城说话的间隙，给余味发了条短信：你小子认识周沫！

余味正在食堂吃晚饭。

S市一高食堂很人性化，开了很多美食类型的窗口，他和罗钊几个男生在三楼点了小炒菜正大快朵颐，不解陆赟来这么一出是什么意思，遂回：怎么？

陆赟想同兄弟分享心中的那点冲动。最近他和周沫聊漫画，特别投缘。

他抿唇敲下：她越长越好看了。

公交车摇晃到了终点，几人道了别，周沫拎着新衣裳步伐轻快。

"你跟刚刚那个男生到底是什么关系？"胡倾城的八卦之魂又开始熊熊燃烧。

"我们是初中同学，两年同桌，比较熟而已。"周沫回答。

胡倾城看她情商不够用的样子提醒她："那个女生对你有敌意，她一直在探头看你拎着的衣服品牌，总在打量你，目光不善，说话也充满试探性。那个男的眼睛也一直盯着你，嘴唇含笑。哎哟，你就是小说里那个遭人恨的低智商女主角。"

周沫站在宿舍楼前，思考了两秒，道："我和陆赟是二次元的好友，你别因为跟我进不了同一个次元，就把我的战友拉走。你已经把珊珊拉去看小说了，宿舍没有一个看漫画的，我必须有同盟的。"

余味上高中前还看漫画，最近沉迷游戏，几个月的更新他都没追，已经不能同她一道热血交流，现在好不容易遇上一个，还能顺便给她提供漫画，多好，万万不能失去了。

胡倾城拽拽她："行了行了，是我想多了，你要跟我进同一个次元我都不敢。"

自从见识过周沫的哭功，胡倾城再也不向她推荐小说，偶尔周沫头凑过来问她在看什么、好看吗，她都掩住屏幕，拒绝告诉她。

两人在宿舍匆忙吃了泡面，赶去晚自习的路上周沫接到了余味的电话。

"在哪儿？"

"晚自习路上，猴哥我今天买了新裙子。"她想着这周回去穿给他看看。

"哦？好看吗？"余味站在厕所窗口，望向一高的操场。操场半暗，隐约可见跑道上的白线。

"不好看我买它干吗。"她一手挽着胡倾城一手握着手机。

余味意味不明地问："周沫，你上回说有人借你漫画看，那人是谁？"

怎么忽然问起这个？周沫心中稍有疑惑。

"我初中同桌陆赟。"

余味喉结一动，拧起眉头："周沫，你下次能不能长个心眼儿，男孩对你好不是无缘无故的。"

周沫脚步停住，听他语气生硬，似是不悦，内心亦涌起不爽："什么意思啊？"她就借本书而已，他又不是端茶倒水，嘘寒问暖，怎么就是对她好了？他们以前经常互换书看，借几次漫画怎么了？

"下次别借了，自己买不行吗？"余味吸了口气，补充一句，"我给你买。"

"余味你什么意思啊！"她道不明自己的立场，也辨不清余味的语意。

"没什么意思，反正别借了。"

"你不说清楚我就要借。"周沫犟了，明明中午打电话两人还好好的，他温声哼了首《晴天》逗她。这会儿态度这般判若两人，实在可气。

余味目光一凛，怒意上来直接挂了电话。这是他第一次在周沫之前挂电话，还是在周沫毫无心理准备的情况下。

胡倾城看周沫跟被点了穴似的，拿着黑屏的电话站在原地一动不动，猜到发生了什么。

余味是个横人。平日里说他文质彬彬，上高中后眼镜一架更添斯文气质，可他内心有暴躁因子。那副横态他极力避免让别人瞧见，他也以为只有余一书能发动这暴躁因子，可是周沫今日隔着一公里的距离，隔空触发了。

周沫的手机死气沉沉，被余味切了电话后的四十八小时，有五通来电。

两通来自妈妈胡瑾，问她"吃饱了吗""吃的什么""穿了哪件衣服"；两通来自爸爸周群，让她别乱花钱，要懂得财务的合理分配，这个月还有两周，问还剩多少钱。

周沫谎报了余额，完全没提自己已经负债的事情。

最后一通来自应兰兰，让周沫出校门时给她带份炒饭，强调不要葱。

短信也热闹非凡，很多同学来找她聊天，只是没有余味。

她深思熟虑后发短信给陆赟：今天放学我把漫画还给你？

下午2点，陆赟才回复：送你了，不要了，怕挨揍……

周沫盯着手机看了许久。

讲台上，老师正激情洋溢地讲述寄生虫发家史，周沫将手机往胡倾城桌上推了推，悄声说："是不是余味找过他了？"

"是的，你的猴哥生气了。"胡倾城从小说的甜蜜中抽神，抬眼看向她的短信，弯唇会心一笑，今日的二次元和三次元都甜到发腻。

周沫独自在尴尬的现实里默默纠结，她思索片刻，在放学后回宿舍穿上了小红裙。

1800对学生来说真是天价。红裙是背心式设计，两指宽的肩带修出优美白皙的颈线，收腰恰到好处拉高腰线，半纱质长裙只在大腿三分之二处做了内衬，大长腿半掩于透明的红纱下，若隐若现。

她第一次在宿舍穿这条裙子，应兰兰给她拍了张照片，感叹道："说实话，要是我有这上身效果，两个月的馒头都能为它啃。"

周沫将裙子拉齐整，去校门口等余味。如果看到漂亮的她，他会不会比较快消气？

由于已经到了下课时间，所以一路上走得急了点，再加上细带凉鞋舒适度不佳，周沫脚趾被勒得生疼。可她为了美丽还是撑住了。

南风飘来，吹起纱裙。学生们不断投来注目礼，这会儿站在大榕树下，周沫就像个靶子。

余味下午打篮球，副班长的球掷向篮筐，他抬手一挡，球触臂反弹，好巧不巧砸到了丁柳柳的眼睛。

她吃痛地捂住眼睛，流下了不知是心理性还是生理性的眼泪。

一时间男生炸锅，纷纷怂恿余味扶班花去医务室。林李听见起哄声，主动提议说她扶丁柳柳去医务室，可丁柳柳人一歪还住余味："余味走吧。"

一时尴尬，余味只得半扶着她去医务室。

只是有点充血，校医说闭眼休息一天就行了，可丁柳柳只能睁一只眼，颇为难受。

"余味你能送我回家吗？我家挺近的。"

余味拒绝："副班投的球，我让他送吧，一人承担一半责任，行吗？"

丁柳柳心下一沉，未言语，只是在副班长面带愧疚陪她走向校门口时，面色平淡地说："我一个人回去吧，没事的，你不是约了他们打游戏吗？去吧。"

副班长见她不是开玩笑，于是一蹦三尺高，跟上罗钊几人的大部队出发去百花巷的网吧。

刚走出几步，罗钊惊讶道："那好像是你的青梅哎。"

余味最受不了周沫被这般调侃，他将手中校服罩在她肩上，语气不善地说："我要去网吧。"

"我们去就行了，你送小仙女回去。"

"就是，这么漂亮别被拐跑了。"

今日周年庆，游戏积分翻倍，藏宝箱随机掉落，余味不想错过，再加上心中有气，遂加重语气又说了一遍："我要去网吧，你自己回去吧。"

周沫知道他还在生气，不然不会见到她没一丝好口气，一时满腹委屈，可周围人多，目光又都有意无意扫着这处，她不敢上前多说话，只能跟着他们，想到了网吧再同余味说句话。

罗钏见她跟着，打趣道："你也去？太招眼了吧，我怕把警察叔叔招来。"

周沫没听出玩笑意味，很认真地解释："不会的，我就跟余味说几句话，很快就走。"

余味没理她。

几人到了网吧，周沫没要电脑，只是网管刷卡时总有意无意看向她，余味蹙眉，弯指点点桌子，提醒道："老板好好刷卡。"

网管讪讪地胡扯了个不好笑的玩笑："我是想问这个小妹妹有没有满十四岁，十四岁以下我这里绝对不能收的。"他手上飞快地刷着卡，一张一张交到他们手上。

那么高的个子能不满十四？

她快走了两步，拉住余味："余味，我们说会儿话。"

余味看都没看她："回去说吧，我现在没空。"

"游戏重要还是我重要？"她脱口而出。

男生们发出嘲弄的惊叹。游戏和姑娘，少年们最爱的话题。

余味一把把她拉到包间，将半帘拉上，周沫提着股劲儿，僵站在窄小的包间里。

余味见她没说话，自顾自打开电脑输入密码。周沫以为可以交流了，甚至在等他开口，可余味一言不发，眉宇间都是未消的怒意。她不懂自己怎么了，倔劲儿上来两行泪溢了出来。

点开电脑上的游戏图标，头顶传来抽鼻声，移动鼠标的手迟疑了一秒，他心中叹了口气，开口道："你跟陆赟每天聊天的时候，想过我重要还是漫画重要吗？"

"我没……"周沫这会儿才想到，自己确实每天都在 QQ 上同陆赟聊天来着。他存了很多她都没听说过的漫画，两人你一言我一语，一个推荐一个惊叹，说着说着就多了，这么想来是天天聊天，余味误会也正常。

她觉得自己真蠢，明明一无所知，可全身上下都是让人误会的点，瞬间委屈加倍，梨花带雨呜咽开来。

周沫的眼泪长出淑女的触角，察觉自己在公众场合时，又收敛音量，小声地抽泣，一双眼睛小鹿般湿润迷离，看得直让人心疼。

余味最了解她那套，索性没看她，低头看自己的任务栏："你没什么？没聊天还是没每天聊天，或者单纯不知道说什么，所以恼羞成怒？"

周沫两手将裙摆两侧捏紧，顾不得它的皱褶会破坏美感，只想着找个东西借个力道："余味……"

余味点着鼠标进入游戏界面，朝外面吼了一声："你们在哪里？"

"天涯阁！"半米不到的走廊里传来他们的声音。不知方才那番话他们听见没，周沫又羞又窘，眼泪落得更厉害了。她在心中发誓，以后一定和男孩保持距离，再也不瞎聊天、瞎借书了。

周沫看余味敲打键盘，也不理她，渐渐尴尬。余味拥有一个带翅膀的白马神兽，特别打眼，此刻正耀武扬威，像是对她。

周沫又没纸巾擦眼泪又没好言语相安慰，心情复杂。

看着余味后脑勺的那个旋儿，她真想拍一下。

可……下一秒，她吸吸鼻子，扶了扶背包肩带，转身撩开帘子。

黄昏不舍落日，纠缠拉扯，直到夜色劝架方才退场。

窗外微光残喘，路灯亮起，她刚走出网吧，手便被一双温暖的手拽住："脚都勒成这样了，你能走出这条巷子？"

愚梦巷东屋一家三口端坐于餐桌前，四菜一汤，色香味俱全，只是已散了热气。此刻气氛凝重。

周沫晚归也没打个电话交代一声，全家人都在等她。周群作为一家之主，正沉着脸，憋了股气，准备训她一顿。

待院子门哐啷打开，余味背着周沫跑进来。三人顷刻站起，手忙脚乱地将周沫从余味背上扶到沙发边坐下，李阿香着急道："哎哟，怎么了啊？"

周沫晃晃脚丫，雪白脚趾上一道勒痕显眼得很："就是鞋子勒脚。"

周群肩膀一耸，说："勒脚所以让人家余味把你背回来。"

胡瑾见周沫眼圈红红，眼内布满红血丝，赶紧拍了拍周群的手，示意他别说话，柔声说："余味辛苦了。"

余味"卸了货"正在喘气，在百花巷背周沫五分钟尚吃得消。可回来的司机是个新手，不熟路，嫌愚梦巷前头太窄，不敢进来，于是他背着周沫又走了六七百米。中途她要下来光脚走，他赶忙收紧力道："等会儿石子伤了脚肯定要怪我。"

于是，他背了一路，这会儿歇下，都快瘫了。

"没事，我先回去了，奶奶还在等我呢。"

西屋灯光荧荧，电视里播放着动画片。余红坐在桌前吃饭，余一书正端着搪瓷碗拿着勺在哄余竟吃饭。

余味一进去笑意便收了，脚步沉了几分，淡淡出声："我回来了。"

余红见他回来看了他一眼，瞧见没瘦，笑盈盈地去给他盛饭。余一书看了他一眼，不咸不淡地开口问："沫沫怎么了，怎么是背回来的？"

余味接过余红递过来的饭碗，见余竟嘟着小嘴不肯吃饭，内心嘲讽了一声，说他懂事，能有多懂事，饭都不肯吃，他小时候从来都是乖乖吃饭，还能抽出一点精力哄只小他半岁的周沫吃饭。

耐心在周沫身上耗光了，余味受不了余竟盯着他的眼神，不太客气地开口道："不吃饭就出去。"

余竟一愣，哥哥从来没跟他主动说过话，即便这句话语气听着不好，可他是在同他说话。余竟眨巴小眼，用力张嘴："啊——"眼睛还瞧着余味在不在看他。

余味径自吃饭，没空理他，纯粹是看不惯全家人都围着他转悠。余味吃了两大碗饭，余红一边添饭一边说："食堂是不是伙食不好，来来来，多吃点儿。"

哪是伙食不好，只是背周沫实在太耗体力，顶他打两场篮球。

盛暑来袭，校门口的冷饮店挤满了人。

周沫和应兰兰买完冷饮，躲在榕树下避太阳，身旁 S 市一高的校服前后穿梭，倒显得她们俩格格不入。陆飞率先出来，他同周沫打了声招呼，便和应兰兰离开了。

周沫则站在原地，耳朵里塞着耳机，手上举了根绿舌头，继续等余味。

余味没等到，倒是等到了笑盈盈的林李。

周沫心里翻江倒海，面上笑嘻嘻打招呼："嘿。"

林李走来，笑着问："你是等陆燹还是等余味啊？"

周沫唇角微僵，讪笑道："我和陆燹只是初中同学。"太阳炽烈，让她烦躁加倍。

"哦，那余味很快就出来了，他在老师……办公室。"她别有所指。

周沫咬了口绿舌头，没听出林李的画外音，以为只是逗弄她的幼稚把戏，才说话这么怪里怪气。

办公室内，空调上 28 的数字被"嘀嘀"两声调至 26。

高一（十）班班主任李老师疾步走，他揉揉稀疏的头发："不是你的是谁的？"

啪的一声，一盒粉色计生用品砸在了桌上。

超市摆售，触手可得，在余味的柜子里和床头都发现了，查寝的学生会干部都惊呆了，踌躇要不要交给老师。当时余味不在，罗钊赶忙拦住，还是被思索过后决定秉公处理的学生会主席交给了教导处主任。主任勃然大怒交给了李老师，痛斥一通，让他严肃处理。

"我不知道。"

余味一问三不知的反应，在李老师看来，只能算学生演技的正常发挥。

"你不说我只能叫你家长了。"

空调上 26 的数字又被"嘀嘀"两声调至 24。

余味心里一阵恼火，这都什么事儿。

余一书慌乱失措，车钥匙都没拿稳。他一直害怕突然来电，最近每一次电话响起，都像是黑白无常的敲门声，全家屏气以待。余有才患血吸虫引起的肝硬化三十余年，此番恶化发现得晚，住院用药后越来越虚弱，精神状态较之前一落千丈。

医生也说余有才也就这几天了。

大家最近都和和睦睦，余味见到余竟虽不理睬但面色缓和，余有才甚是欣慰，这两天也总问，余味什么时候来。余一书看着父亲枯槁的面容，恨不得让余味弃了期末考试，回来陪爷爷。

生命的倒计时，每一眼都像是最后一眼。

可余味……

一路飙车，他心中闪过一万个念头。方向盘上的手青筋暴突，怒意在盛夏温度的煽风点火下燃起大火。

傍晚 4 点，周沫的手机如死机一般。她亲眼看着余一书的车子停在了校门口，步履匆匆，狼狈地向学校冲去。

她悄没声躲到树后，心中疑惑。

余一书汗流浃背，气喘吁吁，顾不得歇息，瞪了余味一眼，赶紧上前对班主任道歉："不好意思，李老师又麻烦您了。"

李老师被一言不发的骄傲少年气得一肚子火，见家长态度还行，严肃开口："余味爸爸，麻烦你好好教育他。是，他这学期学习是有进步，但这是建立在考倒数的基础上算进步，和入学成绩比起来，是彻底的退步。上学期沉迷游戏，这学期竟……"他颤抖着食指，指了指面前的粉色计生产品，"这种东西班级同学现在都知道了，如果我不处理，你说怎么办？余味还怎么待得下去？"

余一书心头涌上尴尬和恼怒："怎么回事？"

余味蹙眉沉默，模样桀骜。他看似一句话都不想解释。

余一书火冒三丈，一巴掌拍向余味的后脑勺。他将所有的疲惫、即将失去父亲的悲伤和对儿子不争气的气恼集于掌心，这一掌下去，力道之猛可想而知。

办公室就像有人敲了下锣，这一声不比上回砸电脑轻，吓得李老师又是一激灵。

余味蒙了半晌，下一瞬心头火起，愤怒冲上头顶。他一把将半背在身上的书包大力砸向办公桌，沉重的书包磕到桌角发出一声闷响，掉在了地上。他的肩膀背了一小时这分量的书包，早已不堪重负，这会儿卸下，整个人充满力量。

他怒极反笑，咽下喉头那股子软弱，星目锐利，冷冷地看向余一书，咬牙切齿一字一句："你说过再也不会打我的。"

却一而再，再而三地动了手。

关于挨打，周沫最有观察经验。杨博书的父亲，是退伍军人，周沫和余味认识他的时候，他已脱下军装，穿上西装，拎着公文包斯斯文文坐办公室，他们都以为他是个文化人。但该形象破灭于一次杨博书想集浣熊卡片而挨打后。

他第一次偷家里钱，被杨叔叔发现，绑在凳子上用皮带抽屁股。周沫好像经历了古代午门斩首示众的场面，做了回杀鸡儆猴的围观草民。吓得她好几天都没敢吃干脆面，不过她记性差，没几天又吃了回去。

她没发现的是，余味再也没吃过干脆面，也没发现，余味那次偷偷抹了眼泪，次日把所有的浣熊卡片都给了杨博书。

瓜皮的妈妈是个泼辣的女人，她嗓门尖细，身材肥硕，脾气贼大，对于生活的任何不爽利不选择内部消化，而是向外发泄。瓜皮顽劣，时不时不长心眼，触到妈妈的雷区，满院子被追着打。周沫、余味时常串个门，就被这类似老鹰捉小鸡的场景吓到，灰溜溜回了家。瓜皮妈妈甚至让余味心中期待的妈妈形象打了折扣。

余味第一次被打正值周沫生日，因为不礼貌，因为不愿意生活里有一个奇怪的人，那次他认了。但那一次，他深深记住了余一书的保证——"爸爸以后绝对不会打你。"

爸爸不会打他，而他妈妈远在美国，爷爷奶奶更是疼爱他，那就说明，再也不会有亲人会对他动手了。

余一书今日在办公室这一掌击碎了余味的信任和美梦，也击碎了父亲最后残留的一点儿伟岸。

他不是怕疼，只是不想被亲人打。突然的一下，像是地狱。那晚是，今天也是，这些保证，都是放屁。

余味一路跑出一高校园，冲向百花巷。他完全没在意手机在书包里，而书包还在办公室里。

他视周沫的眼泪为宝贝，却在某一日害怕自己掉泪，因为他再也不会有装下他脆弱的宽厚怀抱。

余一书作为成年人，哪能任性，他请求一定不要处分，李老师态度坚决，他一看行不通，盘算着疏通关系，在手机联系人里找人，几通电话一打，约了个时间吃饭。忙完这些，他刚坐车里舒了口气，屏幕上医院的电话便跳动起来。

余一书的心往下沉了沉。

余有才那日早上精神大好，嚷着要下床溜达，余红不信，结果被半搀扶着他还真是腿脚有力。前几日说一句话都费劲，这日他竟颤颤巍巍说了好多话："……余味还是犟，没办法，等晚上他来我跟他说说，他是今天考完吧？"

余红为他将氧气管扶好，像是哄小孩一样哄他："是是是，他下午考完就回来了，阿书说他这学期不打游戏了，学习进步很多。"

余有才欣慰一笑，枯槁的面容仿若回春，眼睛微微抬起，看了眼墙上钟表的时间。他算着时间午睡，以为醒来还能精神点，等着见见孙子。

夜晚，医生、护士将病床围成一圈，白茫茫一片人形成了黑压压的气氛。

余一书像一道旋风般赶到，还没进去便被医生拉住。

余有才半合着眼，眼白外露，双手冰凉，奄奄一息，旁人看着是瘆人，可亲人却松了口气。

还有一口气。

监护仪的界面不停报警，氧流量被调至最高浓度，氧气水的咕噜声大得像是噪声。

余一书慌促地掏出手机，拨打余味的电话，直至嘟嘟声结束转至语音平台都没有人接起。他将手机扔给刘小萍，怒不可遏地说："打余味电话！打通为止！叫他过来！"他走出病房，找到医生，将声音低下来，"再拖一拖，让他孙子再见一面，说句话……"

护士进去，将盐水换下，续了一袋多巴胺。

周沫也接到电话。

"沫沫，余味在你那儿吗？"

"没，今儿没见着。"周沫心里偷偷说：不是放学被你接走了吗？

余一书扶住额头，闭眼恳求道："沫沫你帮忙找一下吧，爷爷不行了，剩口气就等着余味呢。"

周沫瞬间慌乱："不是……他没去医院吗？"

"没，沫沫，不管他在哪儿，让他赶紧来医院。"

周群出来锁门，见她急吼吼："不是要出门吧，这么晚去哪里？"

"去找余味，余叔叔打电话来说爷爷不行了。"她两只脚将拖鞋甩掉，顾不得整齐，跶了凉鞋就往外冲。

周群一把拽住她："这么晚出去太危险了，打车也不安全，我带你去。"说罢，他到门口摸车钥匙。

周沫一秒也不想停下，拔腿往外冲。周群一抬头，周沫像箭一样冲出了院子。

他心中暗骂：这个死丫头，越大毛病越多。他赶紧换鞋子往外跑。

周沫争分夺秒冲刺到马路边。可这会儿别说出租车，人都没几个。她对着空旷的街道急得乱挥舞，使劲跺脚，两分钟后，周群的大众缓缓驶到她面前，他没好气地摇下车窗："走不走？"

周沫这下识时务，厚着脸皮开了车门："去旺达路那边的百花巷。"

周群没多问，油门一踩，消失在愚梦巷。

黑洞洞的百花巷口，文身大金链的壮汉围在烧烤摊边吃烧烤，见周沫这样的甜妞下来，痞里痞气地吹了个口哨。

周群锁了车用力瞪向他们，拉住周沫护在身后："在哪儿？快去。"

这会儿天又黑，巷又深，男人又多，她终于知道害怕了，勾着周群的胳膊肘往百花巷深处走。走到一半，周沫便觉得不对，再往前走了几步，她才意识到了异常所在。

这家琛怪网吧是百花巷里唯一二十四小时营业的店，理应亮着灯，可这一刻，整个百花巷除了几盏瓦数明显不够的路灯，一片漆黑。

她心里一慌，松开周群的手臂，冲了五十米，站定在网吧前确认，空无一人，乌黑一片。网吧关门了，余味不在这里。

周沫一时心慌，病急乱投医。她在通讯录里乱翻，翻到陆赟时，手指停住，下一秒毫不犹豫地拨了出去："陆赟你睡了吗？"

病房里，多巴胺的滴速加快，换了一袋又一袋，医生、护士来问了几回，余一书攥着手机："再等等，再等等。"

刘小萍将余竟送回了家，一来看到几人还是这番模样，问道："还没回来？"

余红摇摇头。

监护仪的数值不停闪动，护士将报警声音关了。

全家人都在等，等余味。

周群那夜开着车去了好几处网吧，一无所获。

周沫急得不行，晕头转向之际，陆赟拉拉她："会不会已经回去了？"

是啊，余味从来不会这样的。从小到大他都是规规矩矩，除了去网吧玩游戏这种无伤大雅的小爱好，他是挑不出毛病、万中选一的优秀。

自爷爷病情加重后，他连游戏都不怎么玩了，这么优秀孝顺的余味不可能会在这种时候无理取闹玩消失的。他几天前请过假回去看过爷爷，他说当时爷爷在睡觉没说上话，考完了就回去。现在考完了他能去哪儿呢？

对，他肯定回去了。

周沫掏出电话给余一书打过去。

凌晨3点，S市的街头昏黄，四下安静，周沫握着电话等待接通。

凌晨3点，S市第一医院呼吸科病房外，"一条龙"已经到达，余一书拿起电话，站在惨白灯光下，于嘈杂人声中，沙哑着声音问："沫沫，找到余味了吗？"

周沫听到余味没回来，眼中泪花氤氲，不知所措地流下眼泪。周群则站在一旁，重重地叹了口气。

"怎么办？"她颤抖着唇。余味到底去哪儿了？

"不用找了。"

下一秒，余红的哭声透过电话落进了周沫耳朵里，凄厉哀伤，声嘶力竭，比那夜她站在西屋外听到的，还要悲痛。

一个人一生能进几次派出所？

　　余味觉得一次就够了。

　　当警察站在网吧门口例行检查时，网管冲进左边包间，让他们别出去，他不知道情况，惦记着要去医院，从右边包间大摇大摆地走到了大厅，撞上了枪口。

　　S市一高的校服明晃晃地张扬在警察眼皮子底下，狠狠打了戴着大金链子的网管的脸。警察叔叔还算客气，让他打家长电话。余味就是为了逃避家长来的这儿，所以他冷冷道："我没家长。"

　　警察没找到他的手机，也没从他身上找到任何物件证明班级，除了校服外一无所知，连名字都没能记录。

　　网吧老板陶琛从T市赶回来时已经是早上6点，他冲进派出所，交了罚金，接受了一番批评，顺便将余味领了出去。昨日网管说抓了六个未成年人，只有一个没家长。

　　余味忽略自己周身的不适，向网吧老板道谢。

　　陶琛掏了根烟，将烟盒往余味跟前一递："我见过你，那回在巷子里你和一个漂亮姑娘一起。"

　　余味摇摇头表示自己不抽烟。他环顾四周，思索这是哪个区。

　　陶琛继续说："别玩儿了，快回家吧。"

　　余味没忍心说自己有事，拦了辆出租车去了医院。不知为何，在踏上住院部内科小楼的楼梯时，他忽然涌上不好的预感，随着一步步迈上台阶，紧迫感一点点压制他的呼吸。

　　事情永远会往最不可思议的方向发展。

　　他穿过熟悉的、来过无数次的狭窄走廊，向最里面的病房走去。经过护士站时，一位认识他的护士拉住他："你是来结账的吗？"

　　"什么意思？结什么账？"不知是不是一夜未眠，他手脚霎时酸软无力。

　　丧礼烦琐，余一书没心情管余味去了哪里，任他像根木头一样没日没夜地跪着。

　　余红心疼地将他拉起，他死活不肯，麻木地跪着。余红只能说："就算你跪得动，沫沫也跪不动。"

　　余味拍拍月沫的背："沫沫，你让我自己跪，你起来。"他的声音好无力，满是疲惫却强撑着赎罪。

周沫摇头。

周群看不下去了，一把拽住周沫："余味是给爷爷跪的，你跪在旁边算什么，过来。"真没眼色。

灵堂昏暗，烛火摇曳，孤影映墙。

哀乐里，余味在灵堂正中跪了一天一夜。余一书告诉他，爷爷走前还念着他，最后一句话还是他。他就这么盯着爷爷的照片，沉沉地呼吸着。

长辈的角度，多是责怪余味不懂事。这事他罪大恶极，但周沫不觉得，她闷声闷气问："为什么都不问余味去了哪儿？万一他遇到了很重要的事呢？他肯定不是故意不去的。"

周群感叹自己真是生了个傻女儿，耐心跟周沫说："因为不重要，重要的是他爷爷等他，而他没来。"

"怎么就不重要，他不是故意的。"她也很难过。

"那个原因如果很重要，他会这么痛苦？他应该理直气壮。"

周沫眨了眨酸涩的眼睛，她不懂，她脑袋里全是问号。

而余味懂，所以他没脸提没来的理由。

那年，余味吃了一个夏天的素。余红心疼，煮的时候加了点肉汁，还是没能止住余味迅速瘦削的身体。

整个暑假他都没用手机，与世隔绝。

周沫暑假也没过好，无所事事。余味写作业她就窝在角落看着漫画陪他。可他寡言，有时候不写作业也不说话，瓜皮叫他打球也不去，羊仔叫他去网吧他也不去。

余味整个人像是废了，面无表情。

余一书心中有火，看余味这个样子，也没法发泄，只甩下一句：以后学校里别再出现这种事。

余味冷冷地说自己没有，爱信不信。这种事在他看来，只是被放大的恶趣味，可自己的父亲却完全不信自己的承诺。

暑假结束前，302宿舍全体去了蔡珊珊的家乡旅游，而余味的状态在周沫旅游回来时已然恢复了。

她踏进西屋想给他礼物，却见他正在吃红烧肉，她难以置信，戳戳他："你是余味吗？"

余味轻笑："不然呢？"他不着痕迹地将腿往后收了收。

周沫笑眯眯地将礼物放在桌上，双手撑着头看他："你是我猴哥吗？"她眨眨眼，生怕瞧错了人。可这么帅的小哥，整个愚梦巷可不就一个嘛。

"你想是谁啊？"余味将筷子换了个头，夹了块肉喂进她嘴里。

周沫嚼着香嫩多汁的肉，再瞧他温暖的笑，画面美好到失真。

一双眼睛惊喜满足地弯成小月亮。

她那刻的感觉没错，这是假的，只是很久之后才明白。

第八章

第二次心动

2018 年 9 月 1 日，S 市艳阳高照，太阳充满活力，如同青葱时代的感情，有些刺眼。

一转经年，胡倾城这个三流读物的拥趸竟也要站上讲台，一本正经地捧着课本指导学生。真是不敢想象。

同样不敢想象的是，周沫居然去相亲了。即便结局是意料之内的失败。

但周沫，是周沫哎，周沫怎么会去相亲？

胡倾城这样的小说痴迷者无法接受女主角没有等男主角，无法接受她即将开启一段新的、解绑了余味的感情之旅。她是回线型思维。男女主角几年后会重逢，几番撕扯，干柴烈火，比青春时的感情再浓烈百倍，激荡千倍。

现实就是风平浪静，记忆也似这般入了穴。

周沫是直线思维。她的生活像一条单行的火车，轰隆轰隆，一往无前，没有一个回转点。

她是想要重新开始的，并且不排斥相亲这件事。

胡倾城这样的"土肥圆"尚觉得相亲低端，周沫这样的"白富美"竟觉得相亲是件很正常的事情，接受度高速度也快。

这会儿，周沫正在她身后津津有味地对着她的电脑阅读最新章节的内容。

胡倾城不解，剧情这会儿还是甜的，她愁眉苦脸干吗。

周沫目光落在屏幕上："胡倾城，要是那会儿我在他第一次去网吧的时候就拦住他，死缠烂打不让他玩儿游戏，会不会后面所有的事情都不会走向失控？"

对于那段日子，她有无比美好的记忆，可现在看来，她就是个傻乎乎的姑娘，跟着坏小子一道，不辨东西。

"会！"胡倾城摸了摸津津的毛脑袋，"但是，你没有那个机会。"

你不可能用二十五岁时的理智去要求十六岁时的感情。

"好吧，倾城，你这书里好多内容我都不知道哎，是你编的吗？"

"啊？"胡倾城转身倒了一杯水，点点头，"是啊，因为有些事你又不知道，故事要有一个完整性啊。"

"哦，编得跟真的似的。"

"呵呵。"胡倾城避开眼，讪笑。

周沫退出文档，打开网页，指着晋江榜单问胡倾城："你在哪里？"她想找到《愚梦巷 101 号》的位置。

胡倾城拍她脑袋："那是我能去的？"

她打开自己的主页，绿色页面跳出，孤零零两条留言和底下的一片空白。

"加油！"

"继续写！"

周沫看了眼 ID，惊喜道："哇，有人起鸡仔、猴哥的名字来鼓励你哎，肯定是很喜欢我们这个故事吧。"

原来即便只有一两个读者都那么开心。

胡倾城又送了个白眼："那是我小号……"

周沫瞬间耷拉下脑袋，有点不好意思："是不是我们的故事不够精彩啊？"她点进刚弹出来的榜单，看着书名往下拉，"穿书是什么？"不是穿越吗？换名字了？

"是流行的文章形式，就是女主角进到小说里，改变人物命运吧，我也没看过，大概就是这样。"

周沫思考了会儿："那你就写穿书吧，我觉得我们的故事很难火。"

胡倾城一把合上电脑："别想了，一本本写吧，我就擅长写你和余味，很有感觉，管有没有人看呢。"

有些东西，让她燃起了写好这个故事的希望，只是，她现在不能告诉周沫。

周沫打了两个鸡蛋，做了碗面，搞了碗蛋白给津津。走到桌边，胡倾城已消灭了半碗。

"我觉得一个人住也挺好的，我一直跟家人一块儿，挺不自由的。"她羡慕起胡倾城来，想到应兰兰、张敏、柏一丁都独居过，更是对这样的生活有了向往。

她想到自己昨晚10点想吃西瓜，被周群拎进房间，说容易尿多影响睡眠。太不自由了。

"别折腾了，你都去相亲了，估计没几年就要嫁人了。"胡倾城讽刺她。

"是啊，一转眼都二十五了。"她属于S市土生人，老人带大，生活在传统巷弄间，即便经历过一线城市的悲惨洗礼，依旧没能被新潮思想浸透。她有着陈腐的一套理念，认为二十五岁就应该找对象。

胡倾城手头上写着十六岁天真烂漫的周沫，面前杵着个二十五岁现实迂腐的周沫，感情上实在对接艰难。

岁月就像一把杀猪刀，虽然容颜未改，性格却敛起了大半的天真。

夕阳西下。檀卿在外婆家吃过晚饭，和表哥说了会儿话，两人一道从西巷向东巷散步，从国外科技侃到国内交通。

走到那天买水的地方，许一莫要往回走。檀卿拍拍他的背，示意再走走。

"行，买瓶冰水。"许一莫嘴巴咸得发苦。

檀卿抿抿干涩的唇："给我也来一瓶。"

"老板，两瓶矿泉水。"

老王头正在看彩色迷你小电视，头顶的小电扇呼啦摇摆，头顶几缕毛缓缓地撩拨空旷的头皮，完全没听见。

檀卿叹了口气，越过发愣的许一莫："老王——买水——"声音大得他自己都怕吓到老人。

"两块。"老王头都没转道。

方才的说话声对于他来说算平和交流。

许一莫笑："挺熟悉啊。"

两人一口气灌完了冰镇的瓶装水，往东巷走。

走到尽头，看见了路边的歪脖子树，许一莫脚步自然地往回迈，却见檀卿逗留在原处："不走？"

"哦。"他长腿迟疑地迈了第一步，头偏向右侧扫了眼。

门户紧闭，101号斑驳的门牌未锈的几个点，折射了几道夕阳金光。

算了，她估计不在。

晚间，檀卿和许一莫在院落里下象棋，两人争了几句这院子以后归谁。说巧也巧，屋内老太太咳了几声。他们赶紧打住，归谁意味着外婆走。

许一莫迅速更换话题，手上车向前滑行，吃了他一个马："你爸还没松口化疗的事呢？"

"没。"他一直知道檀墨犟，那会儿都说他像爸，他少年气盛，曾认为这是不好的形容。这会儿联想自己，若是知道绝症，外科手术无效，他会选择化疗吗？可能也不一定。

不知道是性格遗传的犟还是学医自带的一种悲观。

"那你那妹妹呢？"

檀卿没说话，隔着象吃了他的车。

许一莫没眼色地继续问："你那后妈还撮合你们吗？"

再吃他个象。

"你爸肯定希望看到你结婚吧。"

将军！

没劲。檀卿叹了口气，以为在外婆家能喘口气，没想到碰到个多事的表哥。

"再说吧。"他没想过结婚的事。

"你以前对象不是挺多的吗，大概找一个，让老爷子开心开心，近二十年你就没让他开心过。"

人长期不快乐容易得癌。

檀卿能放下一切回国，说明他心里很在意老爷子，这点众人先是觉得意料外，又觉得在意料之内。

他狠心十多年没回 S 市，去北京开会也没有回过家，老爷子去看他几回都灰头土脸地回来。可当老爷子得癌的消息传去时，即便表面装得不在乎，即便闹过这么多年，他还是以最快的速度低下了那可笑的高昂的头颅。两个月内迅速办理离职手续。

回程的单程票，是证明。

回国后他烟不离手，此刻院子里堆高的烟头，也是证明。

"哎，找一个吧，你回来他高兴。你要是恋爱，他能多活三个月；你要是结婚，他能给你乐出奇迹。"

没有输赢的棋局在月光下兵将零落。父子间又哪有输赢呢。

争来斗去，不过一口少年意气。

而立已过，时光不再。子欲养，亲将逝。檀墨这些年期待又失望的眼神反复浮在眼前。

他想到许一莫刚说的，脑中飘过什么，又赶紧摇摇头。

屋内老太太碰摔了搪瓷杯，许一莫忙进去帮她捡。

月光下，愚梦巷218号院落内，檀卿独自坐在棋盘前，想起那日经过护士长办公室，听见挺大一嗓门说——

"周沫还是需要你们多照顾……哪里哪里，她不懂的，你们该骂的就骂……但是这几年她真的懂事多了，我以前哪敢想她能安安心心做护士，不被病人投诉就好了，没想到真的安稳待了两年……就是就是，没谈过，还小还小，不急不急……不过你要是有好小伙儿还是帮沫沫留心……都是老同事了……"

护士长的女声没能穿过门，不过依着这嗓门，信息也传达得八九不离十。

此刻回忆起来，檀卿嘴边不禁浮起一丝玩味。

没谈过恋爱？真的假的？

手术室的日常是由一道道绿影和一串串报警音组成的。

这日上班，周沫的脑袋像小鸡啄米。昨晚没睡好，和胡倾城整理小说脉络，又喊喊喳喳说了点旁的，凌晨1点才依依不舍回家。

得闲等台，恍惚的半梦半醒间，术室的白光倏然大暗。

她挣脱困意，缓缓抬眼。

桃花眼和60度角的鼻尖。

她避开他直勾勾的眼神，身子不经意间慢慢后退："干吗？"这人靠得有点近。

"没看到微信好友申请吗？"檀卿盯着她问。

发出申请，他等了会儿便睡了，晨起打开手机，倒是收到昨晚几个老同学的好友申请，却没有周沫的通过信息跳出。

周沫坐着的高度刚好看见他手术衣小V领上露出的皮肤，和那日咕嘟喝水上下活动的喉结。不得不说，手术衣还挺衬肤色的。

许是离得近，这会儿他充满磁性的说话声像带着某些颗粒又开始震动她的耳朵。她心里咯噔一声，假装惊讶，掏出手机点了下通过。

幸好他没盯着看，其实好友申请的红点早消失了。

檀卿仍在继续确认："没看到？"

他距离有点近，呼吸间的气息打到了周沫面部的绒毛，她感觉它们背叛地瑟缩了，嗅觉还悄悄向她报告：没有烟味。

她继续避开他的眼神，鼻子里"嗯"了声。她也不知道为什么，这么多同事她都加了，偏在他这儿就矫情起来。

正担心他继续不依不饶，救星来了。

张软的声音从门侧传来："周沫在吗？"

周沫猛地消去余下的困意，精神百倍地站了起来，火速将檀卿往外推。她来不及感受手心坚实的背肌和温暖的体温，只想把他送走。

昨晚她开车回去的路上，张软发消息给她，问：要代购东西吗？

她报了几个，同张软一道拼单，她以为话题结束，没想到张软继续聊着，几个话题铺垫后，张软问："你对檀卿有意思？"

天地良心！怎么可能！

周沫矢口否认。她怎么会喜欢花心大萝卜呢？

这头，檀卿被莫名推了一下，还没开口，背后的手术衣又被周沫猛地一拽。

周沫刚醒，没动脑子，第一反应是把檀卿丢出去，却在靠近门口时发现张软是从门口过来，又一把将檀卿推回她方才坐定的角落，食指一伸："别动。"

她快步走到门口，回头又用眼神发了个信号给檀卿。她莫名觉得檀卿会配合她，即便他在她心里是个大萝卜。

乌溜溜的眼珠子反着光，两点白光又灼目又可爱。檀卿靠站在桌边，双手插兜，饶有兴致地看她一系列慌慌张张的反应。这丫头，怎么这么好笑。

"你要的那个精华没了。"张软被周沫按住肩，堵在了门侧。她假装自然地用身躯挡住张软的余光。

"没了就算了。"她怕她待得太久，后面还有一尊八卦中心的小神等着她送走呢。

"那行。"张软收起手机，有要走的意思。

周沫还没来得及松口气，便见斜对门8号手术室的研究生正在张望："檀老师呢？"

张软耳朵一竖，眼冒火花，转头也寻找起来。

不知目光是不是有温度，周沫感觉如芒在背。

另一个医生也走了出来："毒都消好了。要不打个电话？"

周沫看着眼前的人唱双簧一样要揭穿她的小把戏，脚底心都冒了汗。明明她只是打个盹，为什么突然要面对这么尴尬的局面。

她忙回头，180度将10号手术室扫了一遍，他不在。

"檀医生，正找你呢，要上台了。"张软站在11号手术室门口，巧笑嫣然，整张脸甜出了蜜。

檀卿点点头，往8号手术室走。

经过傻愣的周沫，唇角一勾，配合她的避嫌没看她。傻妞。

周沫没想明白，他怎么突然消失了？又回头看了眼，哦，原来他是从污物走廊穿到了11号手术室。

真聪明，真机智。不愧是博士，多读了十年八年书，就是不一样。

但是萝卜就是萝卜，学校没有教他不要不通知女朋友就把她丢在国内吗？

一通乱咋呼，周沫的瞌睡虫全跑了。空台当口，她跑到食堂要了瓶酸奶，找了个空位坐下。

隔壁桌是上回的张莹，应是更换助手，出来吃饭。

周沫听见对面的医生问张莹："喝这么多酸奶？"她面前摆了两瓶酸奶。

"给檀卿拿的，他好像胃口不好，只能喝点流质食物。"

"太累了吧，刚上岗这么拼。"

"没办法，本来也拼，那事儿也有点影响，觉得自己耽误了科里的奖金，毕竟百分之九十是科里赔付，不好意思吧。"

旁边的人已经在说孩子教育问题了，周沫心思还逗留在方才听到的对话上。她鼓鼓嘴，掏出手机，指尖熟练快速敲下安慰的话：其实，自责没有任何用，除了压垮自己……她想了想，又觉得不对，重新编辑：其实，胃不好应该去看医生……

什么呀，他自己就是医生催他去看医生？还有这没头没尾的算什么，他会不会觉得她莫名其妙？那加什么称呼，檀医生？檀老师？檀……卿……

手机屏幕上的文字最终被删除，本要和他撇清关系，凑上去私聊算怎么回事。算了算了。

周沫中午手术空台，溜去值班房睡了一觉，接到开台电话后匆匆下楼。走到11号手术室门口，脚步一停，下意识往8号手术室的窗格探头。

手术进行中的灯亮着，监护仪、呼吸机正在运行，三位术者围着一个病人在手术。

檀卿个儿高，可能是为了配合旁边一米七出头的两位医生，他半弯着腰，正在缝线。这意味着这台手术正在收尾，两小时过去，他没休息没吃饭，应该连那酸奶都没喝。

同情心和多管闲事的心又跑了出来，她赶紧转身。明明自己也要工作，关心无关紧要的人干吗？医院那么多连台的医生，她这是要开慈善关怀斋吗？

S市今夜无月无星。

周沫加了班，结束时，8号手术室已经熄灯了。经过湖心亭又穿过9号楼，手机一振，是老周发来了两张照片。

周沫乍一看，觉得挺帅了，是相亲对象？这么给力？再定睛一看，这不是最近当红的小明星吗？午睡前还刷到微博呢，她爸还问她："喜欢吗？"

周群想了解周沫的品味，这两张图是办公室的小同事说的女孩喜欢的类型。

他们和余味完全不是一个风格，都好看，但余味的帅让人有点距离感，这小明星一笑特别没距离感，周群想知道周沫喜欢不喜欢。

如果喜欢，那就是只要帅的她就喜欢；如果不喜欢，那可能只喜欢余味那种，那就难办了，太难找了。

周沫自然会意，但没回复，反正一会儿就到家了。可她心里默念：帅得太招人，烦人。

一到家，没来得及感受室内的空调，周群便先津津一步，将女儿迎进门："沫沫今天加班辛苦了。"满脸堆笑，一看就有事。

周沫知道有下文。脚边的津津两只小蹄子攀上她的腰际，她拍拍它的脑袋："别闹。"

钥匙放下，周群迫不及待："巷子里有个男孩叫鲁聿，你还记得吗？"周群眼睛冒着光，他下午去愚梦巷给丈母娘清空调灰，对门的老张就问起沫沫找对象的事儿，说有个男孩刚从德国回来，工科男，小时候和沫沫他们一块儿玩，还挺好的。

周沫怎么会不记得那个鼻涕虫。小时候她很嫌弃，不肯跟他一块儿玩，特别幼稚地搞排挤，余味拽着她教育她要尊重别人，害得她委屈地哭了一通。虽然次日，她很违心地加入了大家的团队，但那天她洗了三次澡。

"嗯，怎么了？"

胡瑾正目不转睛地追剧，津津一步一趋追着周沫。她今儿胃口不算好，中午就喝了酸奶，现在也没强烈的吃饭欲望，索性坐在地上的蒲团上，和津津玩儿球。

周群两手一拍，惊喜揭晓："他回来了！"

周沫撸撸津津的大耳朵，心中冷嘲：一个多年未见的老邻居回来，至于这么激动吗？

小时候对于那小子的印象是，从发际线到下巴颏都被"鼻涕"糊上了。想到此处，她又打了个冷战。

周群小心翼翼问："明天休息？去吃个饭？"其实都把她的休息日算好了，本来周末全家都要去愚梦巷陪李阿香吃饭的。

"……哦。"她心里是不情愿的，想着反正明天要去外婆家吧，也逃不掉。

周六早上，周沫还是早起去配药。周群的高血压药吃完了，本来他自己要来，可周沫想到他前几天才晕过，不放心。

没想到今日有个专家开了个科普宣教小讲座，S市第一医院的门诊大厅人潮涌动。大厅里围满了求知若渴耳朵却不太灵的老头老太，四处找门诊教室的入口，一条小长龙队伍正在领宣传手册。

周沫不知自己是不是长得太讨喜，被三四个老太拉着问：

"他刚说的什么意思？"

"这个讲座开到几点啊？"

她今日身着浅色束腰裙，笔直纤长的腿靓得不行，怎么净是老太太拉着她呢。

她也没穿白大褂，脸上烙下医护人员的印记了？

老人家听个讲座就听吧，没承想他们还顺便排个队配个药，她真是出门没看皇历，以为十五分钟就能搞定开药取药，结果十五分钟还没挂到号。

她烦躁地拨了拨卷发，掏出手机。刚指纹解了锁，点了绿标微信，耳边便凑来一道温热的气息，低沉的声音，穿过发丝间隙，搔着耳穴："给我的备注是什么？"

周六，碧空，无云。烈阳，热风。天气好得不像秋天。

一日之计在于下班，一周之计在于周末。

檀卿难得无须查房，想睡个懒觉却未遂。

外婆每次看病复诊都是许一莫陪，他回国后一直忙于工作、檀墨以及新房，整个人连轴转，虽没人要求他尽孝道，但他心里也过意不去。外婆和檀墨不算和睦，他顾了那头的爹，不能亏待了生养他母亲的老太太。

前几日吃饭，许一莫再次提起小讲座的事儿，檀卿放在了心上，十余年未陪在老人左右，难得有空，一块儿学习学习现在国内小讲座的方式也无妨。

一路闷热，檀卿和徐志芬慢慢从地下车库走向门诊大厅。

这一条路百米加两个弯道，他一步大半米，一分钟不用。老太太小步子挪大半天，还好奇地问，哪幢楼是他上班的楼。

檀卿指了指后面的新大楼："等会儿听完如果时间早，我带你去看看。"

老太太满意得合不拢嘴，步子迈得更快了点。

进入门诊大厅，是长龙队伍和拥挤人潮，耳边挤满了吵嚷的当地方言。

两人一道往队伍里走，排队领了宣传手册，老太太贪心，非要多拿几本给邻居带回去。

檀卿不好意思，冲发手册的小妹妹奉了个抱歉的笑。实习生手上没了存货，毫不犹豫转身抓了好几本，花痴般递到他手上："够吗？"

檀卿笑着说了声"谢谢"，先送老太太去小讲座现场，再挂号。

他凭着身高优势想看看哪条挂号队伍人最少。门诊挂号的老头、老太、中年人居多，大波浪的纤瘦美女实在抢眼，他一眼看见了一条人最少的队伍末端排着个漂亮姑娘。

第一眼没认出来是周沫，直到一位老太太边拿着挂号单看，没当心脚下的路，跟跄了一下，她侧身扶住，一张精致的笑脸在人海中将周围人雕成了背景板。

檀卿嘴角浮上笑意，快步走去。

"给我的备注是什么？"檀卿瞧见她正打开微信，想到那天还没问她，真的四十八小时都没看到好友申请，科里医生都说她通过很快的。

周沫被耳边的温热吓了一跳，手一脱力，手机滑出手心。

檀卿眼疾手快，但也没法凭空拦住下坠的手机。周围都是老人，面前又是周沫，根本施展不开。

那一秒，他条件反射，一手扶上周沫的背，一手将手机向依托处压，恰巧盖向了她的小腹。

手机掉到这个高度，只能这么办，可实在唐突。尤其在手覆向周沫小腹时，她猛地一收腹，差点又落空，他赶忙手指抓牢。

周沫急忙避开他的两只手，转身质问他："你干吗！"她的背脊和小腹就像挨了铁砂掌似的，烫得羞人。

檀卿将手往前一伸，老款苹果7正躺在他擅长高精操作的手上："你手机掉了。"

"豆腐"是不小心吃的，情况紧迫，他都没来得及品味。

周沫自然知道方才的情况有点棘手，但是他先吓她的！

她接过手机，心道：我是专业的，被碰一下身体怎么了，很正常。

她假装淡定道："你怎么来了？"周末他也有门诊？

"陪外婆听小讲座。"

他终于看清今日的周沫，眼尾的粉色晶亮眼影很适合她，淡淡的，甜甜的。

"哦。"她将手机收进包里——新款还没出来呢，怎么能摔坏呢，还有两个月，再熬熬，"你在这儿排队干吗？"

"挂号，先陪外婆看病，再给自己配点药。"说话间，他站到旁边一条队伍里。和她并排站着，好看清她。

方才他们一闹，排队的人目光尽往他们这处扫射。

周沫拉着他的 T 恤袖子拽他到身后："排我这队。"她手指指了指玻璃上的提示，煞有介事地读给他听，"医院职工专用窗口，你以后就在这条道儿上排，人少一点儿。"

檀卿恍然："谢了。"

他回头看向门诊教室的大门，半门开着，他怕老太太出来找不到他，也没个手机的。

身后没了声音，周沫百爪挠心，总觉得怪怪的，有点尴尬。要说点什么吧，两人这么站着不说点什么吗？他为什么不说，为什么要我说，嗯？

檀卿哪懂她的心思，心中开始算时间，不知周沫后面还有没有安排，他偏今日带了老太太出来，还承诺带她去看自己工作的地方。

这会儿约周沫却要她等很久，她愿意吗？会不会有点唐突？

"你来……看什么病？"最后还是周沫先开了口。国外回来的男人真的一点儿都不懂维持场面，累人。

檀卿收回目光："有点失眠，配点药。"

周沫以为是胃病，还失眠？他……

"是不是压力太大了？"

"压力？还好。"他看了眼周沫手中的医保卡，"你来给你爸配药？"他想起了那日护士长办公室里的大嗓门，应是她爸。

"嗯，高血压。"

静默六十秒。周沫表情都快僵了。

而檀卿则在纠结要不要开口约她，然后让她等他？他指尖在医保卡上来回点动。

排队到了周沫，她将医保卡和门诊病历本往前递。

工作人员敲章时，檀卿蹙眉看向讲座门口，讲座刚结束，还拥着不少老人正恋恋不舍地抓着老专家咨询，徐志芬赫然在列，兴致颇高地在听。

周沫看了他一眼，说了声："我走了。"

她抬腿向楼梯走去，檀卿一把拉住她的手腕："等会儿有空吗？"

"没有！"

月辉泼洒愚梦巷，周六的夜晚是难得的悠闲。

周沫坐在院子里，捧着瓜，看着狗跳上跳下。而津津则像长了人的记忆似的，一直扒着西屋的黑窗张望。

以它站起的高度，估计看到的只是窗沿，可它非要看个明白，还回头用乌溜溜的眼睛向她求救。

周沫白它一眼，没理它。她也不敢看，空空荡荡的，看得人心慌鼻酸。

周群摇着蒲扇走到她旁边，轻咳一下："怎么样？"

周沫咽下不甜的瓜，心想，憋了一下午，终于问了："我不喜欢。"

其实是违心的。鼻涕虫长得比小时候好看多了，可能她的记忆把他妖魔化了，这次倒是意外，白净细嫩，特别青春，看着像小时候的余味，扎眼。还有一点，饭桌上所有人都在提德国，她对那个国家没有感情也没有印象，想了半天才想起首都是哪里。

"唉，算了。"周群想着她要是没兴趣也好，下午鲁家的妈妈还问她和余味分了多久，在一起多久之类的。

他想到邻里都知道，以后小情侣吵起架来余味肯定不可避免要被提起，后续麻烦太多，算了算了。

周沫以为一定得换顿批评，结果这么轻松，真是受宠若惊。

周群没暴露心思，斜她一眼："看什么看，哪儿养的这么难伺候的丫头。"

他将蒲扇往她跟前一递，"空调坏了，热了吧，扇扇。"

"我早就没那么怕热了。"在北京把坏毛病都治好了，短短三年，痛到病除。

"行。"

周沫又舀了口瓜，塞进嘴里。以前的瓜好像每个都理所当然地香甜，后来在北京，她总能买到很一般的瓜，她以为是地域导致北方的瓜品质不佳。今天她心血来潮去买瓜，结果也不甜。

原来，只是父母会挑，从来无须她担心，想着，又舀了口瓜，当无味的汁水咽了进去。

她掏出手机刷微博，明亮的手机屏光先月亮一步，点亮她眼中的灯火。她目光停在了一条微博标题上："2012年《英国医学杂志》上的一项研究发现，在两年的时间里，经常服用处方安眠药的人，其死亡的概率是其他人的五倍。"

五倍？

她把微博转给了早上那位失眠患者。抽烟死得快，吃安眠药死得快，自责也死得快，他看来是命不久矣。可惜了那张脸，那副身材。

周沫是凭着冲动分享的，待发出去后，她切到微信主页面，"TQ"的对话框被送到了第一条。她瞬间指尖凌乱，小眉毛竖起，表情和要不到骨头吃的津津似的。

怎么办怎么办？我这算不算私聊他？会不会被误会？

周沫陷入等待的焦虑，檀卿为什么不回复？都一个小时过去了，就当是同事的关心，回个官方笑脸也行啊。

手机在手心里翻转来翻转去。她开始纠结，他会不会把这当作老人常给子女发的"危害健康的十大行为""做了以下几件事容易猝死"一类了？

这是有国外文献依据的！

最终，周沫放弃纠结，进屋洗澡去了。她想，可能在国外待久了，拼音忘了，不会打字。

檀卿陪了外婆一天，带着老太太去了科里一圈。回了愚梦巷又吃了一顿咸死人的饭。

他饭后散步回蔷薇九里，待洗了个澡才看手机。医院的杂务太多，分工不明确，每件事都会遇到很多繁杂程序化的官腔，浪费时间。

他知道自己应该摆正心理，适应大环境，可耐不住周末想放松的心态，甩了手机扔了烦躁，终于看完一部电影，腾了个时间清理消息。

他大概划拉着，全是工作的事，除了胡东阳约他喝酒。拉到半程，又仔细看了一眼，令他意外的一个头像右上角标了个红点。他越过一片红点，率先点开这条。

周沫洗完澡便跑到院子里，躲避今晚某剧的大结局。

片尾曲响起，旷日持久的战争打到最后终是脱力，整个节奏乱掉，爱不纯粹，恨也变了质，家不成家，国不是国。

一部电视剧拍了百集，几十个编剧围着，也写得"前戏不搭后调"，何况是势单力薄的人谈恋爱呢，谈得手忙脚乱乱七八糟也不足为奇。

她不想看今天的结局，微博剧透说男女主角你南我北，没能在一起。其实就算拍得烂成屎，只要男女主角最后在一起，是完美的、光明的结局，她都会看，不至于躲到外面去。

恢宏的管弦乐背景音还在耳边回荡，面前的手机屏幕亮起。是 TQ。

周沫飞快地捞起，想着他终于回消息了。

一条语音还没点开，又一条来了。周沫受宠若惊，以为他不回了，却又一下子回这么多。

檀卿的声音透过微信的电波传出来，像刷了层糖浆，周沫的咽喉壁像被挠了一下，痒兮兮的。只是内容实在没意思——

"不好意思刚看到。"

"我只是普通的失眠，而文献中的处方安眠药群体是未知的，该微博没有很客观地描述研究人群，很可能是一些神经及精神系统疾病的人，比如重度抑郁症患者。所以这类人群两年内死亡率高不一定是安眠药造成的，可能有其他混杂因素影响，不能信这条结论，应该仔细阅读原文……"

周沫听到一半就切了。谁要听你讲道理，说一句谢谢就行了！

只是，她没听到的部分是："……不过，如果以后看到这样的微博可以多发点给我，我还挺喜欢看的，或者当面给我看也行。"

微信是伟大的发明，人与人之间的距离被拉近。

熟人与熟人之间更熟，陌生人与陌生人之间"尬熟"。

檀卿那晚将周沫的朋友圈看了一遍。

周沫的朋友圈很丰富，就像她的人。自拍搞怪居多，每一张有脸的照片都不如她本人好看，又分外生动。就像是……楼道里的禁烟大使，多管闲事，又毫不让人恼。

他大概翻了翻，发现她去年和前年的7月都去日本看了花火大会，她喜欢？怎么今年没去？

当你对一个人有好奇心时，多半是动了心。

周沫是檀卿回到S市后昏暗生活里的一点儿惊喜。虽然刚开始几次都算是惊吓，可吓着吓着倒是吓出感情来了。

周沫不知道自己和檀卿算熟还是不熟，说起来交集不算少，可每次都是莫名其妙，没头没尾，像是生活里突然的插曲，猛地发生又戛然而止。

仓促地留下很多印象，可两人之间面对面交流极少，有也被各种突发状况给搞砸了。所以，周沫觉得她和檀卿很奇怪，尤其是在知道他的悲伤、压力以及渣男行为后，整个人更是矛盾得无以复加。

说是同事，好像不止，说是朋友，连正经话都没说过几句，也不知怎么聊天，见他就想躲。怎么回事？她明明就不是这么不大方的人。

某一日，她搞明白了自己的矛盾点。

那天，她被王老师拉到一个群里，是手术室小群。群名叫：今天有八卦吗？群内热闹非凡，对话框拼命往上冲，周沫粗粗浏览了几条，居然是热烈讨论檀卿的。她不禁无语，为什么这人总是阴魂不散。

"看到了？确定不是上次那个？"

"这个微胖，和上次那个送饭的完全不一样。"

"环肥燕瘦，荤素不忌！"

"羡慕男人！"

"拥抱了？"

"抱老久了，我都怕他们大白天干柴烈火好吗！"

"劲爆！"

……

这个人吃着碗里的，看着锅里的，真是个混蛋大萝卜。

周沫认真工作，即便背靠周群这座大山，也还是兢兢业业，不迟到不早退。

可万事有第一次，就有第二次。她晚上看群里对话，气得半死，便睡晚了。

次日晚起了五分钟，本不碍事，可谁知周一清晨的路况充满未知，堵得她白眼翻了二十个，方向盘都要被指尖戳出坑来。

好不容易到了百家小区，停车位上又莫其妙地停了两辆"电驴"，她只得将车停到隔一条街的路边。

经此两役，她开始臭脸，一周的第一天这么不顺利，真的很不爽。

上班这么久，"唯二"的两次迟到都交给手术室了，她都抬不起头，赶紧躲在人堆里，凑在浩浩荡荡的交班队伍里隐去羞耻和姓名。

来来往往皆在忙碌，她正暗喜自己没被抓住，就听身后的护士长叫她名字："周沫，今天你就先去8号吧，那天抢救的要补休。"

小心脏扑通扑通。周沫佯装乖顺地点头，偷偷将手术衣衣摆绞了绞。一半庆幸自己逃过了迟到的责问，一半哀叹自己听到"妇产科"就脚心冒汗，真是幼稚。

8号手术室的护士老师叫涂茫。周沫进来后，她很官方地问周沫跟过的手术，得知她跟过剖腹产后松了口气："上回和你一批来的小刘没跟过剖腹产，出了大洋相。妇产科有个留洋回来的医生，很在意手术过程的精准性，拿错东西或者走神都是不允许的，她居然在缝表皮时递了可吸收缝线给他，医生的脸一下子就沉了。"

周沫忙小鸡啄米似的点头，心道：果然是个变态，一会儿这一出一会儿那一出的。

她忙忙碌碌地安装负压袋，准备吸引装置，取了几个手术包备着，一回头病人已经送了进来，又是个大肚皮。

她准备手术用物没忍住，又看了眼那个肚子，这也太大了吧。

电动手术门滑开，门口的低嗓音对话传到周沫耳中。檀卿第一眼目光便落在周沫身上，她正蹲在地上调整踏板。

他嘴角漾开笑，转向手术台，对麻醉师说："双胞胎。"

产妇笑着冲他打招呼："麻烦你啦檀医生。"她摸了摸肚子，想着等会儿就能"卸货"，止不住激动，可把她累坏了。

"术中若有心慌等任何不适，记得告诉我们，不要憋着。"他立于床侧，对着产妇认真叮嘱。

周沫戴上口罩按部就班将手术衣的包裹打开。

檀卿瞧了她一眼，笑着出去洗手，今天是个很好的开始。

助手见他出来，深吸一口气说："又是妊高症，三十八岁。"

"嗯。"檀卿知道大家皆担心他的心态。

毕竟间隔这么短的时间再次做同类手术，于医生的心理来说也是挑战，挺冒险的。

王一涛主任今日在晨会上还说，等会儿要亲自来盯台，小小剖腹产哪能劳烦大主任，还不是大主任不放心。

檀卿心中打鼓，进了房间，见着周沫却莫名预感今天会很顺利。

无影灯亮起，周沫快速将剖腹产手术包打开，一件件无菌用品摆好。

檀卿进来见到了整齐的属于周沫的小天地，嘴角抿起，隐在口罩中笑了笑。她这人是咋咋呼呼的，东西收拾得还挺好。

周沫今天腰部酸胀，拉了张椅子坐下。她方才算了算，今天真的不是个好日子，大概率是要和产妇一同见血。

好巧不巧，随檀卿划开产妇腹部的第一下，那一道平直的线好像也剖开她的宫口，一道热意涌下。她小腹紧缩，紧握住下一把要递上的手术器具，心中呼叫：救命啊！

"嘟嘟——嘟嘟——"

几位医生同时抬头，看向监护仪："紧张吗？"

"嗯，有点。"产妇心率加速，一半紧张一半激动。

"放松点。"助手安抚她。

檀卿全神贯注，双眼紧紧锁着腹部，时不时抬眼看一下心电图。

血肉一层一层被剖开……

一切就如周沫了解的檀卿一样，井然有序。不过她也察觉到，虽然以往檀卿手术也是安静居多，但今日的气氛格外压抑些。

窗口处王一涛主任冒了两次头看里面的情况，她猜测这应是个高危产妇。

关于别人的担心并不能持续太久，自己的尴尬比较要紧。递物间，周沫每动一下都暗叫不好，可偏偏什么也做不了，只能内心哼唧。

她的小腹开始失序，隐隐作痛，屁股下不知是汗还是血，反正感觉湿了……真是个狼狈的周一。

手术室上厕所、喝水一点儿都不方便。上了台，便自己不能做主。

难怪胡倾城说"你去了手术室可别得了肾结石"。

哪是肾结石那样长远的问题，现在是血崩之下，眼前的每一片血纱布都是助兴，像受了刺激一样，底下流得更欢。

半小时后，孩子顺利取出，产妇紧绷的肚皮微微松弛。

新生儿的护士将婴儿收拾好放进两个温箱，门合上那一瞬周沫肚子一阵绞痛，整得她一激灵，山根上端高高的川字眉堆起。

她接刀的手稍抖了抖，刚好助手伸手，她不小心割到了对方的手。

周沫吓得眼瞪成铜铃，赶紧查看，呼，还好戴了手套，没见血。

涂茫拿了副新的手套给助手，小声冲周沫说："小心点。"

她夹紧腿，忙点头。

涂茫看了眼檀卿的表情，见他没什么反应，松了口气。主任都要让三分的人，哪敢得罪。听说前几日开病案报告晨会，檀卿针对一个病例条条罗列处理不合理之处，把用药指南、相关文献找了好几篇出来，怼得一帮学术不精的人哑口无言。

国内医疗学术风气没有国外严谨，由着病例数量多，凭借经验用药手术，这是老专家的优势，但同时也是跟不上循证医学的劣势。檀卿是妇产科的宝，周围一众科室都羡慕他们有个写得出文章还上得了台的大牛。

檀卿的助手换了副手套，双手交握于胸前，等待麻醉师麻醉。

檀卿趁着麻醉师工作，靠近周沫，低声关心道："怎么了？"他接物时察觉到她的呼吸不稳，动作间整个人有些畏缩。

周沫本不想说，可瞥了眼，方才坐的转椅上印了一片血渍。她两颗乌珠耷拉，可怜巴巴地老实说："姨妈来了。"

"痛？"他看不清她口罩下的面色，但她的眼睛不似平日圆溜。

"嗯。"

下一秒，不容周沫反应，檀卿已经开口："涂茫，你把周沫换下来。"

涂茫握着鼠标，茫然地看向檀卿。

周沫忙说："不要不要。"她就是想老实交代一下，省得等会儿收拾东西的时候被其他人发现。

转椅的皮面是灰色的，血迹肯定明显。

"没事，还有一会儿。有止痛药吗？"

麻醉师正在上机器，确实还有一会儿。

涂茫听出是怎么回事，赶紧起身穿无菌衣，嘴上也说："你赶紧去吧，干吗不早点说，没事的。"

周沫说了声"有"，便飞快脱了衣服，帮涂茫穿好手术衣，踱至门口脚尖转了个方向，在那张印了血渍的椅子上盖了块无菌布，才矜持地走了出去。

一到8号手术室外，她拔腿就跑。

檀卿在她转身那刻见她屁股后面开了朵超大的血红玫瑰，手不禁顿了顿。这丫头，憋了挺久。

周沫来回只用了九十秒。这九十秒里，她从三楼跑到四楼柜子那儿拿了姨妈巾，去了洗手间处理好后还换了条裤子，干吞了一颗布洛芬后又飞快跑回三楼8号手术室。

她整个人热血沸腾，充满干劲。就是胶囊卡在嗓子眼，使劲咽又没下得去，有一点点难受，但换了裤子，垫了"尿不湿"就是神清气爽。

涂茫见手术门打开，不可思议道："周沫你也太快了吧。"

"嘿嘿。"周沫开始整理手术记录，妇产科有一张新生儿的单子她不是很懂，远远地举着单子问涂茫。

涂茫一时也说不清，又是纸质又是电脑，一堆细节，说等会儿结束了她来补。

对话间，檀卿全神贯注，头都没抬。即便已经接近尾声，一切顺利，他也没半点松懈。

周沫看了眼台上的情况，心中松了一口气。腹部的不适感渐渐强烈，方才精力被手术的紧密节奏分散，没这般明显，这会儿又开始有感觉了。

缝合部分，檀卿放手交给助手操作，眼睛盯着，时不时夸奖对方。这个助手便是上次不敢自己缝的那个，没想到现在已经能上手了。

周沫想，其实檀卿的专业能力，真的无可挑剔。手术台上见过那么多医生，就他话最少。是她考察一圈下来，会在生孩子那刻把自己交给他的好医生。

所以啊，人不可貌相。虽然长得那么不靠谱，人又花心又渣，还满嘴谎话，可要说自己的肚子，还是交给他最放心。

她心里转了无数个小九九，直到被一道铃声打破。

周沫下意识地看向自己黑屏的手机，再看向手术台方向。

檀卿噙着丝笑意，已向她走过来。

周沫起身，登时涌出一道热流，她双腿夹紧，努力忽略它。

她绕过手术衣探入，于上衣口袋一摸，是毫无障碍物的紧实腰腹部，手赶紧挪开，问："上面下面？"

"下面。"手机放上衣口袋容易拉扯肩部，他一向十分注重任何有可能影响手术的细节。

话音落下，檀卿感受到一道无奈的叹息，不觉笑意更浓。

周沫心里骂他"人面兽心"，其他医生都放上衣口袋的。

她小心翼翼地隔着手术衣的平纹衣料向下滑，所及的每一处布料都像是他的皮肤，手指羞得都蜷缩了起来。上衣口袋到裤子口袋之间的距离不过十几厘米，愣是被她拖至铃声过半。

她将屏幕面对他，手指划开接听，将手机递到他耳边。他微倾着头凑向手机，目不转睛地注视近在咫尺的周沫。

两人这会儿距离大概十五厘米，呼吸用力点便会将鼻息打至对方脸上，好在口罩挡在了中间。

医生的手不能碰手术外用物，周沫为他接通后一直举着，这不算什么，只是他讲电话时，桃花眼为什么要冲她放电？

她感觉到檀卿的眼神像杀虫剂一样不停地向她喷射不明物质，紧张得脚趾蜷缩，避开他的眼神，拒绝那信号。

她的精神有一刹那缴了械。这手术室的空调怎么这么热啊，不是24摄氏度吗？为什么像34摄氏度一样？

檀卿瞧她不停闪躲的眼神，故意拖长电话中的话题："哦，是吗？那你推荐什么材料？"

手机的音量不小，檀卿在说卫浴装修的事儿。周沫咬牙切齿，默默收回方才夸他专业的话。

檀卿瞥了眼手术台，助手继承了他的衣钵，非常麻利，已缝至最后。他再次直勾勾盯住周沫，见她闪躲，坏心一起，偏头追她的眼神。

两人几乎口罩贴着口罩。

周沫吓得一身汗，整张脸在口罩里直接羞红，燃烧了起来。他的气息太近，凡人根本吃不消。

这个王八蛋，这个大萝卜，怎么可以脚踩这么多条船还来调戏良家少女？！她心中疯狂怒骂，眉毛也拧了起来。

"那行，就按你先前说的吧。"檀卿开始摘手套，随手向后一抛，准确扔入黄色污物垃圾袋。

明明十秒就可以结束的电话，为什么讲了这么久，我的手心都出汗了！周沫垂眼委屈，心理活动正丰富，噼里啪啦一阵叫嚣，举手机的手倏然被一双温热的手覆上。她猛一抬头，又撞进那双该死的狭长眼眸中。那处聚着光，不停勾得她意乱情迷。

她握着手机，他握着她。

周沫挣手，反被檀卿握紧。两人在仪器后面较着劲。

周沫心跳失常，内心疯狂大喊：救命啊，这是职场潜规则吗？我我我，我要投降了。

"你干吗？"尾调上扬，竟有点撒娇的意思，该死。

"干吗躲我？"早上经过器材室招呼都不打，刚才也是，不敢看他。

"我没有。"没有没有没有！

"那下班了一起吃饭？"他仍握着她的手，初初覆上还细腻滑嫩，这会儿两人体温上升，皆闷出了汗。

"我回家吃。"

"那明天？"

"我每天都要回家吃……"

就在周沫的心率快要加速到 200 次时，救星出现了。

助手出声："檀医生，缝好了，你来看看。"

他对自己今天的作品很满意，想要一份夸奖。众人皆是没收用物，一动不动地等檀卿验收。

周沫飞快抽回手，溜到手术台前，若无其事，只是手里的手机还是个烫手山芋。

檀卿缓步走向手术台，扫了一眼，拍拍助手的肩，夸奖道："很不错了。"

助手激动得心跳加快，科里好多研究生都羡慕他能跟着檀卿学到这么多东西。

涂茫也十分赞同，夸这小助手有继承檀卿衣钵的能力。

周沫神色淡淡，将手机伸到他面前。他不动声色淡淡接过，目光若流星从她充满警戒的脸上掠过。

第二台手术仍是剖腹产，两台手术之间有几十分钟的等台准备时间，众人要么闲晃，要么在电视大厅休息。

檀卿没走，坐在手术室凳上，看周沫忙活。

那双眼在别人看来是在玩手机，可周沫每一次回头都能撞进他的乌瞳。她觉得自己被灼伤了，全身的毛孔似乎都不自在，偏他还不动声色，搞得她左右不是。

没一会儿，檀卿又接了个电话，只是语气不耐烦。

周沫一边看着涂茫记录，一边竖起耳朵听，抓住了关键句子——"你不要去了……我有请公司……没事，出了问题我会找他们……不用你管……随你……"

显然那通电话并不受欢迎，挂了电话他仍剑眉倒竖，连对装修公司的态度都不如。

檀卿今晨没喝咖啡，困意上来，就算周沫在眼前也没能提神多少，张口打了好几个哈欠，双手抚脸醒神。

周沫正在准备无菌包，瞧见了这一幕，思量了半天，还是决定提醒他："你有颗蛀牙哎。"

在最里面，智齿有个黑黢黢的洞，挺明显。而那个位置，余味也有一颗蛀牙。

说完她有些难受，不知道他拔了没。

檀卿扑哧一笑，来了精神。他清清嗓站起身，站她旁边玩味地说："我有蛀牙这种事，只有两个人能知道，一个是牙医，"他避开旁人，压低声音，"还有一个是女朋友。"

第二句是凑在周沫耳边说的，周沫当场想灭了这个老流氓。她屁股一扭，不理他了。

第二台结束时，檀卿又问了她一遍："真没空？"他难得今日手术少。

"没空！"她说得特别用力，口水都喷到了口罩上，幸好他看不见。

"好吧，那还疼吗？"他注意到手术时她仍是恹恹的，递东西没什么力气。

周沫吊起的那口梆硬的气突然就软了。真烦人，臭萝卜。

2018 年 9 月 18 日是胡倾城二十六周岁的生日。

蓝天和棉花云为这日子布景，暖风和秋叶为这日子起舞。

胡倾城在湖心亭石板凳上等她的小甜心下班。这是新大楼到 9 号楼之间必经的亭子，有两个白大褂和三个便服正倚着栏杆抽烟。

她自然认出了檀卿，帅成这样，真当她一个看小说的对美色免疫？只是那晚他的立场实在有问题，她很难对他露出好脸色。

檀卿见胡倾城也觉得眼熟，花了半根烟的时间回忆，猜到了一个模糊的身份，心念一动，走了过去，伸手道："你好，檀卿。"

"胡倾城。"她心下诧异，不过也伸出手。活了二十六年，第一次与人握手，手感还不错，挺滑溜。

"在等人吗？"檀卿继续搭话。

"嗯，周沫，你也认识的。"这会儿胡倾城在三次元世界逗留得比较久，余有热情，见对方没有要走的意思，抛接起话题。

檀卿沉吟："你们要去吃饭？"

"是啊，今天是我生日，周沫要请我吃大餐。"应兰兰和张敏大概6点才能到，周沫手术室下班早，胡倾城便来等她。

檀卿微笑："那祝你生日快乐。"他顿了顿，"不知道可不可以问你个问题？"

夕阳西下，工作人员陆续开始交接班。周沫远在安全出口就看见了湖心亭的情景，快步冲上来："你俩说什么呢？"

这两人能聊什么？

檀卿方才夸了一通周沫的机灵和认真，把胡倾城骄傲坏了。她欣慰道："沫沫，原来你工作还不错啊，我一直担心你傻乎乎，大家碍于你爸的面子没好意思骂你！"

周沫勉强扯扯嘴角，胡倾城一向瞎操心，她聪明能干着呢。

檀卿闻言笑笑，这笑落在周沫眼里，就是檀卿两眼一弯，又在放电。

继那次她在手术室拒绝后，他们已经很久没见过面了。

檀卿最近在忙檀墨的事，手下没收新病人，也就没了手术和去手术室的机会。

周沫问："又来抽烟？"

"难道在这儿呼吸新鲜热气？"外面大概有三十五六摄氏度。

"社恐"胡倾城的社交任务终于结束，她见周沫来了便准备要走，谁知道周沫没有走的意思。

她扫了眼吸烟区高高堆起的烟屁股，没忍住问了句："你一天抽几根啊？"

"一两包吧。"最近他烦心事多，抽得猛了些。

一两包？一包二十根，他是准备把自己熏死吗？

周沫胸口烧起股无名火，走前撂下一句："难怪这么臭！"

檀卿怔在原地，抬起手臂闻了闻，又将手捂住嘴，冲手心哈气，没味道啊，他吸完烟喷了口气清新剂的。

太阳仍在天空烧，烧得人心都慌乱了。

走到南门，周沫一颗心仍气得打鼓。这人是不要命了吗？肺癌家族史也敢这样吸？

胡倾城问了两遍"你们很熟吗"，周沫都没回应，只管耷拉个脸，快步向前冲。

周沫向前的步伐遇到阻力，疑惑地看向她。

"周沫，你是不是喜欢那个檀卿？"

"狗屁！怎么可能，他和胡东阳是一路人。"

时光是一把利剑。毁灭少女心，刺破白日梦，打破憧憬光墙。

胡倾城并不爱过生日，过生日的原因不过是找个理由和同学们聚一聚。

酒过三巡，二十五六岁的少女们不胜酒力，几瓶低度酒一灌，人迅速七扭八歪。

已婚女柏一丁先回家了，剩下的"单身狗"们半躺在沙发上，等待血液将酒精循环代谢，再收拾欢快的情绪回家。

迷糊时刻，应兰兰翻出振动的手机。胡东阳问她今晚有空吗。她像回到了青春期，无数遍挣扎，左右互博，理智和情感撕扯得无比激烈，可那颗冲向爱人的心依然义无反顾，丝毫没因岁月打磨的世故性格而打折。

她回他：晚一点儿，你家我家？

胡东阳说：你家吧，我妈明早可能去我那儿。

音乐自动播放至下一曲。周沫听着随机播放的歌，脑海中的片段切到了下午的对话——胡倾城问：你是不是喜欢那个檀卿？

怎么可能，她当然否认。这种花心大萝卜，她怎么可能把自己交出去，那岂不是要步应兰兰的后尘？

可想到自己对于檀卿的过度关心，内心不由涌起疑云。不管是主动打听，还是被动填塞，手术室那么多男医生，她好像确实只对他的信息格外关注。风暴中心那么多绯闻，她确实只在他被误解的时候，有过辩驳的勇气和行动。但她内心，明明对他是不屑的。

她理不出头绪，借着酒劲将头埋在抱枕中。

应兰兰敲敲她的脑袋："听胡倾城说，你们的小说还在写？"

她怏怏道："嗯。"

"写到几岁了？"

"十七。"

那个时候真好，好得找不到一丝感情的"鸡蛋缝"，也是，那么好，注定会有遗憾。

一步错，步步错。当局的她和他没能看清，这会儿上了岸，回看一起经历过的深海，竟忘了当时他们是挣扎过的。许是两人抱得很紧，互为浮木，所以忘了下坠的窒息。

"如果后面的人生循环前面过过的，你愿意吗？"

"不知道。"反正也不可能了，想这干吗。

"那你想过找什么样的人吗？"应兰兰听胡倾城说周沫家里在给她张罗对象。

"不知道。"周沫发丝凌乱在脸上，像是喝多了，但一双乌珠依然灵动清明着。

她从来没想过，从出生到现在都没认真想过喜欢什么样的，找什么样的人共度一生。她从知道"喜欢"这个词开始，便只有余味。而那个人，亲自将自己连根从她的生命里拔起。

她的"喜欢"中空许久，无法找到填充的代替。

应兰兰叹了口气。旁边两个醉酒的人打起了小鼾，每次聚会，都只有她和周沫半醒着。

"你呢？"周沫问。

"我想找个喜欢我的人。喜欢一个人，真的太累了。"

沉浸爱情的欢喜再抽离，情感会双倍痛击你。

成年人的世界本就辛苦，那么艰辛，还在感情上给自己添什么堵。

"嗯，有道理。"

我们都世故了，被时光击打得胆小了。

"找一个喜欢我的人。"应兰兰这句话在周沫大脑里转了好久。长这么大，追她、喜欢她的男孩几乎没有，就算有，也都被灭了心思。

太惨了，都怪那个余味。

这晚，TQ 发来一条消息，问她：这周末有空吗？

她想回没空，又觉得每次都说这句话不太好，敷衍意味明显，可他反复约她到底什么意思？他不是有个送饭的女朋友吗？

周沫带着这个纠结入梦，梦里持续出现檀卿的面孔。这都做的什么梦，上班上台，怎么梦里也在上台，累死了。

S市的这个夏天被画上了延长线，入秋了还热得人烦躁。

周沫睡到日上三竿，醒来发现家里空无一人，这很罕见，更奇怪的是，门口有凌乱的痕迹。

周群、胡瑾皆是爱整洁的人，此刻桌上横陈着择了一半的大白菜，地上的狗圈也胡乱放着。她心里涌起不好的念头，快步走回房间，拿起手机，拨通周群电话。

果然一片嘈杂声中，她听到了一桩不好的事情。今天是周六，也是周沫连续第六天去医院。

李阿香出门遛鸡，被电动三轮车撞倒在地。那人将车一停火速溜了，邻里将她送去了医院。

周沫到的时候，外婆正在急诊手术，她站在三楼外面，难得体会了家属的感觉。

李阿香是胫骨骨折、踝骨骨裂，加上七十八岁年事已高，骨科医生建议如果没有更高的生活需求就保守治疗。可李阿香向来喜欢自己动手，没事爱串门，让她瘫在床上，她宁可死去。

周群尊重丈母娘，选择了手术。他犹豫过要不要问问周沫，可想想周沫也不会愿意看着外婆就这样失去生机地躺着，于是替她做了主。

周末一般无手术，他们三人坐在难得清静的手术等候区。这样的安静让人压抑。

周群、胡瑾说完李阿香的事儿，周沫便开始焦虑，年事这般高，血糖也偏高，要是骨头养不好怎么办？她有点后悔没早点起来，这样外婆进去前，还能看她一眼呢。

静谧了许久，交替响起叹气声。

须臾，手术室的门打开，檀卿和张软走了出来。

"所以我那个朋友备孕有必要吃叶酸吗？"张软问。

檀卿说："无所谓的，查血一切正常的话，没必要。"

两人经过等候区，扫见左手边如雕像般安静的三个人。

"周沫。"张软看见她很惊讶，"你今天怎么来了？"

檀卿见还有长辈，冲他们点点头。

周沫沉着脸，无精打采道："我外婆在里面做手术。"

"里面的急诊老太太是你外婆？"张软更惊讶了。

"可能吧。"周沫没有搭话的心思。他们两个站在一起也挺养眼。

檀卿问："是骨折吗？"方才他遇见张显华，听他说起。

周群点头："里面做得怎么样？"

胡瑾也看向檀卿，即便对方不是操刀医生，她也很期望他能带一句好话。

檀卿组织了一下语言："丁主任是经验丰富的医生，你们放心。"说完看向周沫，发现对方低着头在抠手指。

"周沫。"他叫了声她。

四个人同时齐刷刷地看向他。

"记得回消息。"

所有人都怔在了原地。尤其是周沫，后脑勺都烧了起来。

他怎么可以在这里说这个，是，她是没回消息，可只是一时没想好怎么回而已，就不能多给一点儿时间吗？

"哦。"闷包。

待檀卿、张软道别后，胡瑾好奇地推推她："那小伙子是谁啊？"

"妇产科医生。"声音毫无温度，一点儿不像平时的周沫。

周群若有所思道："是不是那个美国回来的？"

他是财务处副处长，特殊薪资自是要他过目的，檀卿拿的是特聘等级的津贴。医院每年特聘很少，这种年纪的特聘医生更是罕见，主要是国外顶级医院的医生一般不会回国发展，所以十年难遇，医院都会好生伺候着。

周沫点头。

周群心里打起小算盘："他结婚了吗？"看刚才那架势，好像对女儿也有点意思。

胡瑾也来劲了，笑眯眯地看着她，等她回答。

三人一扫几分钟前的压抑，空气中有了春天的味道。

周沫心中冷哼，为了避免怀疑口上淡淡道："他有女朋友。"手术室的人说他有女朋友，还给他送饭。

周群张张嘴，又闭上了。唉，现在好小伙子都被人先"下手"了。

方才那个真的长得很不错，个子也高，他一直以为是个聪明绝顶的普通学者，居然长得这么精神，真是年少有为。

现在相亲市场，周沫已经不吃香了。人家一问她已虚岁二十六就直摇头，学历又是专科更加嫌弃，照片都懒得看。

很多新闻都在报道，至几几年，国内男性比例高于女性多少多少，将有三百万男性成为光棍的时候，S市的广播却播着，本市未婚女性多于未婚男性四十万，"嫁女难"成为热议话题。

老周拍拍胸骨，给自己顺气，现在搬家来不及了，只能靠人脉豁出老脸去为周沫努力一把。

周沫完全不懂老周的内心挣扎，打开了檀卿的微信对话框，回了个：没空。

胡瑾一听对方有对象，也没了方才的笑容，回到母亲骨折的忧伤中。

等候区，三人恢复安静。

回到骨科病房，李阿香麻醉未消，总想睡。麻醉师说半小时内不要让她睡觉，胡瑾不停地拉着她说话。

周群则拉着周沫，又笑得别有深意："那个张医生你也认识？他是单身哎。"

前几天办公室的小王将全医院单身男医生都给列了出来，长长一串，张显华的名字就在第一个，听说是有名的"单身狗"，小王第一个就想到了他。

张显华作为主治医生，送李阿香一路回病房，嘴上叔叔、阿姨叫得欢腾。周群总觉得这小子对他女儿有意思。

周沫自从松口要找对象，就感觉她爸妈见着单身男性就像津津见着肉似的，一点都不矜持。

她没理周群。

这晚是周沫陪夜。

毕竟是外婆带大的，下午外婆痛得喊叫，周沫直掉眼泪，回去也无法安睡。

陪护床窄小，她睡得不舒服，半梦半醒时分掏出手机，时间显示凌晨 1 点。

微信有几条好友消息的提示，她点开。

——今天你陪夜？来自 TQ。她没给檀卿备注。

点开另一条。

外婆一般情况良好，手术是折腾了点，但是身体底子不错，术中心率血压都好……长长一段，来自张显华。她也没给他备注，因为他的微信名就是真名。

周沫特别佩服微信昵称是真名的人，特别酷，一看就能成大事。

她感激地敲下"谢谢"发给张显华，又回了个"嗯"给檀卿。

手机很快振了一下，是檀卿，连发两条。

——有空出来吗？

——我在八楼。

周沫纠结了几秒，回他："？"

对面楼灯火通明，树丛影影绰绰，明明是无比安静的夜，她拿着手机却有些心浮气躁，生生在空调房中躁出了身汗。

推开十楼的安全门，这里温度和病房差不多，不同的是空气中热气更盛。

下到八楼，平台处的灯居然灭了。借若有若无的月光向下看去，檀卿插着兜，正仰头冲她笑。

她一颗心忽上忽下，他们都没说在八楼哪处，怎么就默契地在这儿聚上了？总共说过几句话，怎么约在如此暧昧的地方？

檀卿本想发第三条信息，手指点点又删除了。

他走到楼道，静静地等，明明没有认识很久，却认定她会从安全通道下楼。

几分钟后，头顶的安全门被打开，脚步声响起，轻轻慢慢，每踩一下都有停顿，终于走到拐角。他直起身，看向她走下来的方向，静静等待。

月光从她背后洒下，周沫搭着扶手，徐徐向他走来。檀卿有种错觉，这画面像是新郎迎接新娘走红毯。

刚想调侃，到了嘴边又换了一句："走得这么慢，不知道的以为是你骨折了。"

最后一级台阶周沫是跳到他跟前的。她不知道，他只是个普通人而已，为什么自己那样别扭又抗拒。

"你在八楼干吗？"她主动打破心中的那点不自在。

"我爸住这儿。"

"那祝他早日康复。"周沫想起他爸肺癌前阶段做了手术。

他坏笑着逗她："你要亲自去祝吗？"

会不会唐突？周沫认真思考，拧眉想着，时间是不是不合适？

他扑哧一笑。玩笑而已。

檀卿看她认真的样子实在可爱，眼睛圆溜溜，像只小猴子。

混蛋，这个玩笑一点儿都不好笑！

凌晨1点半的"全家"。

周沫吃了口面条，辣得满脸通红，又对着吸管猛喝了一口沁人心脾的冰可乐。

她产生了一丝疑惑，他吸烟的时候是不是也这么爽，心里这么想，嘴上也问出了口。

"应该……"檀卿咽下冰啤酒，"没有抽烟爽。"

深夜的周沫素颜，两只眼睛没了眼妆的修饰显得纯真，原本淡粉的唇被辣得通红，小舌头还不时地舔一下。檀卿看着周沫吃泡面，竟觉得这麻辣味还没她发丝的水果味儿浓郁，酸溜溜的香甜不时地搔挠着他的嗅觉。

换作是五六年前的檀卿，应该做不到淡定地坐在这里，静静地等她吃面，且心知肚明今晚什么都不会发生。

周沫迟疑："要不我吸吸看？"她的表情很认真，眼里是少女的好奇和大胆。

"真的？"檀卿的手无意识地在杯壁轻点，似乎在思考可能性。

就在她点头的几分钟后，檀卿给周沫买了烟。

"为什么不抽你的？"

"男人的烟太冲。"

"你怎么不劝我？"

"抽一根而已，人生不能总困在一处，做同一件事情，喜欢同一件厌恶同一件，说不定换个角度——比如香烟，你就喜欢了呢。"檀卿没有说出口的是：比如还有他。

周沫没有理解，但决定闭嘴不深问。

她站在垃圾桶旁拆塑纸，一圈银条一拉，纸盒打开，她取出一根烟，有模有样地捏住。

檀卿掏出打火机，滑动滚轮，火苗蹿出。他勾着唇，没护着火，任它随着风向晃动，直到火苗自动被吸附到烟丝上，一点猩红亮起。

她叼着烟目光微垂，循着火的模样，美极了。

"深吸一口，到肺里，再呼出来。"

他收起打火机，倚着栏杆指导她，看她吸烟不自觉地吞咽了下口水。一半是烟瘾上来，一半是为她昏黄光线下吞云吐雾的那抹风情。

周沫成功地吞吐了起来，没有呛咳，薄荷的沁凉从口腔入肺。

灯光迷离，一阵晚风撩起她的卷发，掩住半边脸，将肩线露出，完美的锁骨反射着细嫩健康的光。白烟从她秀挺的鼻和微张的口中呼出，若有若无地为她的面庞蒙上滤镜。

檀卿很想拿出单反。这一幕太勾人，像是仙女堕凡，让人想跟着一道沉沦。

周沫快速地抽完一根烟，每一口都深吸到几乎闭过气去才松嘴。

檀卿欣赏着眼前叛逆的周沫，那双不谙世事的明珠染了层无名的落寞，抽烟的动作惊人地熟练，他问："你确定你是第一次？"

周沫点头，又抽出一根。

他按住她的手："别抽了，一下子抽太多容易尼古丁晕厥。"他吓她的。特意挑的女士烟，尼古丁含量低，也不呛人。

她本来都信了，见他笑得狡黠，问："你骗我？"

檀卿倾身，呼出的气刚巧打到她的鼻尖："我骗你干吗？"

她慌乱地往后退了一步。

檀卿喝了啤酒，带着淡淡的酒气，表情露出难得的烟火气。

夜露带来凉爽，深夜调皮的风拂起她的裙摆。她顺顺裙角，赶忙镇定地回："你骗我的事儿可多了。"

"除了不在禁烟大楼吸烟还有什么？"他说完又补充了一句，"第三次我说的是真的，后来我真没在新大楼吸过烟。"

周沫手扒拉着栏杆，没说得出口——比如你明明有女朋友为什么半夜约我出来？真是个大渣男。

"什么？"他见她嘴巴鼓来鼓去，却只字未吐，只能又问一遍。

檀卿桃花眼闪着星点灯光，目不转睛瞧她，搅得她心慌气短："没什么，有家室的人就自重吧，我先走了。"

檀卿好笑，他哪来的家室？

他快步跟上她的脚步。周沫人高腿长，听到他的脚步走近，步速不由得加快，后来索性跑了起来。

裙摆随着奔跑弹起，翘成一朵动态的花儿，没能撑多久，她被喘着粗气的檀卿拉住，冲力没来得及收回，撞进他的怀里。

"干吗？"她边偷喘边躲避他的身体。

"你跑什么？"檀卿也跟着喘，两人竟跑了有百米，"还有我哪来的家室？"难怪她态度这么奇怪，不冷不热的，原来是有误会。

周沫斜他一眼，没说话。

"我猜猜？手术室里有人说我结婚了？"

周沫摇头。人家说你没结婚。

"有女朋友？"

周沫迟疑一秒，轻轻点了点头，其实她很想用力点的。

"我没有。"

听他说没有，周沫松了口气，心里却挣扎。他有没有女朋友和我有什么关系？她哀叹，周沫你也变得表里不一了。

"不信？"

"信你有鬼。"都说宁可相信母猪能上树，都不要信男人那张嘴。

"你连有鬼这么愚昧的事情都信，居然不信我？"檀卿揶揄道。

周沫被他笑得忘了呼吸，心乱得一塌糊涂。

晚风灌醉秩序，夜晚催生暧昧，尼古丁让她意乱情迷。那个晚上，她完全忘了那些之前想用力忘记的事情，就这么轻描淡写，被这个莫名其妙的男人勾了魂。

是什么都没发生的夜晚，又好像是发生了什么的夜晚。

回到病房，檀卿揶揄的表情还在面前晃。周沫拉起被子，将脸捂住。太丢人了，为什么要说出来，人家说我真没骗你，就信了好了，还说人家骗人，真的一点儿都不矜持。

手术室的八卦消息一点儿都不靠谱，她再也不信了。

后半夜，周沫香甜地入了梦，嘴边还挂着笑。而八楼的檀卿却失眠了，较平日都强烈。

周沫抽烟的画面在他脑海中转了又转。合眼是她，睁眼也是她。上身是她，下身也是她。他看了眼熟睡中的檀墨，一把捞起被子往厕所走去。

医院的清晨特别早，6点不到护士便忙碌起来。周群夫妇比护士还早，5点半就到了病房，想让周沫回去补个觉。

周沫摇摇头，伸了个懒腰。三个多小时的睡眠，效果居然不错。

年纪大麻药反应大，李阿香吃一顿吐两回。胡瑾愁得抹了两滴眼泪，周群回家四趟，煮了不同的食物，最后弄了碗鸡肉粥，老太太终于勉强下咽。

胡瑾边给李阿香擦嘴，边同周沫交代："以后要嫁人就要嫁给你爸这样的。"

"哦。"

周沫划拉着手机，微信界面刷了又刷，只有张敏发来一张搞笑图片。她咬唇，不知道自己在等什么。

晚饭时分，"今天有八卦吗？"的群又一次活跃起来，这个群似乎属性很分明，只聊八卦，不聊工作。

今日话题不是檀卿，是张显华。主题是他之前居然和手术室某护士谈过恋爱，只是这个护士不知道是谁，应该还在手术室工作。群里开始扒他除了9号还去过哪些手术室。

给李阿香削个苹果的工夫，再看手机，主角已经从张显华变成了檀卿，有消息称，檀卿女友今日去妇产科送了很多水果还有食盒，听说是亲手做的。群里还附了几张图。

周沫放大图片，食物精致小巧就是有点不够吃。

群里还说，这个女朋友经常给檀卿送饭，现在"二十四孝男友"已经过时了，轮到"二十四孝女友"了。

——真的假的？上次问檀卿，他说没女朋友啊！

周沫见有人这么问，赶紧抓起手机，等楼上信誓旦旦的老师回复。

两分钟后，那个老师回到八卦战场，发出：没错的，那个姑娘说想在檀卿爸生病期间把婚事办了。

周沫又把群里的那段聊天内容看了一遍，脑瓜运转了许久，不敢相信昨晚还挺美好的，今日就变了风向。

她用力地敲了下自己的脑袋：周沫，你都多大了还看不清男人！

不知道长得好看的男人都是花心大萝卜吗？

你以为你捡到过宝，第二次还能这么幸运？

人家出厂的时候身上就刻着"花心渣男"，你居然还假装不识字！

睡前，她终于收到了檀卿的约饭消息，即便她心中否认自己牢攥一天手机的动机。

他的消息比以前还要诚恳，发了两个大众点评的地址，问她喜欢哪家。

周沫被葵花点穴手点在那处，久久没动弹。

发这个来，什么意思？没有女朋友，没有结婚，但是有个未婚妻？中华汉字博大精深，是任他玩文字漏洞游戏的吗？

檀卿真的坏死了！周沫气得失了眠，凌晨3点想到自己还没回复，捏着手机咬牙切齿地打下：没空！

次日清晨檀卿醒来便看到了周沫的消息，凌晨3点？难道是夜班？

他问：有事？

周沫正闭着眼睛刷牙，手机一振她霍然睁眼，秒回：陪外婆。

到底不年轻了，周沫上了一天班，睡眠不足的后劲把她拍蔫。爬到十楼，她想，等会儿吃完饭就得睡，再不睡真的要死了，两天睡眠不足六小时，比在血液科上班的时候还生猛，真当自己还是二十岁呢。

迈上最后一级台阶，脑袋跟木偶人松了线似的，没劲地抬起，睫毛拉开视线大门，面前是似笑非笑的檀卿。周沫迅速提起精神，困意消了三分之一。

对方气定神闲，一下抓住她的命门。

"真巧。"他算好她今日会爬楼，白日他去手术室看了下，她在台上。

"你干吗！"又是这句，她好像总在问他干吗。

"一顿晚饭的时间都抽不出来？我刚看了，你爸妈都在。"他觉着周沫的态度若有若无，似是而非，看他的眼神和语气一会儿爽一会儿不爽的，让他抓不住头绪。明明昨晚一切都很好啊。

"为什么要请我吃饭？"

"那你请我也行。"他不介意。

周沫无语，以为他是靠脸勾搭女人的，原来是靠耍无赖。

"我没钱！"

"那我请你。"

"我减肥不吃饭。"

"那陪我吃。"

周沫劝自己冷静，千万不能像上次那么丢脸，却脱口而出："檀卿，我对你没兴趣。"

说完这句话，她又觉得不妥。人家没说对自己有兴趣，他要是反问怎么办？好尴尬。

半晌没声音，她眼睛滴溜滴溜转了两圈。

他盯着她皱眉思考，仿佛要从她脸上看出答案，不信似的确认了一句："真的？"

比珍珠还真，周沫点头。

周沫进了病房，两个大果篮摆着。周群正在削苹果，见她回来笑盈盈："檀医生刚刚送了两个果篮来，我看了和外面卖的不一样，还挺高级，你见到他记得道谢，也是有心了。"

手机振了一下，檀卿发来消息：那先前唐突了，不好意思。

她纠结地皱起脸，这人怎么这么烦人啊！

又是好多天，周沫和檀卿都没碰见过，手机自然也礼貌地死寂。

周沫被调去了泌尿外科手术室，胡倾城奚落她："最后的最后，你还是去通了下水道。"

上学时，宿舍的马桶老是堵，都是胡倾城通。偏她手熟得很，马桶搋子捣两下就行，导致周沫一遇马桶堵就叫胡倾城，像极了周星驰电影里叫包租婆的架势。

胡倾城没好气，诅咒她以后去泌尿外科去通下水道。果不其然，苍天饶过谁。

这天下班，胡瑾围着她左嗅右嗅，嫌弃地说："你身上怎么一股尿骚味？"

周沫崩溃，今儿正好一台尿道重建术，血和尿在空气中混合，整个手术室都不好闻。

她苦哈哈地去病房厕所洗澡，热气氤氲间，她想起今天在手术室王老师说——

"檀卿去临市开会，还连夜回来看父亲，第二天再赶去临市，一天开会十小时、开车四小时，真是个孝子。传言说以前父子关系很差，现在老爷子晚期，要走了，他抓紧所有的时间补回来，可惜……"

一时入神，泡沫进了眼睛。周沫赶紧揉揉，烦死了，想这些有的没的干吗，和你有什么关系？

十楼骨科，刘冉冉推着檀墨从电梯上来。

老爷子问："户口迁出来了？"听声音中气足了不少。

檀卿彻夜查文献发邮件打电话，熬得眼下瘀青，整个人连轴转，胃和肺都要烂了，拟了无数保守方案，残喘的续命治疗总算有了点起色。

刘冉冉说："嗯。"

"檀卿他——"檀墨想劝她。

刘冉冉没等他说完，打断："不管他怎么样，反正本来也要迁出来的，我不可能一辈子都在檀家户口本上。"

那些打击，她在漫长的岁月里听得太多了。来自翟蓝，来自好友，来自毫无反馈的檀卿，来自一败涂地的婚姻。

她以为这辈子没希望了，可现下，希望在眼前。

单人病房里，檀卿正在沙发上打盹儿。他们进来，他眉眼未动，呼吸均匀。直到醒来时，天已经黑了。

他刚睁开眼，刘冉冉便出声问："醒了？"

她好像在等他，可她距离他有两米。

"嗯。"他清清嗓，直起身，伸手将灯打开。

檀墨正在床上看手机，忙了半辈子，终是闲不下来。

刘冉冉主动找话题："檀卿，这个公司你刘叔叔在管，后面你不想管就拿拿分红，也——"

檀卿不耐烦道："别说了，赶紧吃饭。"

刘冉冉将床旁桌拉来，摆上菜。

檀墨开口："冉冉，临市那套房子过几天过户到你名下，你去把手续办一下。还有西郊的别墅，檀卿你看看要不要，估计不要，不要就——"

"能不能好好吃饭？非要说这些？"檀卿蹙眉。

刘冉冉的动作停住。

"吃吃吃，就是说一下，"檀墨拿起筷子，"总要说的……"

檀卿将筷子放下，合眼吸了口气："你们吃吧，我吃不下。"

门关上后，室内静谧许久。

"吃吧。"

"叔叔，檀卿他难受。"

"嗯。"檀墨低低应了声。

夜幕落下，华灯初上。

檀卿打了个电话给胡东阳，约在墨白。出发前，他将车钥匙塞进裤袋，招手拦了车，做好了喝酒的准备。

霓虹在暮色中开花，他想起了周沫的花裙子，颜色很跳，像是广场舞阿姨们的扇子，可穿在她身上，翩跹得像只花蝴蝶。

他想起了那天的"堕凡仙子"，也想起了那句"对你没兴趣"。

现在的女孩都在想什么？

"现在的姑娘都在想什么？"趁应兰兰去洗手间，檀卿忍不住问了出来。

他到达墨白，看胡东阳搂着应兰兰，第一反应是胡东阳找了个和上回同类型的妹子。再定睛，别是双胞胎。如果是同一个人，那这姑娘的心也太大了吧。

"想什么？你上次不是说喜欢一个同事吗？"胡东阳咬了口柠檬，点了点盐巴，火辣辣一口闷。

檀卿灌了口酒，眉头蹙起。

"怎么？不顺？"

"不过我说也是，办公室恋情很悬，医院人多口杂，你又不是个定心的人。"胡东阳随意感慨，"人姑娘没安全感很正常。"

"是这样吗？"檀卿觉得有点道理。周沫每次见他不似是讨厌，倒有点女孩的娇羞。他以为两人应是不费力气水到渠成，毕竟男才女貌又近水楼台，怎么也不至于郎有情、妾无意。难道他的判断失误了？

应兰兰补了个口红，走了过来。

檀卿这才想起胡东阳方才那句感叹是对应兰兰发出的，胡东阳倒是往他的感情上想了。

"老婆，等会儿你先回去，我和兄弟喝几杯。"

应兰兰娇嗔："不要喝太多，上回吐得我那儿到处都是。"

"好。"胡东阳搂着应兰兰亲了口脸颊。

檀卿避开了眼，毕竟上回见他们还是"武打戏"。这场恩爱戏有点突兀，他不习惯。

"以前都是我看你，现在终于轮到我搂着姑娘，你看我了。"胡东阳见檀卿躲开亲密画面，得意道。

檀卿没理他，想到应兰兰是周沫的朋友，想从她这里套点信息。

他诚恳看向她："咯，应小姐是吗？"

应兰兰点头，心道：真是个帅哥，这么一比，胡东阳都逊色了点。

"你和周沫熟吗？"

"啊？"她双目微睁，显然对突然提及的名字感到意外。

"咯，"他单手覆在口边，轻咳一声，"我和她是同事。"

胡东阳伏在了桌上，头埋进了臂弯，笑了起来。没想到，檀卿居然会打听姑娘了。

"哦，我们挺熟的，"应兰兰点头，补充了一句，"我们做了四五年的室友。"虽然周沫周末回去，还有她后来也经常外宿，可熟肯定是熟的。

"那她有说过喜欢什么样的男人吗？"这话问出来，檀卿都抬不起头来。可他好奇，周沫说对他没兴趣，那她对什么样的男人有兴趣？

"……没。"应兰兰身子稍稍后挪，仔细打量起檀卿。他看起来人模狗样的。方才只是觉得帅，这会儿她目光自带放大镜，检查起他的五官分布。倒像是周沫喜欢的。虽然周沫没说过喜欢什么样的，但她直觉周沫是个"外貌协会"。毕竟这丫头会因为漫画男主角不是帅哥而弃书。

"不过。"应兰兰想起了什么，她翻了翻手机的群聊记录，一条条往上拉，"她最近在相亲，她爸给她张罗了个医院的男医生。"

檀卿难以置信："医院？我们医院？"

应兰兰一手撑着脑袋，另一手拿着手机又翻了翻，确定道："骨科的。"

夜里 10 点，骨科病房。

周沫半入梦，手机忽地狂振，她想起自己是备班，心中涌起不好的预感，以为要被叫去上班了。

捞起手机，一看居然是应兰兰。

她声音压低："喂。"

背景音是震耳的音乐声，应兰兰站在酒吧门口，带着迷醉大喊："沫沫！你今年中桃花了！"

周沫对墨白印象不佳，听应兰兰说她在墨白，生怕她喝多上头，旧情复燃，想着第一时间冲过来阻拦悲剧发生。

只是她到的时候，一眼看见了站在应兰兰身侧的檀卿。

晚风里，他手搭在安全栏上，侧头同应兰兰说话。周沫听见了自己的名字，心头一惊：他们是不是在聊我？兰兰喝多就喜欢乱说话，不会说点什么不好的吧……

"你们在说什么？"周沫赶紧出声，身体随后绕过围栏走到他们面前。

应兰兰揉了揉脸，喝得表情都控制不了，像吃了无敌快乐丹："哈哈哈，沫沫你来了？我们在说上学时的糗事。"

周沫上前钩住应兰兰的手臂，天然去雕饰的一张脸疑惑地看向了檀卿："什么糗事啊？"

"没什么。"檀卿直勾勾地盯着她。她似乎刚起床，右侧的发丝微微凌乱。

"你们怎么在一起啊？"周沫扫了眼檀卿，今日他穿了件黑衬衫，纽扣开到第二颗，霓虹路灯下，还反射着珍珠白，竟比穿白大褂还帅了几分。

真是气人，怎么越是渣越是帅呢，老天是不是专派这种人来治她们这种外貌协会的？

"我们刚巧碰到。"应兰兰瞪眼强调，酒醒了十分之一，立刻拧起眉毛冲檀卿打眼色。

檀卿面不改色地配合："嗯，碰巧。"

入了秋，晚风还是有点凉的。

"你真是不要命了。"周沫嗅见酒气，使劲瞪檀卿。又是烟又是酒又失眠，她都看到他的阎罗生死簿了。

"什么？"檀卿双目清明，没理解她为什么说他不要命。

"没什么！"周沫拉起应兰兰，往路边走，想拦车。

檀卿收回了手，只得出声说："我送你们。"

周沫愤怒回头："你都喝酒了，美国允许酒驾吗？法治这么差吗？"

"不允许。"

"那你没有法律意识吗？又要拿别人的生命开玩笑吗？"她气得眼珠子都要瞪出来了，可又不知道气什么。

"我打车送你们，半夜三更两个姑娘不安全。"他见周沫不情愿的样子，一手横在了她面前，"给我个机会。"

"哎呀，就让檀医生送一下嘛。"

檀卿冲应兰兰投以感谢的笑。应兰兰头枕在周沫肩上，心道：这丫头真好命，喜欢帅的就每次都有帅的。

应兰兰说是醉了，但出租车停稳，她第一个抢到副驾位，把那两个人扔在后座。

檀卿拉开后门，似笑非笑，对她做了个"请"的手势。

周沫这才意识到，自己被室友摆了一道，一时不知道该做什么反应，这不是电视剧里发生的吗？

"周沫。"檀卿叫她。

"嗯？"周沫掏出手机，掩去和他坐在一起的不自在。

手机一振，张显华询问老人这两天早期功能锻炼的事。

她打开，认真回复。

檀卿不瞎，一眼看到了张显华卡通小黄人的头像。

"你和张显华很熟吗？"

"还好吧。"经过李阿香的事，周沫和张显华的交流明显多起来。她也清楚，张显华对她有意思，这么多年过去了，她在男女情事上不再是一张白纸了。

檀卿清清嗓，唤起她的注意力："我可以问个问题吗？"

周沫抬眼，心脏乱跳。

霓虹光影掠过车窗，一束又一束斑斓在檀卿的脸上摇曳。有一刹，周沫听见雨滴拍打车窗，闻见空气中潮湿的腥气，一张英俊的脸隐在昏暗车厢内，时而是男孩，时而是男人。

檀卿被周沫的眼神吓了一跳，双目含情，像透过他看到了另一个人。这不是周沫的风格。

"这么看我干吗？"

"是你叫我的！"周沫的眉立马拧成"八"字。

嗯，这才是周沫。檀卿嘴角噙笑，说回自己的主题："你家里着急让你结婚？"

"谁说的？"周沫背后的汗毛都竖了起来。

谁！是谁！她倒是没往醉后的应兰兰身上想，第一个想到的是周群。

周群大张旗鼓，手术室一半人都知道她是个关系户。泌尿外科主任还煞有介事地瞧了她两眼，术中说："你爸在给你找对象啊，前几天还问我们科刚进来的那个小伙子如何，我明天带他上台，你看看。"

窒息，窒息般的催婚，她还没来得及把周群说一顿，先碰上了檀卿的问题。

自己才拒绝了他，现在又在赶忙找对象，会不会不好？

她眼神躲了一下，又飞快地直视了回去，怕什么，她又没做错。

檀卿计较道："张显华比我好？"

周沫心中疑惑，关张显华什么事？

虽然前几天周群是对张显华很感兴趣，可在一系列评估后，他对这个骨科医生的评分不高。岳父看女婿，一个接一个地不爽，都配不上他的傻闺女。

"嗯！"但她点头了。

"我哪里……不如……"檀卿心想，这女人是不是没配眼镜？

"你坏死了！"谁都比你好！周沫心里暗暗道。

安置应兰兰睡下后，周沫拦车回了医院，凌晨街道一片安静。这条街在余有才走那晚，她坐在周群的车里，看了一遍又一遍。

昨天把小说看了一遍，心痛得缓不过来。黑暗中的灯光就像那会儿的余味，微弱又挣扎，渺小又倔强。

一辆出租车缓慢地跟在她的后面，和她一起抵达了医院。

她下车时，那辆车也停了下来，但车门未开。周沫没管后面，手机确认付款后向湖心亭走去。

她到病房时，周群和胡瑾都在，拉开了两张陪客床已经躺下了。

她吓了一跳，忙问："怎么了？"

"你这丫头，出去也不说一声，外婆痛，要用药，找不到家属，就打电话给我们了。"

"啊？"周沫看向床铺，李阿香睡得一脸慈祥。她摸了摸她的脸颊，舒了口气，心叹自己真是心大。

周沫二十五岁之后，吃到年纪的痛，一熬夜，皮肤肉眼可见的苍老。女人真惨，女护士更惨，好像还有很多夜要熬。

这日，又是个夜班。她睡到日上三竿，被周群一通催送饭的电话吵醒，她嘴上说来了来了，实际慢条斯理敷了张面膜，打开音乐，和津津好好享受了番"人狗休闲时光"。

由于沉浸在音乐中，周沫没注意，津津没憋住，在家里造了一坨"香糊"。她用三层塑料袋妥妥打包好，准备扔了。

一出门太阳太大，她把东西拎到了车上，关上车门才发现自己包了三层塑料袋的东西，有些埋怨自己的记性，可这会儿让她下车走五十米去扔到垃圾桶里，她是拒绝的。她想着，等会儿扔在百家小区的垃圾桶里好了。

可开了二十分钟车后，她完全不记得副驾位前的东西。停好车对着后视镜理理发型，她妩媚一笑，下了车。

一坨生化武器被"青年健忘症"患者周沫，留于炎夏室外的不透风温箱中发酵……

周沫到病房先同李阿香吃了顿饭才去四楼值班。走前李阿香心疼周沫又要上夜班，太辛苦了。

周沫哄她，现在上班可轻松了，一点儿都不累。她见外婆不信，对她说："我得空了还能下来陪你聊天。"李阿香这才放下心来。

晚间10点，择期手术做完，周沫接到周群的电话："你不是说你来看你外婆吗？她一直在等你，不肯睡。"

胡瑾也在问："你是不是忙啊，忙的话就别来了。"

周沫看了眼时间，同张软说了一声，便爬到十楼去给外婆定心丸。

一般夜班护士是两个，由于她来手术室不满半年，很多高大上动辄六七小时的脑外、胸外类手术她不具备资格上，所以不算在正式值班的护士人头里。她就是个虾兵蟹将，非重要人物。

不过到底是第一次溜岗，她攥着手机看屏幕，生怕来电话，有些心虚焦虑。

李阿香曾去临床科室看过周沫一回，见她跑得满头大汗，说话像机关枪，心疼得不行，拉着周群说周沫怎么就不能去轻松的科室，要么辞职也行，愚梦巷的房子能卖好多钱了。周群赶紧摁住老太太卖愚梦巷101号的想法，说有轻松的科室，周沫年轻，得历练历练。

见周沫值班期间轻松地陪她刨瓜，老太太终于欣慰。她最喜欢看周沫吃西瓜，像只小猴子。

周沫到底还是一颗上班的敬业心，下来没一会儿便发消息问张软：有手术吗？

张软回复很快：你是天赐福星，没有手术，你再陪会儿你外婆，下来直接去值班房睡觉。

半小时后，李阿香均匀的呼吸声传来。

深夜，病区走廊安静，周沫怕影响别人，推安全门时只开了一道小缝，身子轻巧地钻了出去。

走到四楼，她忽见一道阴影，看款式是手术衣，刚想出声，耳边传来女人的声音。

下一秒，毫无准备的她被那道人影揽进怀里，往墙角躲去。那两条臂膀强壮有力，周沫刚要大叫，挣扎间闻到了淡淡烟草味，而恰是此时，三楼楼梯口两道声音鬼魅般漾开。

周沫被这两道声音点了穴。他们应该才碰上面，不然楼道里最是容易传声，这音量她该早有察觉。

周沫不再挣扎，圈住她的手也礼貌地松开，两人的眼睛终于对上……

又是这个该死的楼道。

又是这个该死的男人。

他目光隐在暗处，背着窗光，她看不清。周沫在这个角度只能看到他的唇微抿，下颚流畅的弧线延向耳后，消失在鬓发中。

他们离得好近。

周沫耳边响起胡倾城问的那句："你是不是喜欢那个檀卿？"

她怎么说的来着？她好像很生气地说："怎么可能，他和胡东阳是一路人。"

这黑暗就像验钞机，乱七八糟的心跳和死活不肯和他保持距离的身体告诉她：你骗人。

她绝望地闭上眼睛，完了完了，她真的喜欢上这个臭萝卜了。她怎么眼光这么差啊。

檀卿也没想到，他和周沫会如此有缘。国产艾司唑仑对于他来说药效不佳。他翻来覆去后没抵住大脑的清明，想起自己有进口安眠药搁手术室的柜子里了。可能是着了周沫的道，他竟然选择走楼梯，快步走至七楼，楼上不知哪层安全通道门轻响了一声，随后有细微的泡沫鞋着地的声音。这让他又想到了周沫。

继续往下走，檀卿看见张显华和张软两人牵着手下了楼。他第一反应是往阴影处闪。深更半夜，孤男寡女，手牵着手，又在很少有人处，以他丰富的经验来看，必是香艳之事。

而楼上那位穿着手术衣迎着月光向下的，赫然是周沫。这姑娘完全没听见那密密的唇齿之声，步速步态都很正常。他在她张嘴出声前，一把将她拉至阴影中。楼下衣料的窸窣声同步至周沫耳畔，告诉她发生了什么。

果然，怀里的姑娘听见动静，自动静止了。鼻尖处萦绕她水果味的香氛，檀卿手故意紧了紧，掌下是想象中的纤瘦姣好。他暗骂自己堕落，回国后空窗太久，居然抱着个对自己没兴趣的女人动了绮念。

他将手微松，垂眸对上她纯净的黑瞳。第一次遇到那么义正词严拒绝他的女孩，这让他又挫败又莫名。是这个姑娘进化了，还是他的判断技能退化了。

楼道的回声是三维立体的音效，两人说着情人之间的话，你来我往，交错起伏，周沫实在听不下去，脸要热炸了。她冥思苦想，索性破罐子破摔，掩耳装聋。

檀卿见周沫羞得快哭了，想到她爸说她没恋爱过，国内女孩又偏保守，他伸出双手，覆上她捂耳朵的双手，替她加了一重阻碍。

几米外的两人做着男女的终极任务。周沫、檀卿小心翼翼手碰着手，像是在初级打野怪现场。

周沫疑惑地抬眼，撞进一条长长的走廊。黑瞳通幽，叫她迷失。

终于熬到两人离开，周沫飞快后退，简明扼要利落开口："就当没发生过。"

"我们本来就没发生什么。"他故意逗她。

在周沫看来，月光下的他特别欠扁。

"我是说他们！"他居然妄图断章取义勾搭我。胡倾城在宿舍传输的小说套路当我没听吗！

"知道。"檀卿看她较真的表情，不再逗她。看来她对男女之事没经验，所以这般正经。

周沫回到值班房，直挺挺地躺下，一闭眼面前全是月光下化为勾魂狼人的檀卿。

为什么为什么为什么……她只想抱头哀号，我不听我不听我不听。怎么可能！我怎么能喜欢上一个王八蛋，又喜欢上一个臭萝卜。我和兰兰一样，好惨啊！

经那一"役"，周沫再看张软，已经无法用寻常看同事的眼神看她了。她用了极大的演技，微笑拒绝张软一同坐电梯的邀请，悄悄走了安全通道。只是，双脚挨到平地，便见着便装的檀卿从右侧住院楼大厅出来，正往湖心亭走。

她放慢脚步，同他拉开些许距离，并无打招呼的想法。

檀卿却在湖心亭停下脚步，偏头夹住手机，一手掏烟一手掏打火机，系列动作极其连贯。一眨眼工夫，火已喂到烟口一厘米处，余光也瞥见了周沫。她穿着藕粉色吊带裙，裙摆将将盖住腿根，一双修长的腿就这般一前一后地挪至眼前。

下一瞬，他按住滚轮的手一松，火熄了。他收起烟："一起吃个早饭？"

"吃过了。"她真吃过了。早上别别扭扭和张软还有另一位值班张老师一道吃的。

"你都怎么上班的？地铁还是公交车还是自行车？"

"开车。"哼，他是瞧不起谁啊。

"那送我一程吧，我要去蔷薇九里。"他抚了抚腹部，轻轻皱眉。

"你没车吗？"不是说他家里很有钱吗？

去蔷薇九里这么贵的地方，怎么会没有车。

周沫看着檀卿的动作，心下又有了疑惑，他……肚子痛吗？又是胃？

"有，保养去了。"并没有，它在医院遮阳避雨的地下车库安静保养中……

周沫看了眼檀卿还搭在腹部的手，点了点头。

周沫带他穿到南门，檀卿皱眉，第一医院怎么有这样破败的角落。周沫见他盯着乱葬岗般的垃圾堆，伸手拉他："快走。"

"为什么要快走？"檀卿倒是想慢些。

"好晒。"这会儿日头太盛，她皮肤热辣辣的。她没好意思打伞，怕显得矫情。

走至窄小的墙边出口时，周沫不知这里檀卿能否通过，她站着观察了一秒，决定试试。她滴溜溜地侧着身子穿了过去。

檀卿则插着兜，看她裙摆擦到墙面，身体完美地避开，也侧着身子小心翼翼地想要挤过，却只过了半个身子便被卡住。

周沫看他不动，知他过不来，没好气地说："哎呀，你怎么这么胖啊，我爸都能过。"

周群是干瘦型，和周沫差不多，能过并不意外。

檀卿失笑，从墙缝中出来，隔着三四米的距离看她："我胖在该胖的地方。"那里卡住他能怎么办，若是腹部他还能收腹，那处绝对不能硬挤。

周沫只能带檀卿绕远路去百家小区。这回她压根儿不怕显得矫情，直接掏出阳伞，象征性地问檀卿："你要遮吗？"

她将伞撑开，没想到他一弯腰还真躲了进来。

小小一把黄色阳伞，遮她都勉强得很，现下他凑进来，完全容不下。这个人手术时一本正经，这会儿怎么这么没有眼色，读书读傻了吗？

她没动，硬看着他，想把他看得有自知之明。

檀卿厚着脸皮回视："上夜班累了？我来举着吧。"他的手若有若无地擦过她的前臂，从她葱白的手上接过伞柄，举过头顶，揽过她的肩，"晒死了，走吧。"

感受到她僵硬的身体，他的笑容不由灿烂起来。这丫头真的很好笑。

不到9点，太阳已呈火球之势。

伞皆偏在她这侧，但他一直贴着她，怪亲密的。她很想问：你要不要遮？不要就都给我好了。

你为什么搂着我？很奇怪哎。你这样真的不好，你未婚妻会生气的。

在见识过白天对她献殷勤、晚上拉张软幽会的张显华后，她彻底明白了，男人都是花心大萝卜。管他长得老实还是不老实，都是一块萝卜地里出来的，本质是一样的。

她想挣脱他的手，避开了身体，没想到他真的松手。整把伞举过头顶，将她扔在距离伞下三十厘米远的艳阳下。

"你……"周沫愣住。这人的绅士风度呢？我好心送他，还为他绕路，他抢了我的伞却只遮自己。简直是真人版《农夫和蛇》。

"周沫，你是不是讨厌我？"檀卿见她一路眉毛拧到打结，呼吸粗重，极其不爽，她挣肩那一瞬他忽然涌起这个想法，这个姑娘不仅对他没兴趣，好像对他还有反感之意。不问清楚他憋得慌。

周沫想说自己是挺讨厌他的，可……她眼睛微微转动，想说点什么，可没想出来，她躲到他身躯投射的阴影下，放弃矫情的挣扎，说了实话："没有啊。"

"那就好。"他将伞再次倾斜向她，这次不再逗她。

周沫的车是白色、两座，很适合女生开。从车窗外扫去，内饰皆是卡通玩偶，童趣十足，是周沫的风格。

周沫解了锁，一开车门，被浓烈的生化味冲击得发出声惨叫。

檀卿收了伞，上前关切问："怎么了？"

他也闻到一股极其难闻的味道，像化粪池。

"啊——津津我恨你。"

周沫闻到车内巨大的粪便发酵气味，第一反应是尖叫，第二反应是责怪狗。

当檀卿站到身后问她"车里有什么"时，她火速合上车门，正色道："不好意思不能送你了，我的车坏了。"真的，被屎熏坏了。

檀卿笑："我觉得也许我会修。"他瞧出周沫不想让他知道那是什么。

"不，你不会。"周沫拒绝。谁能想到车上会有狗屎，太露底了。

为藏住周沫的谎言，檀卿主动戳穿了自己的谎言。

"你为什么骗我？"周沫疑惑。

"真不知道？"他都恨不能写脸上了。

"我可以打车。"

"那不行，刚刚你送我，为了表示谢意，我必须送你。"

顶着烈日，檀卿又拉着周沫"跋山涉水"到了医院地下车库。

檀卿问她："你家住哪儿？"

"陆地花园。"

"那我们住得很近。"

蔷薇九里就在陆地花园的对面，一个是豪华小区，一个是中高档小区，物业费是十倍的差距。当年买房，她拉着周群说要买这里，说这个小区名字好听，周群拍拍她的脑袋，告诉她这里脏乱差，除了名字好听一无是处。

后来余一书在他们对面买了套小别墅，有回在医院碰到，他说："我以后就住你家小区对面，有空来玩。"那时周沫才知道，周群骗了她。

终于可以单独相处，又不赶时间了。檀卿问她："为什么走楼梯？"

"因为小时候被困在电梯过，有点阴影。"

"幽闭空间恐惧症？"

"不是。"

"怕再次困在电梯？"

她轻笑，这毛病说来也奇怪，想了会儿才解释："也不是，现在电梯挺好的，就算困住很快就能修好，只是那会儿可能心理阴影太大，后来再坐明知道什么都不会发生，可还是会不自觉流泪，一直哭一直哭。"

第一天去血液科上班，她是坐电梯上去的，结果站在电梯口哭了一刻钟才进去上班。

她不恐惧电梯，可这反应就像长在身体里一样。从那以后，她彻底放弃在医院坐电梯。

檀卿扶着方向盘，油门踩得很轻："有人说过你很好玩吗？"

"很多。"有眼光的人还是很多的。

檀卿微敛笑意，看了眼方才调好位置的后视镜，刚好落在她唇上："可以冒昧地问个问题吗？"

你不是一直在问？周沫心里默默回他，不过嘴上还是说："可以。"

"多大？"

"二十五，你呢？"周沫眨眨眼，努力维持的冷静表情开始松动。终于问到自己想问的问题了。她心中摩拳期待，千万不要差太多，拜托拜托。她在拜托什么？不知道。

"你猜。"檀卿手指隐在方向盘后轻轻点动，自在惬意得很。

周沫那颗心突地一颤，我猜？哼，是你让我猜的："三十五？"

檀卿像被一拳击中胸口，一股滚烫的血气升腾涌动，三十五？

他瞥回后视镜，不至于吧。看起来，和以前没两样啊。他侧头看她，确认一句："认真的？"

"你不说我就瞎猜。"

周沫假装淡定地瞥向窗外龟速倒退的风景。平日开了十来分钟早到家了，他们这会儿用了差不多的时间路程才过半。两个人同怀鬼胎，谁也没戳破。

檀卿淡淡道："我87的。"

周沫的心算能力在这一秒达到人生高峰，1993－1987=？

啊，老男人。和她猜的也没差多少。

"嫌我老？"檀卿见周沫噘起的嘴唇，猜测地问。

"跟我有什么关系。"她抄起手，防备姿态开启。她知道自己别扭，可他朝秦暮楚，她能怎么办，难道还做他的小四、小五吗？她要将他偷摸潜入她心房的坏心思和小动作扼杀于摇篮。

"周沫，你就说你介不介意。"他能感觉到周沫总在靠近和远离他之间纠结。他摸不清脉络，寻不到原因，只能瞎猫乱撞，莫不是因为年纪？

"介意。"这两个字她声音向下压，努力逼自己讲出来。其实她根本不知道自己介不介意，就是找个由头拒绝他罢了。哎……为什么她微信同张显华保持距离时只是愧疚，拒绝檀卿却那么难受。

"真的？"

"真的！"

檀卿少年气性难得冲上了脑，突然想用点强的。他一脚踩下油门，很快到了陆地花园正门口。

周沫想指路让他进去，可檀卿已经停在路边，开了车门锁，冷冷地看着她。

"你也太没绅士风度了吧。"她解开安全带，难以置信地看着他。

"我只对我女朋友有绅士风度。"他松了安全带，闲适地欣赏起绿化来。

周沫咬牙道："你一个出国都不跟女朋友说的人，还好意思说绅士风度。"

他和余味一样，就是个王八蛋，怎么能出国都不跟人家说呢。

檀卿抓住了她炸毛的点，下一秒，锁了车门，侧身看向她："所以说不是年纪。"不是年纪就好办，逆天改命没办法，前科却是可以痛改的。

他知道自己在手术室有传闻，回国事情多，他没空搭理。可这会儿他杠上了，那些事情她都信了？

能在手术台上当着众人为栓塞那件事维护他，却在男女之事上又由着别人的捕风捉影给他扣帽子，这未免矛盾。

"对我有什么误会，一次性说出来。"

周沫没理他，翻着白眼，怒气冲冲看向窗外。

檀卿主动解释："是有这么一个女朋友，出国前我同她提了分手，但她没当真或者说还想和好，我出国一段时间后，她仍在感情状态里，那会儿我对感情没什么耐心。"

周沫眼珠滴溜滴溜转了两圈："那……你说你没有女朋友？"她盯着他，誓要从他眼里找到撒谎的痕迹。

他诚恳回视："没有。"

眸与眸，怀疑与坚定，在空气中短兵相接。他和她对视两秒，坦坦荡荡。

"你们全科都知道你有未婚妻！"手术室都知道，张软今天早上吃饭时，还在说，檀卿好像有个要结婚的姑娘很会做饭。

"未婚妻？！"

"你这么惊讶干吗？"演得就像第一次听说。

"哪儿来的……"檀卿想到了刘冉冉，"那是我妹妹！"

"啊？"

"是不是送过几次饭？那是我妹妹！"

"好吧。"是妹妹送餐确实不奇怪，是妹妹的话，态度差也是可能的。就像她对老周、胡瑾也没好气，对余味也是凶巴巴的。

周沫沉默了好久，问道："那，如果让你回到十八岁，你会跟她确定分手了再出国吗？"

"会。"

还是会分手啊，但，不懂事的少年终于长大了。

那天，檀卿没有开车送她进去。周沫想到，若是进小区需要登记车牌号，老周心细如发，很可能会发现。

檀卿自知在周沫那里印象分数不高，拿起阳伞陪她走了进去。

到了门口，周沫假装礼貌地问："要不要进去吃根雪糕降降温啥的？"说完，她用眼神传达：你可快走吧，我爸妈随时会回来的。

"好啊。"他插兜抬脚，佯装要往楼道走。

周沫杏眼陡然睁大，不敢相信，国外回来的都这么没眼色吗？

下一秒，檀卿冲她露出坏笑，凑近她耳朵说："拜拜。"他就着落地的单脚原地转了方向，大步流星向外走去。

楼道内昏暗，楼道外明媚。

他走到亮处回头，见她还立着，同她对视，意味不明。

周沫愣住，直到津津在里头不停扒门，她才面向门。

她没再抬头，也没说多余告别的话。可输了两遍密码才输对，慌乱地躲进去关了门。

完了完了，我方战场真的守不住了，敌军太强大了！

她不是《愚梦巷101号》里的无知少女，经历过情动和情事，经历过情殇和绝情。

饶是自认有过经验，依然抵御不住二十五岁的心动。

难怪应兰兰说，要找一个喜欢自己的。

喜欢一个人真的好累，可是想到他就很开心。

檀卿轻描淡写的几句解释，是周沫多夜的辗转难眠。

不是余味，她很难觍着脸皮说出"喜欢"。

他说他单身，且对她的怀疑一一解释，说得通，理由虽不算多好，也不是大家口中传言的那样差劲。

周沫蹲在莲蓬头底下，任水打在背上。她抚上他触过的手臂，那里像有个铁砂掌烙过。

喜欢的人每一下触碰，毛孔都有记忆。

而它们已经叛变了。

李阿香身子渐渐恢复，算算在 S 市第一医院也住了近一个月，今日准备出院。

结账那日，周沫听周群讲电话："不好意思，那套房我们暂时不买……对对……主要是岳母娘身体不好，手头紧，不走贷款一次性拿下有点虚……不好意思不好意思，哎哎，好的好的。"

周沫问胡瑾："我们要买房？"

"你爸打听现在在婚姻市场上，女方都要有单独的房子。虽说愚梦巷那套以后肯定是你的，但老房子又不能卖，你们年轻人也不会住，租也租不了几个钱，精明的人一看就知道没用，所以还是买一套好，就当置产，说起来还是个婚前财产。"胡瑾将行李箱拖出，絮絮叨叨说了一堆，听得周沫心里堵得慌。

见周沫没搭茬，她继续问："那个张医生约过你没？"

虽然周群看"女婿"不满意，可胡瑾认为还不错，工作稳定，人也殷勤。

周沫语塞，她都快硌硬死了，经过骨科手术室门口都要用跑的，就怕撞见张显华。以前偷摸看 9 号手术室的习惯彻底戒了，再也不看了。

"沫沫好了没？"

"来了来了。"周沫将行李箱拖至电梯间，拍拍手，左右转转头，嗯，看了一圈，东西都拿了。

她走到楼道口冲他们挥挥手："待会儿见！"

李阿香坐在轮椅上，冲她颤巍巍地笑，还是个小猴子。

再进安全通道，周沫没想到还会见到檀卿，甚至来不及产生关于偶遇的激动，人就定住了。

檀卿面前站了个姑娘。那姑娘哭得梨花带雨，手上拎着一个食盒，样子精致，像是日料店还是韩食店的。

周沫心里那叫一个波涛汹涌，可面上也就唇部抖了抖，假装淡定地往下走，檀卿一把拉过她，拽到战火中央："介绍一下，我妹妹。"

檀卿突然抓住她的手，这有点亲昵。周沫条件反射地赶紧冲那姑娘挤出礼貌的笑。

那姑娘明显怔住，难以置信地看向檀卿。

周沫心下疑惑，真奇怪，这不是妹妹该有的反应。

他侧头看向她，柔声道："下楼？"

她满眼疑惑，不过很配合他："嗯。"

檀卿拎起刘冉冉手中的食盒，没松开周沫的手，说："我陪你下去。"他转头对刘冉冉说，"冉冉你先走吧，我会吃的。"说罢，拉着周沫的手向下走去。

"等等。"弱弱的一声，像是喉间挤出来的。可在楼道里，这音量不算小。

檀卿下了两级台阶，回头问："怎么了？"

刘冉冉问："这是……嫂子吗？"

"嗯。"他话音一落，被周沫死死揪住掌心。她使劲捏，脸都被气红了。

檀卿不动声色，偷偷冲她眨眼。周沫晕了，手就这般自然地任他牵着，也没挣扎。

刘冉冉扯出笑："哦，恭喜。"

檀卿牵着周沫下楼，一步一步，不紧不慢。

下到八层，周沫摇摇他的手："戏到这里可以了吗？"

檀卿若有所思，附在她耳边说："再等等。"

周沫自顾自地向下，外婆他们还在等她呢。

檀卿的手臂被她拉成一条直线，跟在她后头，就像她主动拉着他的手似的。

他俩没有谁松开手，也没有谁提松开手。

周沫站在安全门前，问："会不会她走了我们没听见？"

"应该不是，她很犟，可能等我们走了很久她都不会走。"

周沫斜眼瞟他，脑里全是那哭得梨花带雨的姑娘。

现在走到楼下，怎么想怎么不对，为什么听到哥哥有女朋友这么伤心，死活不肯走？还有，他妈不是生他时去世的吗？哪儿来的妹妹？同父异母？

什么呀，乱七八糟的。

周沫这时才意识到手热热的，想挣开他的手，反被他抓得更牢。

她气恼："你干吗！"

周沫你是有多词穷，为什么老是问他干吗干吗。她被自己的没文化气死了。

"你说呢。"他捏捏她柔软的手，又看了眼表，耽搁了许久，他得上台了，"冉冉手艺还不错。"说着，他将食盒放在她手里，冲她笑笑，转身上楼。

没了？周沫整个脸都皱了起来："檀卿，你真的坏死了。"

秋光明媚，S市第一医院如常地忙碌着。

周沫再次回到应急手术室。王老师许久未见着她，有一堆消息要同她分享。

"那次檀卿的演讲讲得真好，那么多医生，我就觉得他讲得最好。"

主要是人长得帅，台风稳健，课件也有内容，不是科普宣教也不是照本宣科。

王老师一脸崇拜，唾沫横飞。周沫坐在转椅上，将椅子调至最高高度，空晃着长腿乱转，漫不经心地应和。

"他的英语特别好，发音很标准。"王老师着重指出这一点。

周沫提醒她："王老师，他十八岁就去美国了，说了十几年英语，还记得中文就不错了，你还不如夸他中文好呢。"

"对对对。"王老师忙点头，差点犯了逻辑错误，重新夸奖，"精通中文和英文。"

周沫转向白墙，晃着脑袋做了个鬼脸。哼，精通人话和鬼话吧。

周沫和檀卿实在是太奇怪，明知道两个人都有那意思，可就像隔着层什么关系似的，想靠近，又不能。

他们没有血缘，那隔着什么？谎言！

檀卿哪儿知道。他医院忙，新房忙，加上檀墨最近松口化疗的事，可以说忙得晕头转向。在他忙里偷闲释放出旖旎心思时，收到的皆是周沫的拒绝。

是小姑娘的欲拒还迎，还是又有什么新误会？他还没碰到过这样止步不前的男女关系，是不是国内的姑娘招数更迭太快，他完全落伍了？

所以，檀卿决定去手术室找周沫好好谈一次。他找到周沫，她正在9号手术室的小窗口，向里瞧。

"看什么呢？"

周沫显然受惊，被吓得倒退半步。

这时，张显华走了出来，他一眼看见了周沫和檀卿站在手术室门口："你们在这儿干吗？"

"没。"周沫后退一步拉开距离。

张显华挠挠肩，略带羞涩地说："喀，周沫，我们科这周六聚会，你跟过台的，一起呗。"

"不了吧，我周六没空。"周沫傻笑，摇摇头。

"那行，下次吧。"张显华似乎有事，只是临时来看看，步履匆匆地走了。

檀卿看了眼张显华的背影，附向她耳边，带着笑意低沉道："我还坏不？"

这厮吃着碗里的，同时还向周沫献殷勤，相较之下，檀卿可没脚踩两条船的癖好。

周沫面如猪肝，心道：坏到一锅里去了。

"刚在看什么啊？"

"没。"正值中午，手术室的走廊很安静，只有几个工人在送病人。

"丁主任手术你也要观摩？"他以为她在偷窥张显华。

周沫眼神躲避："无聊转转。"

檀卿问："那等会儿下班你还无聊吗？"

周沫眨眨眼，没说话。

"又没空？"

"有空。"她认真地说。

檀卿受宠若惊："那想吃什么？"

"回家吃。"她矫情。

檀卿叹气："周沫，一顿饭的机会都不给？"

"可以，那你告诉我，那天那个妹妹是怎么回事？"她负手，仰头盯着他问。

檀卿笑，原来是这么回事，现在的女孩心思太难懂，再加上她比他小这么多，不正面交流，靠那些俗气的套路确实行不通，于是老实交代道："她是我异父异母的妹妹。"

"那就是没有血缘咯。"

那日胡倾城为她分析，若按小说套路，他们肯定是异父异母的兄妹，而且那个妹妹肯定喜欢那个哥哥。果然，狗血小说诚不欺胡倾城。

他认真道："没有血缘，也没有男女关系。"

他穿着手术衣，抄着手，结实的肌肉被勾勒出形状，就这么暴露在她眼前。

周沫忽然就心猿意马，胡乱地点头。

檀卿见她点头，脸凑近她问："那晚上吃什么？"

"你定。"

她向后退一步，赶紧溜回手术室，胸口小鹿扑通乱撞。

她抚了抚心口。有些紧张期待，又掺杂了点失落。好像新生活是对过去的一种背叛。

她掐着手指，纠结了会儿，发消息问胡倾城：最新的章节写完了吗？

周沫整个下午飘飘忽忽，等下班打开衣橱，一下愣住。

今早她睡过了五分钟，随手拿起件 T 恤和牛仔七分裤套在了身上。这会儿她同衣橱里的皮卡丘面面相觑，谁第一次约会穿成这样？

她本想抹得喷喷香，头发吹得蓬蓬卷，华丽丽地亮相在大萝卜面前，誓要让他忘掉之前那些莺莺燕燕，可这衣服怎么发挥都不可能发挥出那效果。

她有气无力地洗了个澡，愤恨地扯了扯衣服下摆，头发都懒得吹，便下了楼。平时打扮得那么起劲，关键时刻掉链子，着实气人。

周沫找到那辆车牌号为 T9871 的七系，檀卿正站在车旁打电话。他还是穿着一件黑色衬衫，袖口卷起，和上次那款不一样，领口绣了片暗纹叶片。她低头看了眼自己，像个被叔叔接放学的小学生。

"你怎么这么早下班了？"

檀卿为她打开车门，伸手为她护了下头。距离得当，没有多余暧昧。

他撑着车顶对她说："约了这么久的姑娘，终于肯赏脸，我必须推掉所有的事。"

车子缓缓驶出地下车库。周沫捏着安全带兀自娇羞，小动作不断，将他车内饰全看了一遍："所以这车是你爸的。"

"嗯，刚回国还没买车，代步先用用，等有空了去买。"忙得连自己的车都没空买，若不是遇着这么有缘分的姑娘，他肯定不会在这当口想男欢女爱。

他这把年纪，什么没见过没经历过，荤的素的都勾不起他的猎奇欲望，倒是周沫这个姑娘太灵，太难得。

落在周沫耳朵里，是赤裸裸的炫富："七系都是代步，美国医生这么有钱吗？"

"美国七系没有国内贵，美国的医生应该比国内医生有钱。"

"那美国的医学生要读几年啊？"她好奇。

檀卿停了很久没回答，像是没听到似的，眼睛盯着前方路况。前方是红灯，倒计时九十秒。

"美国是学分制不是学年制。"他压线停下车方才开口回答，"对我这么感兴趣？"

周沫噎住，这个人怎么离了手术台这么不正经，她唬他："是啊是啊。"

前方红灯倒计时还有六十秒。

"那你对我其他方面感兴趣吗？"他目光似要洞穿她。

树影婆娑，流连在她脸上。半明半暗的视物条件，周沫看不清他深邃的眼神，只知道他在看她。她想了想，诚实道："不知道。"

红灯倒计时三十秒。

他唤她："周沫。"轻松又郑重，"我对你很有兴趣。"

心知肚明的事，一下揭开，周沫仍有点慌乱害羞。

对于没恋爱经验的姑娘，他要耐下性子，将惯性的轻佻和欲望收起，学会认真和踏实。他有一瞬想，檀墨不就想让他结婚吗？

周沫是真的很可爱，漂亮灵动又善解人意，若能合得来，携她的手共未来，好像婚姻也没那么可怕。不过想归想，他可不敢把这心思暴露给周沫，人家姑娘非得吓坏。

绿灯亮起。周沫被四轮车带到了一间很小的餐厅，她在路上偷偷猜测过，檀卿会带她去哪里。

高档牛排馆、清冷日料店、热闹韩食馆……

结果都不是，他带她吃中餐。

餐厅名字叫"饕餮"。精致竹木门的入口仅容两人身躯，入内是四张四方小桌，店内满是各色绿植。

周沫想，就四张桌子能挣几个钱？

待坐下后才知，这店连菜单都没有，看大厨心情给菜。她收回心中的质疑，悄悄给餐馆升了级。

第一盘小青菜端上来的时候周沫还勉强笑笑，两棵，一人一棵，还挺特别。

第二盘是两块豆腐，四颗葱末，一块上撒两颗。服务生像模像样地取出个精致的小瓶子，一手悬空，装模作样地挤了两滴酱油一样的神秘物质。

周沫夹起一块，很好，就是酱油豆腐葱。

第三盘周沫已经没有兴趣了，檀卿倒是双手交叉很是期待。

服务生走来时说这是今天的特色菜，黑乎乎的两块，周沫夹起一块看了两眼送到嘴边咬下，无语问天。这就是一块外酥里嫩的臭豆腐。

真是家神奇的店，她抬眼怒视檀卿，却见他吃得饶有兴味。

她深呼吸安慰自己，幸好现在在轻松的科室。换作以前在血液科，下了班她能饿疯，谁给她吃这玩意儿她能跳起暴揍对方一顿。

檀卿见周沫的黑豆腐只咬了一半便搁下，问道："不喜欢？"这家是胡东阳推荐的，他说绝对能唬住姑娘。

是的，唬住了。唬得哑口无言，一句话都不说。

周沫的表情肉眼可见地崩了，就像什么变质了一样，无力僵笑："你喜欢？"

他抱歉地说："不好意思，虽然回国几个月了，可真的一顿馆子都没下过，不是盒饭就是泡面，要么就是家里送来的，不知道哪里好吃，你有喜欢的店我们现在去。"

"这么累吗？"

"累倒还好，比较忙。"

"难得下馆子，那一定要吃好吃的！我们去吃龙虾吧，不能浪费时间！"

菜还未上全，檀卿便结了账。后面的那位先生提前入座，心情大好，笑眯眯冲他们点头致谢。

服务员刚好端出第四盘菜，周沫伸着脑袋看了一眼，哼，两根腌黄瓜。

"多少钱？"

"人均 999。"

周沫翻白眼："这店我也能开。"她还能做老干妈豆瓣酱、红方腐乳呢，她不抠门，量一定给足。

檀卿也说自己没吃饱，不过口味很清新，调料味不重。

周沫摸摸瘪瘪的肚皮："那你为什么不直接吃生豆腐、啃生葱，更健康。吃中餐不就吃个味足、量够吗？我认为中餐就是中餐，别学日料。要吃黄瓜，我会自己拍，才不要花 999。"

"好。"

天黑了，蚊虫循光出动，杀伤力超强。

招虫的周沫被咬了一口，她快步冲到车上，掏出罐青草膏。

"有虫？"檀卿打开车灯，见她正在抹一种绿色的东西。

她扬扬手中的青草膏："这个挺有效。"

雪白清瘦的骨节凸起处，开了朵淡粉的花，檀卿看着，生了点心痒之意。

周沫被盯得不自在，手指戳戳他的肩："我们去吃小龙虾吧。"

"好啊。"他坐正，打开手机导航递给周沫。

手扶上方向盘，檀卿暗吐了口气：收起你那浑浊的心思，要从上往下攻破。

周沫接过，是苹果新款，她还没买呢，拿手里掂了掂，暗想比自己的这款沉，心中默默将购买计划延后。她输入"停不下来龙虾馆"，由于是二十六键输入键盘，她不习惯，输得不如往常快。刚敲到"下"字时，微信横幅提示——冉冉：我做了你爱喝的排骨炖山药，你在医院吗？

S市夏季漫长。

10月白天仍暑气十足，夜晚倒是凉快些了。本地人纳凉闲晃，步态懒懒，神色淡淡。

夜风灌进车里，扬起周沫的卷发，有几缕性格随她，些许俏皮，打着旋儿往驾驶座袭去，搔挠檀卿的手臂，也掩住了他看向手机屏的视线。

周沫手指停住，待横幅自动上滑才继续输入。终于，输入完毕，她点击开始导航，系统声音传出。

再抬头，车子已离开那片吃食区，驶入机动车道。

周沫想了想，决定咽下不问，人家反复解释，自己总揪着不放也不像话，何况他们现在什么关系都不是，何来的立场。

深呼吸，深呼吸。她认为自己调整好了，可微信又来了。

她眉毛跳起忐忑舞，手指摩擦牛仔裤的声音战鼓一样急促。她一个冲动，提醒道："你手机有消息。"

说完，她理直气壮地告诉自己：我就是很正常地提醒他，并没有其他意思。

檀卿扫了一眼，是研究生汇报病人情况。正逢红灯当口，他留着车距停下，拿起手机回复。

那边又秒速发来一条，前方绿灯已经亮起。

后面那车的喇叭已经开始催促，他嫌打字慢，索性按下语音按钮说："等我吃完饭回医院一趟。"

周沫的心中燃起了星星火苗，她鼓鼓嘴，努力保持镇定。

檀卿开车同做手术一般，很少分心聊天，耳朵一直注意着导航提示。若是认路，他还可以抽出精力聊天，偏国内路况复杂，人山车海挤挤攘攘，错过一个弯道便要绕一大圈，他可不想一晚上都耗在路上。

檀卿感觉到她的注目，笑着问："还行吗？"

"什么？"

"我。"他笑意未收，说话间也未看她。

周沫看着窗外的矮树，害羞地锁眉，什么呀，他烦死了。老问些她没法回答的话，愁人。

檀卿唇角勾起，这丫头真可爱。

到达龙虾馆时已是 8 点多，正是热闹的时候，只有一张室外的桌子空着。周沫眼尖，扫到一对小情侣也在张望找座，大步一迈，屁股一沉，占山为王。

檀卿跟在后头笑："你这么厉害让我情何以堪。"见周沫已经开始细细擦桌子，问，"你有洁癖？"

"我没有。"她的洁癖不严重，说好听点，只是爱干净，没有强迫行为。

周围桌上的五香、十三香、香辣、椒盐、蒜泥各种口味的龙虾盘将他们这空荡荡的小桌围成了孤岛。

周沫直咽口水，方才 999 一位的开胃菜确实让人开了胃。这会儿是真饿了，她可以扑食了。

檀卿考虑等会儿还要回医院，便没点蒜泥的，周沫摆摆手说："你不吃可以，我要的，我爱蒜！"

她说完冲服务员笑眯眯地说："多蒜。"

这一举动在几个小时后，让她后悔到恨不能钻地洞。

最终两人点了八斤龙虾。檀卿五谷不分，斤两不辨，上了菜才知八斤是多少。

他慢条斯理地剥龙虾，同周沫闲聊："所以卫校是读五年？"

"嗯。"她嘬了嘬龙虾头，见檀卿将龙虾头拧下便扔了，心下可惜，若是胡倾城坐对面，她就抢过来吃了。

"为什么读卫校？"旺达卫校是老牌卫校，他有所耳闻，就在一高对面，可他没怎么在意。

周沫蘸汤汁的动作稍顿，将龙虾肉送进嘴里才慢吞吞回答："成绩差。"

檀卿笑，见她一脸坦然，倒也没收话头："哪一门比较差？"

"没有一门好的。"这真是实话实说。她从小就生长在学霸群，每次都奇怪为什么她的试卷总是红彤彤的。

这个中辣真够劲，周沫辣得嘴缩成一个圈，直吸气。

檀卿瞧着她好笑，递给她一杯水，将蒜泥龙虾同她面前的香辣龙虾调了个位置："吃蒜泥的呗。"

他在几小时后，有那么几秒也后悔过这一动作。

周沫朝他露了个八齿笑容，非常满意他的体贴。

灯辉映在她的瞳仁中，晃得檀卿眼花。

啤酒微风小龙虾，田螺人生路灯花。

周沫吃得欢腾，点了一扎啤酒："喜欢喝酒吗？"

檀卿说还好。

"又抽烟又喝酒，你文身不？"

檀卿摇头，想过要文的。

"为什么抽那么厉害？"她见过年轻人抽烟，但没见一天一两包的。

"其实在美国抽得还好，美国烟特贵，买起来也费劲，不像国内唾手可得也很便宜。回国太忙压力大，烟提神，就吸上了，可能有点瘾，但不深。"他知道自己也就这小半年吸得厉害，狠狠心也能戒了。

"那你现在忙完了吗？"她想问他爸爸的情况。

"算忙完了吧。"暂时告一段落。

八斤龙虾当然是吃不完的，蒜泥干掉一半，檀卿突然接到电话，病房通知檀卿，他爸刚出了点意外，叫了急会诊。

檀卿脸色大变，他边买单边问周沫："跟我走，还是继续在这儿吃？"

周沫立刻摘了手套说："一起吧。"她见他这般着急，心里也急。

檀卿回去时车速明显提了上来，一半是心焦，另一半是知道路线了。等红灯间隙，气氛一下从方才的轻松毫无过渡地进展到沉重。

周沫安抚他："别急。"

"我以前有多恨不得他早点……现在就有多后悔这么想过。"

周沫看着他纠结的眉目问："你和你爸爸以前关系很不好吗？"

"很不好，很糟糕，恨不得这辈子不见面。"

"为什么？"

"说不清楚，可能刚开始是因为知道我妈的事情，吵过几句。"

"你妈妈不是因为羊水栓塞离开的吗？"

高架路的灯光将檀卿的神色照得晦暗不明，他沉了口气，缓缓道："嗯，但……他们没结婚，我妈妈因为怀孕毁了我爸当时的婚事，听说他很爱那个姑娘，我爸可能觉得我妈使了心机，一直不信我是他的孩子，结果我妈生我那天就走了。后来做了亲子鉴定。"他冷冷一笑，"结果自然是亲生的。"而妈妈没能听到一声"对不起"。

"我外婆不同意他抚养我，可他觉得既然是亲生的，就得他来养。因为这个，我很多年都不知道我有外婆有舅舅，有表哥表弟。大概是初中的时候，我舅舅带着我外婆来校门口看我，我还不信，回去问他，他让我少跟那家人来往。当时我对自己的生活产生了怀疑，高一就搬出去了，之后……高三毕业出国，一直到现在。"

周沫的手抠着真皮座椅，试图在汹涌的回忆缝隙里找到现实的支撑。

在他轻描淡写的叙述里，周沫的心口传来一阵阵钝痛，好像有一把刀子剖开缝合完好的伤口，重新撕开了血淋淋的回忆。

晚风扑入车内，藏住了檀卿话语中的气息控制，也掩盖了她的失态。

"我可以问个问题吗？"

"嗯。"

"那后来，你的生活……就是……生活费之类的……"

"自己挣，到高二我就没用过他的钱了。本科是全奖，在国外就打工，硕士是半奖，读得也艰难，到了博士有补贴，就还好。其实整体来说，在国外比在国内的日子好很多，不用面对他，有一段时间，以为这辈子都不用见了。"

而现在真要面对一辈子不见的情况，他却失控了。他恨血脉相连，又不得不屈从于被亲情牵连的软弱。

车子驶向已知的方向。车内男女两只异常冰凉的手不知何时，交握在了一起。

周沫憋了好一会儿，才将奔涌的泪意憋了回去。她偏头看向窗外，把泪花隐在暗处，任它被风吹落风干。

后来他们没说话，两只手一直握着。

檀卿单手把着方向盘，稳稳驶到终点，他们不仅一起回了医院，还一起进了病房。

上楼时，周沫说自己走楼梯，让檀卿去等电梯。他看了她一眼，拉起她的手，同她一起迈入昏暗的楼梯间。

脚步噔噔响彻整个空间，檀卿步伐很快，周沫紧紧跟着，不知是因为运动还是心动，她一颗心跳得飞快，动脉搏动在耳边开了扩音器般，隆隆作响。

一双人十指紧扣，满头大汗，气喘吁吁，终于赶到病房，病房内却与脑海里无数个众人围聚的抢救画面截然不同。

檀墨正安然躺在床上吃桃子，氧气管被扔到了地上，他也一点儿都不喘，床头摆了一瓶云南白药。

刘冉冉、翟蓝母女俩看到门口的男女，交换了一下眼色。

刘冉冉道行浅，脸色没能立刻切换成翟蓝的殷勤，盯住他们交握的手，苦笑着礼貌道："吃水果吧。"

翟蓝赶紧笑眯眯地招呼，说她刚洗了水果，一起吃，说罢伸手去拿水果刀。

檀卿蹙眉问："怎么回事？"

"什么怎么回事？"檀墨将手里的桃子核扔进垃圾桶，朝门口的周沫笑笑，"这位是？"

周沫刚运动完，这会儿站在日光灯下，肌肤雪白，面若桃花。她冲檀墨鞠了个躬，笑得一脸乖巧："叔叔好。"

"怎么回事？"檀卿拿着手机又问了一遍翟蓝。

翟蓝恍然："哎哟，都忘了告诉你，没事。这不是化疗吗？你爸在厕所吐得头昏眼花，晕倒了，怕他摔伤就请了专家会诊，又拍了个片，都好的。"

檀墨笑笑，眼睛仍在打量周沫。

小姑娘眼睛乌溜溜的，年纪看着挺小，他慈祥地问："小姑娘多大了？"

"二十五。"她说完就想，是不是应该说虚岁，这样显得大一点儿。

"哦，刚刚在和檀卿吃饭？"

周沫吸了口气，点头。

刘冉冉削水果的动作停住。

檀卿也无话可说，松开周沫的手，走到檀墨床边："这会儿还有反应吗？"

翟蓝快步走到床前："用了你上回交代的进口止吐药，一会儿就好了，还知道喊饿，就是腿摔着了，护士说用用药就好了。"她走到床头拿起云南白药，递到他眼皮底下，"这不，配了这个。"

国内很多中成药或是中药制品，檀卿不太了解。既然是医院配的他也无话可说，伤得不重就当虚惊一场好了。

檀卿舒了口气："爸，那你早点睡。"

"不多陪我会儿？"檀墨打趣，又生怕他真陪，劝他快点走，"行行行，我知道你们年轻人还有夜生活，去吧去吧。"

周沫继续装，双手捏着包搭在下腹，整个人又甜又乖，加上她那张脸，极具迷惑性。

刘冉冉灼人的目光像S市最热的太阳光，周沫感觉自己后背像烧了起来。

檀卿一把拉过周沫的手，再次攥住，对檀墨说："爸，那我们走了。"

檀墨笑容满面。

十几平方米的小病房，五人各怀心思。有的喜，有的悲，有的心里藏着甜。

周沫冲檀墨挥挥手，也乖巧地对翟蓝和刘冉冉说了再见。装乖是她的强项，和撒泼耍赖一样，得心应手。

走出病房向楼道走去，她悄悄活动手，以为不动声色，不承想却被檀卿一把拽到怀里。

她压低声音："你干吗！"

这里是医院病房，护士已经从对面房间走出来了，她赶紧低头。檀卿余光也看见有人，快步走向安全门。

门咯吱合上，他动作同步，一把将她搂进怀里。

"沫沫。"

那短短的一声，撩得她耳朵发痒。那一点儿想矫情挣扎的意图消失，瞬间化成一摊春水，软在了他怀里。

他的呼唤是咒语。檀卿附在她耳畔，轻声说："沫沫，我单身未婚，做我女朋友好不好？"

"谁知道是不是真的，单身未婚可以有很多意思的，万一我成了小三、小四、小五什么的怎么办？"她完全忽略了自己在别人怀里的事实，还在嘴硬。

"你要的话，我可以去找。"他不介意。

"嗯？"她仰起脸瞪他，心里暗叫：周沫你又没答应他，你瞪他干吗？你都在他的怀里，他的双手紧紧搂着你的腰，你不挣扎，又在矫情什么？

楼道鸦雀无声，和5月楼道的燥热不同，10月微凉，两人单衣抱着温度刚好。

他们贴着彼此的胸膛心跳雷鸣、共振，呼吸于颈侧轻轻交融。

檀卿看着她一双黑曜石一样晶亮纯净的眼睛，又心动又想保护："沫沫好不好？"

　　周沫哪能抵住那双桃花眼。说到底，她也只是个恋爱新人选手，内心早已缴械，只是凭着不知哪处的气力在抵抗。这一刻，她投降地伸出手，回抱他精壮的身躯，将头埋到她渴望已久的胸膛上，用力点了点头。

　　成年人的拥抱让人贪婪。檀卿一手仍搂着她的纤腰，一手抬起，托住她的脸，两人再次对视。

　　借着楼道的昏光，他们看清彼此眼里皆燃了情欲火苗，星星之火即将燎原。

　　气氛刚刚好，周沫有点紧张，轻轻咽了一下口水。

　　电光石火间，她想起今天吃了两斤蒜泥龙虾，也没来得及吃口香糖或者喷口气清新剂。

　　鼻尖碰上鼻尖，檀卿偏头，在双唇只有0.5厘米远时，周沫猛地推开了他。

　　他毫无准备，被推得后退两步撞到了墙："怎么了？"刚不是都还好好的吗？

　　周沫低头跺脚。"今天不行。"她的嘴唇愤愤来回嚅动，速度堪比擀面皮。

　　"太快了？"方才她明明没有拒绝，怎么突然？

　　"啊啊啊啊啊啊，我吃了蒜泥。"她转身捶墙，气死了。

　　美人在旁，心意互通，情欲缭绕。昏光刚好，晚风阵阵，檀卿如何能轻易放过。

　　周沫死命挣扎，像只怕水的鸭子不停扑腾。檀卿依她，没亲嘴，抱她时倒是不小心各处皆挨了个遍，身体形状描绘在了脑海。3D打印成像，收入檀卿的私人硬盘。

　　"沫沫别动了，别嘴上便宜没让我占到，其他地方失了身。"檀卿的"失身"是字面意思，在周沫耳朵里听来却是他要在这处办了她。

　　"檀卿你禽兽！"

　　"我怎么禽兽？"他什么都没干，刚才挣扎间，也就手指擦到她的唇。

　　"我不同意！"

　　"不同意什么？"接吻？

　　"我不会同意在这里，像张软他们那样的。"后半句她是嘀咕出来的。那晚那鬼魅妖娆的喘息声，想起来她都能羞晕。

　　"你想我还不想呢。"第一次在这里怎么可能成功，他抚着她的腰。她则紧紧地将头埋进他的颈窝，不肯吐半口气给他，太丢人了。

　　最后两人仍是亲了嘴，用很清纯的方式，柔软碰上柔软，温情脉脉。

那晚的月亮特别美，玉盘般，映着乳黄光晕，清清淡淡融进夜色。

这种吻对檀卿来说，就像两个幼稚园的小孩在过家家。嘴唇碰着嘴唇，鼻尖挨着鼻尖，偷彼此的鼻息。

却意外有种初恋的感觉。

周沫到家的时候，人已经醉了。

方才檀卿拉着她的手，在手心揉来揉去，把她所有的犹豫、矛盾揉得稀碎。

空窗三年，居然寂寞成这样，一个老男人直接将她撩得心火燃烧。

她挤了牙膏，打开电动牙刷，对着镜子将牙刷塞进嘴巴里时，嘴角还有压不下去的笑意。

她今儿刷牙特别用力，带了点气愤，连刷三遍，直到吐出血、牙龈生疼、嘴唇酥麻才松嘴。

她刷完刚开嘴冲镜子左晃晃右晃晃，还是不放心，跑到胡瑾房间。

台灯下，胡瑾正在织围巾，红色羊绒线。周沫去年买了件纯白呢大衣，一直嚷着缺条红围巾。深秋即将来临，胡瑾想织条围巾给她。

周沫轻轻给妈妈推了推老花镜，摸摸围巾的料子："好舒服。"她拿了个蒲团，拉拉胡瑾的胳膊，"妈，你闻闻我嘴里有味儿不？"

周沫张嘴，冲她哈哈气。胡瑾凑头细细嗅，薄荷味很重，可还夹杂了点什么。

她不明白周沫的意图，便说："再来一次，没闻到。"

周沫看床头摆了杯水，咕嘟咕嘟漱漱口咽下，又哈了一遍。

胡瑾闻明白了："是不是吃了蒜？"她以为周沫让她猜晚上吃了什么。

周沫期待的眼神瞬间熄灭，像讨吃食失败的津津，整张脸都臭，阴云密布。

她回房搜索去蒜味的方法，百度说喝牛奶，她咕噜咕噜喝了一罐。

睡觉前，她兴奋地拿出手机，看到微信红点显示8，赶忙点开，看到不是檀卿的，有点失望。

张敏发来一串神经病短句：

——33要结婚了。

（震惊表情图）

（可云不停摇头的表情图）

——周沫你挂了？

蔡珊珊的婚讯来得突然，像是从天而降的陨石，把周沫的认知砸了个稀巴烂。蔡珊珊前阵子不是说对男人死心了吗？

她打开"六人成虎"微信群，500多条消息。她深吸了口气，快速"爬楼"，把今晚缺席的部分恶补回来。

原来蔡珊珊那位"六号"先生不敢相信，逮着她"唐僧说教"好几回，试图拯救她对男生的印象，最后上演半年内扑倒、滚床单、带球跑的小说情节。

胡倾城问得特别详细，周沫猜她应该拿着小本本在记录素材。

由于怀孕，蔡珊珊的婚期加急，婚礼定在11月初。

周沫那夜在群里同她们热议，从爱情故事的八卦到婚礼的模式，探讨到最后还去淘宝搜伴娘服，搞到凌晨三四点才睡。

早上是被周群揪耳朵叫醒的。周沫第一反应是拿起手机，依然只有群消息，她心道：难道檀卿睡得早？

她高效地给自己化了个妆，桃花满面，拿起车钥匙神清气爽地准备出门，一只脚穿鞋一只脚腾空挠津津的头："姐姐要上班啦，你自己在家乖乖的。"

周群也准备出发，他今天想蹭周沫的车，站在她身后等她。

周沫正在愉快地抛接钥匙，一听周群要跟着一起，猛地一惊，没接住，钥匙掉在了地上。

周群叹了口气，捡起钥匙，推推她的背："已经7点10分了，赶紧出门。"说着便往外走。

周沫原地转了一圈，津津见她转圈也傻乎乎地转了一圈。白乎乎一团可爱极了，转完它自己也很满意，弯眼吐舌头冲周沫卖萌。

周沫哪有心情赏狗。她马上掏出手机，打开通讯录才惊觉没有檀卿的电话！

她没有新男友的电话！

人急的时候脑速也飞快，她拨出微信语音通话，边往外走边等他接听，走出楼道，看到檀卿已经站在几米外和老周聊天了。

他面上挂着礼貌的公式化微笑，老周毫无形象，眉开眼笑，还捧起腹来。

周沫心梗，按了挂断键。

周沫同檀卿对视一眼，他飞快移开视线，继续同老周说话，周沫收不到信号只能磨蹭着小碎步走到车旁，怯生生叫了声："爸……"

檀卿打开副驾的车门示意她坐。

"昨天聚餐喝酒没开车，你怎么能让人家送你回来，今天还接你上班呢？真是越长大越不懂事。"

周群一脸嫌弃，自己打开后座车门坐了上去，很满意地拍拍皮椅，摸摸质感："沫沫，你看我买这个车如何？"

"太高调了，现在反腐败，您一财务处的最好开桑塔纳2000。"她系上安全带用眼神询问檀卿。

难道他这么狗，真把借口找到她身上？

"我能掏出工资条的！"老老实实挣钱怎么了？老周不屑。

驶出陆地花园，一路绿灯，少数路段拥堵。

周沫又不能说话又不能看美男，一下睡眠不足的后遗症涌了上来，被车晃得昏昏欲睡，一会儿强撑，一会儿迷糊。

周群饶有兴致，讲了些医院的老故事，也顺道极其自然地问了檀卿很多问题："哦，这么说你单身啊。"

檀卿抿抿唇，看了眼副驾座上睡得迷糊的美人，不知该说是还是不是，遂扯开话题道："我爸开4S店的，您要是看中什么车，即便不是这个牌子也能托人得个不错的价钱。"

周群眼睛一亮，询问起车来。

到了地下车库，周群说自己办公室今天早上有重要事情先走一步，让他记得叫周沫。待车门一关，檀卿捏捏周沫的脸。她合着眼眉毛轻轻一动，再次没了反应。

周沫醒来时以为天黑了，短短十五分钟车程，她的深度睡眠模糊了时间刻度。

她长睫抖动，感受到左脸颊覆着淡淡的温热气息。

她猛地向车门边躲，却被檀卿一手扶住颈脖，将她拉向他，鼻尖顶着鼻尖，他轻轻吐气："今天早上没吃蒜吧。"

周沫将失控的少女心用力咽下，骗他："吃了。"她嘴巴张得很小，故意不吐半分气给他。

他一脸"你的计谋我都懂"的精明样儿，眯眼唇贴上她的唇："那我也尝尝。"

周沫紧张，明明什么都经历过了，原来换一个人还是会害羞、紧张，真是该死。

檀卿耐心十足，五指微动摩挲，呼吸间撩拨气氛。

清晨的地下车库不时有车辆驶入，车灯光芒刺入车内，喇叭声不绝于耳，耳边一道熟悉的声音传来。

女声说："那檀卿交女朋友了吗？"

"没有吧。"声音是常跟他的研究生。

"我就问，这个是给檀卿的，这个是给你的，麻烦你下来拿了。"能听出她的笑意。

"不碍事不碍事。"

后视镜里，周沫看到刘冉冉的身影。

刘冉冉正看向地下车库出口，见研究生走远，缓缓转头。她目光掠过他们的车子，两秒后又飞快看了回来。她走两步上前敲敲主驾车窗。

檀卿叹着气将车窗降下。

车窗发出动静的第一秒，周沫看到了刘冉冉面上的欣喜，刘冉冉本只是碰碰运气，看看他在不在，没想到真的在。所以当车窗玻璃降到一半看到周沫时，她骤变的脸色把周沫吓了一激灵。

从牵手离开的昨晚和清晨一道出现的今晨，成年人一下便联想出昨夜发生了什么。

刘冉冉很快恢复平常脸色。多年寄人篱下，加上昨晚的事，她现在很能掩饰："早啊，我刚刚把你的早饭给王子晔了，早知道你在车上就直接给你了。"

檀卿解开安全带："刚刚也不方便。"说完又给周沫解安全带。

周沫就这样，感受着两人尴尬的暗流。

青天白日，周沫不肯同檀卿牵手，边走边补妆："你怎么跟我爸说的？"

"说昨晚你喝酒不能开车，我送你回来的，想到你没有代步工具，我们又住得近，早上就顺路接你。"他猜，周沫可能不想这么快让家里知道。

理由充分，可周沫还是不爽。方才面对刘冉冉，他态度明确，不似她脑海中勾画的渣样儿，可她就是不爽。

楼道两人脚步声密集交错响起，她想了想，问："你为什么不给我发消息？"

檀卿愣，发什么消息？

"你昨晚到今天早上都没给我发消息！"她脚步停下，肯定迟到了，既然挨护士长质问在所难免，不如就多待一会儿。

从卡通的车内饰到皮卡丘的衣着，不难看出周沫的少女心。檀卿反应了几秒，试探着问："是发晚安、早安那种？"

周沫一时语塞，看他人模狗样，意气风发，想想也已而立之年。她好像是过分了点，能在十几岁因为余味不回消息揍他一顿，却不能再幼稚地要求檀卿每日问安。

周沫大眼直直地瞧着他："不是，就……没什么。"她踮起脚，亲亲他嘴角，"我上班啦。"

门嘎吱合上，檀卿摸摸嘴角，胸膛被笑意带起震动，真是越活越回去，吃素都能吃得这样满足。

周沫下班买了个大西瓜，刚进门，还没来得及换鞋，老周的身影便挡在她跟前："哟，回来了。"他负手，端出领导姿态，"没有话跟我说？"

周沫眼睛滴溜一转，准备见招拆招。她在老实交代和随意搪塞之间纠结了一下，选择后者，一脸无辜，戴上小兔面具："什么话？"

周群嘴角一抖："檀卿！"他后退一步，拉开同周沫的距离，将她的神色尽收眼底。

两人站在玄关口对峙。

"檀卿怎么了？你看上人家车了？"她歪头，"那就拿给我买房的钱去买吧，我无所谓的，爸你开心就好。"

周沫知道老周最近一直在看房，上班还能找个借口溜出去见房产中介。他想在景行区给她买一套，离陆地花园近，比陆地花园高级，但价位低于蔷薇九里的房子。

"是我看上车？还是你们看对眼了？"周群上前一步，"你不是说他有对象吗？"

"我不知道，瞎说的。"

"这种事能瞎说？难怪早上我问他，他没正面回答，合着这对象是你？"他面上是凶巴巴，心里倒是一点儿不生气，居然有点欣喜。

下午周群将这位檀医生的情况问了一遍，亲戚少，至少不麻烦，早上说爸爸有4S店，说明家底不错。他这嫁女儿的如意算盘又噼里啪啦打响了。

周沫急，他们才谈了一天，这关系都没稳定，家人这般细问她都要兜不住了。

她跑回房间，将头埋在被窝里，拿起手机给檀卿打电话。

确认恋爱关系的第二天，周沫收到了胡倾城的最新章节，手指在打开与不打开之间犹豫不决。

她想，恋爱期间看前男友和她的故事，是不是一种背叛？

这点微小的忠诚感在恋爱第三天被打破。

和檀卿在车内有过短暂的接吻后，她刷牙认真多了。可檀卿太忙，去了趟香港，回来时她正值夜班，两人也没能碰上。

她发现檀卿一个巨大的毛病，亦可以说是优点，他不爱短信聊天，不似张显华微信上长篇大论各种花言巧语，当面屁都放不出一个。

檀卿当面套路还挺多，微信倒全是正经事，在香港发了条消息，问她有什么要买的吗。

周沫对着微信界面一阵无语，什么嘛，在一起四十八小时，第一条消息没头没尾的。

她暗自生气，一个字都没回。

到了晚间，檀卿发来一个问号。周沫一个念头闪过，他是不是不爱打字？

她飞快往上滑动，查看之前的消息。他发来的消息极少，都是问句，每句话都极短。先前的消息没有追求的意思，现下的消息更加没有热恋的感觉。她都怀疑他这个大萝卜是不是喜欢猎奇，到手便不要了。

周沫的怀疑在她跷着二郎腿看电视时，一位访客为她验证——刘冉冉。

当护工阿姨告诉她，门外有一位女访客找她时，她第一反应便是刘冉冉。那个姑娘的感情太强烈，一副同檀卿纠缠不清的模样，即便男方数次表明立场，她仍不依不饶。周沫那根超级粗的神经都察觉到了。

她起身经过玻璃门，忽见自己的面庞苍白憔悴。她想起上次面对丁柳柳也是这副素颜鬼样。明明很有立场，偏偏因为面上无色少了点外在的泼辣气势，又想起那次丁柳柳是烈焰红唇，更气了，想穿越回去给几年前的自己涂个口红。

想起过往教训，她赶紧跑去更衣室找口红。正好带了辣椒红，辣死你！

斗志满满地按下开关，自动门打开。

周沫深吸了口气准备迎战，敌方笑容满面，娇滴滴叫了她一声："嫂子。"

然后她就像一只鼓胀到几欲爆炸的气球，被对方一根银针一戳，嗤地泄了气了。

"嘿。"虚伪笑，谁不会啊。

"我做了海鲜粥，王子晔说你值班，我就给你送来尝尝，手术室晚上不供晚饭，只有盒饭，你应该吃不惯。"她将双层不锈钢保温饭盒送到周沫手上。

周沫接过这份沉甸甸的礼物，有些摸不着她要做什么，便问了一句："谢谢，还有事吗？"

刘冉冉微笑，没说话，就这么看着周沫。

周沫站在门口等了半晌，见她也没开口的意思便说："那我先进去了。"

她转身，掏出门禁卡要刷，身后终于传来声音。不知为何，那句话出现时，周沫松了一口气。

"你爱他吗？"

她沉默。才在一起，谈"爱"这个字未免夸张。

"就算爱也不会有我爱，我爱了他十几年。"

"哦，是吗？"爱这个臭萝卜十年，还得到这样冷冰冰的回应，还挺可怜的。

"你知道我为他做了什么？"

周沫僵站着，没转身，心里的编故事小人默默回复：做了什么？自杀了？

见她未回应，刘冉冉自顾自说了下去："我为他离婚了。"

周沫："……"

她告诉自己沉住气，但她哪儿管得住自己这张嘴啊，脱口而出："如果很爱他，那结婚干吗？"

"我以为他不会回来了，他去美国这么多年……"

刘冉冉哽住了喉，眼前的地砖糊成一片。

"那么爱他，为什么不能追去美国？"

周沫说这话是冲动的本能，却在怼完她之后僵住了。

那么爱他，为什么不能追去美国？是啊，那么爱他为什么不能追去美国？

口口声声说"爱爱爱"，最后连陪他远走他乡的勇气都没有。

"你知道他的过去吗？你知道他有多少女朋友吗？你觉得你们能维持多久？"

周沫应该生气，可她没有。这些她隐约能猜到，被刘冉冉这般道出，竟涌起"看来也不是个多厉害的对手"的释然。

电动门再打开，长长的走廊没了方才离开时的风平浪静。

张软在奔跑，对周沫说："赶紧的，动脉瘤，要开脑瓢了，上回护士长说遇到这种手术让你上，你赶紧看看流程。"

周沫跑着拿用物，另一位老师已经在准备手术室了。

夜间手术室的灯半开半关，走廊半明半暗。周沫赶紧从方才那怅然中走出，向明亮处走去，每一步，都像是从那句话中踩踏而过——那么爱他，为什么不能追去美国？

周沫第一次上长达六小时的手术，手术用具极其复杂，她集中精力才在张软时刻的指导下避免了出错。

可那场手术失败了。

她经历过很多常规手术，但这样紧张窒息的急诊手术还没有见过。

中途主任也赶了过来，还是没能将"夹子"放进去，所有医生汗流浃背，遗憾地走出手术室。家属拼上六位数的高额手术费，没能换得病人的一线生机。

周沫同麻醉师一起护送患者。

病人缝合后的脑袋接缝可怖，人脑的构造那般复杂，些微差错即是阴阳两隔。

在靠近门的那一刻，周沫悄悄问麻醉师："他会怎么样？"她眼皮底下是一张年轻苍白的脸。

麻醉师淡淡说："醒得过来也没用，除非再做一次。"

那是一颗炸弹。拆除无效，只能等待自爆。

周沫和余味的那颗炸弹她一直没能发觉，甚至爆炸后她也只看到一片废墟，找到断瓦残垣，探索蛛丝马迹。

关于那场分手，在她的理解中是莫名其妙。她莫名其妙被扔在了孤岛上，莫名其妙地被"发配边疆"。

所有人都不信，她也不信。

这次，她不想再让这样一个"动脉瘤"隐患在她的感情里埋下危机。

她发微信给檀卿：刘冉冉说她爱你。

是的，她说爱你。她要将事实陈述，让对方解决问题。

檀卿刚到蔷薇九里地下车库就看到了消息，他拿起电话给周沫拨了过去。周沫的电话他早就在手术室的护士名单前抄录过，就她还不知道他的电话。

这不，她果然当作陌生电话接起。

"喂？"声音格外乖巧，听到是檀卿的声音，她立刻冷哼一声，两秒之间态度截然不同。

"二十分钟后楼道等我。"

时间已是凌晨1点。

周沫眼皮打架。张软催促："赶紧睡吧，就怕没一会儿又开台。"最近她总是夜里手术不断，今晚的福星也没顶上用。

周沫说了句："我刚出汗了，再去洗个澡。"

张软一边铺床一边说："行，你快点。"

周沫捏着手机走到楼道，坐在楼梯上等檀卿。

檀卿跟周沫熟悉后，竟开始习惯走楼梯，迈进大楼的那一刻，想都没想直接走入楼道。上楼时还摇摇头，被这丫头传染得不轻。

10月末，楼道里蚊子生猛得很。周沫被咬了一身的包，胸中火苗烧得正旺："半夜找我干吗！"人还在拐角未站到跟前，她嘴巴便发出炮弹。痒死了，死蚊子。

怎么语气这般不好？他三步并作两步，飞一样从昏暗中一跃到她跟前，一把揽住她，气喘吁吁问："冉冉跟你说什么了？"

"就说爱你。"周沫在他怀里，伸手又挠了挠手臂上蚊子咬的包，每一个都有她大拇指那么大。

有两个包咬得连到一处，形成了一个瘆人的大包。她都没心思打太极，痒得她心浮气躁，所有的伪装即刻破功。

"多爱我？"他好笑，亲了她一下。

此刻的微光放大他们的暧昧，两日未见又是刚在一起，他想吃点素。

"什么呀！"她轻推他，继续挠。

触手是一片疙疙瘩瘩，檀卿借光定睛一看，瘆人的凸起密密麻麻。他倒抽一口气，这是待了多久，难怪语气不好。

周沫见他在瞧手，两只光着的脚丫委屈起来，竞相发痒。她借着他的支撑开始脚搓脚。

檀卿又见她脚动，低头瞧，看不清便问："脚上也是？"

周沫点头，鼻子里发出委屈的撒娇声。

"去店里买点驱蚊水。我在国外带了驱蚊手环，不知道还有没有用，下回给你。"他拉她，她没动。

"怎么了？"

"我柜子里有。"她脚丫又抬起，伸进裤脚里蹭了蹭。

"那行，你进去拿。"

"我困了。"

"……我大老远过来你这就让我走？"檀卿失笑。

周沫点头，又不是我让你过来的，还是你让我待在这里喂蚊子的呢。

"那行，我拿了东西走。"他下了级台阶，和她视线平齐。

周沫预感到他要做什么了，她忽略蚊子包，配合闭眼，先把那颗被他帅得发痒的心给安抚了。

待躺到床上，周沫后知后觉，哎？刘冉冉的事情他还没说清楚呢。情哥哥情妹妹的破戏码到底要上演多久？

她久久没能睡着，拿出手机开始看《愚梦巷101号》。

她心说：大萝卜，我也有情哥哥的。

生活告诉周沫，那些她曾经认为理所当然的事，后来都不再如此。

周沫的认知里，恋爱是黏腻，是热烈，是最盛的太阳，烈得人喘不过气，只想剥光自己。

而檀卿刚回国，诸事繁忙，很多琐事无暇解释。有时夜深人静得空，周沫却早已进入美梦中，打个电话谈个恋爱都不行，而太阳升起，他又进入忙碌状态。

周沫的恋爱认知被颠覆了，她同一个老男人刚开始便谈起了金婚般的恋爱，死气沉沉。

人家金婚双方之间的信任堪比金坚。他们脆弱得跟纸糊的一样，一碰就破。

他们都好几天没见着了，明明之前老巧遇，这会儿怎么能三四天一面都见不着？真是见鬼。

檀卿即将代表S市第一医院同院长出国交流，这一殊荣落在他头上，众医生并非没有怨言，可一想到站在国际场合发言，确实也就檀卿比较拿得出手，资质也过关。

出国交流时长一个月。

周沫知道这个消息后最生气的点不是时间久，而是这个消息她居然是从医院的通知上看到的。

张软拉着她说："你看檀卿真是前途不可限量，以后说不定是走仕途的。"

周沫无精打采："是吗？"

恋爱中的人怎么可以不知道对方要出国。她是不是谈了个假的恋爱？

王老师见冷宫难得有客人，也凑搭子讲了起来："檀院长听起来还不错。"

周沫耳朵就像堵了，还沉浸在自己的狗血连续剧里。这辈子没见过一个男的是这样谈恋爱的，就打打电话，面都不用见，她后悔了，不应该就这样让他得逞的。

这日，周沫下了班，踩着小高跟一口气上到九楼，却发现他不在医生办，索性问他的办公桌在哪儿，这才知道他居然有自己的办公室。这可是副高级别才有的。不过也就得意了一秒，这关她什么事？

檀卿从院长办公室回来时，见到周沫袅袅婷婷地坐在他椅子上玩手机，王子晔拿着病号牌正悄悄往这处瞧。檀卿将他推出去，关了门。

王子晔在门口一脸震惊地捂住嘴，一秒后飞快掏出手机，打开微信群："号外号外，檀总和手术室的周沫在办公室关门了！"

微信群飞快闹起，大消息啊，稳居今日医院绯闻头条。

周沫切出游戏，甩了队友，迅速换上兴师问罪的表情，不阴不阳地问："檀院长，听说你要出国了？"

"哦？"檀卿笑，抄起手来，"从哪里听说的？"

"全院都知道了！"她无比气愤，手还领导模样敲敲桌子，示意他严肃。

檀卿抓起她的手握住："别信。"

"什么？"

"那些通知什么的别信。"

周沫突然觉得跟老男人谈恋爱真累，她根本听不明白他在说什么。

"全院都知道你要出国，我居然都不知道，你还说些奇奇怪怪的话，怎么这样啊？"说着说着，她委屈死了。

明明是刚在一起，就这么敷衍她。本来她还自欺欺人告诉自己他不爱发消息，忙，可怎么会连出国都不告诉她呢，太欺负人了！她像是一厢情愿的小丑。

周沫就是个哭包，声音一大，心中一委屈，眼圈就红了。

小白兔眼红了，檀卿吓了一跳："怎么了这是？"

他捧起她的脸，却反而激起她的犟脾气，拼命扭身不给他碰。

他大拇指绷住她的眼尾防止她乱动，一字一句解释给她听："我没告诉你是因为我一直在拒绝，一个月太久。现在换人去了，明天那个通知会撤掉。听明白了吗？"很简单的一件事，他以为没必要费口舌直播流程。

周沫眼睛被拉成狭长的单眼皮，眼白还泛着血丝，画面极其搞笑。

檀卿使坏又紧了紧手指，直接拉成一条缝。

周沫不舒服晃脑袋，嘴里嘟囔："明白了。"

　　他松手："还有什么不满意？"

　　"很多！超级多！"多得她都觉得不应该谈这个恋爱，这过程非常莫名其妙。

　　他坐下，一把拉她坐在大腿上："一个个说。"

　　周沫身体倾斜，下意识地攀上他的肩颈寻找依托。在手机上，周沫觉得他无比陌生遥远，可一见面，又这般暧昧甜蜜，像极了恩爱恋人，她真是矛盾重重。

　　这不，搂着他的脖颈，她消了一半的火。

　　"嗯……"周沫避开他的眼，"你不给我发消息。"

　　檀卿蹙眉："还有呢？"

　　"就这样？"周沫惊讶于他这样无所谓的态度，"不说句你错了之类的？"

　　"我错了，还有呢？"其实他并未深刻意识到发消息的重要性，现在她提出来倒可以改改看。

　　"还有……我们都没好好约过会……"说完周沫不敢看檀卿了。他那么忙，自己确实矫情。

　　此刻周沫垂眼，像个委屈的小媳妇似的。了解她的人都能看出她就是在装乖，但不了解她的檀卿，生出自责。

　　他亲亲她的脸蛋，柔柔道："今天就去。"

　　这晚周沫终于享受了一晚女朋友的待遇，两人手拉着手下楼。一圈圈一层层的楼梯，无底洞不再是无底洞，感觉没说一会儿话就到了。就像愚梦巷的东巷到西巷，石板路因有人结伴而行，不再漫长。

　　晚霞染红天际，泼墨般混着丝缕烟云，这是周沫认为 S 市最美的一个时间段。

　　漫长的工作、学习终于收尾，落日云霞总能给人带来舒心的归家感。她坐在车上给老周发了条消息，说今天不在家吃晚饭。

　　老周回得很爽快：注意卫生。

　　这回约得突然，周沫有了上次的经验，一点儿都没抱期待，以至于到华丽的牛排店前，她还没意识到这是今晚的就餐地点。

　　独栋玻璃房，红木制外架，水晶吊灯摇曳黄色光，是规规矩矩的檀卿风格。

　　他利用空闲时间，搜索并记录了几处约会地点，没再问不靠谱的胡东阳。

　　他为周沫拉开雕花布艺凳，待她坐下，他没立刻回位，弯腰靠向她耳畔："还满意吗？"

钢琴声在空间中流动开来，周沫知道这曲子，叫《卡农》。杨博书为了学会这首曲子，当年被杨叔叔按在钢琴凳上哭了半个月。她还悄悄拉着余味说，还好他们不用学。

这么多年过去，这首曲子响起，杨博书哭泣的魔音仍在耳边回荡，似幻听一般。

檀卿幽默健谈，哄得她眉开眼笑，三五分钟，周沫立马将心里的"小九九"抛开。

由于对面坐了绅士，她也扮起淑女，可没几分钟又现回原形。

应兰兰牵着胡东阳的手笑得一脸明媚，在他们斜前方落座，胡东阳还为她拉开椅子。

周沫就像发现猎物的猛虎，瞪起眼睛，肩颈收紧，进入蛰伏状态。

她难以置信，方才她等檀卿时，还发消息问应兰兰晚上的安排，她说有应酬。

是应酬胡东阳，还是在敷衍周沫，此刻一目了然。

檀卿见对面的餐叉一动不动，再看周沫，一双眼喷出火来，循着视线望去，瞧见了胡东阳。

胡东阳对于巧遇很是意外，见到檀卿又一脸惊喜。他没认出周沫，毕竟只是深夜的一面之缘，又是那般混乱的场面，没记住也正常。

胡东阳起身向檀卿走来，应兰兰含笑目光追随，恰对上怒火燃烧的周沫，一双大眼冒着火苗，直向她喷火星子。

能一眼看出周沫怒火中烧的，必然是曾经被燃烧的熊熊大火波及过的，比如应兰兰。在她无数次和陆飞闹分手，又在次日一通电话后和对方和好时，她数次遇见周沫的眼中冒着火光。而这次，她又犯了老毛病。不出意外的，周沫义愤填膺，怒火又燃烧了起来。

胡东阳西装革履，精英做派冲他们打招呼。

檀卿怕周沫发作，毕竟他见过她几个姑娘抱团攻击胡东阳，忙推开他："别来打扰我。"

"嘿，小妹妹。"胡东阳对周沫打完招呼，冲檀卿挑眉，意思是这个不错。

周沫见他们两个眉眼交流毫无障碍，那些关于檀卿的绯闻立刻浮上脑海。她单手撑桌站了起来。

不算吵闹的餐厅里，一道恼人的椅子摩擦地板的声音传出，周围桌的人将目光投来。

"我吃饱了。"周沫咽下那口伤人之气。

胡东阳倒是意外:"美女胃口真小,这牛排你才动了几口。"

切割均匀的牛排肉块小山一样堆着,一块西蓝花花头被咬掉,梗仍在餐叉上。周沫故意不回他,冷着脸向檀卿看去。

檀卿会意:"我们还有安排,先走一步。"

他一手揽过周沫,一手招呼服务生结账,下巴冲胡东阳扬扬,让他回自己桌前去。

檀卿能感觉到手掌下纤细的腰肢无比僵硬,每口气息的吞吐皆是格外用力,他捏捏腰际的薄皮,附她耳边说:"消消气,我们去吃别的。"

周沫怕痒,朝他那儿扭扭,避开他的手:"痒……"

檀卿掏出钱包,里面一沓厚厚的粉色钞票,晃花了周沫的眼。她惊讶道:"你出门带现金?"

他合上钱包的一瞬间,周沫瞧见一张老旧照片,可能是他妈妈。

"又要笑我?我已经被科里好多人笑过了。"他开始习惯网络支付,但兜里钱多。

方才搂着周沫便觉得硌得慌,平时倒没那感觉,想来自己禁食太久,见着素菜也胃口大开。

经过应兰兰那桌时,周沫故意没看应兰兰,就算胸中的火被檀卿拿灭火器灭了,她依然翻出"历年着火事故原因记录本",将今天这一笔浓墨重彩地记录上去,画上着重号。

檀卿冲胡东阳递了个眼神,赶紧搂着火炮子出去。

应兰兰心虚,低下了头。

胡东阳见气氛异常:"这姑娘是?"

"我同学,那晚你不是应该见过吗?"她端起面前的柠檬水,喝了一口。胡东阳教过她,这水不是喝的,可这会儿她没有心思管这水的用处。

"……打我的那个?"打他的有好几个,他印象最深的是那个砸蛋糕的胖姑娘。

应兰兰胡乱点头。想想都觉得尴尬,尤其是此刻她仍和他搅和在一起,将朋友变得里外不是人。这优雅的环境也丝毫不能缓解她的焦虑,钢琴叮叮咚咚敲得她心乱如麻。

周沫跨出玻璃门，飞速回头看应兰兰。

穿过两桌人，她见应兰兰面色不豫地扶额，一言未发。她想起多年前的一幕——那次，她质问应兰兰为什么老是和陆飞分分合合，好了伤疤忘了疼。

应兰兰哭得绝望，她说："如果我过得像你一样，有那么好的爸妈，有温暖的家，有青梅竹马，我至于这样吗？"

应兰兰父亲早亡，母亲改嫁后她跟着外公外婆生活。她对于异性的爱的渴望高于周沫。

那刻宿舍一片安静，宿舍里除了她和蔡珊珊，家庭都各有各的不幸。

现在想来，那一刻应该住口的，可她小性子上来，嘴硬道："那你就不要老是诉苦，我们大家轮番安慰，显得特别傻。"

应兰兰手臂一横，擦了眼泪，红着双眼冲她喊："好，再提我是狗！"

周沫被檀卿拉到车旁，任他护着上了车。

"想吃什么？"

"不想吃了。"她气都气饱了，可想到方才应兰兰忧伤的眼神，她亦难过起来，遂问檀卿，"胡东阳是个什么样的人啊？"

檀卿倒也不惊讶，坦然说："我和他初中开始就是同学，他很不错。"

周沫想，朋友说不错不代表做恋人不错，当恋人的时候不错，不代表结婚的时候不错。

人这么矛盾，哪是一个"错"字可以表达或是评判的。

她心中一冷，知道自己的脑壳想不明白，于是将矛头对向檀卿："你呢，你错不错？"

檀卿正在拐弯，听了她的提问心中打鼓，动作迟疑："我怎么？"

"医院里的人都说你有很多女朋友。"见他不语，她继续翻心头的账本，"医院里都说你是个花心大萝卜。"

没人用这个词，周沫腹诽多了，这词便根深蒂固种于她的脑中。

"沫沫，我以前可能有点浑，但这次我是认真的。"前方路况并不好，他无暇看她的表情，只能脑袋飞快转动。

"你是不是每次都觉得你是认真的？"

就像蔡珊珊对每一个暗恋对象都投以百分之百的热爱。而当热情退潮，冷却也是百分之百。

檀卿果断说："不是。"

他确认这次不一样，至于是哪处不一样，他摸不着头绪。

周沫除了漂亮哪里都和他以前的择偶标准相背，可他被这股少女活力和没心没肺深深吸引。这种吸引毫无理智可言。

有时，他会去楼道坐会儿，那份空洞的寂静会将一个人的喜欢暴露无遗。

三十多岁，还会在楼道思念一个姑娘。幼稚到不可思议，所以他不会告诉她。

"那冉冉呢？生活在同一屋檐下，怎么没发生点什么？"她也不想叫得这么亲切，但她不知道冉冉大名叫什么。气人！

关于刘冉冉他知道必须解释，于是实话实说道："她真的就是妹妹，要是我有兴趣，用得着等到现在？而且我和她也不算同一屋檐下，我十六岁她才被翟阿姨带来，我高中在外面租房住，不和他们在一块儿。"

周沫细算，只认识两年，又不住在一起，那冉冉只能算单相思，这相思害得也够厉害，十几年了，后遗症还如此严重。她斜檀卿一眼，这男人这么有魅力？

檀卿将车子驶向景行区瓣花街。

榕树不若盛夏时节茂盛，树影横斜，稀稀落落破碎在人脸上。

南国终于在 10 月下旬有了秋的意味。

车子缓缓停下，远处万家灯火，眼前星光失色。霓虹绚丽争辉，倒映在五阳湖的暗波上，影影绰绰。

檀卿将车停在了五阳湖边，伸手拉开储物格，因冲力惯性，腕部往后时不小心擦过她的大腿。

布料单薄，轮廓尽绘。

"不好意思。"他说。

周沫不着痕迹地稍稍缩了缩腿，以为自己碍着了他的动作。说是说了不好意思，可他并未撤回手。他一把抓过她骨感的手腕，将一个粉色手环套上。车内未开灯，莹莹暗光，衬得皮肤白得发光："这是防蚊的。"

周沫垂眼小声道："哦。"

檀卿绕到副驾侧，为她开门。

晚风微凉，撩动裙摆。周沫双手抚了抚胳膊："有点冷呢。"

她以为肩头会被绅士地搭件外套，但没料到，檀卿张开双臂，用体温为她添衣服。

周沫被这般抱得没了脾气。人渐渐放下防备，软了下来。

风吹树叶，猎猎作响，高大车身为他们挡住来往脚步和目光。

周沫太紧张了，僵得像打了石膏。

檀卿只能像是诱惑小红帽的大灰狼，教她："沫沫。"

"嗯？"

"舌头伸出来，转圈圈。"

她"死"了，卒于心跳失控。

明明只是普通的接吻而已，他怎么能出神入化，撩得她化成一摊春水。

唇齿相依，鼻息相交，食髓知味。这个秋夜，热极了。

周沫是个很迟钝的人。余昧说他已经走出了没见爷爷最后一面的遗憾，她信以为真。

开学后，余昧变得忙碌，她甚至自说自话，认为这是好事，高中生嘛，好好学习是应该的。

余昧从来就是个让人放心的人，也许即使周沫长出敏感的触角，也无法感知到他内心世界的塌陷。

余昧正沉浸在游戏世界的刀光剑影中，一个卡通鸡头像于屏幕右下角摇动，余昧点开对话框回复：在学习。

晚上确实是高中生学习的时候，也是302宿舍最百无聊赖的聊天时刻。

周沫看到余昧的消息，跷着二郎腿庆幸："唉，高中真的好累噢，幸好我没上。"

应兰兰将衣服收进来，把胡倾城的丢到周沫床上："放心，你上了也不会像你的猴哥哥一样忙的。"

周沫开始为小说家叠衣服："不是啊，我觉得上了高二他忙得都见不到人影了，我上个月只跟他吃了两顿饭。"

去年他一个月放四天假，他们能吃二十顿饭，包括午饭。这学期连午饭都没空吃一顿。

余嫣在门口敲了敲门，微笑问："可以问你们借一下吹风机吗？"

周沫点头，到柜子里拿了自己的粉色吹风机给她。余嫣这学期开始住宿，已经住了两个月了，她说走读没法周全管理班级，正巧一个同学转学，她住进了自己班里的宿舍。

应兰兰对着余嫣摇曳的背影撇撇嘴，走到周沫跟前："我跟你说，余嫣肯定是嫉妒你才住宿的。"

"啊？"嫉妒我干吗？成绩一般般，又不是从来不学习却稳居第一的胡倾城。

"因为同是本地人，你长得好看，比她受欢迎。"或者说大家都愿意帮周沫忙，却对班长语带嫌弃。

有回劳动委员安排工作，周沫那天痛经，她直接免了，还让柏一丁搀着她回宿舍。没几天，班长不舒服要提前走，劳动委员只是把她的值日时间和另一个同学换了。余嫣质问："我不是不想值日，只是为什么周沫可以不做？"

这话一出，正巧碰到了学号和她挨着的、一块儿值日的、和周沫如连体婴儿一般的胡倾城，她和劳动委员交换了一个眼神，抛出一套余嫣最厌的江湖说辞："因为沫沫那份我帮她做了。"

言下之意，没人帮你做，你就只能找人换。

校园女生多爱成群，交友是生存要领，尤其是这种女生扎堆的学校，信息全靠一张嘴。余嫣许是察觉到一个人在家"闭门造车"明显与世隔绝，再加上自己是班长属于"官僚阶级"，没把握住力度容易把老师的话拿出来摆谱，于是决定牺牲一点儿小我自由，融入女生集体。

可她这个决定并不理智。集体住宿最暴露缺点，余嫣这回连公主身份都保不住了。

今天是一高的高二期中考试的时间，周沫拿着手机等余味的电话，却迟迟未接到。她做了无数种假设，是不是考完了和同学去吃饭？是不是没考好不开心？是不是考完了老师火速改出来正在讲试卷？各种不靠谱猜想都在脑海里过了一遍。

直到外头传来一阵吵闹声，打断了她的胡思乱想。

平时302声音一大，303就要派出特使，敲门提出警告，这次终于让应兰兰逮到了反击机会，她迫不及待就出了门。看热闹是天性，晚了一分钟，前排位置已经被占了，幸好周沫和张敏高，两人搀扶着踮着脚，看了个清楚。

周沫一眼就看见地上的粉色吹风机，上面毛利兰小贴纸独一无二，直发吹头和吹风机头身分离，电线拉直，被激动的班长大人和303宿舍长来回踩踏。

"我的吹风机……"周沫一阵心疼。

张敏也看到了："你的吹风机怎么跑她们那儿去了？为什么她们吵架你的吹

风机遭殃？"

周沫拉住体育委员问："怎么了她们？"

毕竟是多观战了一分钟的。体育委员凑到她耳边说："余嫣老是问宿舍人借东西，有时候不记得还，被人催了态度也不好。上回借了吹风机没还，今天问她要，就把自己粉红色的拿出来让胡依先用，人家非要自己的，说那个功率太小，余嫣不知道弄哪儿去了，反正就这么吵起来了。"

周围的看客为吵架助了兴，胡依叉着腰对着挤在走廊上的同学说："五班班长余嫣，借东西不还，还要怪我们自己不记得去找她要，哪里来的公主病！"

"我记性不好啊，你提醒一下我就行了。"余嫣面上有些挂不住。

另一个室友也笑，本来只是观战，可能实在气不过，说了一句："你记性不好，就老是洗澡自己不拿东西，少这少那就支使我们，我们凭什么老帮你拿这拿那的。"

周沫本还沉浸在自己的吹风机摔成这样的忧伤中，一听余嫣有这样的行为立马联想到了自己，讪讪问张敏："你们是不是也很讨厌我啊？"

张敏嘿嘿一笑，捏捏她的脸："你知道就好。"

其实她就是逗逗周沫。可周沫陷入自我检讨，危机感涌上，完了完了，下一次宿舍大战的主角别是她。

门口的人越凑越多，周沫和张敏本站在最外围，现在如果按演唱会的座位来看，她们居然也勉强算个前排，但是明显应兰兰的位置更好，第一排——舞台最佳视角。她抄着手一脸兴奋，内心荧光棒挥舞，有什么比看自己平时看不顺眼的那帮人对掐更爽呢。

胡依得理不饶人，一激动说得脸都红了："就是啊，不知道的以为你城里姑娘条件多好呢，以前在班里嫌弃这个那个的，我看你用的东西也没多高档。"

"我从来没有说过自己条件好啊，谁家里条件好会学这个？"余嫣气急，两行泪流了下来。

"班长，你这话说给班主任去听听，平时倒是教育我们好好学习，热爱自己的专业，真是笑话。"平日看班长不顺眼的人也添油加醋。

"就是，平时自己说起来一套一套的。"

"只许州官放火。"

……

墙倒众人推，还是平时大家看不惯的墙，更别提推得多积极，多猛烈了。

做班长是个苦差事，吃力不讨好。需要极高的控场能力和情商周旋于老师、同学和学生会之间。

周沫感同身受般，和余嫣一样，站在那里一字一句地受刑。

她拨开人群溜回了宿舍，胡倾城从小说里抽出工夫，打听情况："怎么了？"

"倾城，我是不是也很讨厌？"她耷拉着眼皮无精打采。

"没有啊，怎么这么问？"

"我觉得胡依她们说余嫣的时候好像在说我一样。"洗澡拿不全东西，娇气的本地人等等，她好像还要多一项麻烦的洁癖，她纠结地抠着手指自我检讨。

"没有啊，你和余嫣怎么会一样！"胡倾城觉得好笑，想起方才拦住她去凑热闹的事儿，"你的猴哥哥刚刚来电话了，我说你去看热闹了，你要回一个吗？"

周沫拿起手机，眉心紧拧："猴哥，我终于知道你为什么总是担心我被宿舍排挤，和她们闹不愉快了。"她自我检讨，"因为我好像真的很麻烦啊。"

她想到自己每个月零花钱这么多还总是用光光，宿舍一个月1200以上生活费的就她一个人，还每个月回家八天，就这样还每天喊穷，实在太过分了。身材差不多的应兰兰、柏一丁、蔡珊珊三人买了衣服都会互相交换穿，除了她。大家洗澡从来都不要别人拿东西，除了她……

她好想打自己。难怪愚梦巷的孩子都嫌弃她。

余味听她苦哈哈的声音："闹不愉快了？"

"还没有……"大家现在估计还在忍耐，女生都是突然爆发的，蓄积怒意然后猛地一下，打你个措手不及，就好像胡依，忍了余嫣两个多月才爆发。

"别多想，我看你跟你们宿舍的人相处得还行。"

"现在是还行，但是我好欠扁噢。"

"你的欠扁是骨子里的。"他逗她。但是可爱也是，互补得很好。

外面的人慢慢散去，余嫣哭声震天，没有人去安慰她，她捂嘴跑了出去。

张敏问："要熄灯了，她去哪儿啊？"

应兰兰头也没回，语气冷淡："哼，找老师告状去呗。"平时让302声音小一点儿最多的就是余嫣，大小姐喜欢清静还来住集体宿舍。

周六，周沫吃完早饭兴冲冲跑到西屋，余味果然回来了，正在喝粥。她喜笑颜开，对余红打了个招呼，又跑去余有才的牌位前上了炷香，见余味一口闷了剩下的粥，她用手推推他，问："高二是不是很辛苦？"

余味下巴的青胡茬儿都冒了出来，挺有男人味的。

余红微笑，揉揉周沫的头："肯定很辛苦，余味现在一个月就回来一趟，都吃不到几顿肉。沫沫读个卫校挺好的，早点找工作，以后找个轻松的岗位，舒舒服服嫁人。"

周沫也没多想，随意地点点头。

余味心里存了事儿："沫沫，我下午有事，不能陪你去买漫画了。"他将钱包放到她手上，"自己去买，乖。"

"啊……"周沫想到他要学习，高中应该压力很大，收回了矫情的表情，将钱包放回他手里，"我有钱，你好好学习。"

她拉着他说学校的事儿，见他似乎很累没什么精神，心疼地劝他赶紧去睡觉，自己则依依不舍，一步三回头地回了东屋。

余味进房间仓促洗了个澡，QQ群里已经有人呼朋引伴约下午开战。

他整理了几套厚衣服准备带走，行李包歪在床沿，缓缓向下滑，他眼疾手快一把拽住，一管东西从包侧边掉了出来。他捡起看了一眼，嘴角露出不屑的笑，将烫伤膏扔进了垃圾桶。

伤口痊愈又如何，疤痕还在。

余味说自己先回学校了，今晚不回来住。余红唉声叹气，又是心疼半天。

他坐进出租车后想到周沫和奶奶的表情，懊恼纠结地揉了揉头发，他觉得自己好像有些失控了。可到了百花巷楼下，步子仍是坚定不移地迈上了楼梯，陶琛开门见他背着个大行李包，开玩笑说："你别是真准备在这儿住下了。"

余味白他一眼，往自己的房间走，身后陶琛跟过来似笑非笑："你有位女同学也在。"

他不耐烦地皱起眉，一进去，果然，丁柳柳坐在他旁边的位置上，正在玩《跑跑卡丁车》。

她见他来了，淡定地侧了个身让他进去。余味没动，将包放下，厉声问道："这种地方你总来干吗？"

"你可以来，为什么我不行？"丁柳柳抿唇没看他。

"随便你。"余味语气冷淡，不再管她，戴上耳机拉上帘子，将视线同她隔绝。

丁柳柳侧头看着帘子里隐约的身影，无比满足。这学期她去了艺术班，时间自由压力骤小。某日她从画室出来，见余味从学校后墙爬了出去，以为他是溜出去买零食，学校超市的吃食种类稀少、固定，从这处溜出去买零食很正常。可在她无数次蹲到余味翻墙后，心中的怀疑便放大了，难道是见那个青梅？

因着这个猜测，她跟去了百花巷。

余味每天放学后都在那处，从未带周沫来过，她心下猜测，他都不用上课吗？她发了条消息给和余味同在理科二班的同学，才知道余味请了一个月的晚自习假，病假理由是烫伤。只是第二个月、第三个月他还是请了假，似乎是找到了弄到假条的方法。

他不再是教室里的白衣好学生，网吧少年有什么值得喜欢的。可偏偏是沾染了落魄气息的余味，加倍吸引了丁柳柳。

他就像是灵感缪斯，触发了她某处的开关，油画老师都夸她画得越来越好了。

余味握着鼠标一阵烦躁，他一把拉开帘子，粗暴地扯下丁柳柳的耳机：“你回去吧。”

“我的课可以自己选择上不上，更应该回学校的是你。”余味这学期成绩掉得厉害，入理科二班是全班第六，这次期中考试掉到二十五名。

余味拧眉：“今日周六。”

“今晚你包夜吗？”

“关你什么事。”

“余味，你为什么从来不带周沫来？”

“我不喜欢女孩子来这种地方。”陶琛说得对，这种乌烟瘴气的地方，确实不适合周沫来。想到之前带她去过异味冲天的网吧，也真是浑蛋。

丁柳柳手指抠着指肉，狠狠按进去，一阵刺痛。

愚梦巷，月起。周沫下午和宿舍姑娘约了去逛街，买了一摞漫画书回来，此刻正在房间里摆弄。余竟咿咿呀呀满院子跑，刘小萍端着碗追在他后头，举着勺，满身大汗。

周沫听见动静，眼疾手快一把捞住余竟，笑眯眯地说：“我们余竟不乖乖吃饭饭，就不能像哥哥一样长高高了。”

余竟嘿嘿一笑，露出缺了门牙的粉色牙肉，刘小萍赶紧喂了一口，带了点讨好对周沫说：“还是余味管用，一提哥哥就立马听话。”

余竟知道周沫跟哥哥关系好，好奇怎么哥哥就肯同她一道玩。他见周沫正看着他吃饭，赶紧咽下，小嘴主动张开要妈妈喂饭。刘小萍见小祖宗难得听话，赶紧舀了一大勺。

周沫见他这么乖，奖励他看漫画书。她拉着余竟在书架最底层找到小时候看的漫画，没有字的那种，递到他手上教他看。

两个脑袋挨着，他不断指着人物问："这个是什么呀？"

周沫一个个解释给他听，两人一问一答乐在其中。余竟没一会儿就会自己翻页，不需要周沫多讲。

周沫拉他坐到书桌前，给他打开台灯："余竟要保护好眼睛呀，现在学习压力这么大，你哥哥都近视了。"

"近视是什么？"

"就是戴眼镜啊，你哥哥鼻子上架的那个。"她两手圈成两个圆放在眼睛上，试图唤起他的记忆。

余竟两只小手本按着两边书角，听见周沫形容这个东西，淡眉拧起："那天，我要拿哥哥那个……手手就……"他将袖子撩起，手往周沫眼下一伸，上面有一块小孩手掌大小的烫伤。

周沫轻轻摸了摸："痛吗？怎么弄的？"余竟的意思是，拿余味的眼镜弄的？

"我，"他手伸到周沫眉心，在空气中做了个取眼镜的动作，"然后哥哥就用水泼我，痛痛。"

他小脸皱起，好似那天的痛又爬了上来。

周沫面上笑容凝滞，心跳嗵嗵嗵地加了速："哥哥泼你？什么时候？"

"嗯……"余竟想不起来了。

周沫看是新伤，快步跑到西屋，刘小萍正在帮余红收拾碗筷。晚秋时节，堂屋电风扇小风吹着，驱赶蚊蝇，她走到刘小萍旁边："刘阿姨，余竟手上的那个伤怎么弄的啊？"

刘小萍摞碗的动作微作停顿，又麻溜收拾起来："就是可能惹余味生气了。"发丝垂下，挡住了她的表情。

周沫看不明白："生气了，然后呢？"

刘小萍端起碗碟往厨房走，尽量平静地说："滚水就泼到了余竟手上，不过还好，一书在旁，赶紧处理了送医院，医生说养个几年不会留疤。"她背朝周沫，将喉头的那股不适咽下，只是手紧紧捏着碗的边缘，力道几乎要掰断它。

"余味泼的？应该是不小心吧。"这事儿她怎么不知道。

周沫刚要再问什么的时候，刘小萍红着眼飞快转身，失却冷静："什么不小心？谁会拿着沸水对着一个孩子……要拿他眼镜怎么了，不给就说一声，或者像以前那样直接转身走，为什么要泼他。"她说着说着眼泪流了下来，嘴唇委屈得直抖，手上的洗洁精泡沫滴滴答答地落到瓷砖上。一串泡沫花开在了地上。

"不可能，肯定是不小心的。"刘小萍似是记恨上了余味，周沫赶紧否认。

"你们一起长大你当然为他说话。"

"不是的，了解他的都知道，余味不可能这么做的。"她急了，恨不能拉所有认识余味的人做证。

刘小萍不想在小辈面前丢人，可心中还是气不过，尤其是余一书一句话都没说余味，这让她第一次主动同丈夫大吵了一架。而余一书也只是说："不会的，应该是不小心。"

刘小萍说："他现在已经和小时候不一样了，或者从我们结婚后他就不一样了，他连爷爷最后一面都可以不见，你早就不了解他了。"

余一书沉默半晌儿，还是重复说："不会的，应该是不小心。"

"你这么了解他？"刘小萍眼里噙着泪花，冷冷地对同样反应的周沫开口。

"这和我了解他无关，是你不了解他。"

周沫无从解释，只能自己生闷气。

秋夜晚风微凉，院落里美人蕉的叶子沙沙晃动，发出舒缓的声响，却无法安抚焦躁的周沫。

她蹲在院子角落，闷闷不乐："什么时候烫的呀？"

余味喝了口水："你暑假去旅游的第二天。你怎么知道的？"

"我不能知道吗？你怎么这种事都不告诉我呢？"她有些生气，余味最近怪怪的，虽然以往这种事他也不会主动告诉她。

"好好好，其实也……"他正说着话，丁柳柳买了两瓶可乐进来，人刚走到门边就迫不及待告诉他："余味我买了可……"

余味一惊，忙捂住话筒，冲她使了个眼色。丁柳柳抿起嘴，坐回自己的座位，动作缓慢不发出任何声音，她将挂着水珠的冰可乐放在他桌上。

"谁叫你？"周沫听见了女声，甚是熟悉，她眼珠向右上方转，努力在记忆里翻找。

"没，同学，"他咳了一声，继续说，"那事儿过去就别想了，就让她误会吧。"他知道刘小萍定会生气，他知道她生子的艰难，也见过她如何宠溺余竟，那样全情付出去疼爱的宝贝，一点点磕磕绊绊都会心若剜肉吧，何况还是烫伤。

整个小房间只有两台电脑，紧紧挨着，相隔半米不到。余味扫了一眼旁边，一把将帘子拉上，丁柳柳握上鼠标的手顿时僵住。那瓶冰可乐直到消了冰意融成水，直到水渍干了留下印记，直到余味离开，都没被打开。

丁柳柳看着他的身影消失，一秒不耽搁地把《跑跑卡丁车》关了，再看到这些乱动的小人她都快吐了。

周沫绞尽脑汁，终于在睡前琢磨了出来，那声音是丁柳柳。她的声音有点特色，算是女中音，不似她清亮也不似张敏娇柔或是林李的如沐春风。可丁柳柳为什么会在余味的班级？她上回遇到林李，两人假模假样地说了近况，林李特意说丁柳柳已经去了艺术班。

难道高中的晚自习是大杂烩，所有班都在一个礼堂上晚自习？

为解这个疑惑，她跑去问了应兰兰。

应兰兰一听周沫的问题直接说："不可能，肯定都是在自己班上自习。还有，我上次问陆飞了，放假没有改成一个月两天，全 S 市一高还是两周放两天，你的猴哥哥估计报了别的补习班，懒得告诉你。"

周沫陷入了纠结，报补习班为什么不告诉她？难道猴哥是怕自己智商的飞跃遭到戳穿？

这学期周沫晋升为卫校二年级学生，穿上白大褂学专业课知识。

课堂一半理论一半实践，实践最激动人心的当然就是打针。也不知道为什么，这帮以后要打一辈子针的姑娘，为什么会对打针这么激动？

学生打针是互戳，周沫自然和胡倾城搭档，只是她们彼此都非常不信任。

周沫认为胡倾城每日看小说，手机一天抓十几小时，换三块电板，手的稳定性一定很差。胡倾城认为周沫在学习理论的时候，脑袋一直在"鸡仔啄米"，肯定没学好基础知识。

果不其然，胡倾城手抖，她将补液排好气，扎止血带、消毒、准备胶布一切都很顺利，只是在拔开针尖帽后手剧烈抖动，不知道的人以为她拿了多沉的物件，不过一克的针，抖出了雀之灵的舞动感。

周沫吓得都不敢看，张敏抱着周沫的脑袋，应兰兰在一旁小声叮嘱："说好的，不许哭。"

周沫的哭功大家都见识过，上学期学病理给兔子耳朵注射空气，周沫看着兔子小后腿蹬啊蹬，耳朵上戳了一针又一针，痛苦挣扎，一心疼哭了。大家先后安慰她，还给了她更多的表演空间，涕泗横流了两节课，导致全班八只兔子一只都没死成。

周沫咬牙："打死都不哭了！"她要做一个坚强的人，这点小疼算什么，老师说就是蚊子叮而已。

说实话，身后同学杀猪般的号叫已经影响了她的心理稳定，她不认为蚊子叮会叫成这样。

胡倾城见她眼睛被捂住，眼疾手快，迅速一戳，却没能戳进去，针尖在她细白的手背上划出两点血印子。

张敏赶紧叫："老师老师！"周沫感觉手背微微一痛，以为好了，却听张敏在说，"怎么戳不进去呢，怎么回事？"周沫心里顿时一凉，手伸直僵住，任人宰割。

老师看了眼胡倾城的手部姿势，不徐不疾地指导道："绷紧皮肤，"她一指将周沫手部皮肤绷紧，"戳吧。"

胡倾城战战兢兢，却没承想针尖真的顺利进入，暗红色的血回出管道一厘米，她松了口气。

轮到周沫，胡倾城怕她打击报复，缩成了大肥鼠。周沫冷笑："你给我等着。"她穿着护士服，扬扬手里的针筒，一脸阴寒的笑容，像是白日恐怖片。她没真想使坏，只是初次实践，加之胡倾城打针时她眼睛被捂住，什么也没看见，步骤全靠自己瞎蒙。

应兰兰这个半吊子还在旁边指导。这两只瞎猫，没能碰上死耗子。胡倾城的血管破了，手背肿得老高。

周沫一路赔小心，这辈子都没这么孙子过，不由得担心起自己以后的职业生涯。

熄灯后，胡倾城恢复自理能力，打小灯继续看小说。

余味是在半夜1点多看到周沫发来的打针照，看时间这般晚，便没回复。

次日清晨，周沫一睁眼，捞起手机，未读消息：0。

不知为何明明有很多理由可以为他找，比如学习、补课、睡觉，甚至是忘了，可心中的不安随着这种情况不断发生而持续放大。

冬日的 S 市迎来近日难得的明媚天气。周沫锲而不舍约了余味一周，终于等来了他一次松口。她高高兴兴地坐在旺达路尽头一家新开的鸡排店等他。

等了一刻钟，手机玩掉了一格电，他才大汗淋漓姗姗来迟。

鸡排店是自助点餐，余味拉着周沫走到点餐机前，看了眼使用方法，问她吃什么。她没什么胃口，说了句随便，再回座位时发现被一对情侣占了，她只得坐在右边的座位上。

余味点餐回来坐在了她对面，问："怎么愁眉苦脸的？"

周沫严肃道："余味我意识到我自己有问题，最近在改。"她想要做一个受人欢迎的姑娘，坚决将成为下一个余妈的可能变为零。

"什么问题？"他将钱包塞进兜里，两手搁桌上，认真听她说。

"我作为一名将来的护士，我得努力学习专业知识。"她本想认真阐述自己最近的进步，却听见余味的手机一振。

余味拿起手机看了看，是队友约晚上一起组队，他算了算自己的假条也快到时间了，发了条短信让陶琛再帮他弄一张。

周沫见他没说几句话就去看手机不理她，心里暗暗道：这小子眼里只有手机。

橙色围裙的店员将炸鸡端至他们面前，周沫灵机一动，叉了一块递到余味嘴边，他反射性地向后退了退，指着她的餐叉问："你确定？这是你的叉子，别给人家店员增加工作量，等我吃了再去要一把。"

周沫霎时泄了气，白他一眼，愤愤咬住鸡排。

她假装漫不经心地将内心组织颇久的问题道出："猴哥，你最近是不是报了补习班，所以这么忙啊？"

余味摇摇头："没啊。"

周沫心中疑惑加深："那你怎么这么忙啊？"

他垂眼没看她，只觉得空气中灰尘的飘动缓慢，心跳微微加速："学习呗。"

周沫不死心又确认了一遍："一个月真的只放两天啊？"就连这两天，他都不着家。

余味不动声色地吃着鸡排，嘴里嚼着东西，用鼻音轻轻"嗯"了一声。

周沫在得到他的再次欺骗后像是被霜打的茄子，一下蔫了，她难以置信地看着他。他头发长了，随着他的低头动作微垂，遮住了眉眼，也遮住了周沫失望的神色。

302宿舍的姑娘们发现一个奇怪的现象，周沫同学转性了。具体从什么时候开始的呢，好像是期中考试之后，再具体一点儿，好像是从303宿舍大闹了一场，余嫣就此结束住宿生活那天开始的。

周沫洗澡再也没有让谁给她递过浴巾，即便她很嫌弃带进浴室的浴巾会被水溅湿。她也再没哭过穷，即便还是一件件衣服往宿舍买。她会主动借小裙子给姑娘穿，即便她们穿完洗完后她又偷摸洗了一遍，而她没有向别的姑娘借过裙子。

胡倾城手上捧了本新小说，躺在上铺借着上佳视线看向室外的萧条风光，叹着气摇摇头："应该是女主角意识到自己的缺点，在往完美的方向发展。"

"可是完美就不可爱了啊。"张敏嘴里薯片嚼得脆响。

"嗯……"

来来往往的姑娘拎着喷香的炒饭、炒面或举着香甜诱人的奶茶往学校走，周沫和余味在校门口道别。他陪她走到学校门口便转身过了马路。

周沫行尸走肉般回到宿舍，完全没察觉到舍友们揶揄的眼神。胡倾城还想同她讨论近日的变化，却见她闷不吭声地将自己埋进被窝，头也一道掩了进去，胡倾城和应兰兰对视一眼，均是不解。

周沫一向是个无敌乐天派，没有学习脑，但是个小甜心一样的存在，难得这么失落。

应兰兰清清嗓示意胡倾城看手机，她发了条消息给她：估计是和猴哥吵架了。

——不会吧，猴哥不是无敌好男人吗？

——好男人也会变坏的。

胡倾城爬下床，坐到周沫垫的粉红布上。那块小垫巾是她为了床铺干净而又怕胡倾城没地方坐特意铺的。她推推被子里缩成无安全感姿势的周沫："沫沫怎么了？"

"没……"鼻音浓重。

胡倾城拉拉她的被子，却被里面的手紧紧攥住："是不是跟猴哥吵架了？"

"没……"周沫的身子抖动了一下。

"那是和家里闹不愉快了？"胡倾城继续问。

周沫缩成团的身子轻轻摇动。

应兰兰穿上拖鞋也坐了过来，顺顺她的背，想了一会儿问："是不是姨妈痛？"

这下是胡倾城替她摇头。她还能不知道她什么时候来姨妈吗？

午休最后剩下的一小时，周沫的床上坐满了人。她团在被子里，温暖的光透过被面和内里的棉絮照进来，她盯着纹理，感觉自己像缩在一个即将孵化的蛋里。但随着人越来越多，这蛋周围的光线越来越暗，最后她忍无可忍，将被子一把掀开："我没事。"不能老是哭，特别没出息。

这学期开始学专业课，同学们都认真起来，笔记漂漂亮亮，书上满满当当。周沫下午坐到教室里决定也好好学习，这次期中考试她还是保持半上不下的第十名水平，而这名次居然无法刺激她的快乐激素，人果然是贪心的。

她看了眼看小说的胡倾城，推推她，嗓子略带沙哑地问："你怎么就能上课不听，下课也不看书，只在考前突击，就学习这么好呢？"

"谁说我不听的，我每次翻页都会听的，一节课大概翻一百次页，我至少听了一百秒不同进度的瞬间。"老师一个知识点来去兜绕，她听了个精华版。

周沫看了眼自己的书，知道自己和胡倾城无法比较，兀自挫败地去看书了。

晚上实在忍不住，周沫发了条消息问杨博书：余味最近有和你打游戏吗？

这位处在高三关键时期的老哥倒是秒回：我要高考！

周沫一看回这么快，就知道他是个天天打字的"练家子"。

周沫筷子捣了捣碗里的五香牛肉粒，将八角、花椒一个个夹出，面对色香味俱全还无杂料的肉仍是毫无食欲。

她再也忍不了，将胡倾城的手机倒扣桌上，将疑虑和盘托出："倾城，我觉得我和猴哥出问题了。"

胡倾城将嘴里的饭菜囫囵咽下："怎么说？"

"我们这学期见面次数屈指可数。"

"他上高中忙啊。"胡倾城觉得这很正常。

"不是的，高中生不可能忙到失踪，他连短信都不回。"

"那就去问他啊。"

周沫双目微垂，将最大的症结点出："我问了，他撒谎。"

余味怎么会撒谎骗她，他为什么要骗她？如果是家里的事，他没有必要，那么只能是他们之间有问题。

周沫晚自习一个字都没能看进，那夜第一次失了眠。

周沫第一次尝到了苦涩，将自己包裹在无尽猜测中。她认为自己不过是在做无用功，很多事情只要找到余味，双手叉腰质问一通就行，可她面对这样不诚实的余味，也无法坦然问出这些问题。

她怕他的答案伤人，也怕他再次撒谎。

她在打转的情绪旋涡里迎来了期末考试。她强行忍住每次发短信的冲动，但每天仍会看短信和 QQ 一百次，她一边看书一边揣着手机自我折磨，考完那天，距离她上次见余味过去刚好一个月。

这一个月里，他们很少联系。她一颗心沉到了五阳湖湖底。原来他们之间的联系一直在靠她单线残喘。

林李打电话给周沫时，是 S 市一高期末考试结束的第三日。

那日，她正在书架前整理漫画书，掸去灰尘，重新归类，这是她从小到大的习惯，每年寒暑假都要这么来一次。她喜欢做机械而快乐的工作。

余味在期末考试结束后，发了条短信给她，说自己去参加补习班，最近不回来。

余红自然毫无疑惑，而余一书这半年忙得脚不沾地，一直在外市搞工地项目，刘小萍时常过来尽媳妇本分，又无权干涉他的学习生活。于是，没有人怀疑他的谎言，周沫亦未戳穿。

她在等，等他自爆。

她从来都没有耐心，直来直去不憋话，这次能熬住，全靠一点儿自欺欺人的余念。

电话响了，陌生号码，是令人意外的林李：“哦，记得啊，余味的同学，怎么了吗？”周沫手指扒着书桌角，上齿磨着下唇来来回回。

林李拖着行李箱站在学校门口，看着对面早已放假的冷清的卫校大门，将在心中组织了无数次的话道出：“其实我没有恶意，只是觉得高中生应该好好学习，你别让他总在关键时候掉链子。”

这学期余味成绩下降得厉害，本以为他只是装病翘了整个学期的晚自习，没想到他还时常夜不归宿，男生宿舍一直帮忙隐瞒，她作为班长一直在忍，可没想到今日成绩出来他成绩是倒数第六，刚好呼应他学期伊始的正数第六，讽刺极了。

在林李心中，读卫校的都不是好学上进的学生。

理科二班班主任刚好还是李老师，他对余味已然失望至极，上学期本想重罚余味，没想到余一书表面严父姿态，一转身就找人直接压了下去，他心中有气，索性不管，知道这样的学生仗着点天资，家里有点臭钱就胡搞。他试图放下私人怨恨找余味谈了谈，结果他比上学期的态度还要差，彻底变成了痞子流氓。

老师不管，林李忍不了。翩翩少年眼看就要毁了，她没有办法忍受曾经品学兼优的少年搞成这副模样。

"什么？"林李说的每个字都是中文，但周沫没听明白她到底想说什么。

她在第四日等到了余味回来，一月未见，他瘦到脱形。他一如往常摸摸她的头，笑笑，见她目不转睛地盯着他，抚上微青的胡茬儿，笑笑说："我去剃个胡子。"

余味放下行李洗了个澡，周沫见他进了浴室，走到他的行李旁，手下意识地摸上书包拉链，转瞬又收回了手，乖乖坐在他房间的矮沙发上等他。

身体冲上水，余味长舒了口气，他已经三天没洗澡了。此刻的洗澡水像是人间温暖的一双手，将他从战乱的杀场拉回，那些挥舞的刀剑、溅起的鲜血、展翅的神兽、混乱的沟壑渐渐被氤氲模糊，困乏汹涌而来。

水打在他高挺的鼻梁上，顺着翘起的唇珠滑下喉结，再顺着重力向下，流经胸膛、腹部、股沟，一路滑至小腿，蔓延在与周围皮肤截然不同的嫩红之处。

他关了水，裹上浴巾，穿过阴冷的堂厅，快步走向开了空调的卧室。

5摄氏度和25摄氏度只隔着一扇门的距离，他握上门把手向右一拧，暖气扑面而来。

见余味赤裸上身，周沫第一反应是避开眼，却一下看见了他右腿的烫伤。她惊得像是半截木头，瞪大了眼睛问："你的腿？"那片烫伤可怖，比余竟的大了十几倍。

"没事，学医的都不知道已经长好了吗？"他若无其事地走到衣橱前，随手抓出一件 T 恤套上，见她仍是目不转睛地盯着伤口，提醒道，"沫沫，你能背过去吗？我要穿裤子。"

周沫赶忙背身，嘴里仍在问："这是怎么弄的？"

这伤口日子这么久了，她居然没发现，林李说他请病假，她第一反应就是他骗人，原来不全是，这样的伤口刚开始确实需要休息。

余味飞快换好衣服，说："就你打电话问我的那次。"

"和余竟一起烫伤的？"刘小萍只字未提余味也受伤了，听她那语气，只有她的宝贝儿子受了伤，如果她知道余味烫了这么大一块，怎么可能还有脸说余味是故意的。

"嗯。"他的长睫毛掩去情绪。

余红习惯将热水放凉再喝，家中有个大水壶专用来冷却水，那日他将热水灌入，恰巧余竟跑来，围着他乱窜，还伸手要抓他的眼镜，他避让不及，皱眉撇头的瞬间失手打翻了水壶。

炎炎夏日，那沸水的温度估计丝毫未变，溅到了余竟的小手上，泼在了他的右腿上。

余一书见到余竟烫伤大哭，第一反应就是抱他去洗手池冲冷水。

余味忍着烫意去厕所看情况，余竟见到他，害怕的情绪上来，哭得更厉害。

余一书冷声说了句"出去"，他退了出去，带着歉意在门口等，一时忽略了自己的不适。

等余一书抱着余竟上了车去了医院，他再脱去裤子，运动裤和袜子已经粘在了伤口上，血肉模糊。

原来他也受伤了，连他自己都没发现，还一脸泰然，又能等谁关心他呢？

"疼吗？"她弯腰摸向那片新生的表皮组织。余味腿上汗毛不算太旺盛，但也不少，而那片皮肤突兀处寸草不生，就像烫得没毛的鸡。

可鸡是被杀死后烫的，他是生烫的。

这么一大片，想想都疼，她一颗心揪了起来。

他拉起她抱在怀里。霎时，他的罂粟花回来了，四肢百骸一阵治愈。

他将脸埋在她发间柔声说："不疼了。"

周沫僵住，看他此刻语态动作就是熟悉的余味，一瞬间熬不住委屈，带了点情绪问："余味，这学期你为什么都不理我？"

余味见她一双乌珠内蓄着两个水珠，抱歉道："对不起沫沫，太忙了。"

他在"战场厮杀"投入时能忘了真实世界里的残忍，同时也忽略了美好。

周沫想，也许他是真的太忙了吧，也许除了学校的事情，他有其他需要忙的事。

这么大一块伤口，直到愈合后她才发现。她想，她开始不了解他了。

是不是长大就是开始控制咽喉，咽下秘密。

她深深地看了他一眼，心中叹息：余味瘦了好多啊！

余味下午睡了一觉，晚上又溜了出去，凌晨回来，整整半年未见的余一书正坐在堂厅中，面前的保温杯徐徐冒着白气儿。

桌上摊着张纸，不用看也知道，那是他的成绩单。

余一书单手扣桌，沉声问："去哪儿了？"

余味一手插兜："有事出去了。"

"什么事情让你的成绩变成了这副样子？还串通徐秘书来骗我？"余味的家长会一直是徐秘书去开的。余味直接同班主任说自己父亲忙，将联系电话换成了徐秘书的。这个徐秘书仅上任半年，不了解余一书脾性，以为余味就是个二世祖，只顾着讨好未来的小老板，只报喜不报忧。

余一书下午看到真的成绩单，大发雷霆，直接炒了徐秘书，打了个电话给余味的班主任。伪病假、晚自习不上、成绩倒数，这是余味？

余味无所谓地抛出一句："你就当没我这个儿子吧。"反正你也是这么想的。他说话间情绪淡漠，毫无波澜，眼神像一潭死水。

余一书一掌拍向桌子："你说清楚你到底要干什么？还要不要上学？不上你直接辍学好了！"他怒气滔天，口不择言。

"行，退了吧。"

"啪——"余味大力地甩上了房门，将余一书阻在了门外。他没有锁门，就站在门内。余一书气得胸口起伏，却又奈何他不得，看着那扇门恨不得拆了，可终是没动作。他重重吐了口浊气，掏出根烟，于堂厅吞云吐雾。

余红洗完澡出来，看了眼余味的房间："余味回来了吗？"

余一书蹙眉："嗯。"

"吃了吗？"

"他这么大个人饿了不会吃吗？"又思及是面对母亲，余一书缓了缓，"以后别管他吃不吃，饿了自己会说的，你要睡就早点睡，别等他。"

余红看他那样估计是跟余味吵架了，没管他，上前敲敲余味的门。

余味人隐在未开灯的房间，贴至门边冲外面说："奶奶我吃过了，准备睡了。"

余红笑笑，听见孙子说吃过就放心了："好好，早点睡。"

堂厅一阵窸窸窣窣，半晌，外面的灯啪地熄了，门缝中的光也灭了。

余味听见大门开了又关了。院子门开了又关了。远处的汽车启动了又开远了。

他站了许久，忘了时间。

抽离网络世界后他时常有种恍惚感，这个世界好像都不是真实的。当然，周沫的喊喊喳喳和洗澡时洒下的热水除外，那是他能感受到的为数不多的人间烟火。

周沫过完年回来，第一件事情就是找余味，怎么最近几天回消息的速度又变得慢了呢。

余红说，余味学习去了，大年初一就去了。

周沫没敢说话，什么学习班大年初一就开？

余一书带着老婆儿子去了国外，本来要将妈妈和大儿子带上，话刚说出口，自然就挨了不屑的嘲讽，他也不自讨没趣，出了国，带了礼物来，与周沫碰了个正巧。他没见到余味，亦是听见了这荒唐理由，他以为余味只是避他不见，却见到周沫也蹙眉找他，好奇道："沫沫也找余味？"

周沫一时不知如何作答，便说："没，我来找本漫画书。"

说完她马上溜了，从小到大，大家都互相帮腔，小孩之间闹腾得再厉害都不会往上捅，这是道义。但她心里的不安再次浮现，余味又撒谎了，他到底去了哪儿？

她躺在床上哀叹，是不是青春期的男生都这么奇怪？

她拿起手机给余味打电话，自然是未接。晚间他回了过来，她质问："余味，你到底在干吗？"

"沫沫，我在晚自习……"

余味真的在晚自习，今日晚上班会，要求每个人到场，所以他这通电话是溜到厕所打的。

算算日子，周沫也就还有一周开学，余味比她早也是可能的。

夕阳西下，余晖铺陈，旺达路街头巷尾均是小吃摊位，酸甜香辣应有尽有，周沫站在摊前付了两份的钱，说等会儿过来拿。说罢就蹲着等 S 市一高放学，17点 30 分，大门打开，身着秋冬校服外头裹着五颜六色外套的学生们走出校门。

他们多是出来买饭，林李特意穿了件黑色不显眼外套。自从上次两人通了个莫名其妙的电话后，竟莫名其妙地达成了默契，准备联手一同探究这阵子形迹可疑的余味。

她一眼就扫到了小吃摊位前垂眼愣神的周沫，拉住她往大榕树后躲："等等，余味被物理老师留了下来，不知道什么时候出来。"

"为什么留下来啊？"周沫听着像是不好的意思。

"还能为什么，他经常被骂，脸皮都要厚成老树皮了，"她手点了点面前满是枯斑、凹凸不平的榕树树干，"我跟你说，他就像是变了个人，完全不是高一那会儿的他了。"

周沫听林李的描述，脑海中立马冒出了初中坐在最后一排作业不做、考试倒数，还爱同老师犟嘴的差生形象，口中喃喃道："怎么会这样啊。"

林李听她语气失落，不像是作假，疑惑加倍，到底是什么让余味变成这样的？她拉拉周沫："他家有什么事儿发生吗？"

周沫坚定地摇了摇头，余味突如其来的变化如果和家庭有关，那初中就堕落了，现在高二算怎么回事。

正说着，余味出来了。

她们跟踪技术不佳，稍有警觉的人一回头就能发现，但此刻的余味像被人下了蛊，直冲向百花巷小区，一路目不斜视。

走到百花巷小区，周沫心里闪出个念头：这里离那家网吧好近。

余味消失在楼道口后，林李问："他到底去干吗了？要不我们上去？"

周沫舔舔唇，纠结了一秒，点点头。

可偏在此时，她们避无可避地遇到了从楼道口出来的丁柳柳，六目对视，三人僵在寒风里。冷风穿梭在丁柳柳的裙摆下，这么冷的天她没有穿裤袜，裸着修长的腿，看得周沫不禁打了个寒战。

丁柳柳怔了一下，迅速恢复神色，对她们打了个招呼："好巧啊。"

周沫不知如何是好，那道女声不断在耳边回荡："余味我给你买了……"

林李开口问："你住这儿？"

丁柳柳有一点儿慌乱，可听林李的问题感觉她们像是不知此处是干吗的，遂点点头，观察她们的反应。

林李又问："你知道余味住这儿吗？"

太阳落山，温度渐低，一阵大风刮过，树枝被吹得东倒西歪，而比小树苗健壮不了多少的丁柳柳站得笔直，女中音中气十足："知道，我早就知道了，余味告诉我的。"

周沫眼泪唰一下就流了下来，太没出息了。她暗示自己，眼泪是被风吹落的，不是她故意掉的，是风太突然了。

林李亦是震惊，难以置信，见周沫这副样子，不由生出怜悯的心来，一把钩住周沫的胳膊。

信任这东西，十几年建立，朝夕之间倾倒，脆弱得不行。

周沫哭回了宿舍，无论多少人问她、劝她、拉她，都一言不发、一动不动。胡倾城给她请了晚自习的假，留在宿舍陪她。

周沫的世界山崩地裂，天旋地转。她大脑一片空白，所有的思考都被伤心缠绕，拦住去路。

胡倾城一张一张、一包一包地给她递纸，把应兰兰、张敏床头的抽纸都抽完之后，又爬上去拿自己的。周沫哭声犹如海啸，两个宿管阿姨都假装不经意经过门口两回。

室友下晚自习回来，胡倾城使眼色让大家千万别问，于是宿舍除了周沫的哭声，脚步声都消失了，大家踮着脚生怕惊动周沫哪根神经。

周沫一抽一抽地哭着，发现应兰兰的脚是踮着走的，疑惑地抬起哭得五窍通红的脸问："你们干吗这样走路，"想到是因为自己，哭腔又上来了，"是不是因为我太麻烦了？哇——"

宿舍五人无语问苍天。那天晚上，周沫哭到了11点，上气不接下气，沉沉睡去。

第二天一大早，她主动挽住胡倾城哑着嗓子说："倾城，我以后要好好学习。我除了长得好看，真是一无是处。"

昨晚她默默流着泪和林李走回来，林李安慰她说："你和余味是青梅竹马的交情，这是丁柳柳比不了的。"

周沫问："丁柳柳哪里好呢？"

"丁柳柳？"林李想了想，"她画画挺好的，而且她的英文很好，估计以后会走出国学艺术这条路，她家里也挺有钱的。"她是班长，自然是比较了解同班同学的爱好特长以及基本情况的。

周沫崩溃了，她努力思索自己的优点，即便丁柳柳没有学习好这一项优点，可光考进Ｓ市一高就已经证明了她比自己聪明。周沫彻底崩溃了，在容貌不作为比较项目的情况下，对方穿着时尚、成绩好、画画好、家里有钱，她太难过了。

"你确定这话在跟我说吗？你除了美貌一无是处，那我岂不是直接一无是处？"

周沫摇头，坚定地告诉胡倾城："你还有才华，成绩还好。"

周沫心想，余味都要看看书才能成绩这么好，就不见胡倾城正经看过专业书，成绩却还是好得莫名其妙。她觉得胡倾城大概上辈子就是个护士，这辈子才不学就会。为这句话，她差点被胡倾城打死。

周沫这次很有骨气，再没有理余味，这次的不理不睬同上学期不同。她不需要克制自己，主动联系余味这个习惯直接戒断，而余味这条长在她基因序列里的数据也适时地隐藏了。

总体来说，周沫的生活和原来差不多，只是上课稍微认真了点，还是狗改不了吃屎，没一会儿就低头去摸漫画。对于她来说，忘了余味比好好学习容易。

余味颓废得极其彻底，恨不能日日宿在陶琛的破地方。

陶琛问他：“其实你那么有钱为什么不直接买台电脑租个房子呢？”

余味摸了摸手里的鼠标，痞笑道：“赶我？”

陶老板怎么会赶大主顾呢，余味是来得最多、时间最稳定，且从来不会赊账欠钱的人，他甚至为了清静，每次都包两台电脑。

当余味期中考试直接掉到全高二理科班倒数第十时，连杨博书都被惊动了。

他站在年级榜前吓了一跳，他向来不关注别人的成绩，只是倒数实在是太显眼，他经过时一眼就看到了。他将顺序反复确认，怀疑是不是余味答题卡没能扫上去。

S市一高校园分为三个区域，设有三片不同的绿化带，高一逸夫楼最接近校门口和操场，高二学思楼离逸夫楼很近，大概一百米距离，而高三的致远楼在校园最东南角，离操场和校门口最远。

每个年级都有离本楼最近的食堂，菜品差不多，所以不会有学长去学弟地盘吃饭的情况。杨博书入了高三便鲜少同猴哥、鸡仔一道玩。

他翘了自习课大老远跑去找余味，却被告知余味下午也翘了自习课走了。

走了？住校生能走去哪儿？

杨博书自然是去宿舍找余味，罗钊带他去余味宿舍，给他开门。

要不是高二的时候来过几回，杨博书不敢相信这床是余味的。余味虽然没有周沫那么严重的洁癖，但肯定比他爱干净，面对凌乱似垃圾堆的空床，他几番欲言又止。

下到最后一级楼梯，他叹了口气问罗钊：“余味怎么了？”

罗钊认识杨博书，知道他是余味的好友，想了想还是决定将心中的疑虑道出：

"就是不知道怎么了，也不说去哪里，成绩差得吓人，上课就睡觉，下课就消失。上学期偶尔还会在熄灯前回来，不回来我们就帮着掩护，这学期都不需要掩护了，舍管默认这床没人睡。"

杨博书听得心惊肉跳，他忍不了了，放学直接冲到旺达卫校门口，打电话想把周沫叫出来。

结果这个死丫头还倔，不肯出来，说有事电话里说。

"你出不出来？"

"我不出来！"

杨博书搞不懂了，这只犟鸡到底在搞什么，她和余味在搞什么？！

正午，旺达路。野铺开摊，学生放学，成群结队，排队买饭。

乌泱泱都是饿昏了的学生。周沫不情不愿地揣着兜走了出来，满脸不爽利。

见她长发烫了个波浪卷，颜值上升了一个新高度，杨博书瞬间冒火，一把拽着她过马路，往 S 市一高走，嘴里疾声道："你知道余味现在变成什么样子了吗？"

阴鸷的眼神，瘦削的面庞，凌乱的头发，乌青的胡茬，杨博书早上拦住余味，都以为认错人了。

周沫使劲挣扎，却拗不过一个力大还带着怒意的男人："你干吗呀！"

"周沫，我以为你只是小孩子心性，但对于余味你至少是关心的，你们好歹也是十几年的朋友，怎么这么不懂事。"他的态度就像长辈教训小辈，把周沫唬住了。

她沉默了会儿，任羊仔拽着她走到校门口，再开口时语气已然软了下来："那……他怎么了？"

"不知道，看那状态别是吸什么不该吸的东西。"杨博书下意识地随口把猜测说了。

这话一出，周沫狭隘的世界爆炸了，立刻反抓住杨博书的手臂："怎么会？怎么可能？"她瞬间慌乱起来，走得比杨博书还快，直冲向逸夫楼方向。

杨博书拽住她衣领："我就知道你不关心余味，连他高二换楼都不知道，这都半年了。"

周沫心急火燎，管不了他的语气不善。午饭时间的教室里，余味正趴在桌上睡觉，除他之外，教室空无一人。

周沫只看见他穿着毛衣的背影便哭了，他真的越来越瘦了，即便隔着羊毛衫，她还是一眼就看出他的胸膛又缩了水。

杨博书见她又哭哭啼啼，头疼起来，他上前推推余味。果然，余味抬起头时眉宇紧蹙，额头上是压红的印子，配上他布满血丝的眼，甚是吓人。

周沫泪眼婆娑，吓得眼泪都缩回去了。

待余味看清是周沫，眼神里的不爽消了下去，鼻子和嗓子里卡着含混的杂音："怎么哭了？"

周沫吧嗒吧嗒掉了两滴眼泪，愣愣地看着他，有些陌生。

杨博书直接问出了口："余味你到底怎么了，为什么不上晚自习？为什么不回宿舍？还有，"他顿了顿，加重了语气，"为什么不理周沫？"

余味架不住两个人一个哭哭啼啼一个不依不饶，一个青梅一个竹马，解释说："我找了个上网的地儿。"

周沫擦了擦眼泪，杨博书松了口气，不是吸那什么的就好。

"所以你不上课就是为了上网？"

"我没有不上课，我每节课都来的，除了晚自习而已。"

"你来是来，你来睡觉也算来？人来了灵魂没来，不如不来。"

"那你要我怎么办？我不想学了。"他薅了薅头发。

"你不想学了？一年半都熬不下去了？到了大学你想怎么玩怎么玩！"

周沫拉拉余味的袖子，不信地问："百花巷小区是网吧？"

余味讶异。

周沫说着，眼泪又涌了上来："那个丁柳柳也在吗？"

"谁？"

"丁柳柳！她说是你告诉她那儿的！"周沫眼泪肆虐，嘴巴抿得委屈。

余味猜到许是丁柳柳使了话术，周沫直接中计，他拍拍她的背："没有没有，怎么可能。"

身体靠近，周沫鼻翼动了动。下一秒，周沫将他推开，眼泪一抹，嫌弃道："余味你真臭！"

他拎起自己的衣领嗅了嗅，讪讪笑了笑。

弄清楚原因，也1点多了，林李进来瞧见周沫红着眼圈，投了个疑惑的眼神，周沫冲她摇摇头，示意没事。上回百花巷事件之后，她和林李像是有了革命友情。

女人的友情真的很莫名其妙，之前还剑拔弩张的，这会儿就能隔着空气读懂对方的眼神。

余味答应周沫，今天放学去找她。周沫喜滋滋迈着轻快的步伐走出一高校门，一转身却见杨博书也跟着她，她奇怪地看着他问："你不回去上课吗？"

"上个屁，快走，带我去余味上网的地方。"

她仰着头，睁着大眼："为什么啊？"

"周沫你是不是傻，前途都要毁了，你还在帮他打掩护！"他说着就把周沫往前推，"你是不是希望以后余味上不了大学！"

杨博书真刻薄。想想也是，余味这么聪明的人，得上大学啊。

周沫咬着牙，愤愤领着他往百花巷走，心里把他揍了一万遍，太过分了，居然搞学历歧视。

走到楼下，杨博书问几楼，周沫摇摇头。

他快步走上对面的楼，一层一层爬，不断地从脏乱的窗口往外望，爬到三楼时看见了电脑。他拉着周沫飞速下楼，确认门牌，掏出电话拨110。

报警？

周沫看着杨博书一系列的操作，急了："余味只是在这里上网而已，你跑过去跟网吧老板说一声，以后不要让他来了，不就行了吗？"

"非法网吧，在居民住宅楼里，你能不能有点法律意识。"

周沫吃了个鄙视的眼神，内心彻底被他的正义感和行动力征服，满眼冒着崇拜。

杨博书转头，见周沫睁着大眼对着他咽口水，嫌弃道："别这么看着我，我看不上你。"他见识过这大小姐多难伺候。

喊，客气客气，谁稀罕你啊。

周沫回学校一路腾云驾雾，脚下轻飘飘的，对于她来说，余味沉迷电脑这事儿不值一提。

今儿真晴朗，天好蓝好蓝，老师穿的衣服也好看，哎，平时看起来土里土气的花边眼镜此刻也顺眼了几分。

胡倾城数度在小说非翻页不可时抬头，不是她对知识产生了兴趣，而是旁边有个"小音响"一直在放口水歌。

半节课后，她实在忍不住，轻轻推了周沫一下："别哼了，声音有点大……"

周沫赶忙闭嘴，幸好今日老师的"小喇叭"开得大，电波噪音直接掩去了靡靡之音。

胡倾城似笑非笑："和猴哥哥又和好了？"

周沫点头："我猴哥只是沉迷网游。"想到前几天的绝望，真是小题大做。她学着余味转笔，"啪"地掉在了桌上，失败，再来一次，她抓起笔，今天有的是耐心。

"多沉迷？"

想到这儿，周沫停下动作，叹了口气："好像挺严重的，上学期晚自习都没去，宿舍不住，几乎都住在网吧里了。"

"成绩呢？成绩还是很好吗？"听着这像是网瘾了。

"很差。"周沫好起来的情绪迅速跌落，余味从小都是巅峰上的尖子生，是愚梦巷一众学霸的"领头猴"，现在这般颓废，她想想都心疼。

"那千万不能再让他碰网络了，不然完蛋了，虽然网瘾不像毒瘾，但是瘾是个医学名词，来，我们查查。"说着她掏出手机搜索，一跳出结果，两个脑袋立刻挨到桌肚底下，"喏，你看，具有攻击性和暴力问题，还存在情绪调节不佳、孤独、低自尊、低自我效能感、低生活满意度、感知压力较大、有抑郁焦虑等问题。"

"你看，和猴哥有点像的……家庭关系不和谐，监护人不能陪伴或监护不力的儿童和青少年可能有更高的风险……你看，这里说，游戏成瘾的人执行控制功能下降，对于损失的敏感性降低，对于游戏相关刺激的反应增强，在做出选择时具有更强的冲动性，奖赏相关的学习发生变化，认知灵活性降低……"

周沫越看越心凉，句句对上，中午余味不耐烦的眼神对上杨博书时，真的吓到了她。那是从未出现过的阴鸷和冷漠，就像是电视里的反派，她急道："那赶紧查怎么治啊！"

既有瘾便能戒，毒瘾都可以去戒毒所，网瘾是不是断了网就可以了？

胡倾城查了一会儿，说："要么去戒网中心，不过那里是封闭式的，要么就是心理干预治疗，离开网络世界多沟通。猴哥只是一时沉迷无法自拔，以前不是挺阳光的吗，你拉他出去转转，看着他，别让他碰游戏。"

"嗯。"周沫捏紧了拳头。

一下午周沫坐立难安，好不容易挨到了放学，她站在校门口等余味。

余味一边往外走一边看着手机上的消息，见到周沫眼睛瞬间聚了光，恼怒道："你带羊仔去了百花巷小区？"

周沫一怔，避开眼神，再抬头时目光坚定："余味，你不可以再玩游戏了！"

"那你就举报人家？"陶琛给他发消息问他的东西还要不要了，网吧被查了，还叹了一句时运不济。

余味联想到中午杨博书的行为和语气，怀疑网吧出事和自己有关。

周沫手揪着包带，拿出杨博书的腔调，义正词严道："你是未成年人，不可以进网吧，他的网吧开在居民区就是违法，罪上加罪，我没有错。"

两人对视良久，余味叹了口气："算了，吃饭吧。"他一手揽上她的肩，又被推开，他不解地望向她。

"余味，你还没洗澡。"她往后退了一步，"但是我可以开恩让你靠近我，"她负着双手，仰着俏脸，发号施令道，"你从今天起不准玩游戏。"

见余味面无表情，周沫惴惴不安："你干吗不说话？"

余味生起了久违的捣蛋心，后退半步："那算了。"

"你怎么这样啊！"她以为自己对他来说很重要呢。

余味笑。她还是不禁逗。

周沫看他绽放的少年笑容，心脏失控地漏跳了一拍。

虽是颓废、凌乱，甚至发臭，可有些人即便背对阳光，也始终拥有放光的能力。

月朗星稀。

余味那晚忙碌了许久，收拾床铺，洗澡洗衣服，做了很多他半年多没好好花工夫做的事，却意外地失了眠。

罗钊几人的呼吸声均匀传出，他却清醒如白昼，他忽然想起他那夜去找陶琛开启了这糜烂生活的起点。

他睡不着，所以想让自己累一点儿，或者用力把睡觉的时间消耗掉。

早上起来，罗钊一手搭上余味的肩："回来住了吗？"

余味没点头也没摇头，人有些恍惚。他去上课，想集中精力却全然无法做到，最终趴在了桌上像之前一样，补觉。

余一书当日下午从临市赶来，身上还带着工地的泥土，大老板没了在外面挥斥方遒的霸气，老师办公室里他从来只有点头哈腰的份儿。余味昏昏沉沉，耳朵里好像有人敲锣打鼓，又好像有蜜蜂萦绕。

余一书同老师商量，住学校不是办法，带回家管理，每天接送也好把握个度。李老师微笑说"好"，心里却想，随便你们吧，都这样了，都这时候了，高二已经过去四分之一了，你还打算迎头赶上？

余味将脸埋进手心。他对大人们失望的眼神早已厌倦，他不想成为一张讨好的网，又没能力成为自己的锚，于是失去了方向。他成了一艘大海中的弃船，他知道淡水、空气和阳光是生存的必需品，也极力想上岸，但浓雾不散，他不停打转。他只能靠想象寄希望于失重的当下。他厌恶这样的生活，想逃，彻底地逃。

　　车里有不少余竟的玩具，颜色热闹。他将视线转向窗外不断倒退的景色，他一言不发地等这个铁皮盒子把自己送回愚梦巷。

　　他可不想自己的人生倒退，他想要拼命快进，快进到自己掌舵、扬帆。

　　余红见着孙子难得回来，笑盈盈地跑出去买菜。

　　余一书倒了一杯水，慢条斯理地往热水里加了冷水，抿了一口，开口："说吧，到底怎么了？"

　　余味不说，余一书也不走，像是盯上他了。

　　余味住在西屋，周沫请了个假没回宿舍。

　　余味昏昏沉沉睡了过去。醒来时，月上柳梢，一颗黯淡的星星若隐若现。他全身乏力，拿出手机给周沫发消息：沫沫睡了吗？

　　周沫入了梦，但手机紧紧抓在手上，就像那晚余味生病那样，只要他一来消息她马上就能看到。果然没一分钟，她就穿着睡衣跑来，扒开他的窗户。她抽了张纸巾擦拭汗湿的额角："猴哥，洗个澡去吧。"

　　余味冲了个澡。

　　周沫问："猴哥，游戏有什么好玩的？"

　　"我也不知道，可能……能暂时忘了我是谁吧。"

　　周沫像是窥见了他内心的巨大空洞，不知所措，那深渊一样的黑暗让她不敢去正面面对，她用力将他的思绪拉出来："你是谁啊，你是我猴哥啊！"

　　"……嗯。"

　　周沫抓起余味的手机，在通讯录里翻找："你妈妈的电话在哪里？"

　　"干吗？"

　　"打电话给妈妈，说东屋的沫沫想她。"

　　余一书是个实干派，次日带了位高考辅导名师来。这是他过年找的，当时余味拒绝了，而现在由不得他拒绝了。

余味无奈，完全无法集中精力。那位老师说，那就试着集中十五分钟，他试了，三分钟都艰难。

周沫在学校每天打电话问他进度。

老师对余一书表示，状态很差，一点儿都不像高中生该有的样子，但大家都耐心一点说不定会好，毕竟他曾经的底子和脑子都是好的。

余红不明白余味怎么了，为什么请家庭教师？为什么学校都不去了？

她拉着余味问："怎么了这是？"

"奶奶没事。"余味抚了抚奶奶的肩让她宽心。

余一书陪住是因为那晚，周沫拉着他说过此事的严重性以及余味目前的情况，他颇为焦心，因此也上了心。所有余味的不耐烦都被他无视或是消化，他不仅咨询了专家，还请教了医生。

那个月，院子里每天来来回回各式各样的人，不免引起东屋和其他邻居的疑惑，不过余一书也管不了这么多。他有想过带余味去别墅住，掩人耳目，可心理医生表示，在熟悉的非网络环境很益于戒断。

周沫第三周周五晚上回来时，余味已经能精神集中十五分钟以上了。

大家只看到了结果。而这十五分钟，是余味不停同自己打架，与眼皮、肌肉、神经甚至食欲斗争而赢得的一点儿结果。

沉沦容易，抽离难。

余一书喜上眉梢，当晚要带他们下馆子，余红拍他："菜我都准备好了，不许去外面吃乱七八糟的。"

周沫从来不怀疑余味是个天才，但在那所挤满聪明人的高中，任何倒退都是人生的一场滑坡。

余味戒网瘾一个月，从全年级倒数第十爬到了倒数第二十八。

余一书拍拍余味的肩，说他有进步。

余味看着分数苦笑，他第一次觉得考试这么难。

期末考试，早早完成学期任务的周沫在校门口等余味。结果高二大部队都出来了，也没见余味。电话也没人接，她不由慌张，千万别是去网吧了。

周沫像只"惊网之鸡"原地转了两圈，直往百花巷那儿冲，刚冲到旺达卫校门口就见他从百花巷的方向插着兜出来。

她耳边响起一道惊雷，这个浑蛋！

她三步并作两步冲了上去，余味见她冲过来下意识地倒退。

周沫心道：还想跑，臭小子！她一把揪住他的衣领："说！你去哪儿了？"语气神态就像只母老虎，用杨博书的话形容就是一只炸鸡，爹了毛的鸡。

"我去给网吧老板送钱去了，举报了人家赖以为生的活计，还让不让人活了？"

陶琛因为开黑网吧被关进去三个月，最近出来，交了大笔赎金，现在住在那电脑都被抄走了的破房子里，连张像样的床都没有。那半年他们虽是落魄之交，但不管深浅也有点革命友谊，陶琛又是弄假条又是弄简易床，超出了一个网吧老板的职业范畴。他借了陶琛点钱，让他先活下去。

"你确定你没碰游戏？"周沫手松开余味的衣领，一副抓贼的样子，面上满是不信任。

余味捏捏她的脸颊："行了，我跟你保证过的。"

两人一回头，丁柳柳正抄手站在巷口。

"这么巧？"

周沫不知道是要打招呼还是装不熟，心里别别扭扭的。余味一脸平静，拉着她往外走，丁柳柳侧身挡住："你能戒了网也好，但是别又掉进另一个错误的旋涡了。"她看了眼周沫。

周沫掐了一下余味。她在说谁是错误？自己吗？

可越长大越厌，她心里又着腰，比包租婆还凶悍，表面上就抿抿唇，闭嘴未言只字。

余味斜睨丁柳柳一眼，拉着周沫往外走："不用你说。"

百花巷口，一高一矮，龙凤之姿，大步走进夕阳中的旺达路。丁柳柳红唇微张，看着他们慢慢走远，心中冷笑。她连你沉迷游戏半年都未能察觉，她连对你的基本信任都没有，她不能陪你进乌烟瘴气的网吧，只能和你在阳光下一道走。你们早晚会崩在不同光区的内心世界里。

第十一章

北京，北京

高二的最后一场考试的成绩在第三天出来，周沫以为余味一定会大获全胜，漫画里都是这样的！主角遇到困难，消沉低落，经过友人一通鼓励与家人支持，迅速站起来，恢复元气，变得更高、更强、更牛！

可她忽略了 S 市一高的金字招牌，没有两把刷子考不进去，考进去了也没几个像余味这样自毁前程。

余味在年级第三百名。不算多好的成绩，用老师的话说，这大概就是扒着一本线的边缘，能报个还行的二本大学的水平。

高中就像爬山，每个人都在攀登，你落下一点儿都不行。

暑假来临，杨博书高考结束，乐得直接住在了愚梦巷。他倒不是多想住在别人家，主要是杨叔叔这些年过着鳏夫生活心理有些变态，脾气越来越差，杨博书又不能跟老子对打，只能逃到余味家住，两头都清净。

胡瑾单位最近有个福利，合作的旅行社给公司员工及家属福利，在暑假期间报团有折扣，她问周沫要不要去香港。周沫第一反应是拒绝，结果一听有来自爹妈的旅行经费，她想闲着也是闲着，并且拉着猴哥、羊仔一道去。

周沫收拾行李，看着自己这一年攒的小金库，啧啧感叹，她已经是自己能存私房钱的人了。可那份喜悦在进入第一个商场时便消失殆尽。她去了香港才知道，钱用得比烧的还快。

还是太年轻，兜里两万就敢喊有钱，太傻太天真。

香港，国际大都市，亚洲四小龙，有美食、美景还有靓仔，有紫荆花，有大港湾。周沫小学三年级时和猴哥、羊仔来过，在杨叔叔的带领下，他们一道去过迪士尼，拍了很多照片。那时候她爱搞怪，两个男孩站得笔直，偏她每张照片不是在跑就是在做鬼脸，她翻看的时候差点吐血，立志要再去一次迪士尼，拍些正常的照片。

说是报的旅行团，其实除了住宿和来回的交通其他是自由行，小团灵活性高，周沫拉宿舍人一起，却无人响应。

办理酒店入住手续时，周沫发现自己落了单，没有一个人能陪她拼房。同团的都是胡瑾单位的同事家属，出发前均两两凑对拼好了房，在星级酒店一个人住大床房是何等浪费。

杨博书一路都在发短信，难得不调侃她不拽着余味。

她问杨博书："羊仔，你能不能一个人住？"

"你跟猴哥住？"杨博书揶揄地看着她。

余味蹙眉纠正道："别胡说，你不是有钱吗？有钱人自己住一个房间不是很正常。"

周沫搬起石头砸了自己的脚，都怪她出发前吹了牛。办理入住后，她站在偌大的大床房怅然若失，荷包里的票子飞了。

下午几人一道去了浅水湾，周沫有情绪，失心疯一样疯狂采购。

余味做了苦力，花色包装大包小包，她回到房里拉着余味算账，以为多算了一个零，失声尖叫道："天哪，怎么会已经花了一万七了，我还没开始买呢。"

余味一边帮她拆包装袋，一边损她："我可拦着了，你还打我。"

香港的第三天，愚梦巷"动物园"的三位成员去了迪士尼，在浪漫城堡前留了无数张正常合影。

也是从第三日开始，周沫所有的花销都刷的余味的卡，他每一张单据都认真查看保存，周沫戳戳他："你是不是要找我秋后算账啊。"

余味揉揉她的头："怎么办呢，沫沫太能买了。"他仔细了算，她已经花了三万，一趟香港而已，购买力度未免太大。

三人从香港回来，杨博书又去浙江水乡兜圈去了，周沫也跟着宿舍的人去了桂林。

他们都走了的这段时间，愚梦巷就剩余味一个人。他开始苦读，某一瞬他感受到未来很缥缈，整个人像踩在棉花中没有实感。借给陶琛钱的时候他就想这钱可来得真容易，给沫沫刷卡的时候亦是如此，只是数字，这些数字都是仰赖他不断挣钱的父亲，可他的钱并不全是他的，甚至他还要去争取或者争夺。

刘小萍这些年陆续将自己的亲戚安插进了各个公司，余竟经常被余一书抱到饭桌上炫耀，一家三口参加了各种饭局。

大家都知道余一书有个可爱的小儿子，却不知道还有另一个存在。他躲在背后像个别扭的小丑，站在阴暗中破坏大局，每一次挣扎都是对自己无能的掌掴。

余红这几天吃饭时问余味想去哪里上学，他沉吟片刻，说去美国。

去美国，他想高中结束就去美国。他打电话把这个想法告诉了妈妈，他妈妈欣喜若狂，从邮箱发了好多资料给他，供他挑选。

一点想法慢慢变得具体。他暑假报了托福班，去找余一书说了自己要买电脑的要求。

余一书想了很久，当天晚上回电话告诉他："你要买就买，我相信你。"

余味怔在原地许久，周沫常说相信他，所以他并不会多感动，而余一书……他喉结轻轻一动，问："相信我什么？"

余一书笑："你沉迷游戏的时候都没有自己去买一台，说明你信守了承诺，你现在说要买，我相信你做好了准备。"

通网那刻，他握上鼠标，像是在飘。手上的触感把他拉回到那段晕晕乎乎的时光，那里满是刀枪剑戟的直来直往，没有深不见底的情绪天堑。

余味把去美国读书的想法告诉周沫后，她安静了好几天。

愚梦巷 101 号的南墙添了一盆新绿植，和旁边或红或绿的妖艳花朵、俊丽蕉叶不同，它黄澄澄的。小灯笼初生极其可爱，周沫蹲在地上，百年难遇地分了点闲情给这些"冷宫"的花草。她指尖拨弄小橘子，嘀咕着："美国有什么好的，美国有这么可爱的橘子吗？"

她看了眼正在西屋堂厅忙碌的余红。余有才去世后，堂厅多了一处供香的格子，常年亮着两盏红烛灯，幽幽灯光将不算亮堂的西屋映得阴森。余红瘦削的身影正在给余有才上香，余味不信这个，不怎么上香，只是回家会在爷爷的遗像前站一会儿。周沫不知那时他是不是在对爷爷说着什么话，比如，我要去美国了，特别远的那个讲英文的地方，你以后半夜梦里来看我找不到路，还得在天堂拉个翻译。

想想就生气，手不自觉揪了一个橘子下来。想到这盆橘子是余味买的，又揪了一个，好事成双嘛。

周沫嘴巴噘到天上。只有六颗小灯笼的小橘子树瞬间秃了三分之一，她上瘾了似的，看见还剩三颗，揪揪揪全给摘了，让娇俏的橘子树和蕉叶直接融为一体。辣手摧花的她手上捧着六个橘子，看也没看地丢进了垃圾桶。

晚间余味从托福班回来，笑着拎着一袋有机肥，一眼就看见小灯笼没了，他迅速查看，发现枝茎处有白色的新痕，一看就是被人揪掉了。

他进屋问奶奶："余竟今天来了？"这是他养的第一盆植物，怎么就遭殃了呢。

余红摇头。那院子里只有第二个小孩周沫了。

余味走到东屋门口，往垃圾桶里一看，果然，六个没了生命的橘子陷落在塑料袋里。

他找到周沫，语气不善："你为什么把我橘子摘了？"

周沫白他一眼，心中有气，把巧克力杯塞他手中："我不小心的。"

"不小心摘了我六个！"

这盆橘子和他们有缘，陪周沫逛花鸟市场时，它绊住了周沫的裙子，一人一橘纠缠半天，裙角被钩破了两个小口子。这橘子明明毫无杀伤力，枝叶饱满毫无棱角，莫名扯破了她的裙子，气得她踹了橘子一脚。那一脚不重，但恰好是个支点，一下撬动了小盆。盆破。

被钩住裙子时老板缩在里面，盆一倒他立刻走了出来，冷脸看着他们。那时间点掐得，周沫都要以为是他远程遥控的了。

余味不好意思，索性买回了家，周沫强烈要求让这盆橘子为她的裙子殉葬。余味心生不舍，上头六个圆溜溜的小生命多可爱。许是周沫向来爱穿亮色，他见了亮色也甚是喜欢。

两人正在争执，周群出来，看见橘子一笑："嘿，还买了盆橘子，看着还不错，来来来，我找个盆。"说着转身去找盆，那盆橘子被两个男人从周沫手下救回了命。不过一朝失神，被周沫灭了种。

余味挖了一勺融了一半的冰激凌喂到周沫的嘴巴边："为什么要揪我橘子？"

周沫紧抿嘴巴，不吃。

"那是我的橘子。"是她把橘子带到了他的生命里。

"我出钱买的。"是他把橘子的生命挽留了下来。

周沫噘嘴，满脸不快，从钱包里拿钱："多少钱？"

余味见她较了真，把巧克力杯搁桌上，捏起她的下巴："怎么了？"像是有情绪的样子。

　　周沫不想说，一脚踩在了他脚上："没什么，就是看橘子不爽。"

　　不知怎么了，周沫开始频繁闹脾气，余味搞不明白，他没往周沫不舍得他去美国那方面想，只以为是她娇情，可次数多了余味也无法维持耐心的高水平。比如她买了裙子，第二天又要他抽空陪她去换，说不好看，换了之后却一次也没穿过；比如周沫要他放学带可乐回来，她一贯喝蓝罐，偏偏他买来后，她又心血来潮说自己要红罐的，要求他再去买。

　　周沫看着余味出院子门的背影，一下又难过起来，她想让他自己发现，可他一直没能察觉，甚至开始不耐烦。

　　胡倾城说，他那么想要母爱，你怎么能阻拦他呢？美国不仅是美国，还是他妈妈秦善龄在的地方，那里是属于余味的母爱地标。

　　她想要怎么样？她又能怎么样？

　　高三的余味异常忙碌，这份忙碌包括每周去托福班上课，他似乎放弃了高考，老师也建议可以不参加国内高考，直接出国。余一书在知道他要去美国后沉吟许久，没点头也没摇头。

　　周沫恨不得冲过去求余一书，拦住余味，可她知道余一书不能这么做。

　　周沫在卫校三年级开始学习内科、外科、妇科、儿科知识。这四门功课非常乏味难懂，脑袋里没有什么概念，她一边摸鱼一边随便听听，心里一直想着美国。

　　余味周末去托福班，她坐在大厅里等，他觉得好笑："一个下午，你坐得住？"

　　周沫带了三本漫画书，冲他扬扬其中一本："我怕你去玩游戏，我要监督你。"

　　世界好像开始发生变化了。

　　姑娘还懵里懵懂，少年已经要出发屠龙了。

　　愚梦巷太阳东升，烧饼记前挤满了居民。周沫买了六个，手上拎五个，嘴里叼一个，边吃边走，遇见个邻居小孩，掰下一块送到他手上，哄得小孩看见大眼睛姐姐笑得眼睛都不见了。

　　周沫把三个饼放在西屋桌上，又跑到东屋，把剩下的饼给外婆。

　　胡瑾洗漱后正在梳理头发。说周沫娇气，可长大后再看，她一大半习性都和母亲极为相似，爱美爱干净，能哭还娇滴滴的。

　　胡瑾嫁了个能容她的好男人，她自知自己运气不错，见女儿晃晃悠悠忙忙碌碌碌，叼着饼又出去浇橘子了，她怒其不争地皱眉，推推周群："是说去美国吗？"

周群点头："昨天老余说的，说舍不得，但没办法。"

"那沫沫？"胡瑾盘起头发，一回头，周沫在门口听见了他们的话，正臭着张脸。

胡瑾拿起桌上最后一个饼，送到嘴边又停住，问："你知道余味要去美国吗？"

周沫双手撑着脑袋，目光看向别处，不是很想开始这个话题。

"你什么想法？"

"我能有什么想法？"

周群吃得快，将饼三下五除二塞进嘴里，灌了口温水咽下，替胡瑾把话说了出来："我可是听老余说了，余味说他出去就不回来了。"

周沫头缓缓仰起，难以置信。

但这个答案又是合理的。

余味之前的人生画风是快乐的小少年，迎着风在黄昏巷弄里奔跑，小短腿蹦着够燕子窝，急得摔倒，再被父亲抱起至半空，伸出瘦瘦的手抓小燕子，见小燕子羽毛稀疏，又心疼地送回去，放好。天真又善良。

从有余竟的那天起，他的人生便似换了一位导演，画风突变，一切变化太快，一个小小的别扭没来得及扭转，便急速向错误的古怪的方向生长而去，这个导演将画面调至暗黄、钴蓝色调。晦涩又叛逆。

现在的余味喜欢拉上窗帘，将自己隐在房间里，看漫画、打游戏或者发呆，他还是爱开玩笑，爱打技术不怎么样的篮球，还爱逗周沫，所有的关系都没有变化，只是他和这个世界的连接变得不再那样坚韧。他拒绝做深层次的沟通。

父母是一捆结实的麻绳，两股紧拧。长度是金钱，爱是粗细，这两者汇成安全感将孩子包裹。余味身上也有一根，但稍一用力便会断裂，换他无尽下坠。

这位导演满腹才华，他将余味的人生导得精彩又难懂，这是获奖影片时常饱含的深邃奥义。

喜剧片周沫卖座不卖好，被口诛笔伐没内涵。可她，却是生活在漫长晦涩文艺片里的余味的最大向往。傻气但明媚。像是盛夏最炽烈的太阳和最猛烈的暴雨。

这个傻里傻气的姑娘，一大早冲进房间把他摇醒，死死咬着嘴唇："死猴子，你是不是不回来了？"

昨晚她问余味，为什么余一书最近都回来住。余一书在余味戒网两个月后就回了临市，继续去做他的工程，按理说就算工程做完了也不会回这儿住下。

　　余味一脸淡然地说不知道。他迷糊睁眼："怎么了？"声音磁性沙哑，撩人心弦。

　　周沫隔着被子打他，使劲捶，将被面捶了无数个暗坑，挨到他身上的力道像是按摩。

　　余味不解，她大清早抽什么风？

　　周沫欲哭无泪："猴哥，你是不要要去西天取经？"美国是西方国家，他是不是取外号的时候就想好了要去？"你这个人真的很没良心哎，我助你解了那么多难，你怎么能一走了之呢？"还说去读书，明明不打算回来了。

　　"可是仙凡有别啊。"他逗她。终于明白她在说什么了。难怪这丫头最近这么别扭。

　　周沫看出他眼里的玩笑神色，嘟囔道："你是不是真的不回来了？"

　　"其实我没想过，未来那么久远谁知道啊。"

　　"那就是有可能咯。"她彻底低落，"那我怎么办？"周沫低低地将这句话溢出了喉间。

　　她一直憋着没问。如果外国的月亮真的比愚梦巷的圆，他舍不得回来了怎么办？

　　"那你愿意去吗？"余味试探地问。

　　周沫耷拉着眼想了想，摇摇头。她不会去的。

　　房间安静了几秒，余味像是又下决心，一字一顿道："那好，我也不去了。"

　　周沫惊得坐起，刚好望向他的眼。一个惊喜地燃着火，一个温柔地含着水。

　　她难以置信："真的？"

　　他看着她，听见墙上钟表的秒针走动，脑海中闪回了几天前的画面。

　　那天，余一书问他去美国哪个城市，他说没想好。堂厅里余红关了一半的灯，那半处昏暗里，两点红烛像是浮在了空中。

　　余一书掏出根烟，刚放到嘴边像是想到了什么，看了余味一眼，没点燃，只是夹在指间："读了本科还读研吗？"

　　"不知道。"

　　"想读什么专业？"

　　"医科。"这是周沫读卫校时他无意中想的，她为了离他近做护士，他也想为了和她一起工作做医生。年少幼稚，但他愿意。

"医科啊……这个肯定要读研的，可能还要读博。"余一书嘀咕，将烟在手中翻转，一下一下，毫无意识。

余味轻轻吞咽，不知为何，鬼使神差地说了一句："可能就不回来了。"

他之前没想过，可在此刻，他突然想说出来，他想……看看余一书是什么反应。

余一书转烟的动作停住，脊背僵直，喉结一动后浑浊的双眼徐徐抬起，神情复杂地望向他。

一刹那，余味惊觉余一书老了，好像还矮了，坐在那里只有小小的"一只"，记忆里他是那样的高大。此刻光打在他头顶，现出银丝缕缕，这一刻，他这样平凡。

余味捏着拳头没再说话。他窝在习惯了的黑暗中，星眼里蕴了海，一边是波澜壮阔的远方，一边是浅水砂石的脚下。他陷在茫然里。直到今日周沫拉了他一下，他决定结束自我挣扎，算了，就待在这里吧，毕竟这里还有他的小太阳呢。

余味回到正常的学习生活中。

像每一个一高学生一样，上课下课晚自习，周末上课，每两周回去一次。托福班他没再去，老师打了两次电话强调报了名便无法退费，不上课表示自动放弃，他说"好"。

班主任找了余味两回，表示他已经错过太多，高二整一年和高三上半学期都没有规律上课，出国是更好的选择。但见余味心意已决，便随他去了，他一向管不住余味。

余味重新捧起书本，将自己埋进去，他这辈子都没有这样认真地看过书，他做这个决定的时候已经是高三的寒假前夕。

用罗钊的话说，浪子回头的时间点真的很玄，很悬。

余味笑笑，整个寒假他一直在温书，周沫又没升学压力又没寒假作业，闲得可耻，她的唯一作用只是叫余味起床。

一想到他可以不去那样遥远的美国，周沫一蹦三尺高。

秦善龄得知他不准备出国读大学，失望了好一阵，打来好几通电话，余味心生愧疚，沉默听母亲形容国外的学校和生活有多好。

他回头看了眼余红和周沫，两人正在堂厅里剥花生，一个说一个笑，有滋有味。他心中浮上一个问号：美国有她们吗？

余一书是在得知余味不去美国读医科后最高兴的，商科还好说，医科一读没个十年八年结束不了，一结束，就医疗环境来说没哪个愿意回来工作。他以为是周沫绊住了他。

其实余味自己都说不明白，他没细想，是谁成了他收回出国想法的人，这也不重要。重要的是，他要留下来。

一模他迈进了理科前二百五十名。李老师在看到他的进步和上学的诚意后，本已经打算收回劝他出国的想法，可在得知他要报医科后又开始了老生常谈："好的大学医科分数都是很高的，你可以选择其他专业。"

余味受不了李老师总挫他锐气，他心高气傲惯了，一时受不了自己是那样的平凡。

余味的苦学劲头直接感染了周沫，她在宿舍也为他"积德行善"，每日看专业书两小时。她还试图拉胡倾城一起，自然是遭到了拒绝。

应兰兰苍白着张脸，眼泪涟涟，说跟陆飞吵架了，再也不跟他玩了。

周沫见着她这副模样认为自己真的不配做林黛玉。黛玉妹妹不仅是爱哭，还哭得美，就像应兰兰这样。她鬼哭狼嚎呜呜咽咽的，完全没有美感。

余味二模成绩出来那天，周沫撞见了应兰兰和陆飞一同在冰激凌店挑冷饮。

那天回宿舍，周沫同应兰兰争执了一番，几乎可以算是吵。她是为了应兰兰。在她、在全宿舍人看来，陆飞都不是个好的异性朋友，他心思不单纯。

可当应兰兰哭着质问周沫："如果我有你那样的父母，有你那样的青梅竹马，我需要拽着他给的那点温暖情谊不放吗？"

全宿舍安静，周沫反而像被孤立的鸡，不知所措。她知道自己无法感同身受应兰兰的纠结和痛苦，只能凭着本能的三观去判断、去义愤填膺，挥舞自己认为的正义棒槌。

两人你一言我一语不愉快地争了几句。

周沫和应兰兰为此进入冷战，宿舍冷战和教室冷战同步进行，应兰兰的同桌和应兰兰也因此事而冷战。

应兰兰满腹委屈，却无从诉苦，那段时间，她负了很多朋友。周沫是一个，同桌王涵是一个。

冷战是诡异的战争，不言不语在你我之间挡了一座冰山，既不能解决实际问题，还会给彼此的生活增添麻烦。

周沫和应兰兰闹别扭后，宿舍气氛前所未有地压抑，众人大气不敢出，说句话都需要斟酌一番，音量也要控制。一旦六人集中于一处，空气便凝滞了。

柏一丁最怕这样的气氛，她是家中的第四个女儿，在她出生前父母便起了这个名字图个好运，结果她落地被抹干身上血液的那刻便失去了那份好运，不是一丁，是零丁，伶仃。她生活在极其压抑的家庭，没有儿子，母亲过得很可怜，在重男轻女的丈夫和婆婆的高压下委曲求存。于是她从小沉默寡言，宿舍是她待得最愉快的地方，可以将小心翼翼放下，可以不用看任何人脸色，还可以每天欢天喜地地吹牛皮。这样的学她恨不得能上一辈子。

而张敏，别看她平日大大咧咧，对于这样的窒息氛围亦是无所适从，帮左不是帮右也不是，她对应兰兰的不安全感能感同身受，她也能理解周沫的不爽，为朋友打抱不平。可她知道周沫拥有很多姑娘所渴求的一切，她是善良的，但她的指责是居高临下的，没能和应兰兰站在同一水平线。所以她没法帮任何人，只能憋着，过了同样痛苦的几日。

蔡珊珊倒是无所谓，对于宿舍的压抑气氛感知力弱了一半。

胡倾城是那个鼓励周沫和好的人，她知道应兰兰脾气倔，周沫是个小软蛋，一段关系的僵局必须有人来打破。

302组了个牌局，周沫自然挨不过面对面不讲话的别扭，当时就缴了械。没几把牌的工夫，周沫就输了100块，手气差得异常，她嘬嘬嘴拉着应兰兰哼哼唧唧地撒娇。

因着周沫的率先低头，应兰兰挽住她，流了两滴泪，说自己那天话说重了，对不起。然后她们和好了，很顺利，没多波折。

宿舍生活回归原样，其余四位为难的室友姑娘纷纷松了口气，宿舍里又响起了哼歌声。

可大多女生不似周沫这般甜嗲软，她们有高傲的头颅和坚贞的心，王涵没有低头，应兰兰也恰是此类型，两个人气味相投成为好友，也能因同一种气味而相斥得越发疏远。

周沫上课坐在后排瞄着两个姑娘身体之间自动形成的三八线，暗自感叹，幸好自己头低得快。

高考前一周是周沫十八周岁的生日。

周沫满心紧张，无心过生日，她特别害怕余味考不好，考不好是不是就意味着要出国？

她拉着余味的袖子："其实你不读医科也行的。"

她这个没读过高中也不需要高考的人，最近对高考也颇有研究。她知道医科的分数很高，拿着余味的模拟考成绩对照 S 市大学历年的医科分数，发现余味够不上。

"你不是说医院的医生对护士很凶吗？"周沫二年级时去 S 市某所二级医院见习，在观看换药时被一个脾气超级大的医生吼了，她将那医院拉进了黑名单，表示自己绝对不去那里工作。

"可是医科分数好高啊！"

"我试试，考完了估了分再看，"他摇摇她的手，苦笑着说，"给我点信心啦。"从小的跟屁虫鸡仔居然不信任猴哥，这让他受挫。

"好！"

"沫沫生日快乐，等我考完了给你补过生日。"

十八周岁，成人礼，他想送她一个特别的礼物。

愚梦巷 101 号难得于 6 月 1 日满员。

东屋周沫一家四口在家吃长寿面，晚上周群订了包间邀请了一众亲朋为周沫庆祝成年礼。上一次这么兴师动众还是周沫十岁生日时。

西屋亦是热闹非凡。余一书在余味不准备出国后又搬了回去，今日来看看余味的学习进度，同时带了礼物给周沫，是刘小萍挑的一款包。周沫笑眯眯地礼貌感谢了一番，将李阿香准备的长寿面分给大家吃。

余味听见吵闹声打了门，周沫刚从东屋捧了堆漫画来，放在余竟面前的小桌上。

刘小萍正背对着门摆碗筷，见了漫画书，赶紧拦住："哎哟沫沫，我们余竟学业压力大，报了奥数班、钢琴班、小提琴班，还要学习国际标准舞。外国语学校一年 30 多万的学费，看漫画怎么行！"

"小孩怎么这么累啊，我和余味小时候都看漫画的，没事，今天是六一儿童节就当放松放松了。"

"这个不一样的，老师说了余竟很聪明，数学很有天赋。你小时候看医生的事儿我还记得，可不能看这些跳跃性的东西。"

刘小萍将漫画书放到周沫手上，让她拿远点："谢谢沫沫了，只是余竟以后毕竟还是要做生意的，数学得学好，漫画碰不得的。"她很信那个为周沫诊断的医生，过去十几年仍奉若"葵花宝典"，坚决不让孩子看动画片和漫画书。

周沫想说，杨博书也一直看漫画，他高考数学差两分满分，考去了国内一流的大学，可见这和看漫画并无直接关系。她想说自己就是天生笨，和漫画无关。

但又想到刘小萍并不熟悉杨博书，周沫便拉余味出来做例子："余味也看漫画，数学也很好的，他中考数学满分。"

余味站在半开的门内翻白眼，这都什么时候了，还说中考……

刘小萍轻笑："哈哈，沫沫，这丫头真是。那你就看他高考数学考几分。"

余一书每日打电话，询问高考事宜，还主动联系了S大医学院的院长，费尽心思，要是余味成绩好的话需要他爹这样吗？

刘小萍心中本来没这般失衡，实在是余一书在得知余味要去美国后那番伤心太甚，烟没日没夜地抽，又在余味儿戏般说不去美国后，在别墅开心地喝醉。她看在眼里，一颗心就像打翻了老陈醋，酸腐难闻。

周沫听刘小萍那语气甚是不爽，自从那次烫伤事件之后，刘小萍见到余味都要小心翼翼地抱着余竟，一副受了欺负无处申冤的委屈模样。那就别来呗，她却还要带着余竟来见奶奶，拜拜爷爷，孝顺懂事的媳妇戏码做足。这么多年，余红虽不喜她功利，可确实也挑不出错。

"余味很聪明的，我相信他。"周沫跟喊口号似的，徒劳地喊了出来，但到底底气不足。

刘小萍那句"余竟以后毕竟还是要做生意的"让余味有些不适。他站在门口，半天挪不出脚。

客厅里周沫还在努力地夸他，非要一较高下的势头。又傻又单纯，好像争出这一亩三分地，他就能幸福似的。余味受不了她那样，一把将她拽往东屋，扬声道："行了，过生日别给自己添些不愉快，他爱看不看。"

东屋建造时费了番巧思，采光比西屋好，此刻也是一派和谐。周群在沙发上看报纸，胡瑾坐在餐厅削梨，李阿香摇着扇子听评弹，三人坐在三处，岁月静好。

余味轻笑了一声，回忆涌上。这大概就是他小时候愿意跟周沫玩的原因。不管她多闹腾，跟她回家，永远是温馨的画面，就算看看，他都乐意。

他松开周沫的手同长辈打招呼。

周群抬眼："不是快考试了吗？"

余味应了声，将漫画放下："我去看书，你别再去西屋了，也别……跟余竟他妈多说什么。"

他现在有些烦这些事儿，不愿掺和这些尴尬、琐碎以及狗血剧般的抢夺。老一辈在意子孙的财产，余红知道余味不想听，可总忍不住提。她不帮他争，万一被刘小萍夺了去。余味这犟性子恐怕打死也不会开口要，以后铁定一穷二白。

周沫抿嘴："哦。"想到他要考试，也不多说了。

她最近正在为期末考疯狂复习，前两年她是挺闲的，可专业课一上来，难度骤增。同学们都在争分夺秒地复习，她也要抓紧。余味今年难得会比她的学期结束得早，她这会儿多看看书，等余味考完了她能多陪他玩会儿。

寒窗十几载，就为那两天。

2011年6月5日、6日高考。这天，余味登了报。

所有的高考学子以统一的名字"今年高考考生"登上了各种媒体的新闻头条。余味自然是其中之一。而关于高考会有单独一个豆腐块报道的考生，要么是被好心路人送进了考场、被警察叔叔找回身份证、贫困考生跪谢父母……要么是遗憾迟到两分钟错过英语考试、考生发挥失常离场大哭……

余味也成了豆腐块里的其中之一。

两个儿子，不同的妈，不免要扯到利益。余竟有刘小萍，而余味的妈山高皇帝远。

在一针一线都计较的刘小萍眼里，她认为自己胜算很大。刚认识余一书时，她不过是个秘书，住在破巷弄的深处，石砖上油烟飘浮，泔水池里泛着酸臭，民工大声说话，邻居每日吵架。沸沸扬扬，乌七八糟，一双好鞋走过去便会遭殃，没一日能睡一个安稳的早觉。爹不疼娘不爱的三女儿除了靠自己还能靠谁，她使了万般的谨慎和心机终于获得余一书百花丛中的一瞥，近水楼台，能者得月，他们在一起了。

只是余一书有个儿子，他很是宠爱，犹豫了很久他才决定带她去见他。这代表着她有所不同。

刘小萍打听了番那孩子的妈，知道去了美国便放了心。一个小孩拿下了，她便能拥有安稳。余一书这个商人拥有在商界难得一见的儒雅和风度，难怪这么多女人前赴后继，其中不乏美貌和富裕的娇姑娘，她曾问为什么喜欢她，余一书笑说："你的眼睛很像一个熟悉的人。"

　　这句话让刘小萍心虚了，她的双眼皮是割的，遂随意将话题糊弄了过去，也没了理直气壮的胆量去问那个人是谁。他说时，目光忽而变得悠远，她猜到了。

　　那些余一书曾苦苦哀求前妻回头，甚至用儿子要挟的传闻她不知真假，也看不出余一书是会那般低头的人，只是她第一次见余味就明白，他把爱倾注在了另一个生命身上。

　　余一书说余味很乖，可在刘小萍的眼里，那个小孩很难带，他刻薄刁钻，还不如他身边那个有吃的就会憨笑的傻姑娘容易骗。小小年纪便有一双锐利的眼和一张锋利的嘴，实在厉害。其实余味之前说得没错，在那刻，她确实只是服务员的档次。

　　他们结婚，余味就像个布娃娃，面无表情任人摆弄，她意识到这个孩子估计很难养熟婚后大半年肚子都没动静，她努力了一番，结果竟是徒劳，她去了医院试了很多方法，甚至还去了美国，熬了万般痛楚。

　　怀上余竟的时候，她看到了余味眼里的火花，是嫉妒不满，还有很多小孩不该有的眼神。这让她有些得意。余竟出生后，她母凭子贵，在余家她的腰杆总算是挺直了。她知道婆婆不喜欢她，可她有儿子就行。许是出生在重男轻女的家庭，她同样对孩子的性别格外看重，这样来之不易的儿子，她要为他争取一切。

　　幸好余竟不是阿斗，他聪明、善良、乖巧，无数次余一书都抱着余竟说，他和小时候的余味一样，又乖又可爱。

　　余竟没有余味小时候好看，他没有余味的双眼皮，眼眶很小，就像是皮肤破开一道口子，将一颗乌豆勉强嵌了进去。

　　可父爱有时就是盲目的。刘小萍起初自然是希望两个孩子和平相处，毕竟都是余一书的血肉，余味即便不算多周全，也没把她当隐形人，见了她会点头，只是态度不算好。

　　但那场突如其来的热水浇熄了她努力粉饰太平的心，余味不喜余竟，甚至会伤害他，这样的想法一出现，她便同余一书大吵了一架。怀上余竟有多辛苦，那一年她受了多少压力折磨和身体痛苦，那是她的骨肉，余味居然就因为他的顽皮用热水泼他。那是要害死她的儿子啊!

若是余一书打他一顿就算了,最气的是,他完全没有责怪他,只是反复强调余味是不小心的,爷爷走了他难过之类的话。谁的爷爷没走,余有才难道只是余味一个人的爷爷吗?

余竟也哭了好几天,眼睛肿得让人心疼,为什么全家人都围着余味转,照顾他的情绪,甚至他犯了那么多错误,折磨家人,大家还愿意原谅他,就因为他没妈妈?

跷跷板上下起伏,心中的天平打破平衡,砝码偏移。

余味最大的筹码是奶奶余红,只要有她在,余一书永远有理由去愚梦巷。而老天真的助她,那个一直不是很喜欢她、对她态度平平的婆婆竟然在高考当天,为了去给余味买最壮的鸽子炖汤,在临街被车撞了。双膝盖骨粉碎性骨折、骨盆骨折、腹腔出血……

老太太在送到医院后的十分钟里,嘴里还虚虚念叨了两次余味,然后没了声息,昏了过去,再没能醒来。

余味在考场,余竟在上学,余一书在外地,刘小萍惊慌失措地处理医院的事情,不知为何她想让余味知道。他不是没能见到爷爷最后一面吗?那不如让他从考场赶来见见奶奶,说不定也是最后一面了呢。

她抱着这般异样的心思,冠冕堂皇地打通了余味的手机。

周沫站在考场外吃雪糕,今日是高考结束的大日子。她听了应兰兰的,准备了一套装备,从防晒到避暑一应俱全。手机响的时候绿舌头刚好吃完,她看了一眼余味的手机,居然是刘小萍?

她犹豫了几秒,接了起来:"刘阿姨,余味在高考,怎么了?"难不成她这会儿打来,是想问考得如何?

刘小萍站在喧闹嘈杂的抢救室,密密麻麻的静脉输液管悬在半空,旁边的各类仪器发出尖锐的报警声。她捂住话筒,将声音聚拢:"奶奶出车祸了,就一口气了,你让余味快点过来。"

大门敞开,海水般乌泱泱的考生们冲了出来,面色各异。门口皆是等待的家长还有媒体的镜头,余味慢吞吞地走着,他满是疲惫,许是压力太大,昨晚睡得极差,想着中午开间房睡会儿。

周沫看着余味越走越近,耳边的刘小萍带着哭腔还在说各种只在医学外科的书上出现的名词，这些词加在一个七十岁的老人身上，周沫知道意味着什么。

她不知所措地问："奶奶怎么样了？"

"医生说……让我们做好准备。"

那就是说……周沫眼泪涌了出来，她听到刘小萍说了医院名字，是周群所在的医院。

刘小萍挂了电话，周沫仍僵着把手机举在耳旁，余味走到她跟前见她一副要大哭的模样，难以置信："不是吧周沫，我还没考完，也没说考得不好，你哭什么啊？"

他见她举的是自己的手机，从她手上拿了过来："谁打我电话了？"

周沫反应过来，一把抢了过来："你下午几点考试啊？"

"2点。"

周沫一看时间，现在已经11点半，就算不吃饭，四十五分钟的车程赶过去，四十五分钟再赶回来……有太多考生堵在路上没能赶上时间的新闻。

她心倏然揪起，咬了咬牙："谁说我哭了，我就是……有种接儿子考试的感觉，感动的。"

余味拍了下周沫的后脑勺："谁是你儿子，快走，我想睡会儿，头疼。"果然大考前不能那样紧绷，他累得慌，一回头见她还杵着，问，"你不嫌热？"

周沫慌得只想哭，可她不敢哭，行尸走肉似的跟余味进了房间。

余味坐在床上啃着面包，嘴里嘀咕："晚上回去要大吃一顿。"这几日他控制食量，周沫说得不错，吃了饭血液就往胃汇集，导致大脑供血不足，饭后犯困。

周沫捏着手机，给周群发短信：爸爸，余奶奶出了车祸在抢救室，你去看看，余味在高考……

周群正在愚梦巷里准备午睡，收到消息心急火燎地出了门，周沫又发来一条：怎么办，我不知道要不要告诉他？

周群坐入车内，思考了会儿，看了眼时间，只有四五个小时高考就要结束了，安慰周沫道：别急，我去看看情况，让余味先考试。

周沫躲到厕所喘了会儿气，胡乱思索着等周群的消息，等了一刻钟周群发来一条：已经走了。

周群到的时候刘小萍正在同肇事者家属大吵，一个说老太太横穿马路，一个说"你自己不长眼吗"，没一个好好说话的。他走到抢救室前自报了本院职工的身份，询问了番，才知道老太太走了。

周沫整个人像被突然扔进了水里，在厕所着急地哭了起来，她紧紧捏着手机，攥着门把手，想冲出去告诉余味。

余味吃完面包，躺在床上准备午睡。可这只是简陋的宾馆，厕所不仅没有隔音功能，对声音还有在空旷空间般的放大效果。

周沫的哭声瘆人得很，余味无可奈何，叹了口气，打开门，揶揄她："公主殿下，怎么了？"刚才考完那会儿他就觉得她不对劲，这有什么好哭的？

周沫不算灵活的脑瓜电光石火般转了好几个念头，却一句话也没说出来。

1点多，刘小萍又打了个电话来，周沫趁余味睡着将电话挂了。这个时间点再打来就是坏心眼了。周群都说奶奶已经走了，不是最后一口气了，她就是想破坏余味的高考，周沫内心一边愧疚痛苦，一边又不想让刘小萍得逞。

高考结束，余味一路狂奔。而周沫则一反嘻嘻哈哈的常态，一言不发把他拽上车。周群亦未多言，沉默将车驶向S市第一医院。

余味所在考点是四十年前S市最中心的镇子，住户最密集，发展最快速，后来改建方案不成功，被景行区、商行区迎头赶上，甩在了美丽城市后面，成了无人问津的老城区，或者说成了S市人都想逃离的"乡下""破落"的地方。

无人有闲情看风景，无人有心情问历史，昏黄的城区旧景被甩在了车后，大众车毫不犹豫地冲进市区方向。

余味从他们的反应里知道发生了不好的事，他拉住周沫问："到底怎么了？"他第一反应是余一书得了绝症，住了院，他那样厉害地抽烟，肯定会生病的。

周沫摇头，她喉咙哑得厉害，用力清了喉咙间的痰液，才能出声："奶奶走了。"

余味麻木地接受信息，神情呆滞，像具干尸。

他被领去了冰凉阴暗的太平间，双眼干涩得像是要龟裂。

高考是结束了，但青春期的噩梦没有结束。愚梦巷又拉开了悲伤帷幕。

李阿香唉声叹气，101号两年内走了两个老人，只剩她了，心里极不好受。

而S市本地报纸上，由于余一书的身份，他母亲车祸去世、神秘儿子高考一系列消息占据头条，文字版块将其家庭情况条条分析，极尽详细，堪称地方财经人物八卦的典范。

周沫将报纸藏了起来，那些东西写得特别不利于余味，按照他们的说法，刘小萍是陪余一书奋战的糟糠妻，余味不过是余一书未发家时生下的长子，没有实权。根本不是这样的。

余味人生忧伤的部分，也因为这个夏天改写了百分比。

余一书一边忙丧礼一边忙余味高考的事，终于找他问完高考情况，安抚了两句，又被刘小萍的电话叫了回去。

房门下的扇形灯圈绽开又灭了。奶奶走后，余味真的好像什么都没了，只有空空的一栋屋子。

来不及体味失去至亲的后劲，率先袭来的是满室的孤独。

余味站在暗室沉默，窗边传来周沫的声音："猴哥，你不是一个人。"

周沫站在窗外，心像被绞一样疼，她似乎穿过窗帘，看到了伶仃的他孤独立于房间。

余味迟疑地拉开帘子。刺啦一下，月光涌入，两双眼睛隔窗而望，月亮缩成小点凝在眼中，倒映彼此，平静如水，波澜若海。

余味扯唇："是啊，我还有个小包袱。"

余味给爷爷倒香灰时，在垃圾桶里看见了报道。一摞整齐的报纸，硕大的余一书的名字，图片是余味的侧影，一手捂着脸，都不知道什么时候拍的。他粗粗扫了几眼内容，冷哼一声，将香灰倾倒，模糊纸面。

杨博书打来电话，问他志愿怎么填。余味看着面前摊着的纸张，艰难地开口道："不知道，就……"

"不想待S市就别待了，说实话，连我都不想待着，何况是你。来北京吧。"杨博书和余味能在愚梦巷众多孩子里成为死党，不全是聪明爱玩的臭味相投，也有缺了一角家庭的惺惺相惜。

"北京？"余味垂眸，自己的分数去北京……

"来吧。"

余味在奶奶走后的第三天交上了志愿表，他填了北京，和周沫商量过，和余一书商量过，在遭到了简短而无奈的拒绝后，他坚定地交了上去。北京一所非"211""985"的医科院校，他投向了漫长而义无反顾的4+3医学之旅。

北京，从来没想过的地方。他其实不知道自己要干什么，只是忽然很想逃离愚梦巷，尤其是在奶奶的遗像摆进来之后，这座屋子就像是他需要赎罪的牢笼，他心虚，愧疚。浅浅、小小的一点儿罪恶感，滋生蔓延，缠捆着他。

那几天余味躺在床上，半梦半醒间好像能听见奶奶在客厅说话，冲出去却是一片黑暗和死寂。

他决定搬出去住，这个决定钻出脑海他便一路狂奔，没几天便通过中介找到了房子。

他在商行区租了个拎包入住、按月付费的商用小公寓。麻雀虽小，五脏俱全。周沫陪他一起搬东西整理房间。她按下心中的话，为他的新生活鼓掌，只是无比纠结这里离愚梦巷有半小时车程，来往真的很不方便。

"你住我对面十八年，突然隔了个区，我一下子有点适应不了。"

余味揉她脑袋："你先适应适应，我还要去北京呢。"

是啊，还有更遥远的北京呢。

余味看向窗外的月亮，在心里说：爷爷奶奶，我毕业了，要去上大学了。

小时候他们总念叨，小余味什么时候能上大学啊，现在，他终于要出发了。

暑假开始没几天，余味失眠，他想自己是不是太闲了，他试图熬一夜不睡，却发现白日还是睡不好，没事做的日子像是一种折磨。

罗钊到星巴克兼职，在班级群发消息让他们去玩，可以免费喝饮料。余味躺在床上心中燃起了打工的想法，他找到罗钊要到了打工中介的电话，却因为加入得晚，学生已经把不错的岗位抢完了，只有一些在室外的工作。

发传单、扮人偶、做问卷、摆摊试吃等，虽然杂乱机械且劳累，可他做得有滋有味。

周沫由于期末考试需要冲刺，临时抱佛脚，赶回了学校。她发消息让余味来看看她，他却说"没空"。她揪着手指觉得余味在怪她。是她没有第一时间告诉余味奶奶走了。

胡倾城嫌弃周沫，说她电视剧看多了："如果你猴哥是个有点脑子的男人，就不会为这种事怪你，你觉得他有脑子吗？"

没脑子的周沫被套了进去："他当然有脑子，你看他高考就学了这么点时间都能考这么高的分数。"

"那就行了，他没怪你，可能怪自己比较多，却无法发泄。"胡倾城最近正在减肥，只吃菜不吃肉。结果这体重还没周沫这种心事重重却食欲良好的人掉得快。她看了眼周沫尖尖的下巴："你说你，我都感觉到考试危机了，你还满脑子都是猴哥，赶紧看书吧。"

周沫盯着手机，叹了一口气："我觉得我今年可能和奖学金无缘了。"整个考试月，她的心情大起大落，心思完全不在学习上。

考试结束时，大家愁眉苦脸，专业课的题目出得吊诡，稍稍一对答案都觉得自己死定了，只有周沫一脸喜色冲出教学楼。

余嫣拉着张敏问："周沫考得很好吗？"

张敏呲呲嘴夸张道："沫沫这次把外科书都背下来了，我估计考点都在她的射程范围内。"她说得一本正经，余嫣听后脸都黑了。

应兰兰不着痕迹地拍了拍张敏的屁股，两人偷笑成一团。

周沫兴冲冲地奔到校门口，像偶像剧女主角迫不及待见到男主角一样，小步子迈得欢腾，却在快到门口时定在了铁门前。

余味一身黑衣黑裤也就算了，居然人也黑得像块炭。人一旦黑了，那点小王子的矜贵气质也消失殆尽，像个包工头。周沫有点不敢认，也不想认他。余味偏还冲她咧嘴笑，一口整齐的大白牙更是晃眼。

周沫用小碎步不情不愿地挪到余味面前，连先前那些被抱起旋转的梦幻想法都清了空："你……去搬砖了？"他说最近在打工，周沫实在想不出除了搬砖这样的苦力活还能有什么活计能在半个月内让他晒得这么黑，还黑得这么均匀……

这阵子的劳累让余味得到了一种久违的、纯粹的快乐，见周沫嫌弃，他故意逗她，双手揉捏她的脸："哎哟，还说想见我，结果见到我就这么嫌弃……"

周沫不太承认自己是外貌协会，她坚定地认为余味什么样子她都喜欢，可这会儿见到他，内心有点复杂："是有点意外。"

余味一把拉过周沫："今天下午不去打工，我们去看电影如何？"

"你现在在打什么工啊，为什么晒成这样？"她往路沿走，将他的短袖往上拉，上面一截果然雪白，她嗔怪道，"你就不能注意防晒吗？"

"沫沫真嫌弃我了？"他打量她的眼神，判断真假。

"嗯！"她握紧他的手，一双眼睛纯净无瑕，瞧不出心思。

两人吃串看电影，有说有笑，气氛和谐，周沫终于放心。他没有像去年爷爷走的时候那样一蹶不振，也没有去网吧，精神看起来很好，除了黑了点，余味还是余味。

周沫笑得合不拢嘴，以往在被他损、被他逗过后，都要假装不开心，可这次她实在忍不住。

看完电影后，余味拿出钱包，周沫一把抢过来，打开内夹一看："你今天就带这么点钱？"

余味愣了一下，还没回答，就见她摸到相片，皱紧眉头："啊……怎么是我们三个人的合影啊。"

她没想到十几年过去了，居然还要和杨博书争余味的"专属权"。

照片赫然是去年夏天的迪士尼合照，整整齐齐动物园三人。她又扫了一眼，发现里面还有一张爷爷奶奶和幼年余味在愚梦巷路牌下拍的照片。她摸了摸，没再说话，将两张照片都夹了进去。

余味拿过钱包，塞进裤袋，揉揉周沫的脸："你们都是我童年时期特别美好的回忆，下回我把我和你的放在最上面好不好？"

"嗯，都行。"她拉起他的手。

周沫喊着要去余味的出租屋玩。他看了眼时间："沫沫，已经8点多了，最快回来也要10点。"

"所以为什么要住这么远嘛！"

当然周沫也就是嘴上说说，她知道原因，就连她经过西屋时都感觉到令人窒息的回忆扑面而来，何况是余味。但在景行区和商行区之间穿梭见面，就像是一场异地恋，好艰难。

"我就去看看嘛，"她捏着他的指尖搓了搓，眼睛滴溜一转，踮起脚凑到他耳边说，"我爸妈今天不在愚梦巷……"

"所以呢？"他斜睨她。

霓虹灯在他们面上变换闪动，忽红忽黄，忽蓝忽绿，充满了颜色的暗示。

他们早有过约定，等他们长大了就在一起。那么，现在够大了吗？

"喀喀！有花堪折直须折！"

"周沫！"

"干吗？"她气鼓鼓地看着他，现在你黑成这样我都没嫌弃你哎。

余味冷嘲："你有本事把这首诗全背出来。"

周沫总觉得余味要去北京上大学，山高皇帝远。虽不像美国，去一趟又是机票又是签证、住宿还要加上语言不通的高墙，但毕竟是北京，距离S市一千多公里，来去一趟也是极为不便。

他还没走，她就想他了。

夏热人躁，她那颗上下不能、进退两难的心，只能用没完没了的作妖来换取一点儿踏实。

到了余味的公寓，她左右看看，嘴上找起碴儿来："猴哥，其实你喜欢的是羊仔是不是，所以这么多年你一直跟他好，长大了之后，你觉得这样的喜好是违反伦常的，所以拿我掩人耳目。"她一脸认真地编故事，脑海里的记忆小船立刻带她去到了小时候，全是猴哥和羊仔光着身子互相推搡的画面。

余味拍了下她的脑门："什么有的没的。"他真想把周沫的脑瓜劈开来，把那些乱七八糟的东西统统都倒了。

"你说是不是！"她越说越来劲，对余味有意无意在躲她的态度，感到非常气愤。为什么不可以，大家都满十八周岁了，警察叔叔都管不着。

"什么是不是的。"他将毛巾拿进洗手间挂好，走出来时，周沫仍气鼓鼓的，指尖不老实地戳他的腰："哎，你说，你不肯让我睡这儿，你去北京，羊仔让你睡他那儿，你肯定不会拒绝的，是不是！"

"一男一女能一样？"一个是因为男女有别拒绝，一个是男的凑合住方便，这也能相提并论？

"有什么不一样的，还不是你心里有鬼。"

"那行，我现在脱了你看看。"他说着便将手伸到裤腰处，看了她一眼，她似乎没反应，他便稍微往下拉了拉，露出半截灰内裤。

周沫嘴唇抿了起来，哎呦，这个人怎么这样，胡倾城都说了那是关灯的事儿。

周沫的内心建筑掉了几块砖头。

余味轻笑，理论没用，实战还是弱鸡，不知是谁天天怂恿她，她压根儿没到那火候，只是莫名孤勇，想着完成她认为的恋人任务。

他一把将她拽进怀里，亲了亲额角："沫沫，别胡思乱想，我们有我们的节奏，有人快有人慢，慢的不代表感情不好，而且我算是服孝期，不能——"

周沫一听服孝期，立时一惊："对不起，我没考虑到。"她赶紧闭上眼睛，将头埋进他怀里，心中默念：奶奶对不起，我年纪小……不对，是我傻，我不懂，我错了。

余味失笑，下巴抵在她头顶，来回蹭她柔软的发丝，心中那股坠落感暂时消失。

夜如水，月如钩。

公寓外是大马路，有汽车遥遥驶过和微弱鸣笛的声音。

周沫轻浅的呻吟撩着余味的耳朵，余味在两人身体之间垫了抱枕，隔着"楚河汉界"拥抱她。

黑暗中，小床上，周沫头发汗湿，表情痛苦，一只手紧攥着余味的前襟，余味环着她在这方小空间里，不由急道："真的不用买止痛药吗？"

周沫摇摇头，她就想余味这么抱着她。她嘴巴咬出了血腥味，小腹先是一跳一跳地抽痛，半晌后又改为绞痛。以前这痛她绝对熬不了，但今天躺在余味身旁，又好像能忍了。

他亲亲她汗湿的额角："下午冰水喝多了？"周沫因为考试忘了算日子，余味烦心事多也没顾及这茬，于是她挨了今晚的痛。

虽是顺了周沫踏进这屋子时的意，她留下了，但明显背离了她的目的，他们依然没有完成完整的恋人仪式。

周沫咬牙，觉得是余奶奶在惩罚她，这么大不敬，必须挨痛，这是她应得的。

余味自然不知道周沫的心思，说服孝不过是顺嘴。他心疼她挨痛，凑到嘴边亲亲，却抿到股血腥味："嘴唇破了？"

周沫有气无力地点了点头。下一秒，嘴边凑了一只手，他说："咬我。"

周沫的下腹里有一股血流翻江倒海闹腾不休，心上却涌了股柔情似水的清泉。

她温热的唇吻上他的手背，带着微湿的热意，牙齿退后，嘴嚅动着开口："猴哥，你为什么小时候不爱理我呢？"记忆里，余味真的对羊仔比对她好。

"因为你真的很烦。"他轻笑了几声，胸膛微微起伏，每次一讲起小时候的事情，他的唇就自然勾起。

长长宽宽的愚梦巷覆着金色的夕阳，几个小人儿在石板路上蹦来蹦去的画面顷刻跃入脑海。那时候周沫虽然很好玩，但是很烦，又爱哭又有洁癖，相比之下，杨博书又好玩又爽气。小孩的世界就是这样，自己还是个单薄的矮子，谁愿意背个小包袱在身上。

周沫来气，张口轻咬他的虎口："我现在也很烦啊。"

"那不一样，你现在是我女朋友。"

"那你去了北京会喜欢别的姑娘吗？听说大学里的姑娘又好看又聪明。"

"你也是又好看又聪明。"

他加重"聪明"二字的语气，听得周沫又是用力一口："我才不要听那些有的没的，你就说吧，会不会因为别人比我聪明而不要我。"

"会。"这话一说出口，挨了今晚最痛的一下咬，那劲头不用开灯看，绝对是两个深深的牙印，"嘶——你下了狠口啊。"

余味倒抽一口气，但没收回手，任周沫的唇覆着，湿湿软软。他问："沫沫，你怎么会有这样的担心呢？你认识我这么多年了。"

这话周沫也在宿舍说过，我们都认识这么多年了，这我还不知道吗？

可是，认识多久和会不会变心无关。

"你就说会不会？"

"会。"他咬死了这句话逗她。

"余味，真的假的？"之前那句她还以为他开玩笑呢，这时候没有哪个男的会说会吧，除非……"你是不是喜欢谁了才这么说？"

"会才怪。"余味搂着汗湿的小太阳，将"楚河汉界"压缩得薄薄的，"沫沫，我这辈子，只喜欢你一个人，如果我将来说我喜欢别人，一定是骗你的。"

"可是一辈子很长哎，有好多刚开始很好的人都分手了。"

"我们不一样。"

"哪里不一样？"她较了劲，非要问到他说好多好多甜言蜜语。

"周沫和余味哪里不一样，你说呢？"

她在嘴里回味了一遍这句话，将头蹭进他怀里拱来拱去，脸上笑开了花。

周沫和余味，听上去就好不一样啊。

余味暑假去了趟美国，签证是高考前就准备好了的，走前他对周沫发了二十遍誓一定会回来。

周沫的不安全感在夏日拼命作妖，一提美国她的作劲便变本加厉，好在还算懂事，自设上限，只要他开口回应，那股"妖火"基本就自动灭了。

她帮他收拾行李，写满购物的清单，余味看着一张 A4 纸上密密的字，又是宠溺又是无奈道："沫沫，我们都还是学生。"

"嗯，这些就是数量多，很多都是开架品牌，很便宜，人民币只要几十块。"余味在她心里就是个小财主，她不知道余味没再用余一书卡里的钱。

余味见到了秦善龄和她的男朋友，她一点儿都没老，那么充足的日照反倒让她更有活力。她的男朋友吉米是个很开朗的美国人，在那栋小别墅里，余味知道自己是个外人，可被他们一番招待，很快融入进去，不再敏感地多想。

他从美国带回去的三个行李箱里，两个都是周沫的东西，和香港那次的消费比确实不贵，只是数量和体积夸张多了。他无奈地问："你怎么这么能买，你爸这普通收入能养得起你吗？"

"能啊！我家最近还要买新房子了呢。"周沫理直气壮。

余味从美国回来后更黑了，周沫说自己有两个男朋友，之前那个分手了……

他们的感情在这个夏天，开始迅速升温，可有一道休止符始终规矩地卡在中间。周沫不急，余味也忍得住，他们心照不宣，等一个顺其自然。

周群一直在张罗新房的事。

胡瑾在余有才、余红先后逝世后格外不安，她怕自己的母亲也这样，想到即便没有遭遇意外和疾病，老人家的腿脚近几年也有些不便，想着自己现在家里是三楼，老人一辈子没爬过楼，估计住来不习惯，决定趁着S市的房价还承受得起，买一套储备着。女儿也快工作了，没什么经济压力。

他们带周沫看了几个楼盘，都在景区。也许是住惯了，即便大家都想前赴后继地去商行区抢楼盘，可在愚梦巷生活惯了的人，还是喜欢这一带熟悉的小吃、菜场、超市、街道。

周群带周沫去了瓣花街，这里有三个楼盘，其中有两个刚建好的中高档小区，临着五阳湖的风水宝地，景色优美，湖光诱人，又是黄金地段。周沫眼光毒辣，站在周群想要买的陆地花园售楼处看着马路对面的蔷薇九里问："那个小区看起来地理位置更好。"

周群心想，那是自然，价格翻了一番，小区的品质、绿化、安保都不是普通人的档次。不过那片地方现在还没怎么开发，还没几块砖头，他骗她说那个小区不怎么样，周沫便没再问。她也不是很在意买房的事情，在她心里，除愚梦巷以外的房子都一样。

在余味搬走后，周沫每天醒来看到对屋紧闭的房门仍是不习惯，尤其到了晚间吃饭时，就她和李阿香两个人面对面。以前余光中都能见到西屋的灯火，现在看到那片漆黑，心里总空落落的。

愚梦巷在大兴土木的景区存活了下来，西巷最西的杨博书家已经拆了，建了一排商品店面，幸好东巷完整地保留了下来。她还没得及庆幸，便遗憾地发现，原来愚梦巷101号少了三个那样重要的人，有些东西已经变了。

余一书回来过一次，问周沫余味住哪里，她抄了地址给他。

过了几天她问余味："你爸去你那儿了吗？"

余味说："没，没联系过。"

卡里的钱在涨，只是人没有出现过。

这个夏天周沫体味了几番分离，同余奶奶和那个拥有奶奶的余味说了永别，同余味开始发生物理距离的分离，再也不是跨出房门就能挨到窗的几步之遥，这会儿又同余味开始异地恋，一下隔了一千多公里。

很多关系像活水里的鱼，抓不住了。

余一书很忙，新闻上最近不断出现他的名字，周沫看新闻同奶奶感慨："余叔叔还真的是个挺厉害的人呢。"以前总听周群夸他，那种老男人对老男人的欣赏她不懂，这会儿看新闻，说他是S市前年的首富，吓坏了周沫。

难怪他前年那么忙，难怪余味成绩这么差他都没空管，周沫又不无伤感地想，这两年里他先后失去父母，儿子又要远走高飞，他也很苦吧。

"嗯，他刚搬来那会儿彬彬有礼，抱着小余味小心翼翼，看着像是个读书人，不像做生意的。"李阿香摇着蒲扇看着电视，想到了十八年前的画面。

"我记得余味小时候他和余味很要好的。"一大一小像是朋友，有商有量的。

"那会儿他是真疼儿子，再晚都要过来看一眼，风雨无阻，现在，唉……"

周沫接到余一书电话的时候是余味去北京的第二天。她没有惊讶，乖顺地在开学后的第一个周末回到愚梦巷101号，走进那座久违的平常上着锁的西屋。

她看见门开的时候，深深地呼吸了一下。这种感觉甚至比余奶奶走的窒息感还强烈，不是死亡的突然和逝去的痛苦，而是一种你脚踩着阳光看着她曾经生活的地方，每一处光辉尽头好似都有她的身影，却清楚地知道那个人永远在黄土中了。

家具落灰，但西屋格局未变。她吸吸鼻子，向坐在堂屋中喝茶的余一书问好。

余一书还沉浸在回忆扑面的哀伤里，一时间没能说出话来，长长的沉默由他的一声叹息打断，他缓缓开口道："余味最近怎么样？"

周沫置身在物是人非的西屋，艰难地回他："在军训，晒得很黑。"还瘦了，可他非说是拍照的光线问题，本人还是很壮实，让他再拍一张来又说找不到人拍，便耽搁了下去。

"余味他把银行卡注销了，秘书说钱打不进去了，查了一下发现他暑假就没用过钱了。"他打了一次电话，余味语气平平，说想自己挣钱，试试看不依赖任何人去生活，"沫沫，如果余味有什么需要可能不会向我开口，唉……"他沉吟片刻，将一张银行卡推到周沫面前，"密码是你的生日。"

周沫看着移到面前的卡微怔："这个是？"

"如果他有什么需要，替我帮他解决，沫沫想买什么也用这个，叔叔会一直给这张卡里打钱的。"

短短几个月，人和事已然失控，举步维艰的父子情找不到连接点，周沫是他能了解余味动向的浮木。

"余叔叔……"周沫忍到现在又是两行泪，她责怪自己为何眼泪这么多，可这一刻她好像除了流泪没了其他的出口。她呜咽道："余味暑假就开始打工，很辛苦，奶奶走了他责怪自己，再加上爷爷的事就更难受了，他怕自己再失去，就拒绝拥有。余叔叔，其实余味……其实你对余味真的很重要。"她眼泪扑簌簌地掉，不值钱的水豆子落在淡蓝的棉裙上，开出深蓝色的花。

"我知道。"余一书背过身去。

周沫不愿意看他难受，亦不愿意在这伤感的地方待下去，拿了卡，冲着余一书说："余叔叔，卡我替余味拿了。"

夕阳绸缎一样铺在天空，余晖洒在东屋的大门玻璃上，熠熠生辉，西屋背着夕阳，静静黯淡。

周沫飞奔到房间，将头埋进被子。

她知道余一书永远爱余味，也知道那份他能给的爱永远填不满余味。他们父子间有个死结，不是刘小萍不是余竟，是时光堆叠的桩桩件件，老人双双去世压垮了余味，让这沟壑无法填补，横亘在他们之间。而她，只能看着，却无能为力。

之前的距离像是 S 市一高与旺达卫校之间的旺达路，短短几米，时时相望。

现在是 S 市与北京，一千多公里，相见亦难。

2018 年 11 月 5 日，风卷残云，大雨倾城。

N 市某酒店内，周沫穿着伴娘裙正在自拍，应兰兰拿着手机开了电筒给她打光："这个角度行吗？"

"哎，我的鼻子怎么不挺啊？"周沫看了眼成品，赶紧摇头，"光太厉害了，不行不行。"

胡倾城窝在角落的书桌前，十指大动，噼里啪啦。她有十个读者了，写作冲劲十足！

周沫拍拍照又看到婚纱相册，纠结起来："我看珊珊的老公很眼熟哎，你说是不是像哪个明星？"

柏一丁说："我们见过的啊！"

张敏激动提醒："就是，那年夏天我们不是一起来的，六号！六号！咖啡店小正太！"

周沫陷入大脑空白的状态，没印象。

"就是那次猴哥爷爷去世他心情不好，你硬被我们拉来，结果好几天都愁眉苦脸的那次。"

那次周沫被她们拉去蔡珊珊的家乡旅游，在一家别致的咖啡店里见到了这位"六号"先生。

"不记得了。"周沫想起那段日子，和余味有关的事情都清清楚楚，其他的还真没了印象，"照这么说，珊珊和他还是很有缘分的，暗恋成真！"

门开了，是珊珊的妈妈，又抱歉又着急的模样，让大家赶紧准备去新人家里。

早上 7 点，姑娘们已经梳妆结束，浅绿纱裙，白绸矮跟鞋。

周沫最是积极，第一个上了车，早饭都没吃，她希望拍照片的时候可以漂亮点。上回柏一丁结婚，她觉得伴娘会很累，一大早吃了三个馒头，导致坐下拍照的时候每张都有小肚子，她气得恨不得让人重办一场婚礼。

这次她长了教训，一口东西都不吃，真是矫枉过正，上了车，头昏眼花竟然开始晕车。

雨天，路堵，司机开得慢，三十分钟的车程开了四十五分钟。

张敏转头关心道："沫沫，你是不是饿的？"她穿着大号伴娘服，整个裙子显得空空荡荡。

周沫有气无力："可能……昨天聊天聊久了吧。"

胡倾城不解："不是啊，你昨晚很早就睡了。"

昨晚她们所有人都兴致勃勃地夜聊，就周沫呼呼睡，还打起了小鼾。

周沫把头埋进化妆包。她前一天值班上了一晚上的手术，白天下班檀卿知道她要去 N 市三天，拉着她在车上亲热了许久，她这个人骨头轻，回到床上自己又抱着被子滚来滚去，羞了好久，导致睡眠严重不足。

恋爱好累，可是好快乐。

城市被暴雨冲刷，街景都在流泪，像是一幕幕冲刷不掉的老旧回忆，灰暗又苦涩。

由于蔡珊珊怀孕，婚礼仓促，日子选得急。天气不好只能硬上，大家谁都不敢说一句不吉利的话。只是蔡珊珊在家里忧愁，怎么会下雨呢，还这么大，是不是不好的兆头？新人结婚不应是艳阳高照才算是吉日吗？

周沫一行人赶到的时候，蔡珊珊已经在抹眼泪了，化妆师着急，一边补妆一边劝。

周沫蹲在她裙角边，拉拉她："哎呀，新娘子哭什么，眼泪留着，等会儿拜别父母的时候再流。"

蔡珊珊穿着中式喜服，掩住三月半身孕的小腹，难过道："我总觉得一切都不顺，哪有人结婚这么急的。"

胡倾城转身拿了块巧克力，她知道周沫这个爱美的死性："吃巧克力不会有肚子的，赶紧吃点，今天下雨，宾客肯定湿漉漉的，到时候会场有很多要忙的，赶紧先填填肚子。"

蔡珊珊听见宾客湿漉漉，心就沉到了底："大家来参加我的婚礼是不是很辛苦，怎么办？"

周沫急，怕妆糊了，赶紧抽纸巾给蔡珊珊吸眼角的泪："哎哟，你怎么了呀？"

张敏拉拉胡倾城："她是不是孕期情绪波动大啊？"

周沫哄道："不会啊，你结婚我们都很高兴的。"

蔡珊珊精致的妆容中，一双眼睛布满红血丝，满是不信："真的吗？"

"真的呀，我激动了好几天没睡着呢。"周沫纯粹是为了安慰蔡珊珊说瞎话。

蔡珊珊听她说没睡好，话匣子就打开了："我也好几天没睡好，孕吐严重，他工作又好忙，婚礼都是我家在张罗。虽然他家条件很好，可是父母……怎么说呢，不是很开明，我爸妈也委屈得很，觉得我们家高攀了人家，所以要多付出一点儿，忙来忙去，腰痛得半死吃止痛药还在继续。我一直在想，这段婚姻一开始就是不平等的，他们家里本来就不是很满意我，现在我怀了孕嫁进去，孩子生了我都不知道要怎么办。"

"今天这个天气这么差，他妈妈早上在群里发了个倒霉的表情……你说她什么意思啊……呜呜呜……"

蔡珊珊越说越多，昨天孕妇被拉回家早睡了，今日一见，絮絮叨叨说了很多心酸事。

应兰兰见这势头收不住，快步走到化妆镜前准备阻止她诉苦，却听周沫猛地一声："呜呜……怎么这样啊……那怎么办啊……那不结了，让他后悔！"她最听不得父母受委屈，可怜巴巴委屈做人。

应兰兰背脊僵住，一把抓住周沫开始耸动的肩膀，咬牙切齿道："你给我冷静点，哪有你这样的。"

她们两人还一唱一和，一个越说越委屈，一个越听越难过，眼泪像断线的珠子一样不要钱地掉。

"呜呜呜，叔叔阿姨很辛苦啊。"周沫精心画了一早上的粉色眼影，这下都花了，鼻头也红彤彤的。

应兰兰发现周沫真是长大了。这两年没怎么见她哭过，这次一哭，居然很美。她以前就是个小孩子，哭起来咧着嘴，丑兮兮的。现在哭起来唇抿着，微微颤抖，一双水晶葡萄般的眼滴着水瞧着你，心都化了。她点点周沫的粉鼻头，手机一掏，咔嚓一下。

周沫瞪起眼睛："你干吗呀？"

蔡珊珊的倾诉被应兰兰的话语打断，吞咽几口郁气，情绪缓了下来。胡倾城给化妆师使眼色，赶紧补妆。

成年人，理智上来，情绪就会后退。

周沫的手机没几秒振了起来，是檀卿。

她拿着手机看向应兰兰："你发给他了？"

"这是你今天最成功的照片，而且你哭起来一般只有……呃，男朋友能够哄你。"她本来要说的是余味。

周沫看了眼消息：怎么哭了？大喜日子的。

她抓着手机又感动起来，他真的有改，说他不爱发消息，后来都有认真给她发消息。

应兰兰见周沫红晕消下，嘴角翘起，拉她到一边："家家有本难念的经，没谁的婚姻是顺利的，一般走到这一步都是劝和，这么多人的场合难道带球跑，你以为是小说啊！"

周沫抓着手机看了眼蔡珊珊，走到她旁边，化妆师正在给她补腮红："珊珊，那'6 号'对你好吗？"

蔡珊珊头顶的金穗向前抖了抖。

那就好。

柏一丁在一旁给周沫捋了捋哭乱的刘海："怎么每次别人结婚你都要哭啊！"

"我哪有。"周沫否认。

"我结婚你哭得比我还厉害。"

"我为你高兴。"说着她眼睛又红了。

柏一丁结婚那天，她父母笑得欢腾，毫无不舍之意，不时跑到礼金那处捏捏。周沫在一旁看得心酸，想到柏一丁在校打工那么辛苦，父母却一直把她当累赘，为她不平，为她难受。情绪一失控，泪洒婚礼仪式前。

那天本来是她上去托戒指的，结果妆哭花了，只能是应兰兰临时赶鸭子上架。

"周沫可能不适合参加婚礼。"

"谁说的，我很喜欢参加的！"

应兰兰推推她，眉目含笑道："那我们什么时候参加你的婚礼啊？"她跟胡东阳打听过了，檀卿家底很不错，自身也优秀，人还帅，这样的人必须早点拿下。

胡倾城拉裙子的动作停了下来，眼神复杂地看向周沫。

周沫也愣了："啊……"

她没想过。她……只想过和余味的婚礼。那场没来得及完成的婚礼。

张敏取笑周沫的表情也僵住。都知道了周沫在恋爱，也都难以置信，在内心感叹岁月的荒唐和爱情的虚假。可提到结婚，周沫又陷入了另一份震惊。当年她们真的都很喜欢猴哥鸡仔那一对。

可最让人心痛的就是"当年"这个词。

雨势丝毫未减，一看就是几日停不了的架势。

蔡珊珊家楼下的排水差，车子开进来，雨水已经淹至车轱辘的四分之一，淹过脚踝。

新郎来敲门时，周沫绞尽脑汁百般习难。6号先生在门口急得冒汗，听外面的伴郎说，西装都汗湿了。周沫有点纠结，不过还是拿着手机认真录音。

"那你说你会一辈子对珊珊好吗？"

"我会一辈子对她好。"

"如果没有宝宝你也会娶她吗？"

"有没有宝宝我都会娶她。"

蔡珊珊的眼角被应兰兰垫了两张纸巾，几乎湿透，又换了两张。

"宝宝出生了，你也会对她很好吗？"

"宝宝出生了，我也会对她很好。"

"如果以后家里……"周沫哽咽，咬住唇，喘了口气继续说，"如果以后有了争执，你会站在她的角度考虑吗？"

"我会站在她的角度考虑。"

"父母很重要，老婆也很重要，一碗水一定要端平。"

"我会的，我不会让她受委屈的。"

6号先生面对这样的问答没有不耐烦，一句一句地重复和保证，让周沫都录不下去了。她哭哭啼啼地开了门，门口黑压压的人蜂拥而入。

房内红被、红帐、红喜字，一室喜气一扫阴霾。

伴娘和新娘哭得梨花带雨，新郎把手上剩余的红包全塞在了周沫的手里，未及说话，被挤了进去。

接下来是一系列俗不可耐的流程。

周沫缓了情绪，笑眯眯地一起闹了会儿。

到了婚礼现场，周沫跑去新郎那里，被好几个伴郎扫了好几眼。

她特别强调："今天雨中的婚礼很独特，大家的婚礼都挑的晴天，我觉得雨天也很美。"

"……嗯。"

胡倾城知道对方一定觉得周沫莫名其妙，又解释了一遍："珊珊有点自责，早上哭了会儿，怕雨天结婚长辈不开心。"

"怎么会？"6号先生本站着任造型师熨西装，听了这话去了新娘的准备室，安抚珊珊。

"你看，没你想的这么糟糕。"

"嗯。"周沫看他匆忙的身影，扯出今天真心的笑，还好新郎不错。

婚礼现场的誓词环节。周沫在台下哭得像个傻子，应兰兰给檀卿录了个视频，是三张纸巾垫在眼下，目光死盯着台上新郎单膝下跪的画面，人剧烈抽搐的模样。

周沫是一个渴望婚姻的人，她觉得婚姻应该很幸福。她的父母，她的姑姑姑父，她的爷爷奶奶都在稳定的婚姻里幸福生活。她总是在参加好友婚礼时很感动，像是和别人一起站在了幸福的起点。

很多人的婚姻又是那么不幸。余味的父母，檀卿的父母，宿舍好几个姑娘的父母。所以她又会悲哀，婚姻好像是一场赌博，她看着好友下注，害怕会输。

婚礼现场的人多多少少身上都有些湿，现场的地毯上零落着泥土，不算整洁。6号先生的妈妈不停地蹙眉。蔡珊珊的妈妈则紧张地赶紧到处找管理人员，保持会场的清洁。

台上的司仪，说着盛大美妙的婚礼祝词，台下是一地鸡毛的油盐本质。

周沫开始看懂一些事情，然后无可奈何。

婚礼的活动环节一直持续到晚上8点，由于雨势太猛，很多宾客未走。

司仪热情不减，见在场的伴娘众多，为了给还没走的宾客助兴，他叫上伴郎横抱伴娘，比谁深蹲次数多。烂俗的游戏激起了大家的兴趣。宾客本不停探雨势的目光全都投向台上。

胡倾城今日的伴娘裙非常不舒服，听到这个游戏，赶忙往角落缩。

在司仪三寸不烂之舌的怂恿下，周沫无处可避，只得和应兰兰一人跟了一个伴郎上台。底下的胡倾城和张敏仿若劫后余生，拼命鼓掌。台下的人押注，都说应兰兰这组能赢，因为她娇小。周沫太过高挑，伴郎都抱不动。也有几个"赌艺"高超的，选周沫，说她长得吉利。

周沫跟旁边的伴郎点了个头，对方是6号先生的表弟，由于蔡珊珊的伴娘较多，他被临时拉来充数。

他露着虎牙害羞地笑笑："我有锻炼，放心！"

周沫僵笑。果然，担心不是多余的。她腾空的那一秒，感觉他的手剧烈地抖了一下。她在空中晃了两下，反射性地钩住他的脖颈，底下发出一道欢呼。周沫心中暗讽，这帮叔叔阿姨真是很爱看这种狗血烂俗剧情，且越俗越爱。

司仪说："准备好了吗？准备好我们就开始啦！"

底下的人先他一嘴："开始！开始吧！快点！"

檀卿找到礼堂时，里面一阵欢呼，他看了眼时间，心想，国内的婚礼居然这么嗨。推开门，是两团黑影四个人在劣质的舞台中上下起伏。

下面的人高声数着："20！21！22！23……"

这位表弟臂力非常有限，此刻基本已经属于在强撑。周沫一天没吃饭，还在这里上下摇晃，她怀疑自己很可能会栽在现场。

旁边应兰兰的数字是："36、37、38……"伴郎努力控制气息，听起来不算太累。

另一边的周沫这儿是："27……加油！28！很好……"气喘如牛，摇摇欲坠。

终于，咚——表弟跪在了地上，双手抛"尸"，拼命喘气。

周沫尚在他臂弯中，屁股着地挨了疼，为了顾他的面子，紧咬牙关一声不吭。

随着表弟的大口喘息，一滴汗摇摇欲坠，吧嗒，掉在了周沫的脸上。

下面一群人唏嘘，哎哟，自己没押对，吵吵嚷嚷。

可周沫清晰地听见了那滴汗掉在了自己脸颊上的声音。她崩溃了，满脑子只想着要去洗把脸。

她皱着眉头正要爬起，一道黑影压在了她头顶。

她缓缓抬头，瞳孔骤缩，下一秒，眼睛弯起。

应兰兰那组赢了，正在拿礼物。

她一转头见檀卿在舞台上，背着双手，蹙眉盯着小花猫周沫，面色不明。

昏黄灯光，洗脸池边。

周沫拿着卸妆油糊了一遍，又用洗面奶洗了两遍，脸侧一圈头发全被猛泼的水给打湿了。

檀卿在一旁抄着手问："你是要把脸卸一层皮吗？"

周沫洗了有十分钟了。

"快好了。"她飞速用手抹了一把脸，闭着眼睛在水池边摸刚刚自己准备好的洗脸巾。

咦？怎么没了？

她继续摸。下一秒，眼前灯光大暗，脸被捧起。她紧闭眼睛试图挤开水却被两个大拇指按住眼皮，彻底失掉最后的一点光。

"才两天没见就被别的男人抱到怀里了？"语音充满磁性，语气不明。

"我没有，一切都是为了大局。"她一本正经回复。

下一秒，她微凉的脸被他喷了一道热气。

檀卿在笑，说明没气。

他继续问："那你被人抱着的时候在想什么？"

周沫老实道："……在想我什么时候会掉下去……"她真的全程都胆战心惊，又怕裙子走光，又怕掉在地上。

又是热气，这次持续了几秒，覆住她脸颊的手也在抖。

周沫不自觉地翘起嘴角，跟着开心。檀卿居然来N市找她，真好，有一个人百里寻她，她感觉这个恋爱没白谈。

他正色："不许笑，严肃点。"

"哦。"她使劲压下自己的嘴角，可怎么也止不住。

看着灯下她婴儿样滑嫩的肌肤，檀卿没准备这么轻巧放过她。

"没有想到我？"

"没。"性命攸关时刻，哪有心情想风花雪月。

他鼻尖抵上她，蹭了蹭，换了副调戏的语气："那我要罚你。"

周沫仰着头，心跳失控到站不稳。

檀卿松开手指："自己主动点。"

周沫眼球被压，一时睁不开，她牙齿在口内咬着唇肉，纠结了一秒，缴了械。

檀卿眼前的素颜小仙女睫毛已经被他的指热熨干，根根分明地躺在卧蚕上。

周沫呼吸急促了两秒，嘴巴嚅动后，粉嘟嘟的唇慢慢噘了起来。头还微微仰起，配合他的高度。

檀卿的心都化了。而立年纪居然被一个小姑娘的纯萌行为一次又一次地揉了心脏。

周沫的嘴被湿润包围，吸吮又松开，直到灵舌挑开双唇，唇齿相依。

檀卿的舌像根毛笔，柔软到360度无死角，又像一把利剑，勇猛地直捣黄龙。

他喜欢两种方式交替，一时温柔如水地软化你，又在下一时加速，刺激你的上限。

周沫第一次知道接吻的花样这么多，跟打了肾上腺素似的。

在檀卿怀里，她就乖乖地任他挑逗，被他教导。他时不时还要抽个空提醒她：“沫沫换气。”

她才猛地一下反应过来，大呼一口气出去。

檀卿当晚就要走，周沫这个黏人精一下子就甩了一帮同学，要跟他一起走。

周沫冠冕堂皇的借口一抛：“晚上一个人开车不安全。”

胡倾城白她一眼，这么拙劣的借口：“那他怎么来的？”

“咯咯，反正我要走啦。”周沫拉拉胡倾城的袖子，戳戳她肉嘟嘟的脸，“怎么不开心呢？”

胡倾城：“没……”宾客在周沫偷欢的当口走得差不多了，“你走吧，剩下的我和张敏还有兰兰会搞定的。”

“你最好了。”周沫拿起桌上的果糖，顺着口子撕开，笑眯眯塞进胡倾城口中。

胡倾城一侧脸颊被糖果塞得鼓起，像拔了智齿。

周沫拎起包刚要走，就听胡倾城叫住她。她背着光，垂眼纠结了会儿。

周沫见她不语，问道：“怎么了？”

“我的小说发你微信上了，你记得看。”

“哦，好的。”

S市入了初冬，空气中的冷意渗入皮肤。周沫钻进开着暖气的车内时，檀卿给她又拿了一块毯子，“女孩子穿得少，时不时要盖一下。”

“你都去哪儿买的？”好丑，居然是纯黑的。

“网购。”

"下次我买了放在你车上。"她要给男朋友的车加上自己的味道。

男朋友？她心中叹息，她从没坐过男朋友的车。

檀卿等后面的车倒车，趁着空当捏捏周沫的脸："先送你回家，要不要去吃个饭什么的？"刚才胡倾城说她没吃饭。

"不要。"周沫的眼睛滴溜转了一圈。

"那就去吃东西，有什么夜宵店吗？"他替她扣好安全带，手扶向方向盘，开始倒出车位。

"嗯……去你家玩玩呗。"

说话间，她还瞥了眼他的导航，时间显示 21：36。

檀卿辨方位的动作停住，侧头看向她，笑出来："沫沫，很危险的。"随后是胸膛不断震动的笑。

蔷薇九里，地下车库，穿声通风。

两人的脚步声一下一下，在视野不明的车群里回荡。

檀卿只知道电梯在哪里，找了几分钟才发现楼梯口，他提醒道："我家在三十三层。"

周沫细胳膊细腿，不见得有这体力。

周沫思索了一秒："那我坐电梯。"

"行吗？"檀卿刚问出口，就见周沫正在从包里掏纸巾，还煞有介事地事先吸了吸鼻子。

他们从楼道口出来，到了亮堂的电梯等候区，檀卿还是不信："如果不行的话还是走楼梯吧，等你走不动了我背你。"

"就哭一会儿，我经常哭的。"周沫实在不想大汗淋漓地到檀卿家，她要维持端庄的形象。

电梯门打开，檀卿居然比周沫还紧张，他还没见过她坐电梯的样子。

电梯门合上，周沫的呼吸便抑制不住地变得急促，眼泪极速蔓延。她下意识地觉得这次和以前都不同，但又想不起以前是怎么哭的。

她已经两年没坐过电梯了。她将头埋进檀卿怀里，整个人疯狂地掉泪。檀卿的黑衬衫湿到有一滴水沿着腹肌线条流了下去。

"对不起沫沫，这房子以后不来了。"

周沫大口喘气，在他怀里本能麻木地摇头，也不知在摇什么。

她就如同上次一般，被抱在温暖的怀抱里，却没像上次一样，忘了哭，反而泪腺失控，止不住流泪。大脑空白，全身是汗。

檀卿拉她出电梯时，发现她手冰凉："你确定你只是哭吗？"楼道灯下，周沫脸色煞白，他摸了摸她的颈侧，"你在流冷汗。"

3310室，灯光乍泄。

"以前也是这样？这你也敢坐电梯？"他又问了一遍，表情开始严肃。

"不是的，以前……没有过。"以前就是平静地哭，今天真是太异常了。

周沫脑子转了一会儿："是不是没吃东西所以这样啊？"可她不觉得饿。

檀卿蹙眉担忧："那你先坐一会儿，我去弄点糖。"低血糖的话似乎也不奇怪。

可家里没有果糖或是甜食，他挖了两勺白糖倒了点水送到周沫嘴边。周沫吸了吸鼻子，唇尖抿了口，嫌弃地摇摇头。

檀卿拇指拭去她还在下坠的眼泪："那我简单弄个东西给你吃？"

周沫怀疑地看向他："你会弄？"周沫眼里，他应是个少爷。

檀卿失笑："在国外生活，这是必备技能。"

周沫手中的纸被浸得半湿，脸上的泪仍在继续涌着。明明什么都没发生，却心慌得紧。

一半为电梯，一半莫名其妙。

泡面香味飘来的时候，周沫恢复了正常呼吸，心中还腹诽了一下，不就是个泡面吗，说得跟他多厉害似的。

面煮好的时候，周沫的泪也止住了，一双眼睛正在观察屋子。这个客厅真大，黑白色调的装修，看着没劲。

他一把将她揽在怀里，鼻尖触触她的脸颊，心疼道："好点了吗？"

周沫抿起嘴角，点点头。

檀卿将面往她这边拉了拉："那吃面吧。"

周沫顺着碗的方向看到茶几上有张照片，是个小婴儿，正想着这是谁呢，就听他说："是要我喂你？"

周沫赶紧抓起泡面……男朋友煮的面就是好吃。

吃完泡面已是11点，周沫倒在檀卿怀里说着话，说着说着自然是要贴到一块儿的。

周沫暗喜，摸到了觊觎已久的腹肌。情侣之间的暧昧在空旷无人的大客厅里蔓延开来。

不是楼道的半公共区域，不是室外的全公开场合，是如此私密又安心的地方，两人不由得尺度变大，呼吸升温。

可正在周沫陷入水深火热之时，檀卿的脸慢慢后退，轮廓渐渐清晰。

他捏捏她的脸："沫沫，不早了。"

"嗯……哦。"

檀卿见她不动，试探地问："今天睡这儿？"

周沫鼓鼓嘴："嗯……好啊。"

"你胆子很大啊。"他又是一次震惊。

雨夜无月，室外的灯光将透明窗户的雨滴打出形状和线条，它们动态地波动、游移、汇聚。

一米八的大床，周沫在床上滚来滚去，死檀卿，把他的床给她睡是什么意思！

她鼻尖萦绕着淡淡皂角香气。这么清幽的男人味让她怎么睡得着！气人！

未开灯的客房，檀卿洗了个冷水澡。

不得不说，这个季节洗冷水澡真是个大的考验，对于关节的长远发展极为不利，某些特殊部位亦是。他长出一口气钻进被子。手机上是胡东阳的回复——

檀卿问：现在小姑娘大概谈到什么时候下手？

胡东阳说：随时随地。

檀卿说：比较单纯，没恋爱过的那种。

胡东阳说：越早越好。

檀卿抓着手机叹气：想要长远发展的那种呢？

过了许久，胡东阳的消息回了过来：那怎么宠怎么来，珍惜吧。

周沫自然不知道俗男在想什么，她以为自己会为独睡空床而气到失眠，但她真的错误领会了"失眠"这个词。当伴娘太累了。她在床上懊恼了大概十秒便睡死过去，半夜失眠的檀卿进来给她盖被子，她都不知道。清晨檀卿起床上班前亲了亲她的额头，她也不知道。

檀卿还录了她的小鼾声，通过微信语音发给了她。

她完全睡醒的时候已经是中午，檀卿发来了三条消息。一条语音，她笑着打开，以为是早安之类的，听了三秒就尖叫着关了。这个王八蛋什么时候录的！

还有两条带一点糖量，但她已经没有心情品了。

10：00：我今天下午翘班，你别走。

11：21：我在超市，想吃什么菜？

周沫回复道：随便。

两秒后，房门口脚步声响起，房门随之打开。

檀卿兜着黑围裙，明明是居家的打扮，却因穿着黑衬衫而禁欲味十足。

他嘲笑地看着睡眼惺忪的周沫：“你有看现在几点吗？”

周沫顶着哭肿了的金鱼眼，看了眼手机时间，不好意思地笑笑。上一条消息距离现在已经过去一个小时了。

她将眼睛揉揉，张开手，嗲声道：“抱抱。”

她一对黑月亮弯了起来，头发乱蓬蓬，极为可爱。檀卿生了老父亲心，竟真的慈爱地单膝跪在床上，弯腰抱了抱她。

“多大了，还跟幼儿园小孩似的。对了，你有什么忌口我还不知道，所以只把食材洗好切好，等我们公主起来去点菜。”

听前半句时周沫嘴角漾着甜笑，但“公主”二字出现时，她的笑意僵住了。

她将头埋在他的颈窝，点点头：“嗯，好。”

檀卿嘴角凑到她颊边，想来个早安吻，却被她不停低头躲了过去，他不禁笑道：“昨晚是谁不停要亲，我不喊停你能亲一晚，今天又不让亲了？”

周沫把头埋进被子，闷闷的声音传出：“我没刷牙！不给亲！”

“那不正好，我亲自给你刷一遍。”

“啊！你不许说了！”她在被子里拱拱脑袋。

檀卿笑着提醒道：“洗漱用品在里面，给你买了新的。”

周沫栗色的后脑勺埋在被子里点了点。

门关上后，周沫静了一会儿，方才揉揉脸，爬了起来。

岁月真是不饶人，周沫在鸡蛋里挑起了骨头。她眼角有几条很细的纹路，大眼容易衰老，年轻的时候机灵可爱，可特别容易长皱纹，别人眨眼只需合她一半的眼皮，想到这处，她又抹了点眼霜。

檀卿正在客厅打电话，电视机静音播着新闻，见她整理好出来，接听电话的表情都温柔了许多。

周沫真是受不了他笑，像在发射强电流，要把她勾过去似的。她小碎步冲到他怀里，双手环住他的腰，耳朵感受着他因轻笑而震动的胸膛。

是医院的电话，里面正在汇报病情。周沫就这样抱着他，任听小骨被他充满磁性的声音撩拨。檀卿单手环过她的肩颈，指尖若有若无地捏着她肉乎乎的耳垂，手感极佳，又滑又有肉感。

一个电话打了七八分钟，他俩就抱了七八分钟。这期间，周沫的手一点也不老实，触上他的背阔肌，指尖描绘纹理。

周沫喜欢好看的东西，喜欢漂亮的小裙子，过去喜欢好看的男孩，现在喜欢帅气的男人。

檀卿的身体渐渐发烫。别看周沫平日娇滴滴，嫩生生的，谈起恋爱来手却非常不老实。

挂了电话，檀卿控制住她的手，拉到厨房，指了指眼前的菜问她："喜欢牛排加意面还是炒青菜加焖煮红肉，或者说中式还是西式？"

"我都要！"居然能在一家店吃两种菜式，周沫贪心道。

檀卿一时不知道说她什么好，提醒她："那你做好很晚吃饭的准备。"

"好！"周沫眼尖地看见超市袋子里的面包，旋开塑料夹子，取出一片叼在嘴上，仰头冲他得意地笑。

檀卿从另一边好笑地咬了一口。

薄薄一片面包的距离，两人的眼睛弯成了一个弧度。黑曜石映着黑曜石。

你瞳仁中倒映着我，我瞳仁中倒映着你。

檀卿停了一秒便转了身，留周沫的恋爱少女心在原地，扑通扑通失措乱跳。

蔷薇九里的房子是檀卿回国买的。一是因为这里离外婆的愚梦巷近，二则是地理位置极佳，临着五阳湖，交通也方便。当时正好有一套大房急售，对方要移民美国，他又是从美国回来的，两人一聊，房子一看，一拍即合。

檀墨有责怪过他说家里这么多房子，随便住一套就行了。当时他才回国，面对檀墨还有一股子习惯性的倔劲，不屑于花他的臭钱。可当檀墨开了胸，他整个脊梁骨就被生命的重量痛击。

檀卿这会儿一边做菜一边想，周沫要是实在没法适应高楼，在檀墨名下的房子里找一套矮层房住住。他丝毫没有考虑自己费了两个多月时间，还找了软装设计师打造的这一单身大空间。

他右手煎着牛排，左手拿着手机看檀墨秘书发来的几套低层房。牛排翻面时，耳边传来了熟悉的背景音。

在国外这么多年，这电视剧像是隔了世一样。

他将手机画面移上，看了眼嗞嗞冒着肉香的牛排，轻轻勾起唇角，国内的生活好像很不错。

室外的天仍是阴郁，像深灰色的颜料罐打翻了，密度不均地铺在天上。树枝向一个方向疯狂倒去，又迅速归位。

暴雨且止，可仍不死心。这平静的天，时不时飘点雨丝，添点乱。

这大概是周沫第一次在三十三层的高楼上待这么久。她不恐高，方才向下看了一会儿建筑，如积木大小，就像小时候余味骗她吃的那种小方块。

电视里本是播着新闻的，不知什么时候进了新时段。

"去喊大师兄！"

"好！"

她看着大屏电视里熟悉的服装道具和背景音，握着遥控器，一时忘了动。她对这部电视剧的全部感情只是来自那些幼时的绰号。她没有反复看这部剧，也没有像后来的余味去读了原著。

九九八十一难都记不住几个，可她这一刻就像小时候第一次看时的那副傻样，目瞪口呆。

檀卿也怀旧般盯着看了十几秒。周沫想换台，又有点不舍得。

檀卿走来的时候，她忽然意识到自己在不舍什么，原来关于余味的一切都在一点点地消逝。从愚梦巷西屋里他的印记，再到生活里的点点滴滴，最后连固守情爱的她也扔下了那段狼藉的回忆，看到《西游记》都要躲。

他在消失，从S市消失，从她的世界里消失。

檀卿回头，周沫已是泪流满面。

他不信似的用手指戳了戳她的泪，又回头确认了眼电视："看个《西游记》哭了？这也有阴影？"真是个哭包。

周沫抹了把眼泪，正要说话，就被檀卿搂进了怀里。

他逗她："哭什么？哭孙悟空跟师父闹别扭？"

视线在檀卿的怀抱里偏离，大屏电视的画面彻底消失。她咬着唇抽着气说："师父都被抓走了，为什么猴哥不去救他？"说完她就哭开了。

"他可能甩了师父自己去西天取经了吧。"檀卿跟着她胡诌。谁见过看《西游记》哭的姑娘？这泪点太奇怪了。

周沫将眼泪蹭在他看起来很贵的衬衫上，想让他把"西天取经"咽回去。

可又不得不接受那个事实，他真的去了那里。不知他有没有取得他要的快乐真经。

由于周沫如泉涌的眼泪，耽误了近二十分钟，一双被昂贵眼霜稍稍消去肿意的眼睛，又被泪水泡成了金鱼眼。

檀卿触了触她娇嫩的眼皮，满是无奈和好笑："真的是看《西游记》哭的？"他有点不信。

"……不是的，我就是……想起昨天的电梯，有点难受……"

只能用这个借口了，不然她大概会被视作异类。她为了配合这个谎言，手还搭在了额上。

檀卿蹙眉，当了真，脑海里把搬家提上了日程。

最终周沫吃了冷牛排。

檀卿要给她加热，可她不好意思。为另一个男的哭，却要现男友忙前忙后，她实在像个渣女。

周沫一本正经说："我就爱吃冷牛排，我刚刚就是为了等它冷才哭的。"

檀卿知道她在胡说八道，附和她："那下回我晚点叫你，省些眼泪，水资源很宝贵的。"

菜冷了，周沫又是贪心的小胃，没几口就饱了。她看着小半桌的丰盛饭菜不好意思，主动洗碗。

这回她老实了，檀卿不老实，双手环着她的腰轻抚，附在她耳边说话："所以你有只狗？"

"嗯！"周沫唇角勾起，提起狗眼睛都亮了。

"叫什么名字？"

"津津。"

"什么 jin ？"

"天津的津……"

"为什么叫这个名字？"

"呃……因为……因为……"她脑子停止了转动，手不停地搓泡泡。

檀卿唇尖蹭蹭她的耳郭，追问了一声："嗯？"

周沫一时真的编不出来，心吓得怦怦乱跳，直接宕机，只能老实说："我忘了……"

"哈哈哈哈哈哈。"他带着她一块儿震动，连着她鼻腔里复涌的酸涩。

她无奈地问："我是不是个傻子？"

檀卿亲亲她的脸蛋："哪有这么好看的傻子。"

卿卿我我洗完碗，周沫被领着参观了檀卿的屋子，一套檀卿即将告别的房子。

他说，茶几上的照片是他主刀接生的第一个小孩，穿黑衬衫纯粹是上班穿的都是白色，下班实在不想再穿这种颜色。他会做饭，会打扫卫生，会……

"你会好多东西啊。"周沫感叹，又想到了自己的一无是处。

"还可以吧。"檀卿谦虚。

她没好气："你最会泡妞！"

檀卿捏她下巴，亲了一口："以后只泡你。"

这个老男人真是一套一套的，当她还只有十八岁吗？

周沫假装自己很成熟，很淡定，心里却悄悄地乐开了花。她靠在他肩上笑，可能是哭多了，笑容扯开时牵动了哭肿了的鼻腔，酸涩哽喉。

她轻轻舒了口气，问："你还会什么？"

檀卿一时也想不起来，反问她："你想我会什么？"

周沫也没多想，随口问："会乐器吗？"

"吉他？"

周沫眯眼，吸了口气："……吉他？"

檀卿说着来了兴致，走到储物间，取下吉他坐到沙发上，低头调弦，嘴里向周沫解释："这是我妈妈生前的吉他，回国的时候从愚梦巷拿了出来，找人修了，上回弹还行，不知道这回行不行，要是不行就是吉他的原因，和我的技术无关。"说完冲周沫笑笑，扫了两下弦。

周沫站在客厅中间，看着他抱着吉他。这应是少年最常用的追女孩的手段。她应该随口问他一句：你是不是用这个追过不少姑娘？

可她问过余味类似的问题：你有没有弹给其他姑娘听过？

所以，她说不出口。甚至，她都没法看下去。

檀卿穿着黑衣坐在沙发上，像极了十五岁抱着吉他的余味。

他们的五官明明一点儿都不像，檀卿也比年少的余味健硕不少，可这抱吉他的姿势一出，她就控制不住了。

"弹什么呢，中文……我想想啊，要不……"

檀卿还在思考，指尖刚试着拨了两个音，话还没说完，就被周沫的唇堵了口。

窗外的雨丝疯狂密集，天空的灰墨又深了几分。

窗内的男女距离拉近，暧昧的温度又升了几摄氏度。

檀卿感受到这一刻周沫的热情，虽然来得突然又异常，可肾上腺素刺激下谁能想到逻辑，何况这种事情何来逻辑？

他任抚琴弦的手被周沫握住，任她主动带着他的舌头跳舞。主导者是她，真是新鲜刺激。

纸包不住火，手术室没有秘密。

周沫和檀卿那日在办公室关上门，被王子晔那张大嘴巴在科室群里一说，接着同科医生在手术台一说，接着8号手术室护士在八卦小群一说，接着八卦小群一群人再往各自的小群一说……无声无息的敲打间，电波将风言风语烙下铁证。

·周沫刚开始没觉得哪里奇怪，就是来看她的医生变多了。同事经过她的手术室，笑容也变多了。

她意识到自己成为新闻主角的关键信号是王老师的小群好几天都没声音了。

糟糕！我方暴露了！他们一定另建了一个没她的群去讨论了，她被组织抛弃了。她真是没有做潜伏分子的天赋。那日她靠在檀卿怀里还说："我们要保密哟，办公室恋情要低调。"

檀卿点头，觉得有理。

才几天，任务就失败了，真是没有经验的雌雄二傻。

檀卿倒是无所谓，他除了周沫，还需要记挂檀墨。

檀墨的第一期化疗已经结束三天了，状态还不错，他问檀卿："沫沫家里是干吗的呀？"

"问这干吗？"

"我看你挺上心的，以前也没带过什么姑娘来我这儿。"檀卿以前压根儿就不屑于跟他交流，哪轮得上姑娘，自己都不怎么出现在他面前。

"还行吧。"檀卿后仰身子，舒展了一下筋骨。

檀墨若有所思道："护士有点辛苦，以后要是想发展的话，换个工作。"他转头问刘冉冉，"上回那家门店租出去了吗？"

刘冉冉摇摇头，低低道："价格没谈拢。"她抠了抠手指。

檀卿微微蹙眉："没那么远，别多想。"他就怕檀墨财大气粗，还在恋爱期就要给人换工作，一副把别人包了的土财主模样。

檀墨手指点点膝盖，有了主意。在他看来，檀卿刚回国不知道国内的婚恋是什么情况，也怕他不过是一时兴起，找了个年轻漂亮的小姑娘消磨日子。国外待久了的人可能思想开放，可他保守，心里总算着日子，想着能看到檀卿结婚。

瓣花街是住宅街区，夜幕降临，万家灯火在城市里开满了花。周沫抓着手机等檀卿下班的消息。终于等到后，迫不及待地拉着津津出门了。

她难得得闲遛津津，小家伙受宠若惊，屁颠屁颠，不敢相信今天自己的快乐分量。

檀卿趁着周沫去牵狗的工夫在超市买了面包和水，他没告诉周沫，自己下手术连手术餐都没来得及吃一口，就赶了过来。

真是寒酸的约会。狼吞虎咽一分钟，解决了晚饭，一人一狗已经走到了跟前。

津津平时见到人就疯，周沫还怕它看到檀卿太激动，不知道是余味教育得好还是动物天生的敏锐，檀卿蹲下揉它的脑袋时，它非常淑女，不吐舌头也不微笑。

周沫心中有愧，轻轻踢踢它的小屁股，想让它激动点，可它就像个石头定在了地上。

"你不是说它很活泼吗？"

"可能天冷吧。"她看见他咀嚼的动作，目光心疼地落到他的胃部。

檀卿想要亲近津津，这狗立即站直，警惕地同他保持距离。又见檀卿亲了亲周沫的额角，它立马跳起来扒着周沫的腰，像是要救她。

檀卿说："它好像不喜欢我，一看我跟你亲近就来打扰。公的母的？"

"母的……"智商高的人还会读狗的心理？

檀卿撇了男欢女爱的心思，拉过周沫手里的狗绳："我来遛遛它看看。"他没有养狗经验，决定试试。

津津见狗绳移交，立马坐下了，好像方才两脚直立真的只为了打扰他们。

檀卿拉拉它，强行挤出慈眉善目。

"津津走吧。"

"津津，你妈妈忘记为什么给你取名叫津津了，你告诉我好不好？"

"津津你不肯走是累了吗？要不要我抱你？"

"津津，原来你是母的，所以我不能抱吗？"

津津挣扎，一步步倒退至花丛里，坐下瞧檀卿。

应是情绪不佳，它舌头今日都没伸出来，双眼皮间距也很窄，许是平日太傻太憨，此刻看着格外异常。

周沫站在一旁有些呆滞，它真的这么聪明？

方才在家里看见她拿狗绳，激动得自己钻进去的可不就是它吗？怎么出了门开始装深沉了。

他摸了摸津津的脚，冰冰凉，于是道："进车里吧，可能外面冷。"

他拉它，它不动。

周沫接过绳子试试，津津立马起身，往家的方向迈小蹄子。她用力拉绳子，染上气恼，这只狗今天怎么这么不给面子。

檀卿好笑："它是不是怕生人？"他开了后座门，一把抱起津津，任它僵住，"那就熟悉熟悉我的味道。"

周沫想说不是的，它和她一样，是个自来熟。

应是生理期要来了，周沫此刻情绪化得很，有点想哭。她长出一口气，坐进了车里，檀卿翻出方才买的面包，问她："它吃面包吗？"

"……应该吃吧。"

檀卿开了车灯，将面包撕开一角送到津津嘴边，一人一狗对了个眼神，津津小心翼翼嗅嗅，舌头一卷吃了进去。檀卿见它吃了，松了口气，自我调侃道："我居然在讨好一只狗，越活越回去了。"

周沫嫌弃它，觉得它今日很欠揍，没好气道："算了，它可能今天状态不对。"

"它走过来的时候明明是晃着尾巴的，你们看着特别和谐。"檀卿摸摸津津不情不愿的脑袋，"我好像是个第三者。"

周沫心里咯噔一下，回头看津津，那只狗也恰好在看她。平日看它憨憨傻傻，此刻眼睛里像是含了千言万语，可怜巴巴地耷拉着脸，一双水葡萄瞧着她。

檀卿那日没能俘获津津的芳心，将周沫送至家门口，它直往家里冲，丝毫没有平日对外界的依依不舍。

周沫被它一路拽进了屋子，不禁气恼，今日的约会被津津毁了一半。

檀卿见门一关，掏出烟点上，边往回走边发消息给胡东阳：女朋友的狗不喜欢我怎么办？

现在的狗这么有思想？这实在太明显了，周沫也说过津津很活泼，难道是气场不合？

方才在车里他和周沫一有亲密动作，这狗立刻坐起，以上帝姿态瞧着他们。

车内空间不大，那狗的目光实在难以忽视，他什么场合没经历过情事，可今儿偏偏就五味杂陈地下不去嘴。

胡东阳在酒吧笑得前仰后合，回他：它喜不喜欢你不重要，喜欢肉就行。

也对。

客厅漆黑，周群、胡瑾睡得早，只有秒针前进发着声。津津仰着头等周沫解狗绳。这一刻，它看起来又变傻了。

周沫蹲下和它对视："你刚刚为什么那么对檀卿？不喜欢我给你找的后爸？那就让你亲爸来找我。"说完又摇摇头，咽下喉咙的酸涩，"算了，他来了也没用了。"她动手解开它的狗绳，想想方才接吻它在后座的目光十分不爽，"以后我出去约会不带你了，白眼狼。"

津津被解了狗绳，跟着她走到厨房，伸直脑袋看她喝水。

周沫拉开凳子坐下，决定进行一番家庭教育，本想带它出去献宝，怎么最后是檀卿在哄狗？

"津津，我告诉你，我很喜欢檀卿，你既然被你爸送回来了，那就是我的狗了，以后乖乖的，要么就是有爸有姐，要么不要后爸就没了亲姐。我今晚也算明白了，你是只有思想的狗，我跟你把话讲清楚了，你自己想想。"说着，她像模像样地喝了口水。

主卧的房门开了，周群穿着红格子睡衣睡眼惺忪地出来，看见厨房亮着灯，说："大半夜不睡跟狗说什么话？快点睡！又要弄到这么晚吵死了，赶紧嫁出去。"

周沫讪讪，见门关了，指头一伸，对傻乎乎的津津说："听见没，我会嫁人的，反正不是你爸，你自己反思！"

客厅恢复漆黑，津津趴到周沫的房门口，大葡萄眼眨巴眨巴。它只是住院住怕了，害怕檀卿身上的消毒水味而已，周沫戏好多。

周沫洗完澡捞出手机一看，居然有三个未接电话。全部来自胡倾城。她一恋爱就忘了友谊。

"倾城我忘了回你电话了。"

"你……在哪里啊？"

"在家啊。"周沫起身走到洗手间，单手挤牙膏。

"真的吗？"胡倾城熬了一夜，一直在码字，也在等周沫的电话，可她没回。周沫是个手机控，不回电话就是有鬼，她急得敲击键盘都用力了点。

"怎么了？打了我这么多电话，出了什么事？"她害怕是应兰兰的事儿。

"我就是……想问你我发给你的小说你看到哪儿了？"

"就……余味高考那儿。"

"什么！"胡倾城一夜未睡，又陷在焦虑里，不禁嗓门大了点。

"啊？"周沫刷牙的动作停住，显然被胡倾城难得的咋呼吓到了。

"我那么辛苦写，你居然不看！"她委屈极了。

"我……还没空看。"

事实并不是，她看到余味高考想到余奶奶走就难受，闷在被子里哭了会儿，再拿起来，有些不敢触碰回忆了。其实看这小说又何尝不是在将她的伤口一点点挖开呢。

"我就这么几个读者，你还不看……"胡倾城开始卖惨。

"我看我看！我怎么会不看！"她必须鼓励胡倾城，"我今天就看，抓紧一切时间看！"

第十三章
爱的初体验

太阳毒辣，晒得院落南墙的一片植物都蔫巴巴的。小橘子却在角落阴凉处乘凉，黄昏时分又被人摇摇晃晃地移至余晖下。小橘子经过半年多的阳光洗礼和精心照料，又挂上了很多小绿果，周沫拍了张照片给余味。

余味在忙，余味很忙，这种忙碌让周沫觉得心儿悬空，她想他，很想很想。

这种想念成分里，恋人的思念占比不如友谊大，她担心他吃不饱，穿不暖，担心他再次沉迷游戏或是堕入其他深渊，这类担心大于他喜欢别人。

自从听余一书说，他没有再用家里的钱之后，她打开了余味内心世界的扉页。

走前，有回他们手牵手阔步走在林荫道上。周沫叽叽歪歪说着琐事，告诉他衣服要反晒，交代不干净的摊位别乱吃，叮嘱不要多看好看的小姑娘，唠叨一定要注意安全，他笑说她是小妈子。说着说着周沫又涌起伤感，从背后抱住他，将真真切切的他拥在怀里。

"余味，我舍不得你走。"

"我也舍不得你。"

"不可以不去吗？我们可以复读吗？"她知道填北京那个志愿，他绝对是亏了，若是复读一年，他一定可以考上 S 市大学的医科。

"不是学校的问题，是我想出去走走看看，老窝在这里没劲。"少年人总是有个远方梦。

"嗯……"她还想说什么，可脑袋里没整理好。

"沫沫，树叶飘零不一定是因为枯萎，它可能绿意盎然，但自甘坠落。它脱离树枝不是死亡，也有可能是自由。"夏日梧桐落了半地焦脆的金叶，不知为何，满树的绿意偏它们未老先衰。

他弯腰拾起一片，递到她眼前，转动叶柄："我就是夏天的落叶。"

路灯为卷曲叶边镀了层金边，它半抱着身子，孤零零旋起一支单人舞。

周沫接过那片叶子，嘴角不屑地一抬，将它扔了，低头在地上找寻，转了小半圈终于找到了一片平整的纯绿梧桐叶，捏捏叶茎、叶片，确认饱含水分。

"你就算是夏天的落叶，也得是这片。"她表情认真，就像小时候开不起玩笑非要较劲的模样。

余味失笑捧起她的脸，喔了喔被灯光染上唇彩的小嘴："好，我是这片绿梧桐叶。"

周沫蹲在愚梦巷的角落，数着面前发了青果的橘子，确认了三遍数字，九颗。

九是一道坎。

周沫打了句"八颗小橘子在等你"发了过去。她伸手，摘了一颗捏在手心，对不起呀，我现在就是很迷信。

2011 年 9 月，余味读大一，周沫也步入卫校四年级。她的同龄人步入大学，她也即将面对社会。

班里的话题从学习向实习过渡，实习单位按历年成绩划分，周沫恰好够格成为最后一个卡点进入第一医院的实习生。

周沫眉头拧了一秒，果断地说："我不去。"

胡倾城不能理解："为什么不去第一医院啊？"

周沫理直气壮："我要摸鱼联系猴哥的。"

大家为了找工作时有个漂亮的简历，挤破了头想去大医院实习，积累经验、人脉，周沫反其道行之，四处打听哪个医院实习最舒服。

10 月份交实习意向书的时候，班主任跌破了眼镜，周沫那三个备选都称不上是医院，可以说是三个卫生所。她再三确认，周沫坚定点头。

10 月份国庆长假，余味没有回来，周沫没单独出过远门，他不放心她来，便说自己 11 月回来。可到了 11 月中旬，他又没抽出时间来。

"余味你到底在忙什么？"

余味照了照镜子，捂住话筒又问了室友一句："还黑吗？"

刘义祥点点头："黑得不像国产的。"

身后的濮金笑弯了腰："非洲进口的余味。"

余味见他们越说越起劲，赶紧闪开，不能让周沫听见。他军训完又黑了两个度，暑假就没白回来，这下黑上加黑，他想了想还是等养白一点儿，攒点钱再回去。他最怕的还是，刚建立起来的独立性会倒在 S 市。

"我上完课还要打工啊。"

"我给你钱，你回来。"

"你那几个钱还是自己买化妆品吧，我这边没空，过年回来。"

"你是有多忙啊。"周沫没好气道。

"乖，过年回来。"他挂了电话，又有打工的电话插了进来，是咖啡店的老板打电话来通知他明天入职。他挂了电话将工作时间记在了本子上，目前他接了两份家教，都是从学长那儿承接下的活儿。北京名牌大学遍地，好学校的高才生收费自然高一些，他们学校的优势就是物廉价廉。

他的大学生活紧凑充实，贫穷而苦乐参半。他住在 Z 大有名的危楼宿舍，外观上那楼有一定角度的倾斜，号称 Z 大"比萨斜楼"。不仅外部结构奇葩，内部也是狭窄拥挤，他已经算运气好的，分到八人宿舍，古默因为是二批补招，进了药学专业，分到了转身都艰难的十二人宿舍。用古默的话说，就是进门都难，开了灯还以为是黄昏。

北方人人高马大，古默一米七，大家都压他至少一个头，他夸张地说北京的天他都见不到霾，抬眼都是下巴颏。余味在 S 市算是个高个儿，到北京也就是个中等个儿，主要还是他不够壮，站在同样一米八四的人里，他看上去就是最矮的。

余味将宿舍的集体照片发给周沫时，她坚持说他瘦了，余味无奈，跟那帮大骨架子站一块儿，怎么可能照得胖。

他在北京的这两个月时间里，掌握了多门生活技能，繁杂琐碎亲自跑，劈开内敛打交道，破开金钱堆砌的宝石山，过最朴素的大学生活。他喜欢现在的生活，每一分生活都是自己挣的，谁都抢不走。他也喜欢北方的这群室友，插科打诨，无所不谈，大家都一样穷，没谁瞧不起谁。当然，余味一定是最被嫉妒的，大家都羡慕他有一个美女女朋友。

在周沫眼里，异地恋都不算是谈恋爱，顶多是电话情人。胡倾城说了一句话还挺有道理的，山不过来我去就山。

北京入了秋，余味去香山赏红叶，拍了张照片给周沫。漫山烧过不灭的红，漂亮极了。那天，他脑子里飘过一串设问——

你是什么时候发现自己深深爱一个人的？

在一起的时候？没有。

亲人去世的时候？有点。

那什么时候深深爱上的？

是分离的那一刹，是想念的时时刻刻，是看到美景的每一帧，你都好像在身旁。

余味上课偷闲会打开周沫的照片，濮金见到他盯着手机一动不动，凑头一看被恶心坏了，于是余味得了个奇怪的外号——"余郎"，说他跟古代人似的睹照思人。

周沫第一次在视频里听到室友这么喊他，还以为那人普通话不标准，可这也差太多了，后来知道这绰号的由来，她在被窝里抹了两把相思泪。

她想他，他想她。这想念他们分不清是友情、亲情还是爱情，也无暇分辨，光感受那份揪心的灼热日日噬着，就够他们受的了。

周沫掐好日子买好机票，也写好假条同家里撒了谎。她的机票是 11 月 29 日下午 2 点，心里惦记着余味十九周岁生日，也念着逢九必乱，万没想到这个乱不是出在余味那处，居然是 302。周沫跟着宿舍姑娘一道平爱情之乱，结果误了飞机。

余味接到电话时，正在咖啡店和同事斗地主，咖啡店晚上 10 点下班，9 点就没几个人了，大家会找点乐子。单影是他的暗地主，两人眉眼沟通认了个亲，正要放她牌手机就响了。他看了眼座位区没人，接起："今天怎么一天都没消息？"

男同事发出了一声暧昧的"哇——"，余味侧身，细细一听，她那边的背景音有机场催促登机的女声，惊喜道："你来北京了？"又皱起眉来，这么晚？

周沫吵架吵得累坏了："猴哥，为什么你不是真猴子，这样你就有筋斗云了。"

她好苦，大半夜在机场重新买了张机票，最近的时间只有 02：45 的飞机，她看着这个时间开房也不是，不开房也不是，左右为难。

"你在哪儿？"他站了起来，把牌扔在矮桌上。单影皱起眉，她的牌很好，本来这把稳赢的。余味快步往外走，看了眼墙上的时间，21：42。

"还在 S 市，我今天好忙，本来下午 2 点的飞机，后来我去吵架了，然后又错过了晚上 9 点的飞机，一张机票都废了，800 块呢，最气人的是只有凌晨 2 点多的了，为什么你要去北京啊！"她哀号。

"哎哟，小公主今天忙什么了？吵什么架？"余味嘴角弯起。

"我今天可牛了！"周沫叽里呱啦把珊珊"7号男"嫌弃她是卫校生、一直把她当备胎的事说了一通，末了又抛了个表忠心的机会，"你是不是也嫌弃我是卫校的！没读过大学？"

"你是周沫哎，能不嫌弃你这个人，还会嫌弃你是卫校的？"他逗完她，又问，"来几天？"

"嘿嘿，五天。"

余味拿着电话同她讲了会儿话，让她注意安全不要乱坐别人的车，去开个房睡会儿再起来。她一一应了下来。

余味回咖啡店的时候，已经接近下班时间，他跟组长打了个招呼，说自己女朋友来了先走，单影趁他整理书包时没好气地说："我刚那把牌超级好，差点就可以赢了！"今晚她一把没赢，就指着这把冲一冲。

正抱怨时，门外的齐峰来了，她欢快地越过余味，冲进了齐峰的怀里。余味经过他们："就冲这一抱你就赢了，先我一步。"

"嘿嘿。"她头搁在齐峰肩上，露出幸福的笑。

齐峰和单影都是Z大大三学生，齐峰已经半出社会开始在公司跟着老师跑销售，单影接下了他打工两年的咖啡店的活儿，因为都认识齐峰，所以老员工们对单影格外照顾。余味和单影算是差不多时间来的，又都是大学生，比较聊得来。

凌晨的S市机场与北京机场拥有同一片黑夜，寒冷的风、摇动的树、孤独的月亮和窝在一隅小憩的隔空情侣。

周沫翻了翻口袋决定不花200块冤枉钱，凑合在椅子上眯一会儿。而余味面前是人来人往的候机处，他找了处角落蹲坐。

机场铁制椅子硌屁股，闹钟响的时候，周沫脑海里只有"终于"二字。

天空一缕无声无形的白线划过。凌晨的机场不算吵闹，间或有旅人伴着行李箱的滚轮声匆匆走过，她有一瞬涌上了个想法：这可能是我以后经常要过的生活。

余味缩着身子睡在冰冷的地上，待到落地窗外的大幕拉开天青色，他手机响了，他睁开疲倦的眼："沫沫在哪里？"

"你在睡觉？你没来接我？"这会儿听他声音沙哑明显就是还在睡觉的声音。

"来了。"怎么这么没耐心，他直起身快步走到栅栏前，一眼就看到四处转动偏就没看向他这方向的小脑袋，电话里她嘿嘿一笑，还问他在哪儿啊。

入目无旁人，满眼皆是你。余味走过去，在靠近周沫时放缓了步子，吓唬似的拦腰抱住。

"啊！余味！"她带着笑意尖叫，黎明机场的小半空间都洋溢着她的快乐，她反身抱住他，使劲埋头，"猴哥，我好想你。"

余味鼻尖抵住她的头，抱着她左脚右脚更换重心，两边摇摆："我也是。"很想你，想抱你，想看你咋咋呼呼，想惹你发脾气，再逗你。

周沫扬起脸嘟起嘴："亲亲。"

他低头盖了个戳："走啦，回去亲。"

周沫拉着他的手，他拉着小行李箱，来回摇手像是个小孩。明明是劳累一天未得良好睡眠的两人，明明是每天短信不停、电话不断的两人，偏偏这会儿就有说不完的话。

"去你学校旁边的宾馆吗？"周沫听他好像早有准备的样子。

"嗯。"他方才在网上查了，有一家干净也离他学校近的宾馆。

"哎，忘了，"她拉拉他的手，"猴哥生日快乐。"一张嘴巴笑成钩状月，两只大眼闪着小星星。

"礼物是什么？"

"等会儿你就知道了。"她想卖个关子。

他警告她："别整些有的没的，那事儿不行。"

"你不行啊？"她凑近他的脸，戏谑道。

余味看了眼驾驶座的司机师傅，一把捏住她的下巴没好气地说："别乱说，还有，你们宿舍能不能不讲这些。"

"她们讲我就听听啊。"然后也讲讲……

初冬霜重，北京郊外的风景倒退，周沫静静地看着灰蒙蒙的首都，好像也没想象中那样雄伟壮丽，气吞山河。

他们到余味说的那家宾馆办理入住，余味付钱时，周沫眼睛聚了道精光扫他的钱夹，看到有一沓厚票子悄悄舒了口气，上楼时都蹦跳了起来。她是不知道，余味这里面还有问濮金借的1000，他不知道她来一趟要花多少钱，先垫了个数，生怕不够。

睡到中午，余味亲了亲床上仍在酣睡的周沫，出发去了学生家里。

他在距离 Z 大七公里远的地方教一位初中生物理和数学，家长本来还不算信任他，可那个孩子很喜欢。那孩子觉得他不仅会教书还会玩，他表示只要那孩子在一小时内学完，把这些套路搞懂，下一个小时他免费陪孩子玩。

余味会的东西太多，现在的小孩又困在高楼上，太寂寞，他这方法大大增加了学习效率。等到周沫醒来打他电话时，他这边刚好结束，孩子还意犹未尽，问可否多逗留会儿，余味笑："我女朋友来了，我要去陪她。"

"哦。"丁思起有点失落。

余味自然没做逗留，要知道周沫可比一个初中生难对付多了，他弃车保帅。

待他赶到咖啡店，周沫已经坐在座位区和单影在聊天了，他一手扶了扶书包，有些惊讶道："你居然能自己找过来。"

"你给我发过地址的呀。"周沫将手机冲他摇摇。余味第一次来这家咖啡店时，她就要了地址，拉着胡倾城在地图上好一番研究，她甚至因为研究热情太高，对周围一圈的商铺都熟悉了，以至于穿过三条街区走来，一点儿也不陌生。

余味还让她待在宾馆等他，真是小瞧她了，大家都是成年人了。

"哇，沫沫真厉害。"余味一手伸过去，揩掉她嘴角卡布奇诺细微的白沫，"那你一个人在这儿待得住吗？我可是要到10点才能走呢。"

周沫点头。单影受不了："要不是我刚跟你女朋友聊天，我都以为她是个小孩呢，她对北京还挺了解的。"

余味不信，周沫的知识储备量都来自教室和漫画，她可是个网都不上的人。

咖啡店不大，员工六人，分别负责收银、端盘递送和后勤。今日余味女友来，他被支去前面端盘，傍晚五六点时，下班高峰，店里涌入嘈杂的上班族，余味忙碌，递咖啡时报的菜单和"请您慢用"不时传入她耳内。

周沫一直低着头，他得空瞧她一眼，发现她在认真地看书，还是专业书，厚厚一本放桌上，目不转睛。

待余味的脚在余光里消失，周沫才将目光放空，松下那副认真神态。

夏日见过他在室外打工，这会儿又看他不停地弯腰，礼貌谦恭，她心情复杂，一半是心疼一半是不知所措。她刚问了这里的工资，单影说一个月2000，不过余味课业很重，又有其他的零工要打，算是小时工，一个月撑死了1200。而余味一直告诉她的数字是2000。

北京和S市拥有同一颗落日，却因城建风格拥有完全不同的夕阳风景。

单影做了一杯橙子汁递到她面前，问："是不是很无聊？我男朋友也坐不住，每次只来接我下班。”

周沫微笑摇头："没有啊，我们很久没见了，就算他在我旁边跑来跑去我都很开心了。"他昨晚没睡好，中午赶地铁去打工，打完了又到这里打工，今天可是他的生日啊。

单影凑近周沫道："蛋糕我已经放在一个小冰箱里了，他发现不了，店长说今天早歇店半小时，我们一起给他吹蜡烛。"她笑盈盈，对此事期待不已。

"谢谢你们，麻烦你们了。"周沫感激。

余味走到电脑前，打开播放器，挑了几首周沫喜欢的歌播放。

时针挪至 8 点，咖啡店的人少了，余味坐到周沫对面，舒展身体，伸了个懒腰："待得住吗？"你这个多动症。

"当然啊，你怎么总是小瞧我，我会坐飞机，我能自己来北京，我认得路，我有耐心。"她白了他一眼，目光上下扫了一圈，"你怎么黑成这样？"不过笑容也变多了。

虽然紧张的节奏让人心疼，可见到他倚在收银台前和同事打趣的模样那般快乐，就像一个普通的十九岁大男孩，她又没那么担心了。可能是他们以前太幸福了，什么都不用干就应有尽有，才会对付出劳动这件事感觉到辛苦。

10 点多，齐峰风尘仆仆地从地铁口出来。他刚刚下班，下学期就要实习，在步入社会和继续深造之间犹豫，他今日特意提前一点儿到，想坐在咖啡店里整理会儿手头的资料，宿舍人多口杂，他不想让他们知道自己的计划。

只是咖啡店竟然一片黑灯瞎火，他看了眼手表，再抬眼灯光骤然亮了，点点烛火外，他看见员工们围坐成一桌。

"今天怎么了？"他推门而入，门上的风铃随门的开合唱歌跳舞。

单影刚切了一块蛋糕，端着纸碟走到他面前："今天来这么早，我还怕你吃不到蛋糕准备给你带一块呢。"

大灯打开，视野骤然开阔。齐峰接过纸碟，甜腻的味道冲入鼻腔，他往那人堆里瞧了一眼，最抢眼的是个陌生的美女，水灵灵的，正依偎着余味笑得好不甜蜜。

他五指捏了捏公文包带，吸了口气，假装不经意间问："那女的谁啊？"

"余味的小女友，漂亮吧。"单影又拿了一碟来。

周沫见一个清俊男人进来，露出友好的甜笑，一双眼睛弯成弯月。

齐峰下意识咽了下口水，迟钝地回了个礼貌的笑。

余味请了次日的假，准备带周沫出去玩，周沫听到他在跟同事说请假，忙拦住：“哎呀，不要请假，我觉得咖啡店也挺好玩的，我看看书挺舒服的，出去玩太累了。”

　　天知道她早已把几个著名景点的路线和行程都做了个笔记，画满精致漂亮的路线图，可她算过钱，决定不去了。

　　“玩还累？”

　　闹腾了十九年的周沫，终于在安静里学会了知足。她这几日出行都靠公共交通工具，余味送她去机场，正要招手拦车，她一把抓住他的手，坚持坐地铁。

　　“地铁有什么稀奇的，北京的地铁特别破旧，站上去你可没地方飞。”余味觉得，她吃不了那个人挤人的苦。

　　“余味你真的是很小瞧我，昨天杨博书带我坐了，1号线3号线我都转过了，我在S市也是天天坐公交车的。”她睨他，别以为自己十九岁了就了不起，她也就比他小六个多月而已。

　　昨日余味上课，让杨博书带她出去玩，这小子哪有工夫，嘴上答应，接到她后就把她扔在清华，自己去打游戏了。周沫站在校园里乱晃，被小哥哥搭讪两回。

　　见着杨博书后，她冲他直摇头：“你们学校的学霸眼光也不怎么样。”

　　杨博书夸她有自知之明，回去时把她送到地铁口，便要走。

　　周沫正在买票，杨博书又翻着白眼冲了过来，余味的声音还在手机里叫嚣：“说了把她送上出租车！”杨博书没好气地冲她扬扬手机，做了个口型“就是你爸……”

　　最后周沫没肯出去坐出租车，和杨博书一道挤了地铁。下班高峰，地铁上这会儿的架势能把人挤成肉饼。她被杨博书护着，幸免于“肉饼之难”。

　　她问：“余味每次也是坐地铁来找你的吗？”

　　“他那么忙哪有空来看我，我去找过他两回，都坐在咖啡店等他半天才有工夫说两句话。”杨博书斜周沫一眼，“别老折腾他，懂点事。”说完后背便被人推搡，他顶住压力，没让自己撞到周沫。

　　周沫拉拉他的大衣袖子，仰起小脸：“那你也多照顾他，他缺钱了你记得跟我说。”

　　“你有钱？不坑他就不错了吧。”他没说余味已经不用家里钱了，怕周沫胡思乱想无理取闹，打破余味现有生活的自在。

周沫才不理杨博书的不信任，叮嘱了一句："反正你记得多关心他，有事告诉我。"

余味的十九周岁生日礼物，周沫一直没有拿出来，余味觉得好笑，这丫头向来藏不住事儿，怎么这次这么沉得住气。

到了机场，她打开行李箱，从方方正正的布格子里取出一个信封，塞到他手里："这是我的一部分人生，交给你！"那副郑重的表情逗得余味又不舍地揉了揉她的脑袋。

余味作势要打开，周沫按住他的手："不行，等我走了，而且礼物不能退哟！"

余味看着周沫的背影消失在安检口，他面无表情地捏着粉色信封。都不需要打开，便能清晰摸出小型长方形卡片的质感。

回到宿舍，他累坏了，径直将自己埋进被窝，宿舍一帮男人一阵起哄："累坏了吧。"

是的，陪周沫累，经历一次分别也累。

伤感离愁同样包围了周沫，这大概是以后她要经常面对的事情，他在北京七年，这七年……她打开包，准备掏眼罩睡觉，手刚伸进去便觉得别扭。她的包一向井然有序，哪一处挨着哪一处都在她的大脑框架内，她带着疑惑瞧了一眼，一捆崭新钞票不知何时塞在了角落。

周沫颤抖着唇点了点，数到第十八张时，剩下的两张粉红纸钞在眼中糊成一片。

她用钱捂住嘴，生怕哭的声音影响别人。她接过旁边人递的面纸，擦了擦鼻子，飞机划过黄昏天，彩霞映在夕光中，周沫好像坐着筋斗云，可惜是离他而去。

这次的机程特别漫长，她脑海里一遍又一遍地想余味，把这几日的拥抱甜腻回味完，又把说过的话、走过的街过了一遍，再睁眼，天还是这样，她往座椅靠背上一靠，目光惆怅，他们什么时候才能再见面？

如果每次去都是2000，那她可真是不敢去了。如此想着，她落地就打了个电话给他。

余味没睡着，脑海中不停回忆愚梦巷的事，多是小时候。这张银行卡唤起了他一些回忆，那时父子的交流还是有来有往。那会儿的夕阳是真美，他喜欢黄昏的愚梦巷，金辉铺在石板路上，爸爸的车子会停在巷口，他悄悄探出头刚露出鬼脸就对上余一书鬼祟要吓他的表情，两人被对方吓一跳，再捧腹大笑。

电话铃响的时候，他叹了口气，揉揉头发，一开口明明没有哭意鼻腔却蓦地堵了："到了？"

周沫听到他声音有点哑，像是刚睡醒："你在睡觉？"

他坐了起来，宿舍漆黑一片，室外的微光从门缝透入："嗯。"

"猴哥，我看到了。"她捏着手里的钱，想到自己也给了他钱，真是幼稚的戏码。

"什么？"他没反应过来。

"钱！"她抬高声音，"你为什么给我钱！"这2000块已经从感动、心疼变成了别扭、愤怒。这2000块比她拿过的任何东西都要沉，都要烫。

余味艰难地在乱七八糟的背景音中辨听出她的主题："女朋友来北京不应该出钱吗？"

"余味，可是我们先是朋友才是恋人的，我们认识十八年，比亲人还亲，你不要这样了，因为这钱我根本不敢用，看着都难受。我现在就打给你，你把卡号给我。"

"这次算了，下——"

"你不给我，我就把钱撒在机场！我是不会带回去的！"她包里的是个炸弹，是余味在北京城奔波一月，忙得半死，一个人办成两个人用，二十四小时当作三十六小时用才挣到的钱。

"别别别！大小姐！你别冲钱发火，行，我等会儿就把卡号发给你，"他摸瞎了床头灯，看了眼身边的卡，叹气道，"那你为什么要给我钱呢？"

"那不是钱，就是张银行卡！我连密码都没给你！"哼，想反将我一军，没门！周沫心里暗暗道。

余味拿起银行卡，又看了看信封，还真是一个字都没有，只不过这张卡一看就是余一书的风格，所以他未作他想："那这是什么？"

"是父爱！"我就是一个信使。

苦有苦的快乐，胡倾城说如果身体疲惫了，就没那么多精力去探索、去纠结内心空洞的忧伤。这是胡倾城看小说的原因，也是余味努力生活的原因。体力劳动对他来说也是精神的避难所。

这就是劳动人民的快乐吧。周沫想着便做了，她加入了柏一丁的打工群，周末戴了顶小红帽去发传单。

凛凛北风，呼呼穿过，周沫站在某大楼门口和柏一丁一起发某英语辅导机构的传单。她十指冻僵，用肘推推柏一丁："丁丁还有多久啊？"

"嗯……我们才来了一个小时哎。"她回头看了眼身后的传单，"而且就算时间到了没发掉也是不行的。"

"你不是说要体验猴哥的生活吗？一个小时就受不了了？那你知道到最后一个小时多难受吗？"简直生不如死。

最后一个小时的一秒就像十秒那么长，双脚掌就像站在钉板上，生疼生疼，左右摇晃，站都站不住。

周沫苦起脸，看向那堆高高的传单，火速开启元气模式，两条腿迈出去，嘴角扯起来，声音喊出来："您好，这是传单免费不要钱，来看看吧，说不定您需要呢！"

大家看着她稚嫩的脸庞，心软接下，可没走出广场又离了手，以至于周沫兴冲冲发了几百张回头补货时，整个广场零落了一地垃圾，那头柏一丁正低头在捡。

她同她一起捡，问："人家丢了我们也要捡起来再发？"

"不是的，会有人来检查的，地上不能太多，我就捡一点儿，"柏一丁推推她，"你发得比我快多了，你去发好了。"

周沫第一个小时还腿脚冰凉，被风吹得丧了气，这会儿干起来又觉得浑身带劲。她又发了一圈，补了几趟货，只是那股子劲头在第四个小时熄灭了，她蹲在角落里和余味发起短信来：猴哥，我在打工呢。

余味在做家教。丁思起全神贯注玩他手机里的游戏，比做题时认真多了，他将短信读了出来，问他："你女朋友？她为什么叫你猴哥？"他满脸好奇。

余味接过手机切出游戏界面，回复周沫：怎么去打工了？嘴上回应丁思起："因为我属猴。"

"你属猴就可以叫猴哥？"他又想了想，"那她是你的紫霞仙子？"

余味一时语塞，现在的小孩真是早熟，还会安排戏剧套路，他小时候对感情戏都没兴趣。

"不是，紫霞仙子结局太悲，我和她是喜剧。"

丁思起坐久了，往床上一倒："喊，《大话西游》就是喜剧，爱过就好了，管他结局怎么样。"

"快起来，讲题了。"余味拍拍他，"你妈说你是要考北大的人，就你这数学成绩考得上吗？"余味一把将他拉起。

丁思起目光落在余味画了红叉的地方："你这么聪明都考不上北大，我怎么可能考上。"他见余味也就读了一所北京人都觉得一般的学校，更别提他了。

丁思起对于余味还是很崇拜的，做题很快，思路清晰，分配时间特别合理，不像之前的家教硬把他按在桌前两小时，没劲透了，屁股都坐麻了。

结束家教后，余味坐地铁去了中关村的一家二手电脑店。

这家店位置偏僻，采光不好，不过论坛上说老板是个奇才，买的二手电脑很好用，还包修，就是脾气不好。当然，有才的人就是傲。

余味走进黑漆漆的电脑店，问："有人吗？"刚出声便听到老板骂了句脏话。

"行不行，这垃圾谁带来的！你大爷的！"最后一声狮子吼，直接把余味喊得耳鸣了。那人感觉到身后有人，不耐烦地回头："怎么？"

余味咽了下口水："我想买台二手电脑。"

"什么牌子？"他转动转椅，将耳机扔在了桌上。

在那人有些庞大的身躯转过来后，余味看清了电脑的画面是《热血江湖》。

他愣了一秒，那胖子不耐烦："没想好回去想，想好了再来。"

见他要拿起耳机继续战斗，余味一只手不要命地搭在了他的肩上，双眼放光地说："能帮卖号吗？"

余味得了一笔意外之财，获了一名意外之友。

老板名叫刘明，平凡无奇，虽然论坛上把他的脾气吹得老大，可他在确认余味的账号后，顷刻卸了凶神恶煞的嘴脸，俯首帖耳的笑脸涌上。在确定是余味本人不是盗号以及心痛地确定他不玩之后，报了个数，吓坏了余味。

余味大吃一惊："能卖3万？"

"大哥，这号您练了这么久，装备也花了不少钱，再加上又是上过顶榜的号，卖不出这数我这店儿就甭开了。"他操着一口京腔，满口保证，摇头晃脑间脸上的肥肉都颤了颤。

回去的路上余味还不敢相信。中关村人来人往，提着电脑包的小哥骨瘦如柴，疾步穿梭在楼宇之间。他看着昏黄的天，想着周沫有一会儿没给他回消息了，便给她打了个电话："沫沫，结束了吗？"

"余味吗？我陆赟。"

S市某辅导机构内，周沫正抱着肚子，面色苍白，腹痛让她不由自主地想蜷着身子，嘴唇咬得煞白。陆赟同余味寒暄，说了一下周沫的情况。余味捏着电话心急起来："疼得哭了？"

"嗯，可能是风里吹久了。"他接了杯热水递到周沫手边，问她，"是余味的电话，你要接吗？"

陆赟恰好在机构商量出国的事，偶遇的两人说了会儿话，周沫匆匆去了趟洗手间回来便有气无力，传单也发不动，站也站不住。

周沫接过电话，轻轻哼了一声，耳边是余味的柔声指责："疼哭了还不吃药？"

柏一丁已经去买药了，可周沫第一次做这个工作，劳累不堪，痛经也没个软床睡，要她坐十站公交车回去她折腾不动，要她打车她更不愿意，累了这一天就这么点钱，还拿去打车多不像话。

"猴哥，我好想你啊……"

余味找了个僻静的走廊轻声同她讲话，说话间柏一丁买了盒止痛药跑了过来，周沫将止痛药吞了下去，想到这个点他应该要去咖啡馆，赶紧说："你去上班吧，别迟到了扣工钱，我这儿都快发完了。"

柏一丁咽了下口水，心想还有四分之一呢，但还是安慰周沫道："没事的，我去发，你休息一下，刚刚这边主管说只要发完就行了，工钱照算。"

周沫摆摆手，她知道吃止痛药后痛经会缓解："我等会儿好一点儿了一起发，我发得快。"她今天10点到下午2点可算是发了柏一丁两倍的量，主要是她脸皮够厚，人家有一点儿推阻的动向她就卖乖，装可怜，对方便半推半就拿了。

柏一丁虽然吃苦但是内向，她见人家不想拿便不好意思再塞，这在周沫眼里就是浪费时间。周沫每一次伸手，必须有回报。

陆赟见周沫面若纸白，明眸失神，不禁担心："我来发好了，反正我没事。"

傍晚时分，周沫疼痛缓解，撑着酸胀的腰部走到室外时，陆赟和柏一丁正在收拾东西，他问："还疼吗？"

"好多了。"方才余味抽空打了个电话来，又说了会儿话。

情人果然是最好的良药。

陆赟将手里的包递给柏一丁，清清嗓对周沫说："我开车送你们吧。"

陆赟高中毕业就学了车，目前出来都开家里的旧车，图个方便，知道余味在意需要避嫌，可他还是见不得女孩这么辛苦还要坐公共车回去。他问："怎么想到打工了？"

他记得周沫初中的时候一直是个小富婆，班里就他们两人吃零食、看漫画从来不算钱，混着来，其他同学难免需要细细算账。

"余味大学会打工，我想体验一下。"北京这么冷，还好他不用发传单。周沫心里暗暗庆幸。

路上聊天的时候，周沫才知道陆赟高考失利去了S市大学，目前在准备出国事宜。

他说："我那儿还有很多漫画，你要的话跟余味说一声，征得他同意我把它们打包给你。"他已不看纸质动漫书，堆在家里着实影响空间。

周沫心念大动，只是听他说起余味又讪讪笑起来，回忆当时的尴尬，想着解释一下："啊，这怎么好意思，而且也不用跟余味说的，上次真的是误会……"

他瞧着她笑："那行，周末跟我拿吧。"

"好啊。"她赶紧应下。

下车后，柏一丁拉拉周沫："我觉得你还是应该跟猴哥说一声，毕竟他当时真的挺在意的。"

"好吧。"周沫裹紧了薄风衣，生理期畏冷抖得厉害。

周沫在电话里说了陆赟的赠礼。照她的想法，余味应该不会说什么。余味确实没说什么，一句话也没说，整个听筒里要不是有他的呼吸，周沫都以为是电话断了。

周沫翻了个身，面朝墙壁，这会儿宿舍就她一个人，其他人都去上晚自习了。她小心翼翼地问："不行吗？"

余味伸出食指和大拇指揉了揉眼睛，沉了口气："沫沫，没有人会无缘无故送你东西的。"

周沫觉得莫名其妙："也不是无缘无故啊，他出国了那些漫画就没人看了，那给我和给别人没两样的。"

"那为什么给你不给别人？那么多人喜欢看漫画书，那些书放到网上卖的话，能卖不少钱。陆赟一直在论坛上和人买卖东西，他对这个很精通，没道理白送你几箱漫画书。"这是余味的诛心之言，可他作为男性知道陆赟很容易对一个女孩动心，光他听陆赟无意间提起喜欢周沫就有两回，这说明周沫对他是有吸引力的。

周沫无语，就像当时也没觉得那是个多大的事情一样，现在更加觉得没什么："就碰巧了呗，也没那么多人喜欢漫画，遇到知己很难啊。"全班那么多人，就她一个人看漫画，她深知这把年纪还爱漫画的人极其少。

知己……余味冷笑，真想把她拉到面前使劲摇，可……

"周沫，你自己想清楚吧。"

周沫整个人都蒙了，什么呀，还没说清楚呢。

她有些无措，待室友们回来，她拉着胡倾城说了这事儿。她认为自己无辜，胡倾城也觉得没问题，安慰她说可能余味这个人比较大男子主义。

柏一丁端着面盆经过欲言又止。她觉得陆赟看周沫的时候，眼里的那种光彩不一样，可无奈除了那点光也抓不住别的东西，她向来谨慎，不想乱说。

周沫的气次日起来便消了大半，再次打电话过去。

余味一边啃馒头一边跑向教室，解剖课居然7点半就开始，堪比高中，真是丧心病狂，他耳边听着室友的抱怨，脚步飞快地前进。

周沫的来电使手机在裤兜里振动，但裤子厚，他丝毫未觉，待看到未接来电他又跟着大部队赶去了解剖教室。五年制的医学本科压缩成四年，课程非常赶，有些老师讲话就像机关枪一样，脑子稍微慢一点都转不过来。他放下心神，认真听课，暂时冷了周沫。

这一上午周沫心慌意乱，想想漫画又想想余味在北京的辛苦。这么辛苦她还在后方给他添乱，最后拧着眉发了条消息妥协：猴哥，你是不是生气了？我不要陆赟的漫画了。

她发完趴在桌上，又气又恼又可惜，那么多漫画，好多好多她都没有。周沫喜欢民工漫，余味他们不爱这种，她渠道少，买的盗版还有油污，陆赟经常能搞到质量特别好的版本。她就像个小跟班，经常买吃的给他，他也不多计较，顺手给她带两本，都不算是斤斤计较的人，相处起来特别愉快。

周沫不明白，难道谈个恋爱连异性朋友都不能交吗？难道她要沦落到跟着胡倾城看小说吗？她想着想着又生起气来，再一瞧手机，没动静，她推推胡倾城："给我介绍一本小说看看。"

胡倾城看她一上午自习课面前的书一页没翻，于是拿出手机打开QQ将文件传给她，周沫点开，问："这本书是讲什么的？"

"青梅竹马啊。"她认为周沫应该会喜欢，而且这本不虐，全文甜甜的。就像没有忧伤的余味和快乐的周沫一样，很有代入感。她想着，将来她也要写一本这样的小说。

周沫面色难看："不要青梅竹马！"

北京的冬日变得既温柔又冷酷，上午东南风下午西北风，用阳光包装的冷风无孔不入。

S市的冬日则乱七八糟，阴云绵绵，阴风阵阵，行人有些穿着薄风衣缩着走，有些裹着厚袄直着走，还有不怕冷、不怕得关节炎的人穿着短袖。张敏不知道从哪里学来的，要在冬天熬住寒冷，全班都当她疯了，老师一进教室吓了一跳，怎么有个人胳膊露在外面，是不是有感知障碍？

周沫愁眉苦脸坐在张敏后面，想着余味是不是太过分了，就这么点小事不答应就算了，还冷战，不知道异地恋不能冷战吗？一冷就没了。

周沫抬头见张敏正在哆嗦，戳戳她后背："你都熬了一上午了，别仙没修成，先归了西。"

她哆嗦着唇结结巴巴地说："我不练了……太冷了……这事儿果然……不适合我。"那帖子上讲，你若要拥有不感冒的身体，你首先要扛得住寒冷，耐得住炎热，冬天穿短袖，夏天待室外，一个季节一个月，你的浑身细胞便会适应。宿舍的人怎么劝她都没用，下面跟的帖子都说有用，楼主牛。

最后，周沫陪着张敏一起回宿舍穿衣服。她捏着坏了一般的手机暗自生气，从气余味到气自己。是不是自己的问题？是不是自己真的不应该答应？

她倒了杯热水给张敏，坐到床铺上看小说。不知怎么的，加载进度条死活不动，她又戳戳屏幕，仍是没有动静。奇怪，难道手机坏了？正疑惑，手机响了，"猴哥"二字一闪一闪。

余味没好气地说："周沫，你停机都不知道？"

周沫愣住："那我下午给你发消息你收到了吗？"

"没。"他就是没收到消息，才觉得不对劲。

"那你还生气吗？"

余味叹气："那些漫画大概多少？"

"不知道……"问这个干吗，"我不要了，我不去拿了。"

"去吧，然后告诉我大概多少本。"今天下午刘明说账号卖了3.5万，他收2000提成，余味要了一款新笔记本电脑，零零碎碎手头剩不到3万。

"我不去了。"周沫想着余味回电话来，就服个软，再向陆赟道个歉。

"你去拿吧，你外婆那里不够放就放西屋，钥匙你知道的，在橘子树底下。"

周沫偷笑，傻子，她早把钥匙收起来了。小橘子都挪了好多次地方了。

周六，周沫在愚梦巷巷口坐上了陆赟的车，她反复强调自己可以坐公交车过去，可陆赟非说自己家不近，何况那么多书他也要送她回来的。

因为带着爸爸去人家家里也不妥，说好收拾好书便由周群来接。然而当爹的不放心她单独去男孩家里，千叮咛万嘱咐要她记得保持联系，半小时发条短信。

陆赟见她一直在发短信，打破僵局道："你知道吗，那次之后我和余味都没出去玩过，以前打篮球、看漫画、玩游戏一个不落，初中不在一个班都经常碰面，后来我俩就这么莫名其妙地没了什么联系。"

周沫愧疚："对不起啊。不过应该不是余味不想找你，他高中过得比较复杂，后来忙着高考，等他过年回来你们一起玩啊。"

陆赟遗憾地笑笑："我过年可能就要走了，先去那边适应环境。"

"美国吗？"

"嗯，美国。"

又是美国，周沫对这个地方毫无向往之情，可周围的人都嚷着要去，那日杨博书也说，准备交换去美国。她身边的每个人都好厉害，除了她。

到陆赟家楼下时，周沫站在电梯前不想上前："我可以走楼梯吗？"

"……二十六楼，你确定？"陆赟以为她在开玩笑。

周沫迟疑一秒，点了点头。

最后是陆赟陪她爬上去的，他到十楼的时候开始喘，想溜去电梯口，见周沫仍坚定不移地爬楼梯，便问她是不是幽闭空间恐惧症。周沫摇头，小口地喘着气讲了遍小时候的事。

到二十六楼时，陆赟觉得自己像登了珠穆朗玛峰，满头大汗，周沫瞧着他喘粗气傻笑，道："你也太弱了。"

两人叉着腰傻笑。陆赟缓了好一会儿才开门，周沫则一脸激动。阿姨在家，三人呼哧呼哧地将漫画书打包，周沫挑了自己要的往沙发上疯狂扔，阿姨一本一本摆，一言不发，脾气极好。

最后装了六个大箱子，周沫不好意思，一直在说谢谢。陆赟被她说得更加不好意思，只得道："就当是我送给你和余味的吧。"

周沫点点头，大概数了一下，按一箱一百二十本算的话，她居然拿了七百多本，她赶紧叫周群过来。周群上来时拎了些水果，又是一番感谢，连带把周沫上次半夜拉他出去找余味的旧事都提了出来，最终他们同漫画书一道下去，周沫一个人边下楼梯边打电话给余味。

二十六楼，像是无底洞一样，一圈又一圈，虽然不像上楼一样费劲，可转得人直犯晕。

"是的，大概七百多本吧。"

那天余味将 15000 打给陆赟。陆赟有些生气，无论说多少遍不用，余味都坚持要给，陆赟无奈道："太多了，二手书没那么贵。"

"我知道有些挺难买到的。"

"我真的对周沫没意思，只是在路上碰到她，正巧我准备出国，漫画书堆着也是浪费，她喜欢就正好送给她。"

"嗯，我知道。"

陆赟问："那你过年回来如果我还没去美国，就出来聚聚吧，挺久没——"

余味抢下他的话："好。"

话筒里，两声笑意对撞了一秒。

陆赟晚间在电脑前玩游戏时，突然想起自己有两本签名本混在了里面，他找了一圈，确定被周沫拿走了，发了条消息给她。

周沫其实在收拾书的时候发现了，因为这两本书用书皮包了。她同他在电话里说了自己的小发现，开了两句玩笑，不过在约见面时，她提了一句："嗯……就不跟余味讲了吧。"

"嗯，我也是这个意思。"陆赟也觉得可笑。好友是个醋坛子，真是危险。

他们约在愚梦巷东头的一家小奶茶店见面，周沫将买好的奶茶和书放到他手上，两人火速见面，又火速分开，前后不到十分钟，跟打游击战似的。

可就是这一幕，被瓜皮看见了，彼时他出门要买瓶可乐消消高三的苦楚之气，远远就见周沫和一个男的站在一块儿，男才女貌有说有笑甚是养眼。他当晚就发消息给余味：你和鸡崽子分手了？

余味手头上正忙没理他，等有空时回了个电话过去，气得把手里的玻璃杯摔了。

单影看着余味怒气冲冲的背影，问："他怎么了？"

"不知道，那我先走了啊。"齐峰松开单影的手，慢余味几步出去。

他刚走到门口，就听余味对着电话说："没鬼为什么不告诉我？"

"因为我了解你，如果不为你设定边界，你对于男女关系根本不设防。"愚梦巷里和周沫差不多大的同龄女孩极少，她又因为娇气经常被女孩排挤，她倒是心大，也不计较，就跟着男孩玩，没心没肺，所以如果陆赟是故意接近她，她根本不会多想。

齐峰本想礼貌地打个招呼再走，见余味在气头上，还是抬脚走了。原来是和女朋友吵架，听单影说，他们是异地，异地恋最容易因距离而生嫌隙了。

周沫被劈头盖脸一通训斥，气得在接电话时直掉泪，上晚自习时还趴在桌上哭。一切都是非常正常的交往啊，借书还书，送书取书，拿错了书再还回去，她就不明白了，以前余味压根儿不是这样的。大家一道玩，她十四五岁还能追着瓜皮满院子跑，把他压在地上挠痒痒，那会儿不比现在激烈？余味也就是拉起她，让她注意点形象，虽然表情嫌弃可还是温温柔柔的，这会儿怎么就这么凶呢？

对，关键是他为什么这么凶，为什么在电话里这么凶！

见不到人，摸不到表情，又临近期末，时间掰碎了用，余味一时没控制住语气，说重了些，挂电话时他清清嗓子，喉咙竟吼疼了。

他进了咖啡店，单影问怎么了，他摇摇头。

那天回去他就得了重感冒，第二天起来病毒来势汹汹直接堵了他的嗓子眼，阻止了他的发声。他看了眼手机，周沫没动静。他亦在气头上，遂没理她。

时间飞快，到期末结束的那天，他们冷战了一个月。

稀奇了，周沫也忍得住。

"我跟你说，你就不能惯着他，他已经不是小时候的余味、不是朋友时期的余味了，你没发现吗？余味恋爱后跟恋爱前很不一样。"

"……哪里……不一样……"

"他的占有欲很强啊，他不允许你跟男的交流！那怎么行！"

"对！而且他吼你！男人脾气这么大，怎么行！"

"对！还有还有，你猴哥他之前玩游戏的时候就不理你，后来你第一次和你同桌要漫画他也不理你，这次理由很充分，你们交流很短暂，而且光明正大，他还是不理你，这都一周了！你看看，之前两次都是你主动贴上去的，这次他肯定还在等你服软！"男人！惯的！

那些话就像暴雨梨花针，唰唰唰密密地向周沫扎来。她拍拍胡倾城下垂在半空的小腿："倾城，你觉得呢？"

胡倾城觉得自己作为宿舍唯一和余味有过十分短暂正面交流的人，有必要为她认识的余味说一句话："我觉得，他是把你当小孩子了，所以一直带着一种父爱在教育你。他一方面作为男朋友对你有感情上的占有欲，一方面又担心自己不在你身边，你被别的坏男孩骗走。虽然你那同桌肯定不是坏男孩，可是男孩的本性只有男孩才了解啊，你眼里看到的只是你认为的一来一去的世界，余味一向比你敏感，对人、对事、对感情，所以在他眼里，看到的是一来二去的世界。再者，"她投了个眼神看周沫反应，见她认真在听便继续道，"异地恋都是通过视频、影音片段、文字发生联系，有时候会容易失控、误解，不是你们以前的面对面，有时候他经历了一天的劳碌，想休息，落在你眼里却是突然不理你。所以，这些联系的情绪不连贯，不是你所熟悉的属于你们的交流方式。你们需要沟通，需要深度适应这种异地关系。你想想，刚入学那会儿，你不是也总是抱怨余味不回消息吗？现在他已经很会发短信了。"

异地恋后，周沫时常会被余味发来的一两句甜言蜜语给甜晕，虽然不是应兰兰、蔡珊珊她们收到的那种段位，可那是余味极少会有的文字表达。可能是理科生的原因，他的短信一直属于有事说事的路数。可自从异地恋开始后，他开始会在短信里表达情感，说生活琐事、聊儿女情长、问家长里短，开始向他面对面交流时的风格靠拢。

"我觉得倾城说得对。"

"是对啊，可是问题还是为什么要凶沫沫？为什么每次都是沫沫道歉？"

"嗯，每次都是沫沫去道歉，去服软，兰兰跟飞哥……都是飞哥服软的……"张敏说到一半才想起来，宿舍里已经许久未提到陆飞了，但应兰兰周末都会出去住。只是这事儿应兰兰不提，大家也就不再问。

周沫指尖刚碰到手机，又缩回了嘴边。

他开始变得会恋爱，可他没向她妥协过。

寒冬腊月，京城飘起了大雪，紫禁城银装素裹，一夜间千树万树梨花开。

余味的感冒徐徐退去，病去如抽丝。

病来如山倒的那会儿，他头昏脑涨，复习艰难，他将咖啡店的工作停了，幸好齐峰得空帮他顶了一个月，不然这个位置一旦空了招到人，便没他的份了。

一周四天16点到22点30分，既不耽误上课，活儿又轻松，实在难得。虽然钱少但是离学校近又能摸鱼，他对这份工作很满意。他为了表示感谢请齐峰和单影吃了顿饭，还叫了宿舍兄弟，十来人在学校后面的小火锅店吃火锅喝啤酒。宿舍好几个兄弟都是北方人，玩得特别开，将火锅店闹腾得像菜市场。

小火锅蒸汽升腾，热汤咕嘟咕嘟，香辣的味道催人生津。他来北京后爱上了火锅，因为吃的时候热闹。

杨博书管理学结束得早，走前问他什么时候回去，他搪塞了一下。

这个寒假他不回去，余一书打来电话，他当时嗓子即将恢复，正是咽部发炎的时候，他为了不让他听出自己异样的声音，直接用最简短的话推阻了。余一书听起来很失望。但他确实有事。刘明问他有没有月光宝盒，说京城有个少爷跟人打赌，赌谁先得到月光宝盒。

余味知道这东西。这是《热血江湖》里于大年初一推出的稀缺神器，只在 0 点到 6 点掉落，数量不明。对方要找十二个大神分别在六个服务区蹲守，直到刷出来为止。刘明觉得这活太机械，他做不来，不过给钱不少，便问了余味。

刘明和余味在之后成了网友，有点游戏上的问题就问余味。余味不想再碰游戏，怕上瘾，有过游戏瘾的人，再碰极易成瘾，他拒绝了，可当刘明发来酬劳标准时，他弃了原则满口答应。1000 块一个晚上，刷出来的那个人给 2 万。

这个冬天，周沫的最后一个寒假开始了。明年的冬天她就要去实习点实习，后年的冬天她将正式工作。她从每天看五百遍手机慢慢退减成丨遍。

李阿香催了她两回，愚梦巷 101 号东屋地上还有两箱书没整理。大家都不会动她的东西，知道她喜欢自己整理，所以这两箱一堆堆到了过年，终于，连周群都受不了了。他指着周沫："你能不能把你的这堆垃圾理理，家里又不是别墅，没有几百平方米的地方，放着多碍事。"

周沫搬起一个冲去西屋堂厅。她是带着气进来的，可这里的阴冷一下子将她的怒意浇熄，她下意识地看向摆放余红、余有才的遗像格子。那两盏灯烛和照片都被余一书带走了，留下空荡荡的木框悬在墙上。像是挖空了的心。

周沫冲回房间拿起手机，像是被傀儡附体一样，没有情绪地给余味发了条消息，一个月来的第一条消息：你的"儿子"都死光了！

随后她又发了张图过去，是枯黄的小橘子树。叶片卷曲，一用力就会碎般的脆弱。李阿香说过了年就又长好了。

余味回得很快，点开时，周沫的心脏疯狂跳动，像是初吻那次一样。

但消息内容真是该死：那扔了吧。

什么啊。周沫心里愤怒、委屈交杂涌上，手指触及屏幕直接拨了出去。

余味没接，他回完消息便关了机，系好安全带，飞机开始播报安全宣传语音。

年关机票紧张，网上的票已经订光，他到机场试试运气，只有商务舱的唯一空位刚退了票，他下手快，毫不犹豫抢在还在犹豫的那位先生前，赶紧付了钱。

两小时后，他回到了小公寓，打开手机，果不其然，二十通未接来电，像是要把这阵子没打的电话都补回来似的。他笑着拨回去。

"余味！我要跟你分手！你这个王八蛋！"周沫一开口就哭了，方才她拨电话时，一声一声的女声重复着"您拨打的电话已关机"。她内心的熊熊大火将整个愚梦巷都烧了，火势冲天，火舌蹿腾，火焰跳跃，同时烧干净的，还有他们的友情、亲情、爱情。

周沫心想，就这么点小事，就这么不信任她，就这样小心眼。她气到颤抖，暗骂余味可真是只臭猴子！所以，电话一接通，她便怒不可遏，要跟他一刀两断。

"你确定？"

"我确定！余味！我真的受不了你了，你凶我，你对我不信任，最可气的是你不理我！凭什么每次都是我低头！人家男朋友都对女朋友超级好的……"她说着，呜呜咽咽地哭开，眼泪触到手，又溅向四周，像是一场泪雨。

周群听到周沫在激动地喊叫，开门一看，见她拿着电话哭得半死不活，眼睛都没睁开，叹了口气又出去了。这个丫头这个月情绪都低落得很，他估摸是跟余味吵架了。这两人从小就是冤家，而他女儿真是没出息，硬要做跟屁虫、冤大头。

"再问一次你确定？"余味一把将沙发上的白色遮灰罩掀了。

周沫绝望，都说成这样了，他语气怎么还这样冷淡，遂用力吸了吸鼻子："我确定。"

"那我等会儿就买机票回去。"

话音一落，周沫停了所有的动作，眼泪卡在了卧蚕处。

他说什么？杨博书不是说他寒假要打工不回来吗？

"啊？"

"来吧，我在公寓。"

（上册完）

347